HEYNE <

Ein Verzeichnis aller im
WILHELM HEYNE VERLAG erschienenen
SHADOWRUN™-Bände finden Sie
am Schluss des Bandes.

WEITERE ROMANE VON MARKUS HEITZ:

Schatten über Ulldart · 06/9174
Der Orden der Schwerter · 06/9175

MARKUS HEITZ

TAKC 3000

Fünfundvierzigster Band
des
SHADOWRUN™-ZYKLUS

Originalausgabe

WILHELM HEYNE VERLAG
MÜNCHEN

HEYNE SCIENCE FICTION & FANTASY
Band 06/6145

Umwelthinweis:
Dieses Buch wurde auf chlor- und säurefreiem Papier gedruckt.

3. Auflage

Redaktion: Ralf Oliver Dürr

http://www.heyne.de
Printed in Germany 2003
Umschlagbild: Donato Giancola
Umschlaggestaltung: Nele Schütz Design, München
Technische Betreuung: M. Spinola
Satz: Schaber Satz- und Datentechnik, Wels
Druck und Bindung: Elsnerdruck, Berlin

ISBN 3-453-21319-X

I.

Seattle, Redmond Barrens, 21. 07. 2057 AD, 7.25 Uhr

»Wenn du diesmal nicht die Nuyen beisammen hast, reiße ich dir so viel Cyberdrek aus deinem dürren Elfenkörper, bis die Finanzen stimmen«, drohte Doktor E.R. und fuchtelte mit einem Laserskalpell vor dem Gesicht seines Kunden herum. Dann tauchte er nach links außerhalb des Gesichtsfelds des Metamenschen und kramte geräuschvoll in seinen medizinischen Werkzeugen.

Sparkplug grinste und beobachtete den Straßendoktor mit den grau melierten Haaren und der altmodischen Nickelbrille bei den Vorbereitungen.

»Da wirst du nicht viel Glück haben, Doc.« Er ließ die Beine rechts und links von der Liege baumeln, auf der er es sich bequem gemacht hatte. »Ich habe nicht viel von diesem Zeug in mir. Jedenfalls nichts Wertvolles. Außerdem bekommst du bereits die alte Fahrzeugsteuereinrichtung.« Der Rigger atmete tief ein. »Ah, ich liebe den Geruch von Formaldehyd und Desinfektionsmitteln. Es hat so was …« Er zögerte kurz. »… Unwiderstehliches.«

Der Straßendoktor hob die Augenbrauen. Die Brille rutschte ein wenig nach vorne und hing gefährlich wankend auf der Nasenspitze. »Unwiderstehlich? Junge, hast du einen Kabelbrand in deinem Encephalon gehabt? Was, bitte schön, findest du daran unwiderstehlich?« Mit einem Knopfdruck aktivierte er ein elektronisches Beatmungsgerät und startete die Selbstdiagnose.

»Das Gefühl, kotzen zu müssen«, sagte der Elf lachend und richtete sich auf. »Lieber rieche ich ranziges

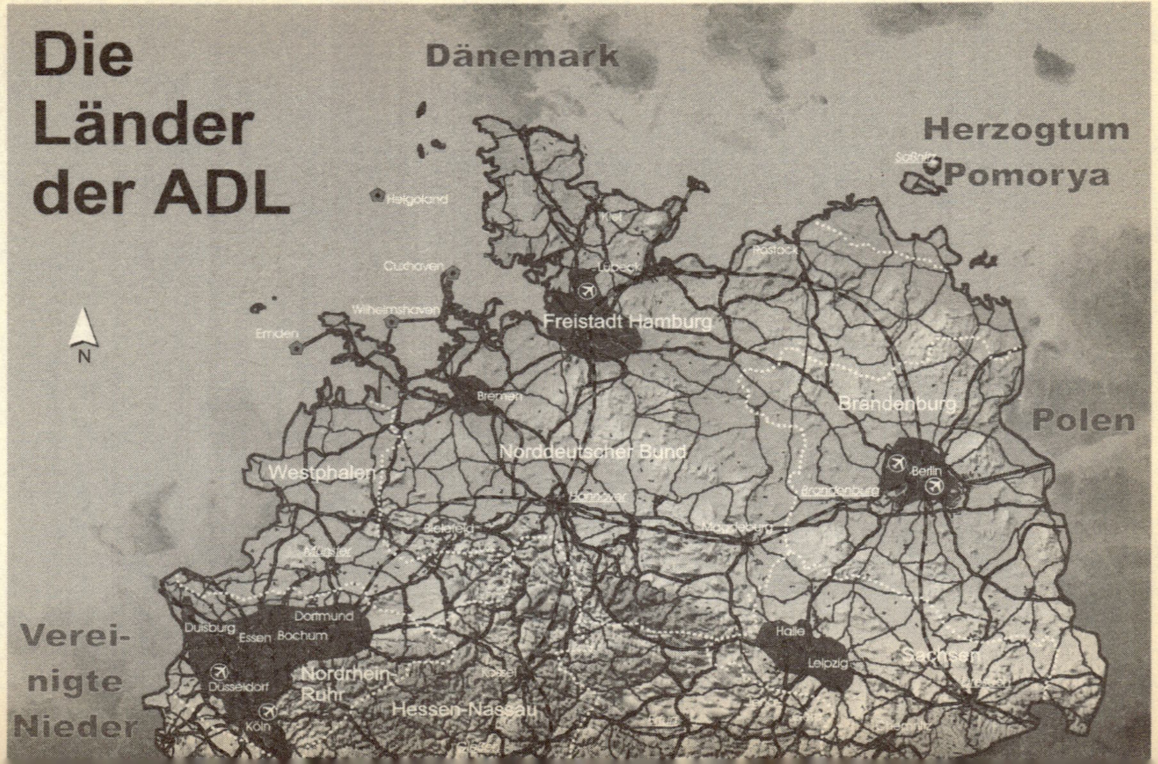
Die Länder der ADL
Dänemark
Herzogtum Pomorya
Polen
Helgoland
Cuxhaven
Wilhelmshaven
Emden
N
Kiel
Lübeck
Rostock
Freistadt Hamburg
Bremen
Brandenburg
Berlin
Norddeutscher Bund
Westphalen
Hannover
Bielefeld
Magdeburg
Münster
Dortmund
Duisburg
Essen
Bochum
Düsseldorf
Köln
Nordrhein-Ruhr
Kassel
Hessen-Nassau
Halle
Leipzig
Sachsen
Verei-nigte Nieder

Großherzogtum Westrhein-Luxemburg
Frankfurt
Mainz/Wiesbaden
Darmstadt
Groß-Frankfurt
Ludwigshafen/Mannheim/Heidelberg
Sonderrechtsgebiet Saar
Badisch-Pfalz
Pirmasens
Karlsruhe
Würzburg
Franken
Nürnberg
Marienbad
Konzil von Marienbad
CFR
Regensburg
Ingolstadt
BAYERN
Passau
Stuttgart
Ulm
Frankreich
WÜRTTEMBERG
Freiburg
München
Trollkönigreich Schwarzwald
Schweiz
Österreich
Bayern : Bundesland
Stuttgart : Landeshauptstadt
Ulm : Großstadt
: Landesgrenze
: Bundesgrenze
: Sondergebietsgrenze
Sprawl
Stadt
TO-Flughafen
Autobahn
Wichtige Strasse
Transrapid

Motorenöl als das hier.« Er nahm ein metallisch funkelndes Werkzeug vom Stahltablett, das seitlich neben dem Tisch stand, und hielt es prüfend unter das Licht. »Was ist das denn?«

Der Mediziner fuhr herum, kniff die Augen zusammen und schnappte danach. »Finger weg, Sparkplug! Das ist eine Klammer. Drek, jetzt kann ich sie wieder sterilisieren. Das nächste Mal bringe ich meinen Wagen in deine Garage, und dann krame die ganze Zeit ich deinem Krempel herum, während du den Motor reparierst.« Er warf die Klammer achtlos in ein Becken mit grünlicher Flüssigkeit. »Schauen wir mal, was der Herr Homo sapiens nobilis alles in seinem hübschen Metamenschenkörper trägt. Du kannst den Oberkörper schon mal freimachen, wir fangen gleich an.«

Der Elf streifte sich die Jeansjacke, den Pullover und das kugelsichere T-Shirt ab, während er den Blick durch den Raum schweifen ließ.

Die Praxis am Anfang der Redmond Barrens war wie immer penibel aufgeräumt. Keine Kabel hingen unordentlich herum, keine Blutspritzer klebten an den Wänden, der Boden präsentierte sich im wahrsten Sinne des Wortes klinisch rein. Sorgsam angeordnet lagen die chirurgischen Werkzeuge auf den Stahltabletts, Computeranschlüsse ragten griffbereit aus den Halterungen, und über allem hing dieser beruhigende Glanz von Sauberkeit. Diese Gewissenhaftigkeit sprach für Doc E.R., bei dem Sparkplug seit einem Jahr ein guter Kunde war.

Hier könnte man glatt picknicken, dachte er.

Sein Schieber hatte ihn auf den Mediziner aufmerksam gemacht, der im Gegensatz zu den meisten anderen in den Barrens keinen Liefervertrag mit einer Körperbank oder einem Versuchslabor abschließen wollte – das schien dem Rigger irgendwie vertrauenerweckend. Außerdem war er noch nie in seiner ganzen

Schattenläuferkarriere einem handwerklich so begabten Chirurgen begegnet, der dabei ganz auf Talentsoftware verzichtete. Das Einzige, was sich der Mann gegönnt hatte, waren ein paar Cyberaugen mit speziellen Einstellungen und Vergrößerungsoptionen, die Operationen erleichterten, sowie eine Datenbuchse, über die er alle Daten seiner Patienten während des Eingriffs kontrollierte.

Sparkplug hatte den Mediziner schon häufig zu überreden versucht, endlich die überflüssige Brille abzulegen, aber diese Gewohnheit wollte der gerüchteumwitterte Mann nicht aufgeben. Angeblich, so erzählte man sich auf der Straße, hatte sich Doc E. R. mit einem großen Tier aus der Kybernetikabteilung von Fuchi angelegt und auf seltsame Weise seine Approbation verloren.

Anfangs, das wusste der Rigger noch sehr gut, wirkte der kleine, schlaksige Mann etwas hilflos in den Barrens, aber er gewöhnte sich recht schnell an das Leben zwischen allen Fronten, und seine Ausdrucksweise klang inzwischen fast, als hätte er schon immer hier gelebt. Sein Ruf bei den anderen Schattenläufern war erstklassig.

»Die Haare müssen noch ab, oder?« Der Elf kratzte sich am Kopf und fuhr sich durch die ohnehin kurzen Reste. »Dabei waren sie gerade so schön nachgewachsen.«

Die Tür des OP öffnete sich, und Schwester Tiara kam herein.

»Aha, der verrückte Elf ist wieder da«, begrüßte sie ihn. »Hätte ich das gewusst, wäre ich heute nach Downtown gefahren.« Die hoch gewachsene Arzthelferin mit den tiefblauen Augen und den schwarzen Haaren lächelte. »Schön, dich zu sehen.«

»Die Freude ist ganz auf meiner Seite, Tiara.« Er deutete einen Handkuss an.

»Du ziehst dir zu viel von diesem Rittertrid-Drek rein, den sie nachts senden«, grummelte Doc E. R. »Und du, hör auf, den Typen zu verwöhnen, und mach ihm eine Glatze. Der Strom scheint gerade konstant zu sein, also die besten Voraussetzungen für den Eingriff.«

»Ich hoffe, du weißt, wie die Jungs dich auf der Straße nennen, oder?«, fragte der Rigger unschuldig, während Tiara ihm den Kopf einschäumte und die Haarsträhnen mit dem Rasierer abschnitt.

Der Doc schloss Kabel der unterschiedlichsten Geräte zusammen und schaltete nach und nach Monitore hinzu, bis der ganze OP voller piepsender und pfeifender Bildschirme war.

»Ich vermute mal, Genie oder Virtuose. Oder vielleicht sogar Halbgott?« Er stöpselte sich ein und checkte die Anzeigen.

»Nein – Doc Deb.« Sparkplug zog einen Stecker heraus, worauf ein ohrenbetäubendes Heulen einsetzte. »Das ist die Abkürzung für Debrifilator.«

Die Schwester kicherte.

»Sehr komisch.« Der Mediziner entfernte den Anschluss, zog die Latexhandschuhe an und entnahm eine Kanüle aus der sterilen Verpackung.

Elegant und fast ohne spürbares Pieksen setzte er dem Elf die dicke Nadel in den Unterarm, befestigte den Infusionsschlauch und schloss einen Beutel mit klarer Flüssigkeit an das Kanülenende an.

»Ich werde es richtig genießen, wenn du gleich einschläfst. Und jetzt gib der Schwester deinen Credstab, damit sie mir die Kohle abbucht.«

»Vor der OP?« Sparkplug wollte aufbegehren. Tiara entfernte die Rasierschaumreste und besprühte die Kopfhaut mit Desinfektionsmittel. »Fragg, das brennt! Was ist das? Salzsäure?« Der Rigger kramte den Stab aus der Tasche und reichte ihn der Arzthelferin.

»Keine Angst. Es ist nur ein Routineeingriff. Tja, mal

sehen.« Der Doc schaute über Tiaras Schulter auf den elektronischen Prüfer. »Da sind 60 000 Nuyen drauf, und für deine Steuereinrichtung gebe ich dir«, er wackelte mit der Hand, »sagen wir 8 000 Nuyen. Das neue Spielzeug kostet dich aber, inklusive Betreuung durch mich und Schwester Tiara, rund 100 000 Nuyen. Da bleibt eine beachtliche Differenz, Sparkplug.«

Der Elf seufzte. »Also gut. Mach mir einen Vorschlag, Doc.«

Tiara befestigte Überwachungsdioden an seinem weißen, dünnen Körper. Die Monitore zeigten kurz darauf seine Vitalwerte.

»Als dein Arzt muss ich dir sagen, dass mit der neuen Steuereinrichtung die Solidität deines Nervensystems, praktisch der komplette Einklang von Körper und Geist gefährdet wird, wenn ich mir deine Implantatesammlung so ansehe.« E. R. hielt dem Rigger seine Akte unter die Nase. »Du hast ein Smartlink der Stufe 2, Cyberaugen und eine Funkanlage, dass du bis nach Alaska telefonieren könntest. Was ich damit sagen will: Bei der nächsten Steuereinrichtung muss ich dir einiges aus dem Kopf reißen, sonst bist du zum letzten Mal Auto gefahren, Chummer. Nur damit du das weißt.« Er drückte den Rigger auf den OP-Tisch und zog eine Spritze auf. »Aber du hast Glück, ich mache demnächst ein verdammt gutes Geschäft mit einem Sararimann. Ich werde dir einen Kredit einräumen, obwohl ich mir vorgenommen hatte, so etwas bei einem Schattenläufer nie wieder zu tun. Die meisten leben nicht lange genug, um mich zu bezahlen, aber bei dir mache ich der Freundschaft wegen eine Ausnahme.« Der Doc setzte die Spritze an den seitlichen Infusionseingang und drückte die Flüssigkeit in den Kanal. »Und wegen des lebenslänglichen Chauffeurdienstes, den du mir zugestehen wirst.«

»Sagen wir, ein Jahr freie Fahrt und kostenloser

Fahrzeugcheck bei meiner Lieblingsmechanikerin, einverstanden?«, feilschte Sparkplug schläfrig.

»Ich hoffe, Twing weiß das?« Der Doc grinste. »Einverstanden. Und nun süße Träume, Chummer.«

Der Elf sah noch Tiaras Lächeln. Dann driftete sein Geist davon.

Sparkplug erwachte langsam aus der Narkose, und das Geräusch, das er trotz seiner benebelten Sinne hörte, ließ ihm das Blut in den Adern gefrieren: Der Kardialmonitor, der seine Lebenszeichen kontrollierte, produzierte einen lang gezogenen Warnton.

»He, Doc«, rief der Elf schwach. Aus seiner linken Hand löste sich etwas und fiel klirrend zu Boden. »Ich glaube, ich sterbe gerade. Tu was!«

Sein Kopf schmerzte fürchterlich, und sein viel zu schneller Puls rauschte laut in seinen Gehörgängen. Die künstlichen Augen verweigerten jeden Dienst und lieferten nur Schwärze an das Gehirn.

Das Pfeifen, das seinen Tod verkündete, blieb.

Den Tod hätte ich mir irgendwie anders vorgestellt. Sparkplug beschloss, ruhig liegen zu bleiben und auf Hilfe zu warten, während er in Gedanken die Höhepunkte seines Lebens durchging.

Die Glanzlichter seines Daseins waren jedoch schnell vorübergezogen. Nach knapp dreißig Sekunden fühlte er sich nicht wesentlich anders, obwohl das Gerät immer noch Herzstillstand verkündete. *Was ist das für ein Mist?*

»Verdammt, Doc«, versuchte er sein Glück erneut. »Die Maschine ist im Eimer und geht mir tierisch auf die Nerven. Ich bin nicht tot.«

Im Raum blieb alles still.

Dem Rigger dämmerte allmählich, dass irgendetwas nicht stimmte.

Doc E. R. war ein Pedant, und wenn einem seiner Patienten das Ableben drohte, pflegte er nicht im Warteraum zu sitzen und Kaffee zu trinken. *Er wird am Ende nicht doch einen Vertrag mit einer Körperbank abgeschlossen haben? Oder ist das vielleicht ein Wake-up-Joke des medizinischen Meisters?*

»Ich habe keine Lust mehr«, nörgelte er nach einer Weile. »Ich bezahle eine Menge Creds für guten Service, und dazu gehört mit Sicherheit nicht dieser Dauertest für Trommelfelle.«

Er sah immer noch nichts, und das dumpfe, schmerzhafte Gefühl in seinem Kopf verstärkte sich. Offensichtlich ließ die Wirkung der schmerzhemmenden Mittel nach.

Dafür meldete sich kurzfristig die Narkose zurück, und der Elf versank in einen Halbschlaf, aus dem er nach einer unbestimmten Zeit erwachte, stürmisch begrüßt von dem immer noch jaulenden Kardialmonitor.

Jetzt habe ich die Schnauze aber voll. Sparkplug tastete nach den Kabeln und riss daran.

Seitlich neben ihm knirschte es, dann kippte etwas dröhnend zu Boden. Das Pfeifen verstummte kläglich. *Selber schuld.*

Vorsichtig fuhr er mit den Händen die Liege entlang und stellte verwundert fest, dass er immer noch auf dem OP-Tisch lag.

Spätestens jetzt wusste der Rigger, dass etwas schief gelaufen war. Normalerweise kam der Patient im Aufwachraum zu sich.

Er konzentrierte sich auf die Geräusche der Umgebung, aber es war alles still.

Prüfend sog er die Luft ein und glaubte den Hauch von einem ihm unbekannten Aftershave zu riechen. *Seit wann stinkt es im OP nach Rasierwasser?* Er versuchte, sich so vorsichtig wie möglich aufzusetzen.

Der dumpfe Schmerz in seinem Schädel wurde zu einem heißen Lavastrom, der Magma durch alle Zellen seines Körpers jagte.

Sparkplug schrie auf, sank zurück, verlor dabei das Gleichgewicht und fiel seitlich vom Tisch.

Zu seiner Überraschung landete er einigermaßen weich. Trotzdem blieb er einige Minuten benommen liegen, und er spürte, wie ihm Blut aus der Nase lief.

Allmählich registrierte er, dass er auf einem Menschen aufgekommen war. Mit zitternden Händen tastete er den Liegenden ab.

»Doc! Drek, was machst du auf dem Boden? Ist alles in Ordnung? Wäre echt toll, wenn du mich untersuchen würdest. Ich fühle mich wirklich schlecht.«

Warme, klebrige Feuchtigkeit breitete sich unter seinen Fingern aus, die aus dem Oberkörper des Mediziners zu kommen schien. *Oh, glänzend.*

Sparkplug suchte vergebens den Puls des Docs, griff dafür aber in eine klaffende Wunde am Hals. Links daneben, knapp neben dem Kopf des Mannes, fand er die zertretene Nickelbrille und ein blutiges Skalpell.

Keuchend fuhr der Rigger zurück und zog sich unter Aufbietung all seiner Kräfte hoch. »Drek! Oh, verfraggter Drek! Ich hole Tiara, Doc. Vielleicht kann sie noch was tun. Verreck mir bloß nicht, hörst du?«

Blind taumelte er gegen ein Schränkchen und warf es um, klirrend verteilte sich der Inhalt über den Boden des OP.

»Keine Panik, keine Panik«, murmelte er und rief sich den Operationssaal ins Gedächtnis.

Langsam, seinem Zeitgefühl nach viel zu langsam, arbeitete er sich bis zur Tür vor, die halb offen stand. Am Boden lag ein Hindernis, über das der Elf stolperte.

O nein. Bitte nicht. Als er sich bückte, wurden seine schlimmsten Vermutungen bestätigt. Tiara lag tot auf der Schwelle. Aus ihrem Körper lief aus Dutzenden Wunden Blut.

Frag, was hat das alles zu bedeuten? Sparkplug lehnte

sich gegen den Rahmen und rutschte kraftlos auf die Fliesen, und wenn ihm schon nicht schwarz vor Augen wurde – die elektronischen Augen lieferten immer noch kein Bild von seiner Umgebung –, so spürte er doch eine drohende Ohnmacht. Was nicht verwunderlich nach dem Eingriff war.

Schniefend zog er das Blut aus seiner Nase hoch, metallisch schmeckend rann die Flüssigkeit seine Kehle hinab.

Er versuchte, das eingebaute Comlink zu aktivieren, doch von dort bekam er keine Meldung. Lediglich der Traumadämpfer sprang an und linderte den gewaltigen Schmerz ein wenig, sodass das Denken einigermaßen störungsfrei funktionierte. Die physische Schwäche machte ihm jedoch gehörig zu schaffen.

›Na prima. Ich sehe nichts, ich kann keine Hilfe rufen, und ich bin drekschwach auf den Beinen.‹ Er wischte sich das Blut unter der Nase weg. ›Und außerdem läuft mein Gehirn aus, wenn das so weitergeht.‹

Sparkplug atmete tief ein und aus, um seinen Kreislauf einigermaßen auf Touren zu bekommen.

Wenn ich mich richtig entsinne, hatte Doc E.R. neben dem Tresor mit den teuren Medikamenten einen Panikschalter anbringen lassen. Mit dem werde ich es versuchen.

Mühsam rappelte er sich auf, schwankte blind durch den OP und kam nach einigen Irrwegen und etlichen Verschnaufpausen tatsächlich bei dem tonnenschweren Stahlschrank an. Der seitlich angebrachte Plastikknopf, der den Alarm auslöste, war bereits versenkt worden.

In dem Moment hörte er draußen die ersten Sirenen.

Ihr kommt wohl ein bisschen spät, Chummers. Er hockte sich auf irgendetwas, das sein Gewicht aushielt, und ließ die Geschehnisse Revue passieren.

Zu den Sirenen des DocWagons gesellte sich das hektische Jaulen von LoneStar. Schlagartig wurde Sparkplug wach.

»Drek, die werden denken, ich hätte E.R. gegeekt«, fluchte er und erinnerte sich dunkel an den Gegenstand, den er nach dem Aufwachen in der linken Hand gehalten hatte.

In seinem Zustand nach dem Skalpell zu suchen war reine Verschwendung. Er wusste nicht einmal mehr genau, wo er es verloren hatte. *Neben dem Doc? Oder war es neben Tiara?*

Den Gedanken, dass er ihn und die Schwester tatsächlich umgebracht hatte, ignorierte er. *Mir will jemand etwas anhängen, und darauf habe ich überhaupt keine Lust.*

Er wankte zur Tür, stakste über die Tote und taumelte den Korridor entlang zum Hinterausgang, wo er seinen GMC Bulldog geparkt hatte.

Der Rigger verschwendete kostbare Sekunden, bis er endlich die zigarettenschachtelgroße Abdeckung neben der Fahrertür entfernt und den richtigen Code in das Zahlenschloss eingegeben hatte. Die Sirenen und Motorengeräusche kamen immer näher.

Mit letzter Kraft warf er sich auf den Sitz und startete den Autopiloten.

»Nach Hause, Cynthia«, sagte er, »fahre die Programmierung 01166 ab. Die Stars sind vermutlich hinter uns her.«

»Wie Ihr wünscht, Mylord«, bestätigte die weibliche Computerstimme.

Der GMC setzte sich mit quietschenden Reifen in Bewegung.

Der gepanzerte Wagen rammte ein Hindernis, dann klang es, als ob etwas gegen die hintere Tür hagelte.

Cynthia kurvte durch die Gassen, um die Polizisten abzuschütteln. Das Sirenengeheul wurde schwächer, und schwächer bis es schließlich ganz verstummte.

»Wir haben sie abgehängt, Mylord«, meldete der Autopilot, aber Sparkplug war ohnmächtig.

Seattle, Redmond Barrens, 21. 07. 2057 AD, 23.25 Uhr

Jeroquee schwang sich seufzend aus dem verrosteten Ares-Master. »Immer dieselbe Scheiße, Piers. Runter in die Kanalisation und wieder rauf, tagaus, tagein.«

Der grauhaarige Mann lachte und stieg ebenfalls aus dem Wagen. »Sei froh, dass du dort unten nicht sauber machen musst, Mädchen.«

Er klatschte einen Aufkleber gegen die Windschutzscheibe. Deutlich sichtbar prangte die kleine Plakette auf der Fahrerseite. Damit lieferte das Fahrzeug den Nachweis, dass sein Besitzer der ansässigen Gang, den ›Sparks‹, das entsprechende Standgeld gezahlt hatte.

Die hübsche, dunkelhaarige Frau mit den prächtigen Locken lächelte schwach und suchte die Absperrungsvorrichtungen aus dem Master hervor, um sie hinauszureichen. Piers baute sie mit routinierten Bewegungen um den Kanaldeckel vor dem Fahrzeug auf.

Wie immer fühlten sich die beiden beobachtet, aber in den Barrens waren sie daran gewöhnt.

Das Ghetto der gescheiterten Existenzen, Anarchisten, Aufständischen und Verlorenen sang für die beiden die übliche Melodie. Von irgendwo aus den Häuserschluchten erklang das gedämpfte Knattern einer einsamen Uzi, der Wind trieb die lauten Töne von Hardrock heran. Eine Aufklärungsdrohne huschte über sie hinweg und verschwand im Dunkel einer Seitengasse.

Eine Motorrad-Gang rollte auf die beiden zu. Die aufgemotzten Geländemaschinen röhrten stinkende Abgase in die abendliche Luft und trugen ihren Teil zum Smog bei, der wie ein Schleier über Seattle schwebte.

Keiner der Ganger würdigte die beiden eines Blickes. Sie waren dank der Plakette uninteressant.

Piers hatte seine Arbeit nach kurzer Zeit beendet

und ging zum Heck des Wagens, wo seine Partnerin ihre Waffen inspizierte.

Ein kleines Sammelsurium von Handfeuerwaffen lag vor ihr, sorgsam gepflegt und leicht mit einem Öltuch abgerieben.

Die Jäger wechselten ihre Klamotten gegen wasserdichte, dunkle Spezialkleidung, ähnlich einem Neoprenanzug. Darunter trugen sie lange Unterwäsche und kugelsichere Westen, die ihre Körper extrem überproportioniert erscheinen ließen. Der Anzug verfügte zudem über eine Panzerung, die Schutz vor Klingen oder kleineren Projektilen bot. Lebenswichtig bei ihrem Job.

»Jeff, glaubst du, wir finden heute ein paar von den Leichenfressern?« Klickend rasteten die letzten Zähne des Reißverschlusses ineinander.

Ihr Mentor klopfte ihr beschwichtigend auf die schmale Schulter. »Nur langsam, Mädchen. Eile ist dort unten tödlich. Die Wesen kennen sich in den Abwasserkanälen bestens aus und spielen ein Spielchen mit dir, wenn sie merken, dass du ein verdammter Anfänger bist. Aber wir zwei machen bei ihrem kleinen Zeitvertreib nicht mit, weil wir schlauer sind als alle, die sie schon erwischt haben.«

Jeroquee griff nach der Ingram und aktivierte probehalber das eingebaute Smartlink. »Hattest du schon viele Kämpfe mit den Ghuls, Jeff?«

Seine verchromten Augen schienen belustigt aufzublitzen. »Mädchen, seit ich die Straßen vor zehn Jahren verlassen und das Läuferleben aufgegeben habe, schlage ich mich mit diesen Kreaturen herum. Aber das ist einfacher, als sich mit Konzernen, Gangs oder LoneStar anzulegen. Ich betrachte mich als einen modernen Kammerjäger. Aber warum du mit deinen zwanzig Jährchen hier mitmachst, verstehe ich beim besten Willen nicht.«

»Das ist ganz einfach«, antwortete Jeroquee, während sie sich ein Kurzschwert auf den Rücken hing und den breiten Schultergurt mit Schrotpatronen voll stopfte. »Die Regierung bezahlt für jeden Kopf der Leichenfresser, wissenschaftlich auch *manesphagus horridus* genannt, jede Menge Creds. Ich finde, es ist eine aufregende und gute Arbeit, wenn es auch nicht gerade angenehm riecht.« Sie befestigte die Gasmaske und die Sauerstoffmaske an den Halterungen am Gürtel. »Seit ich vor einem halben Jahr zu dir gekommen bin, habe ich viel gelernt. Das Einzige, was ich konnte, war Schießen und Leute zusammenschlagen. Jetzt mache ich etwas völlig Legales, um an die Nuyen zu kommen.«

Jeff Piers sah sie lange an. »Und was sagt dein Freund dazu?«

Sie zuckte mit den Achseln, mit einem Ruck korrigierte sie die Einstellung des Klettverschlusses und rückte den Gurt mit der Munition zurecht. »Barry? Dem ist es scheißegal, solange ich nur Credsticks für seine BTL-Chips mitbringe. Aber sonst ist er ein einwandfreier Typ.« Sie hob eine Hand, um eine Erwiderung im Ansatz zu ersticken. »Und sag jetzt nicht wieder, ich hätte einen Besseren verdient, okay? Ich finde ihn dufte.«

Der ehemalige Straßensamurai lachte ungläubig auf, hob mit einer Hand den Kanaldeckel ab und legte ihn zur Seite. Dass er das Verhalten ihres Freundes zutiefst missbilligte, behielt er lieber für sich. *Der sollte seinen Arsch selbst hierher bewegen und sich die Creds für Hirnweichmacher besorgen.*

Warme Dunstschwaden waberten aus der Öffnung, deren Geruch Übelkeit erregend war. Der Mann wedelte mit der Hand die Wolken zur Seite und rümpfte die Nase.

»Hast du ein Glück, Jeroquee. So wie es hier riecht, passen du und dein Freund heute Abend perfekt zusammen. Dann seid ihr beide ›dufte‹.« Er warf einen abschätzenden Blick nach oben. »Es wird bald Regen geben. Wir sollten uns beeilen.«

Er zog sich die Handschuhe über und begann mit dem Abstieg in die Schwärze der Seattler Kanalisation.

»Jeff! Auf den Friedhöfen hat es mir besser gefallen!«, rief sie hinterher und kletterte die feuchten Eisensprossen hinab. »Wie ist das mit dem versprochenen Urlaub? Kann ich mir den jetzt nehmen?«

»Jeroquee, halt den Mund!«, tönte es hohl von unten herauf.

Sie liefen seit einer Stunde in der Kanalisation umher, ohne einen einzigen Ghul zu Gesicht bekommen zu haben.

Das Abwasser, das in einer zwei Meter breiten und anderthalb Meter tiefen Rinne entlangschoss, hatte alle möglichen Farben und Gerüche. Von der Decke tropfte Kondenswasser herab, während aus Zuleitungen in der Wand hin und wieder ein Schwall verschmutztes, stinkendes Wasser herauslief und den schmalen steinernen Steg, auf dem sie balancierten, in eine Rutschbahn verwandelte.

Ratten huschten zwischen ihren Stiefeln entlang und verschwanden hektisch pfeifend in ihren Löchern, wenn sie sich einen Tritt einfingen.

Jeder normale Straßenbürger wäre hier wahrscheinlich den Ekeltod gestorben, doch Piers und Jeroquee standen mittlerweile über diesen Dingen.

Es war das gewöhnliche Umfeld ihres Berufes, und wenn die Kanalisation nicht den Einsatzort darstellte, trieben sie sich in verlassenen Häusern oder auf Friedhöfen herum.

Aber heute schienen sie kein Glück zu haben.

An einer etwas breiteren Stelle hielt Jeff an und winkte Jeroquee zu sich.

»Das sieht ziemlich mies für uns aus, Mädchen. Wenn ich Trash finde, der behauptet hat, es würde hier von Leichenfressern nur so wimmeln, reiße ich ihm seine verfluchten Steckbuchsen aus dem Schädel. Elender Junkie«, fluchte er laut, um das Plätschern des Abwassers zu übertönen. »Wahrscheinlich haben sie uns bemerkt und sich verzogen. Was meinst du?«

Jeroquee nickte erleichtert. »Wir können uns auf dem Friedhof umsehen. Dort finden sie immer etwas zum Knabbern«, schlug sie vor und spähte dabei nach allen Seiten, wie es ihr Piers beigebracht hatte. Ghuls standen auf Überraschungen.

Piers überlegte kurz. »Ich habe noch ein Stück verwesten Ork im Auto, das wir als Köder benutzen könnten.« Er hielt es anscheinend für eine gute Idee. »Genau! Dass ich daran nicht früher gedacht habe.« Seine Augen hefteten sich auf die Karte. »Wir benötigen ungefähr zehn Minuten bis zum nächsten Ausgang und noch mal fünf bis zum Auto.« Er grinste sie an. »Los geht's, Mädchen. Vielleicht bekommen wir unsere Ghuls doch noch.«

Jeroquee trottete im Dunklen hinter ihrem Lehrer her und nutzte die Gelegenheit, sich das, was sie über die Leichenfresser wusste, erneut durch den Lockenkopf gehen zu lassen.

Die Ungeheuer ernährten sich von toten Lebewesen, vorzugsweise Menschen. Sie lebten in Gruppen, waren nachtaktiv, begrenzt intelligent, mitunter gefährlich gerissen und durch ihre Krallen und Reißzähne gute Nahkämpfer, die man besser auf Abstand hielt. Sie sahen nicht besonders gut, konnten dafür umso besser hören und riechen. Manche der Leichenfresser sollten sogar magisch begabt sein.

Betroffen von dieser Goblinisierung konnte jeder und jede, gleich welcher Rasse werden. Ein Gedanke, der ihr gar nicht behagte. Einmal ihre Waffe gegen jemanden richten zu müssen, den sie kannte, war das Schlimmste, was sie sich vorstellen konnte.

Die Erkrankten verloren sämtliche Köperbehaarung, die Haut bleichte unweigerlich aus, und sie verströmten einen widerlichen Geruch, den sie schon oft wahrgenommen hatte.

Jeroquee schauderte bei diesen Erinnerungen, nahm die Schnellfeuerwaffe fester in die Hand und zwang sich zu erhöhter Aufmerksamkeit. *Ich will keinesfalls als Ghulmahlzeit enden.* Fand diese Spezies nämlich kein totes Fleisch, machte sie sich eben welches.

Ein schwaches Geräusch neben ihr im Wasser ließ die junge Frau herumfahren.

Sofort riss sie die Waffe hoch und visierte die Stelle an.

Ihre Cyberaugen, gekoppelt mit der Smartverbindung, lieferten trotz der herrschenden Dunkelheit ein ungefähres Bild von dem, was in der Abwasserrinne mit dem Gesicht nach unten entlangschwamm.

»Piers! Schau dir das an.«

Der ehemalige Straßensamurai blickte seiner Partnerin über die Schulter und pfiff durch die Zähne. »Sieh an! Das scheint ein toter Mensch zu sein. Und er trägt die Kleidung eines Hippies«, meinte er lakonisch.

»Das war kein Hippie, sondern eher ein Schamane, wenn du mich fragst«, erwiderte Jeroquee und musterte den vorübertreibenden Leichnam neugierig. »Vielleicht hat er noch was dabei, was uns Creds einbringt.«

»Gute Idee, Mädchen«, stimmte Piers zu, langte nach dem Körper und zog ihn auf den schmalen Gehsteig, während sie die Waffe auf ihn anlegte, falls es eine List sein sollte.

Die Todesursache hatten sie schnell erkannt, auch ohne Mediziner zu sein.

Der gesamte Brustkorb des Mannes war mit tiefen Schnitten geöffnet, die Haut zurückgeklappt und die

Organe entfernt worden. Den Innenraum füllte eine watteähnliche Substanz, die allmählich begonnen hatte, das Wasser aufzusaugen.

»Nicht schlecht, wer immer das auch gewesen war«, meinte Piers und zeigte nachdenklich auf die Wunde.

Jeroquee würgte tapfer und kämpfte gegen den Drang an, sich übergeben zu müssen.

Der Straßensamurai durchsuchte mit schnellen Griffen die Kleidung des Toten und beförderte zwei Credstäbe, jede Menge Amulette und Anhänger sowie eine Karte der Kanalisation auf den Steinsteg.

Um sich von dem Anblick der Wunde abzulenken, studierte Jeroquee mit weißem Gesicht den Plan. Aus den Augenwinkeln schaute sie auf die Fundstücke ihres Mentors. »Muss was Persönliches gewesen sein«, vermutete sie. »Wer macht in den Barrens einen platt, wenn er ihn nicht berauben will?« Sie hob die durchnässte Karte. »Er hat etwas angekreuzt, ungefähr einen Kilometer weiter nördlich von hier. Aber um dahin zu gelangen, müssten wir durch echt kleine Tunnel durch.« Sie sah der Leiche scheu ins Gesicht. »Und er hatte dabei anscheinend nicht so viel Glück gehabt, trotz seines magischen Firlefanz.«

Piers' Gesicht war aschfahl. Bedächtig schloss er dem toten Mann die Augen und richtete sich auf. »Ich kannte einmal jemanden, der seine Opfer derart zugerichtet hat. Aber der müsste eigentlich tot sein.«

Jeroquee sah erstaunt auf. »Wie erklärst du dir das hier? Und warum sollte der andere tot sein?«

Der ehemalige Straßensamurai bedeutete ihr aufzustehen. »Ich habe ihn erschossen.« Er schwieg eine Weile und blickte in die Dunkelheit. »Das glaubte ich zumindest bis jetzt.«

II.

Seattle, drei Blocks vor den Redmond Barrens,
22. 07. 2057 AD, 08.11 Uhr

»Einen wunderschönen guten Morgen!« Die Tür zum Umkleideraum der LoneStar-Wache XIII wurde mit Wucht aufgestoßen. »Tataa! Und ich habe jede Menge Bestechungsmaterial bei mir, ihr Lieben.«

Sergeant Enrico Gonzales nahm die Hand vom Griff der Dienstwaffe und schickte dem jungen Mann mit der Baseballkappe, der so aufdringlich gut gelaunt in die Kabine gestürmt war, einen bösen Blick zu.

»Irgendwann, Poolitzer, werden sie dich erschießen. Entweder wir oder die anderen.« Sein muskelbepackter Körper zwängte sich in die Panzerjacke, dann überprüfte er den Schlitten der Mossberg-Schrotflinte. »Dein Auftritt ist jedes Mal lebensgefährlich. Für dich, meine ich.«

»Na, wer wird denn einen Vertreter der Medien unter Beschuss nehmen?« Poolitzer, der eigentlich Severin T. Gospini hieß, stellte die große Schachtel mit den Donuts auf den Tisch in der Mitte des Raums. »Ich wollte euch nur was Gutes tun.«

»Bestechung ist nicht in Ordnung.« Gonzales öffnete den Deckel und fischte sich einen mit Kirschmarmelade gefüllten Kringel heraus. »Aber ich werde dich nicht verpfeifen.«

Aus der Dusche kamen vier weitere Polizisten, Handtücher um die Hüften geschlungen, die sich ebenfalls über das Gebäck hermachten. Still kauend standen die Männer um die Schachtel.

»Verdammt trocken. Kaffee wäre nicht schlecht gewesen«, versuchte Gonzales den Preis für die Infos in die Höhe zu treiben.

»Erzähl mit erst was Brauchbares.« Wie aus dem Nichts hergezaubert, hielt Poolitzer plötzlich eine große Thermoskanne in der Hand und drehte den Schraubverschluss auf, um Gonzales und die anderen Cops schnuppern zu lassen.

»Mann, das riecht wie echter Kaffee!«, staunte der Sergeant.

»Es ist echter Kaffee, altes Streifenhörnchen«, feixte der junge Mann und brachte die Kanne außerhalb der Reichweite. »Und jetzt streng dich an: Gibt's was Neues aus den Barrens, wofür sich ›Free Network Seattle‹ interessieren könnte?«

»Ich könnte die Kanne beschlagnahmen.« Gonzales machte einen Schritt vorwärts, die Muskeln zuckten.

»Ich könnte sie auch fallen lassen, dann bräuchten deine Jungs einen Strohhalm für den feinen Kaffee. Und das wäre doch wirklich schade, oder?«

Die beunruhigten Cops redeten auf den Sergeant ein, während der junge Mann die Tassen um die Donutskiste verteilte. Er wusste, dass er gewonnen hatte.

Severin T. Gospini war seit fünf Jahren bei FNS, eine eigenständige Sendestation, die sich auf lokale Talkshows, gemäßigte Regierungskritik und Seifenopern spezialisiert hatte.

Vor seiner ›Karriere‹ bei FNS hatte er als Schreiber bei ›Seattle Daily‹ gearbeitet, ohne Erfolg allerdings. Aus der Zeit stammte sein Straßen- und Spitzname, der sich bis heute wacker gehalten hatte.

Sein Reporterdasein gefiel ihm besser als die Artikelschreiberei.

Seit zwei Jahren berichtete er exklusiv aus dem Gebiet, das es laut Stadtverwaltung überhaupt nicht gab: Die Barrens, egal ob Puyallab oder Redmond, kannte er mittlerweile wie seine Westentasche, und im Großen und Ganzen sah er inzwischen auch so aus, als gehöre er dorthin.

Die Augenbrauen hatte sich der 26-Jährige schräg rasieren lassen, die kurzen Haare waren auf der linken Seite schwarz, auf der rechten weiß gefärbt, ebenso wie das Kinnbärtchen.

Seine ursprüngliche Augenfarbe wusste er schon gar nicht mehr. Meistens trug er irgendwelche Kontaktlinsen, heute waren die Smileys an der Reihe.

Um Verhaftungen in Downtown, wo er sich manchmal herumtrieb, kam er nur deshalb herum, weil ihn die meisten Cops inzwischen kannten oder weil er rechtzeitig seinen Presseausweis zückte, um handfeste Unannehmlichkeiten zu vermeiden.

Schattenläufer und Stars akzeptierten ihn, auch wenn sich die Kooperation meist schwierig gestaltete. Keine der beiden Seiten traute ihm wirklich.

»Also gut.« Gonzales setzte sich und kritzelte eine Adresse auf ein Stückchen Karton. Poolitzer lehnte sich abwartend an eine Spindtür. »Gestern Morgen hat es einen Arzt aus einer Schattenklinik erwischt, den die Jungs auf der Straße Doc E.R. nannten. Seine Sprechstundenhilfe ist ebenso hinüber. Auf der Flucht mit seinem illegal modifizierten GMC Bulldog hat der Mörder einen von uns platt gefahren. Officer Ferini, vielleicht kanntest du ihn ja? Zwei Kinder, geschieden.«

»Nein. Das tut mir Leid, Jungs.« Der Reporter kratzte sich an der Nase. Wenn sein Riechorgan juckte, bedeutete das eine große Story. »Weiß man schon, wer es war?«

Gonzales schüttelte den Kopf. »Die Ermittlungen laufen, wenn auch ohne große Ergebnisse, schätze ich. Vielleicht ein paar Junkies oder Typen, die ihre Schulden nicht bezahlen wollten.« Demonstrativ hob er die leere Tasse und das beschriebene Papier. »Wenn ich bitten darf?«

»Nur, wenn noch mehr kommt«, verlangte Poolitzer misstrauisch, schnappte sich die Adresse und füllte, nachdem der Cop huldvoll genickt hatte, den Behälter bis zum Rand.

Sein Hirn arbeitete auf Hochtouren und durchforstete alle Namen, die er mitbekommen hatte. Aber an einen Doc E. R. konnte er sich nicht erinnern.

»Was ich so gehört habe, war der Schattenmedizinmann ziemlich beliebt, weil er sauber gearbeitet und auf Nebengeschäfte verzichtet hatte«, half der Cop. »Das weiß ich aber von Macksten, nicht von der Straße. Du wirst dich da mehr auskennen als ich.« Schlürfend sog er die braune Flüssigkeit ein. »Wenn du noch einen Blick auf den Toten werfen willst, der Typ liegt bei Doc Holiday, zwei Etagen tiefer, und wird gerade zersägt. Und wenn du den offiziellen Obduktionsbericht nicht erwarten kannst, vielleicht erzählt dir der alte Griesgram schon vorab etwas von seinen sensationellen Befunden. Oh, die Sprechstundenhilfe liegt auch unten.«

Wie gut, dass ich schon gefrühstückt habe, beglückwünschte sich der Reporter wenig begeistert. Er stellte die Kaffeekanne auf den Tisch. »Hier, Jungs. Und trinkt langsam, das Zeug hat es nämlich in sich. Nichts für Weicheier. Da braucht man schon echt dicke, haarige Cochones.«

Ein nasses Handtuch traf ihn am Hinterkopf, als er hinausging, aber das störte ihn nicht weiter. Er war die Späße der Stars gewöhnt.

Poolitzer durchquerte Korridore, grüßte alle möglichen Cops, als würde er zu ihnen gehören, und fuhr mit dem Fahrstuhl in die forensische Abteilung.

Manche nannten das Stockwerk auch ›Gruselkabinett‹ oder ›Geisterbahn‹, in dem kein geringerer als Doc Holiday persönlich hauste.

Obwohl der Name nach Schattenläufer klang, war

der Forensiker völlig unschuldig daran. Er hieß wirklich so.

Mit einem ›Ping‹ öffneten sich die Türen der Fahrstuhlkabine und ließen den klinisch reinen Duft ins Innere strömen.

Aus irgendeiner Ecke des Labors hörte es der Reporter klirren und rappeln, dann erwachte eine elektrische Säge zum Leben. Kreischend fraß sich das Werkzeug durch etwas hindurch, während Holiday fluchte.

Poolitzer wurde schlecht. »Hallo! Doc, ich bin's!«, rief er den Gang entlang.

»Spielzimmer vier«, schallte die Stimme des Mediziners nach draußen, und gehorsam setzte sich der junge Mann in Bewegung.

Holiday stand an einem Stahltisch über eine männliche Leiche gebeugt und platzierte die Säge gerade auf einen kleinen Beistelltisch. Daneben lag auf einem weiteren Tisch der Körper einer hübschen, jungen Frau mit schwarzen Haaren.

Mit raschen Bewegungen klopfte der Arzt dem Toten auf die Stirn, dann löste er mit einer leichten Drehung die obere Schädelplatte vom Rest des Kopfes und besah sich das Hirn.

Poolitzer würgte und stützte sich am Türrahmen ab.

»Na, so klingt doch nur einer?« Holiday richtete sich auf und wandte sich um. Sein Plastikkittel wies Blutspuren auf, die Handschuhe trieften vor Rot, auf der Schutzbrille haftete ein dünner Film Knochenstaub.

»Mal wieder auf der Jagd nach einer Story, was, Gospini? Wie kommen Sie denn auf die Idee, in meinem kleinen Etablissement wäre etwas zu holen?« Er näherte sich dem Reporter und streckte ihm die verschmierte Hand hin. »Schön, Sie zu sehen.«

Abwehrend hob Poolitzer die Arme. »Bleiben Sie mir bloß vom Leib, Leichenfledderer. Mir ist schon schlecht genug. Trotzdem danke, dass sich wenigstens ein Mensch freut, wenn ich auftauche.«

»Die anderen können sich ja schlecht freuen«, meinte der Mediziner trocken und kehrte an den Tisch zurück. »Kommen Sie. Ich habe vielleicht wirklich was für Sie.«

»Muss ich so nah ran?« Zögerlich folgte er ihm. »Warum sagen Sie es mir nicht einfach?«

»Das müssen Sie gesehen haben, wirklich«, schwärmte der Forensiker. »Das sind Einstiche, wie sie sich jeder Chirurg nur wünschen kann. Gerade, hart, präzise, wenn auch etwas übertrieben oft, würde ich meinen.«

»So? Würden Sie meinen?« Poolitzer betrachtete die schmalen Schlitze in der bleichen Haut. »Also ein abartiger Profi? Jack the Ripper? Der soll ja auch Arzt gewesen sein.«

»So sagt man«, bestätigte Holiday amüsiert. »Die Wunden hier«, er deutete auf der Leiche herum, »waren nicht tödlich, aber extrem schmerzhaft, auch wenn der Blutverlust später sein Ende bedeutet hätte. Und das hier«, er zeigte auf den Schnitt in Herzhöhe, »war der Abschluss der Aktion. Das Messer wurde gedreht, damit es nicht zwischen den Rippen stecken bleibt, in den Muskel versenkt und ein paar Zentimeter nach rechts gezogen, damit das Herz auch mit Sicherheit irreparabel beschädigt wird. Selbst ein Notarzt hätte damit nichts mehr machen können, höchstens Gulasch. Bei der Frau ist es übrigens das Gleiche.«

»Ein Verhör?«, mutmaßte der kreideweiße Poolitzer und kratzte sich erneut an der Nase. *Da muss entweder eine Riesenstory drin sein, oder eine Erkältung ist im Anmarsch.*

»Sieht fast so aus«, bestätigte Holiday. »Aber das Beste kommt noch. Unser Freund hier, Doc E.R., hat nicht viel Cyberware eingebaut, aber was er in sich trägt, ist vom Feinsten. Ausländische Spitzentechnologie.« Mit einem präzisen Schnitt löste er die Verdrahtung der Cyberaugen aus dem Hirn. »Zeiss-Cyberaugen, System 5, mit speziellen Einstellungen und Vergrößerungsoptionen, die Operationen erleichtern. Ein deutsches Produkt, rund 170 000 Nuyen wert. Auf dem Schattenmarkt in Seattle nicht erhältlich. Brauchen Sie sie? Ich kann sie Ihnen billig überlassen.«

Er pulte lachend im Schädel und nahm das Zerebrum heraus, ohne den feinen Draht zu kappen, der zu einer Datenbuchse führte.

Dann drückte er mit Hilfe eines seltsamen Instruments und eines Laserskalpells die millimeterkleine Metallfassung aus dem Knochen. Strahlend hielt er seine Beute hoch.

»Noch mehr Premiumqualität, Gospini. Ein gewöhnlicher Straßendoc war der hier jedenfalls nicht. Schauen Sie sich mal die Verarbeitung der Materialien an. Ich würde sagen«, er drehte die graue, walnussartig gemaserte Masse gegen das Licht, »mindestens 10 000 Nuyen. Und die Arbeit ist einmalig ausgeführt. Oder, Gospini?«

Stille.

»Gospini?«

Der Reporter lag ausgestreckt auf dem gefliesten Boden und rührte sich nicht.

»Verdammt. Jedes Mal das Gleiche mit ihm.« Holiday schüttelte den Kopf und stemmte den ohnmächtigen jungen Mann auf eine freie Liege. »Irgendwann härte ich Sie schon noch ab.«

Nach ein paar Minuten schlug Poolitzer die Augen auf. Er lag im Aufenthaltsraum, eine Decke unter dem Kopf und die Beine hochgestellt. *Scheiße, das war mir ja klar. Immer muss ich umkippen.*

»Seien Sie froh, dass ich Sie aus lauter Neugier nicht zerlegt habe. An solchen Tagen kann ich einfach nicht glauben, dass Sie aus den Barrens berichten.« Holiday grinste ihn an. »Ich werde Ihnen den Rest erzählen. Nicht dass Sie jemand aus Versehen seziert, weil ich Sie mal wieder auf eine der Liegen gebetet habe und einen Soykaf trinken gehe.«

»Sehr komisch.« Der Reporter betastete den Kopf, wo er auf die Kacheln geschlagen war. Eine stattliche Beule begann sich auszubreiten. »Haben Sie einen Beutel Eis oder etwas Ähnliches?«

Der Forensiker deutete todernst auf eine der Kühlkammern. »Suchen Sie sich eine aus.«

Poolitzer verzog das Gesicht. »Ihre Witze sind genauso kalt wie Ihre Patienten. Also los. Was war noch auffällig?«

»Der tadellose Zustand des Blutes. Keine Drogen, keine Aufputschmittel, nichts. Für seine Profession höchst ungewöhnlich. Und, mal unter uns, welcher Schattendoc hat künstliche Augen für fast 200 Riesen im Kopf?« Holiday reichte ihm ein kleines Gläschen mit Alkohol und machte eine verschwörerische Mine. »Ich würde mir die Sache an Ihrer Stelle genauer ansehen. Da steckt jede Menge dahinter, wenn Sie mich fragen.«

Der Reporter überlegte. »Wie lange können Sie den Bericht zurückhalten? Ich will nicht zusammen mit Dutzenden meiner Kollegen in die Schattenklinik einfallen und alles kaputt treten, was hilfreich wäre.«

»Ihnen zuliebe oder gegen Kohle?«

»Gegen Kohle. Oder ein Abendessen in der *Space Needle*.«

»Mal nachdenken.« Der Forensiker zog sich den Arbeitskittel aus und wusch sich die Hände. »Ich muss die Befunde erst diktieren, dann schreiben, überprüfen, dann habe ich einen Computerabsturz, dann muss ich, unter Umständen …« Er machte eine Pause und sah gespannt auf Poolitzers Gesicht.

»Na schön, abgemacht. Ein Essen in der *Space Needle*«, seufzte der junge Mann. Holiday setzte seine Aufzählung daraufhin fort.

»... natürlich neu obduzieren, und das kann dauern. Ich hole Ihnen, sagen wir, 24 Stunden raus, die Sie nutzen sollten. Die Ermittlungen laufen, wie Sie wissen.«

»Ich bin schon unterwegs.« Poolitzer kippte den Alkohol hinunter und rang nach Atem. »Formaldehyd?«, keuchte er, während er sich schüttelnd das Glas zurückgab.

»Möglich«, meinte der Rechtsmediziner. »Konserviert von innen und außen.«

Der Reporter sprang von der Liege und eilte zum Ausgang. »Sie sind einfach der Beste, Doc.«

»Ich weiß, Gospini«, sagte dieser lächelnd. »Ich weiß.«

Seattle, Redmond Barrens, 22. 07. 2057 AD, 09.11 Uhr

»Und nun kommt die nächste Stufe, die Ihnen 200 000 Nuyen einbringt. Von welcher Persönlichkeit stammt das Zitat: ›Alles Große ist einfach?‹«

Die mächtige Stirn des Trolls legte sich in Falten, die Warze zwischen seinen Augen wurde von Hautwülsten eingekeilt. Aufgeregt tippte er sich gegen seinen linken Stoßzahn, auf dem ein kleines Goldplättchen in Form einer Mickymaus prangte. Seine andere riesige Hand knautschte eine Bierdose zu einem kleinen Stückchen Metall zusammen. »Mann, das is echt schwer«, brach es aus ihm ein wenig hilflos hervor.

»Wer immer es auch gesagt hat«, meinte Hustle erheitert, »er muss wohl dich gemeint haben, Ultra.« Der grinsende Ork, der eine komplette Montur Stadttarnklamotten trug, schaukelte mit seinem Stuhl vor und zurück, während er Spielkarten mischte. Der andere Metamensch hockte auf dem Boden seines Ess-, Wohn-

und Arbeitszimmers und erreichte dabei fast die Ausmaße eines stehenden Menschen. »Diese Quizsendungen werden dich eines Tages bekloppt machen, Chummer. Dein Grips wird einfach durchbrennen.«

»Platon?«, versuchte der Kandidat auf dem Bildschirm zu lösen.

»Is der doof, Hustle«, röhrte der Troll und warf die würfelgroßen Dosenreste gegen die Wand. »Das war doch so ein alter Kriegsfilm. Den bringen sie nachts immer.«

»Genau«, seufzte der Ork.

»Aristoteles«, antwortete der schadenfrohe Moderator Max Millionmaker. Die Kamera schwenkte auf das entsetzte Gesicht des Mannes und zoomte näher, um den Zuschauern die Enttäuschung noch besser zeigen zu können. Die Fanfare der Verlierer ertönte.

Ultra brummte unzufrieden und fuhr sich über die langen, öligen gelben Haare. »Aristoteles? Der hat den Griechengrill, Ecke 15. und Mainstreet. Ich wusste gar nicht, dass der so berühmte Sachen sagt, dass er ins Fernsehen kommt.«

»Jetzt weiß der Typ wenigstens, dass er nichts weiß. Chummer, bewirb dich doch mal bei ›Quizz It‹«, schlug Hustle vor und musste einen Lachanfall unterdrücken. »Du würdest einfach so durchmarschieren. Echt.«

»Meinst du?« Der Troll spielte an den Piercings in seinen Ohren. »Ich könnte mir dann endlich 'ne neue Wumme kaufen.«

»Eine?«, entfuhr es seinem Freund ungläubig. »Für 2000000 Creds bekommst du so viele Ballermänner, dass du nie wieder ein Magazin wechseln musst. Wenn eine leer ist, hopp, weg, und die nächste Bleischleuder gezückt.« Seine gelben Cyberaugen richteten sich auf die Uhr an seinem Handgelenk. »Wo bleiben die anderen?« Ungeduldig klopfte er mit den Karten auf den

Tisch, ließ sich nach vorne kippen und nutzte den Schwung, um aufzustehen. »Willst du noch ein Bier?«

Aber Ultra hatte seine Aufmerksamkeit bereits wieder auf den Monitor gerichtet und lauschte der nächsten Frage.

Hustle ging in die unaufgeräumte Küche, zog den Kühlschrank auf, in dem sich nichts befand außer Bierbüchsen, und nahm die nächste Dose. Kalt lief der Alkohol seine Kehle hinab.

Seine Blicke richteten sich auf die Wassertropfen, die von der Scheibe liefen.

Dreckwetter. Sein Gesicht spiegelte sich schwach im Glas wieder. Er prostete dem Ork mit den schwarzen Haaren und der Topffrisur zu, stieß einen gewaltigen Rülpser aus und kehrte zu seinem Freund zurück.

Im gleichen Moment klopfte es. Nach einem kurzen Blick auf den Überwachungsmonitor öffnete er den Eingang.

Eine schwarz gekleidete junge Frau in einem schwarzen Cape trat ein. Lange, feuerrote Haare mit orangefarbenen Strähnen hingen ihr etwas wirr ins weiß geschminkte Gesicht, und dicke Kajalstriche betonten die Augen, deren Pupillen von einer Flammenkorona umkränzt waren.

»Hübsche Kontaktlinsen, Cauldron«, kommentierte der Ork und gab die Tür vollends frei.

Die Schnallen an den schwarzen, spitz zulaufenden Schuhen klingelten leise, passend zum Klimpern der zahlreichen Ringe an ihren Fingern und dem Amulett um ihren Hals. Die Hände steckten in dunklen Spitzenhandschuhen.

»Danke«, meinte sie knapp, hängte ihren Umhang an den Haken an der Tür und nahm am Tisch Platz. »Kann ich einen Soykaf haben?«, wisperte sie. »Für die Jahreszeit ist es viel zu kalt draußen.«

»Ich bring dir was.« Hustle verschwand wieder in der Küche.

»Eins kann ich dir sagen«, begrüßte sie Ultra. »Wenn der Kerl sich um das Amt des Bürgermeisters in Seattle bewirbt, wähle ich ihn.«

»Wen?« Cauldron verstand nicht.

»Karl Marx«, erklärte der Troll gedehnt, als sei es eine Selbstverständlichkeit. »Der hat Opium fürs Volk verlangt.«

»Bei allen freien Geistern, unser Quizgenie schlägt wieder zu«, stöhnte die hermetische Magierin auf.

Die Mikrowelle meldete sich mit einem ›Ping‹. Hustle kehrte zurück und stellte einen Becher mit dampfendem Bier vor ihr ab. »Beinahe so gut wie Soykaf.«

»Warm ist warm«, meinte die junge Frau achselzuckend, blies eine aufsässige Strähne aus dem Gesicht und nippte an dem Getränk. »Fast perfekt.« Sie langte über den Tisch und rührte sich etwas Zucker hinein. Ihre Ringe rieben mit einem metallischen Laut aneinander.

»Milch?«, erbot der Ork grinsend.

»Nein, danke. Es geht so.«

»Und nun, für tausend Nuyen: Was ist eine Kakophonie?«, wollte der Millionmaker vom nächsten Kandidaten wissen.

»Dünnschiss!«, brüllte Ultra triumphierend.

Cauldron sank mit einem Laut der Verzweiflung in sich zusammen. Hustle röhrte dermaßen vor Lachen, dass der Troll die Antwort nicht verstand.

Böse warf er seinem Läuferfreund einen vernichtenden Blick zu. »Verarschen kann ich mich selbst, Hustle.« Er stand auf und setzte sich zu den anderen an den Tisch, per Fernbedienung erhöhte er die Lautstärke. »Ich werde mich echt bewerben. Vorher büffele ich noch ein bisschen, und dann gewinne ich die zwei

Millionen Creds.« Der Troll reckte den dicken Zeigefinger gegen den Ork. »Und dir gebe ich nix. So, nur damit du es weißt, Chummer.«

Hustle schlug ihm freundschaftlich auf den breiten Rücken. »Hey, Kumpel, so war es nicht gemeint. Ich kaufe dir einen Rätselchip für deinen Palmtop, einverstanden? Dafür beteiligst du mich an deinem großen Gewinn.« Er zwinkerte der hermetischen Magierin zu, die gerade ihren Becher leerte.

»Pah, du kannst dir deinen Chip sonst wohin schieben.«

»Und nun unsere Zuschauerfrage: Die Römer nannten die Göttin der Liebe und Schönheit Venus«, ging der Moderator in die nächste Runde. »Wie aber lautete der griechische Name?«

»Ich zeig dir, wie clever ich bin.« Ohne weitere Erklärung schnappte sich der Troll das Telefon und wählte.

»Jetzt bin ich aber gespannt«, meinte Cauldron.

»Tach, Aristoteles«, redete Ultra hastig. »Du bist doch Grieche, oder?« Der Troll lauschte, sein Gesicht heiterte sich auf. »Gut, sehr gut. Hör mal, wie nennst du die Göttin der Liebe?« Er bedeutete Hustle, dass er etwas zu schreiben benötigte. Eifrig notierte er sich die Antwort und legte auf, um sofort die eingeblendete Studionummer zu wählen.

»Um was wetten wir, dass er nicht durchkommt?« schlug Hustle eine Wette vor.

»20 Mäuse«, ging die Frau auf den Vorschlag ein.

»Und da haben wir unseren ersten Anrufer in der Leitung«, sagte Millionmaker und lächelte in die Kamera. »Er heißt Ultra. Okay, Rätselhirn, wie lautet die Antwort? Sie bekommen 500 Nuyen, wenn Sie Recht haben.«

»Ich werd verrückt«, entschlüpfte es dem Ork ungläubig. Cauldrons gezupfte, schwarze Augenbrauen hoben sich, gut gelaunt hielt sie die beringte Hand auf.

»Die Griechen nennen die Göttin der Liebe«, sagte der Samurai feierlich und hob den Zettel, um den Namen abzulesen, »Mathilda.«

»Oh, Shit«, prustete Cauldron. Hustle bedeckte die Augen.

»Na, Rätselhirn, das war leider falsch«, meinte der Moderator, und sein Gesicht zuckte verräterisch. Deutlich erkannte man, dass der Mann kurz davor stand, in lautes Gelächter auszubrechen. »Der nächste ...«

»Hoy, hoy, Chummer, Moment mal«, beschwerte sich der Troll polternd. »Ich habe die Antwort zufällig von einem Eins-A-Zaziki-Macher, und der muss es schließlich wissen. Mathilda ist richtig.«

»Mathilda ist falsch.« Millionmaker schüttelte den Kopf und hielt sich seinen Notizzettel vors Gesicht. Inzwischen wackelte sogar das Bild, denn der Kameramann musste ebenfalls lachen.

»Ich weiß, wo dein Studio ist, du Betrüger!«, brüllte Ultra in den Hörer. »Ich schneide dir 500 Nuyen aus den Rippen! Ich ...«

Die Verbindung wurde unterbrochen.

Die Sehnen des Unterarms zuckten, krachend splitterte das Plastik in der Faust des Metamenschen. »Ich mach den Ouzoschlürfer platt.« Wutschnaubend musste der Troll mit ansehen, wie das Geld an einen anderen Kandidaten ging, der mit ›Aphrodite‹ richtig lag.

Seine Arme bewegten sich mit einem Grollen auf den Fernseher zu, die wurstgroßen Finger schlossen sich um das Gehäuse, sein Kopf wandte sich zum Fenster.

»Hey, komm wieder runter!« Der Ork sprang auf und stellte sich seinem Läuferkollegen in den Weg. »Nicht den Fernseher, okay? Stell ihn wieder hin oder bezahl mir 150 Nuyen.«

Grummelnd setzte Ultra den Bildschirm ab und verschwand in der Küche. Den Geräuschen nach gönnte er sich in schneller Reihenfolge ein paar Bier.

Der Orksamurai hob die zerstörten Einzelteile des Fernsprechers in die Höhe und kniff die Mundwinkel zusammen.

»Ich erlasse dir deine Schulden«, meinte die Magierin großzügig. »Kauf dir ein neues Telefon.« Sie nickte zum Monitor, der die Gestalt einer Frau im Blaumann zeigte, eine riesige Pappschachtel in einer Hand balancierend, während sie gleichzeitig versuchte, den Klingelknopf zu drücken. »Mach Twing auf, bevor noch was zu Bruch geht.«

Hustle warf die Trümmer des Fons in den Mülleimer und öffnete der Mechanikerin die Tür.

Erleichtert lächelte die junge Frau mit den blauen Haaren ihn an und stellte die Schachtel auf den Tisch. »Hoy, Leute. Ich habe was mitgebracht.« Sie öffnete die Verpackung und präsentierte eine Torte. »Zur Feier des Tages. Sparkplug wird Augen machen.«

»Hat er denn das verdient?«, bemerkte die Magierin spitz, nachdem sie den Kuchen begutachtet hatte und Hustle auf die Finger klopfte, der von der Sahne naschen wollte.

»Eigentlich nicht. Und Augen macht er, weil er nichts davon abbekommt«, erklärte die Mechanikerin und warf sich auf einen freien Stuhl. Ein schallendes Rülpsen fegte durch die Wohnung. »Hoy, Ultra!«, rief sie fröhlich in Richtung Küche. »Mein Herr und Meister«, sie blinzelte als Zeichen, dass sie es nicht allzu ernst meinte, »bekommt von Doc E. R. eine neue FSE, für die er ungefähr ein Jahr lang gespart hat. Und weil wir sein Gejammere die ganze Zeit ertragen mussten, habe ich uns etwas mitgebracht.«

»So lobe ich mir das«, sagte der Ork und ließ den Troll ein Messer aus der Küche bringen.

Die Torte wurde säuberlich von Twing aufgeteilt.

Hustle beobachtete die junge Frau, an der außer ihrer Haut alles blau war, von Kopf bis Fuß. Selbst die Tätowierungen, die sich vom Hals bis an die Stirn zogen, waren in Hellblau gehalten.

Ein unerklärliches Phänomen bestand darin, dass sich immer an irgendeiner Stelle ihres Gesichts ein Rest Motoröl befand. Cauldron hatte irgendwann scherzhaft vermutet, dass Twing sich die Flecken nachschminken würde, um immer beschäftigt auszusehen. Dabei verschaffte ihr Riggerfreund ihr mehr Arbeit, als ihre Hebebühne verkraftete.

Sparkplugs Hirn brütete ständig abstruse Verbesserungen aus, angefangen bei der Lackierung der Kisten bis zu Tuning, ohne sich Gedanken über eine realistische Umsetzung zu machen.

»Kommt Bullet auch noch?«, wollte sie von der Magierin wissen.

»Der kann mich mal«, zischte Cauldron gereizt. »Er hat unseren Jahrestag vergessen.«

Hustle zog die Luft durch die Zähne. »Und? Lebt er noch?«

Die Magierin lehnte sich zurück, strich sich eine Strähne hinters Ohr und grinste nur bösartig.

»Ich gebe sein Stück Ultra«, meinte die Mechanikerin trocken und schaufelte zu dem halben Kuchen noch den Anteil des dritten Straßensamurais obendrauf.

»Gute Idee«, lobte der Troll und kehrte aus der Küche zurück. Er wuschelte in den kurzen blauen Haaren der Mechanikerin herum. »Hm, das sieht aber prima aus.«

»Bestes recyceltes Material.« Twing lutschte sich die Finger ab und verteilte die Stücke. Schweigend machten sich die Läufer über die Torte her. Das Schmatzen des Trolls ignorierten alle. »Ich mache schnell etwas Soykaf.« Sie stand auf und verschwand in der Küche.

Ultra fischte nach der Fernbedienung, um auf die nächste Quizsendung zu zappen, doch der Ork war schneller und schnappte das Gerät, um einen Nachrichtenkanal auszuwählen.

»Der Coach der ›St. Louis Slaughters‹ hat einem Freundschaftsspiel mit den ›Mainzer Black Barons‹ aus den ADL zugestimmt«, verkündete ein Sprecher des Sportkanals die Neuigkeit des Tages. »Damit tritt in wenigen Monaten zum ersten Mal nach langer Pause eine nordamerikanische Mannschaft auf dem Herkunftskontinent des ›Jeu de guerre‹ gegen ein europäisches Team an. Wir werden sehen, ob die Europäer ihrem Ruf gerecht werden, die härtesten Spieler der Welt zu sein.« Der Sender verglich die Verletzten- und Todesstatistiken, bei denen die ›alte Welt‹ eindeutig die Nase vorne hatte.

»Die ›Slaughters‹ lassen auch keinen PR-Gag aus. Aber der wird sie teuer zu stehen kommen. Bin gespannt, was die Europäer unter Freundschaftsspiel verstehen.« Hustle schaltete weiter und erwischte einen Lokalsender.

Das Gebäude, über dessen Front die Blaulichter der LoneStar-Fahrzeuge huschten, kannten sie alle.

Gepanzerte Stars rannten durch die Gegend und verscheuchten Schaulustige und Penner, Absperrbänder wurden ausgerollt, die Kamera brachte verwackelte Bilder von einem MedTeam, das im Schein einer ausfahrbaren Flutlichtanlage an einem der Cops Wiederbelebungsversuche durchführte.

»Ist das nicht die Praxis von E.R.?«, sagte Cauldron entsetzt, ihren Löffel senkend.

Klirrend zerbarst die Karaffe mit Soykaf auf dem Boden, die braune, heiße Flüssigkeit verteilte sich, schwappte über den Synthetikteppich und lief unter die Möbel. Twing stand im Türrahmen und starrte auf den Bildschirm. *Sparkplug.*

»Keine Zeit zu verlieren«, meinte der Ork nur, warf sich die kugelsichere Weste über und nahm seine Waffen aus der Wandhalterung. »Vielleicht konnte er abhauen. Lasst uns ihn suchen.«

Hastig verließen sie seine Wohnung und rannten durch den prasselnden Regen zu den Fahrzeugen. Selbst Ultra war der Appetit vergangen.

Seattle, Downtown, 22. 07. 2057 AD, 17.00 Uhr

»Habt ihr ihn?«, fragte die Stimme aus den Boxen des Laptops. Der Bildschirm des Computers blieb allerdings dunkel. »Die hohen Tiere werden allmählich ungeduldig und machen mir Druck. Und wenn ich Druck habe, mache ich euch Druck.«

Unheilvoll hingen die Worte in dem nüchtern eingerichteten Bürozimmer, das jeden Hauch von Persönlichem vermissen ließ.

Matt schimmten Stahlschränke an den Wänden, ein aufgeräumter, leicht verstaubter Schreibtisch stand vor dem Fenster und eine Kaffeemaschine auf einem fahrbaren Teetisch. Die Neonröhren an der Decke waren ausgeschaltet.

»Schon, aber es hat nichts gebracht«, antwortete der größere der beiden Männer, der seine schwarzen, kurzen Haare mit Gel glatt nach hinten gelegt hatte, und nahm einen tiefen Zug an der filterlosen Zigarette. »Wir haben sein Labor ausfindig gemacht und ihn ausgefragt, aber er wollte nichts sagen. Er meinte, er wäre das Opfer einer Verwechslung und wüsste nicht, worum es gehe. Seine Assistentin hat Alarm ausgelöst, und wir mussten verschwinden.«

»Was heißt das im Klartext?«, bellte es aus den Lautsprechern.

»Wir haben die Ware nicht. In seiner Klinik fanden wir nichts, das nur entfernt dem geähnelt hätte, was wir suchen.« Der andere schüttelte den Kopf und flüsterte ihm etwas ins Ohr. »Ach ja. Lugstetter hat eine Steuereinrichtung mitgenommen, die Doktor Hellmann gerade einem Schattenläufer ausgebaut hat. Vielleicht hat er es darin versteckt, als er mitbekommen hat, dass wir ihn besuchen. Unsere Spezialisten untersuchen den Gegenstand zur Zeit.«

»Ich habe euch doch gesagt, dass er das Ding mit Leichtigkeit umbauen kann. Für einen Mediziner und Kybernetikfachmann seines Kalibers ist es eine Kleinigkeit. Ich will, dass ihr nach den Bullen noch mal in die Praxis geht und den Laden Stück für Stück auseinander nehmt. Packt alles ein und zerlegt es von mir aus in euren Zimmern in Einzelteile.« Es blieb kurz still, und die Männer hörten, wie ein Glas gefüllt wurde, dann ertönten Schluckgeräusche. »Hat der Patient euch gesehen?«

»Nein, das wäre wohl kaum möglich gewesen«, antwortete der Mann grinsend. Mit der Rechten rückte er den Schulterhalfter zurecht. »Er hat den Eingriff nicht überlebt – ohne dass wir Hand an ihn gelegt haben.«

»Und was ist mit Hellmann?« Die Leitung rauschte einen Moment lang. »Verdammt, die Übertragung ist sehr schlecht heute. Das müssen die vielen Wolken über Seattle sein.«

»Er überlebte den Eingriff auch nicht«, berichtete der Größere ungerührt und zog erneut an der Zigarette.

Ein trockenes, böses Lachen ertönte. »Sehr schlau von euch. Wie wollt ihr denn jetzt weitersuchen?«

»Er hat in Seattle eine Schwester, die wir nachher kontaktieren werden. Sie arbeitet bei Fuchi als Abteilungsleiterin in der Kybernetik. Vielleicht weiß sie mehr. Unsere Spuren in der Klinik haben wir ordentlich verwischt. Die Polizisten werden den toten Elf für den Mörder halten.«

»Wenigstens etwas«, knurrte der Gesprächspartner.

»Meldet euch, wenn ihr mehr wisst. Und tut mir einen Gefallen und legt euch nicht mit Fuchi an, wenn es sich vermeiden lässt.«

Der Laptop piepste kurz, dann flimmerte die Meldung über den Schirm, dass die Satellitenverbindung unterbrochen worden war.

»Unsere Spezialisten, ja?«, meinte Lugstetter und klappte den Bildschirm um. »Soweit ich mich erinnere, liegt diese Steuereinrichtung in unserem Auto, in deinem Aktenkoffer, Gercke.«

Routiniert verstaute er den tragbaren Computer in der Tragetasche, dann ging er zum Fenster und legte die kleine Satellitenschüssel zusammen, die auf dem Sims gestanden hatte.

Er schaute kurz zum Restaurant der *Space Needle* hinüber, deren Fenster in der Nacht hell schimmerten. Die Straßenschlucht wimmelte von Autos, die von hier oben aussahen wie dicke, umherkrabbelnde Leuchtkäfer.

»Phänomenale Idee, einem toten Elf, der verkabelt auf einem OP-Tisch liegt, das Skalpell in die Hand zu drücken. Die Cops sind zwar schwer von Begriff, aber nicht total verblödet. Und bevor du das nächste Mal wieder die Leute geekst, die ich noch verhören will, schalte dein verdammtes Gehirn ein. Hellmann hätte mir alles erzählt, und wir müssten jetzt nicht der Schwester hinterherhetzen. Wenn sie eine Größe bei Fuchi ist, hat sie Bodyguards ohne Ende. Bei meinem Glück ist sie bestimmt ein Exec und kommt nie aus der Arc heraus. Scheiße, Mann, warum muss immer ich mit dir arbeiten?«

Der muskulöse Mann mit den kurzen, schwarzen Haaren und der breiten Narbe unter dem Auge ließ die Zigarette auf den Boden fallen und trat sie mit dem Absatz aus.

»Reg dich ab, Lugstetter. Ich bin eben kein Stratege

wie du. Ich bin Praktiker. Ich reagiere instinktiv. Außerdem hat die Schlampe den Panikknopf gedrückt.«

»Mach die Kippe in den Aschenbecher«, erwiderte sein Partner. »Ich will nicht, dass unser Büro wegen dir abfackelt. Wir haben nur eins in Seattle, wenn du dich erinnerst. Falls das bei deinen anabolikaverseuchten Gehirnzellen noch möglich ist. Und jetzt lass uns gehen.«

Lugstetter überprüfte sein Äußeres im mannshohen Spiegel neben der Garderobe.

Der Kinnbart war perfekt getrimmt, das schmale Gesicht makellos rasiert, und die schulterlangen dunkelbraunen Haare mit den drei schwarzen Strähnen baumelten als Zopf im Nacken. Er lächelte seinem Spiegelbild zu.

Gercke steckte sich die nächste Zigarette an und wartete das übliche Ritual seines Partners ab.

»Du verbringst zu viel Zeit in den Kon-Etagen. Das verweichlicht«, kommentierte er tonlos und öffnete die Tür.

Das ungleiche Duo in den maßgeschneiderten dunkelblauen Anzügen verließ den Raum. Lugstetter änderte gewohnheitsmäßig die Kombination des Türschlosses und aktivierte das zusätzliche Magschloss. ›Generalis Im- und Export‹ stand auf dem Schild neben dem Eingang, ›Sprechstunden nur nach Vereinbarung‹.

Zügig gingen sie durch die Korridore des Geschäftshauses am Südende der Madison Street, fuhren mit dem Fahrstuhl in die Tiefgarage und stiegen in den silbergrauen Saab ›Dynamit‹ 776TI.

»Ich sage Jennings und seinen Jungs Bescheid, dass wir unter Umständen ihre Hilfe benötigen.« Lugstetter tippte die Nummer in sein Handgelenktelefon. »Fahr los. Wir treffen uns in einer halben Stunde mit Professor Takahiro, damit er sich die Fernsteuereinrichtung ansieht.«

Gercke nickte, zog die Sonnenbrille auf und startete den Wagen, der mit einem kaum wahrnehmbaren Zittern zum Leben erwachte.

»Hoffentlich finden die Bullen nichts in der Schattenklinik.« Vorsichtig steuerte er den Sportwagen die Rampe hinauf und ordnete sich in den Abendverkehr Seattles ein.

»Gercke, merk es dir einfach: Die Bullen heißen hier Cops«, meinte der andere genervt. »Und jetzt lass mich telefonieren und nimm die Sonnenbrille ab. Es ist dunkel draußen, und du siehst damit bescheuert aus.«

»Wahre Schönheit entstellt nichts«, gab sein Partner gleichmütig zurück und ließ die Sonnenbrille, wo sie war.

Poolitzer stieg gut gelaunt in den Ford Americar, ein ehemaliges LoneStar Streifenfahrzeug, das er billig bekommen hatte, und drückte aufs Gas.

Die Schattenklinik lag am Rande der Barrens, also glücklicherweise nicht in einer echten Kampfzone.

Sein Fahrzeug hatte er im Laufe der Zeit mehrfach lackieren müssen. Stahlplatten und kugelsichere Scheiben sorgten dafür, dass er einigermaßen sicher durch die rechtlosen Viertel kurven konnte.

Zwar hatte er sich in breiten Buchstaben ›FNS‹ auf sein Fahrzeug gepinselt, trotzdem nutzten einige Spaßvögel immer wieder den auberginefarbenen Wagen als Zielscheibe.

Nach ein paar Metern in Downtowns Straßen programmierte er dem Autopilot Doc E.R.s Adresse. Danach checkte er seine Ausrüstung, die er in einem Stahlcase unter dem Beifahrersitz verwahrte.

Der Reporter überprüfte den Ladezustand seiner Kamera, eine gebrauchte Fuchi VX2200C Cybercam, welche die Aufnahmen direkt auf eine Mini-CD brannte.

Dank der Portacam-Kopfhalterung und der Cambrille, mit der er das Gerät steuerte, waren seine Hände immer frei, was in den Barrens lebenswichtig sein konnte.

Die Cambrille hatte den Nachteil, dass er seine Umgebung durch die Perspektive der Kamera sah. Wenn es aber wirklich gefährlich wurde, montierte er das Fischaugenobjektiv, das ihm eine optimale Übersicht verschaffte.

Die Elektronik funktionierte tadellos. Restlichtverstärker, Zoom, Infrarot, Bildstabilisatoren, Autofokus und der ganze andere teuere Schnickschnack sorgten dafür, dass seine Bilder stets einwandfrei waren, ganz egal, ob ein wütender Trollrausschmeißer, ein Feuergefecht zwischen LoneStar und ein paar Gangern oder ein weinendes Kind neben seinem kaputten Lieblingsspielzeug darauf waren.

Es brauchte seine Zeit, bis er sich an die VX C und das Gewicht auf dem Kopf gewöhnt hatte, aber die Vorteile waren einfach zu groß.

Zugegeben, unauffällig konnte man damit nicht sein, aber er war Reporter und kein Schnüffler. Und für solche seltenen ›Undercoverfälle‹ hatte er außerdem ein Geheimnis parat, das nur er und sein Doktor kannten.

Poolitzer steckte sich eine Zigarette an. Danach zwängte er sich in die kugelsichere Weste und schnallte mit großen Verrenkungen die dicke Ares Predator II um die Hüfte. *Braves Baby. Hoffentlich werde ich dich nie brauchen.*

In erster Linie setzte er bei der Waffe auf Abschreckung, denn ein guter Schütze war er trotz Talentleitungen und Smartverbindung wirklich nicht. Die Mossberg-Schrotflinte, ein Geschenk aus der Asservatenkammer von LoneStar, steckte griffbereit in der Seitentür.

Zwei Zigaretten und ein Schokoriegel später, sein übliches Mittagessen, stand der Americar vor der angegebenen Adresse. Die Umgebung war wie ausgestorben.

»Action«, sagte er und stieg aus.

Das grüne Licht auf der Anzeige signalisierte die Aufnahmebereitschaft der Kamera.

»Wir sehen hier die Fassade einer Schattenklinik, in der vor kurzem noch illegale Operationen vorgenommen wurden. Vergangenen Morgen, etwa gegen acht Uhr, starben Doc E.R., der Betreiber der Klinik, und seine Assistentin durch mehrere Messerstiche. LoneStar sucht nach dem mutmaßlichen Täter, der in einem modifizierten GMC Bulldog flüchtete und dabei einen Officer überfuhr.«

Poolitzer drehte den Kopf und machte so einen Schwenk über den Tatort, filmte Absperrband und zoomte die Kreideumrisse des Cops auf der Straße heran.

»Die ersten Ermittlungen vor Ort scheinen bereits abgeschlossen zu sein. FNS wird sich nun im Inneren des Gebäudes umsehen. Schnitt.« Die Kamera schaltete sich wieder aus.

Schauen wir mal, ob die Putzfrau uns was übrig gelassen hat. Er ging vorsichtig zum Eingang.

Eins hatte er gelernt: Wo es Tote gab, waren die Geier nicht fern, selbst in Seattle. Ein paar schießwütige Ganger beim Plündern zu erwischen wäre eine dumme Sache.

Doch im Inneren blieb es still.

Etwas beruhigter bahnte sich Poolitzer einen Weg durch das Absperrband und machte sich, nachdem er einen kurzen Blick in das Erdgeschoss geworfen hatte, auf in die zweite Etage.

»Action.«

Blutlachen, wieder Kreideumrisse und ein leidlich unordentlicher OP-Saal wurden auf die Mini-CD in der VX C gebannt.

»Die Spuren des bisher unbekannten Mörders. FNS macht sich auf die Suche nach neuen Hinweisen, die LoneStar vielleicht übersehen haben könnte.«

Der Reporter begann bei laufender Kamera das Büro erneut auf den Kopf zu stellen, ohne jedoch Wesentliches entdecken zu können. Neben dem OP-Tisch lag eine Krankenakte, die über und über mit Blut verschmiert war.

»Soweit ich feststellen kann, wurde nicht einmal etwas aus dem gesicherten Schrank mit den Drogen entwendet.« Er deutete auf die unberührte Tür, die von LoneStar versiegelt worden war. »Jedenfalls nicht seit dem Abrücken der Polizei. Wer war Doc E.R.? Wer war sein Mörder? Waren es mehrere, und wurde der Doc Opfer einer Schutzgelderpressung? Wir werden der Sache weiter auf den Grund gehen. Ich werde nun ...«

Von draußen ertönte das Motorengeräusch eines größeren Fahrzeugs. Poolitzer ging zum Fenster und spähte hinunter.

Aus einem schwarzen Lieferwagen stiegen mehrere Männer in schwarzen Anzügen aus. Wortlos verteilten sie sich entlang der Straße und sicherten die Umgebung.

»Ja, was haben wir denn da?«, freute er sich und machte eine Totalaufnahme der Szene.

Den Beulen unter den Jacketts und dem Verhalten nach handelte es sich um schwer bewaffnete Typen, wahrscheinlich der Regierung, die zu allem Überfluss auf den Eingang der Klinik zusteuerten.

»Schnitt«, befahl der Reporter. *Was hat der Besuch der Muskelaffen zu bedeuten? Die Cops hatten nicht erwähnt, dass sich ein Geheimdienst in die Ermittlungen eingeschaltet hätte. Und wenn es gar kein Geheimdienst war, wer dann?* Seine Nase begann wieder zu jucken.

Schnell sah er sich im OP um und entschied sich für eine ungeplante, wenn auch bestimmt sichere Flucht durchs Fenster.

Erste Strahlen der Taschenlampen zuckten die Treppe hinauf, und gedämpfte Gesprächsfetzen waren zu hören, als Poolitzer bereits auf dem Außensims balancierte und sich auf der Rückseite des Hauses zur Feuerleiter vortastete.

Die Geräusche, die aus dem OP kamen, zeigten, dass sich die Neuankömmlinge gründlich und ohne große Rücksicht umsahen.

Fast lautlos kletterte der Reporter die Stahlsprossen hinunter und schlich sich an sein Auto heran, das genau vor dem Lieferwagen stand.

Einer der Anzugträger schaute gerade durch die Seitenscheibe, überprüfte, ob die Tür abgesperrt war, und ging zurück zum eigenen Gefährt.

Drek. Der Typ baut mir die Karre auseinander, wenn ich nichts mache. Poolitzer filmte den Lieferwagen, nahm dann die Portacam-Kopfhalterung ab und verstaute die VX C in einem Müllsack, den er vom Boden aufhob.

Also gut. Die Besoffenen-Nummer.

Dreimal atmete er tief durch, dann löste er sich aus seiner Deckung und steuerte torkelnd auf den FNS-Americar zu.

Der Kopf des Anzugträgers ruckte hektisch in seine Richtung, die Hand verschwand augenblicklich unter dem schwarzen Sakko.

Reflexbeschleuniger, dachte Poolitzer, rülpste schallend und simulierte einen Schluckauf.

»'n Abend, Sir«, grüßte er jovial und zwinkerte dem Mann zu. »Schöne Karre. Woll'n Se kaufen?« Er taumelte an dem Anzugträger vorbei und fummelte die Keykarte umständlich ins Schloss. »Is' ganz billig, wenn Se'n haben woll'n. Ich hab 'n nämlich geklaut.«

Kichernd öffnete er die Tür und warf den Müllsack auf den Beifahrersitz, insgeheim betend, dass VX C und Cambrille den Aufprall unbeschadet überstanden.

»Hübsche Wumme«, sagte der Anzugträger ruhig und nickte in Richtung der Mossberg, deren Kolben sich nur wenige Zentimeter von Poolitzers Hand befand.

Du bist vielleicht ein cooler Typ. »Och, die war drin, als ich's Auto geklaut hab«, meinte er und grinste gespielt dümmlich.

Vorsichtig stieg er ein und zog die Tür zu, immer darauf bedacht, weiterhin den Betrunkenen zu markieren.

»Bist du sicher, dass du in dem Zustand noch fahren kannst?«, fragte der Mann. Die Waffe hielt er offen in der rechten Hand. Die Mündung des schallgedämpften Colt Manhunter zeigte zu Boden.

»Mein A-Pilot hat alles unter Kontrolle«, nuschelte Poolitzer und winkte ab. »Kutscher, Abfahrt. Programmierung Beta.« Der Americar rollte davon. »Schönen Abend noch, Chummer!«

»Wünsch ich dir auch«, rief der Anzugträger hinterher und verstaute seine Waffe.

Da haben wir noch mal Schwein gehabt. Der Reporter atmete tief durch und kramte die Kamera aus dem Abfall. Alle Teile hatten den schwungvollen Wurf unbeschadet überstanden.

Die Sichtung des Materials würde einige Zeit in Anspruch nehmen, und dann musste er unbedingt herausfinden, wer diese Figuren waren, die in schlechter Geheimagentenmanier angerückt waren.

Nur mit großer Mühe unterdrückte er einen heftigen Niesanfall. *Die Sache muss verdammt groß sein.*

Seattle, Redmond Barrens, 24. 07. 2057 AD, 21.25 Uhr

Sparkplug erwachte aus seiner Ohnmacht und bemerkte überrascht, dass er in einem Feldbett lag.

Mehr konnte er nicht feststellen, denn die Bildübertragung der Cyberaugen schien immer noch defekt zu sein. So musste er sich auf Nase, Ohren und Hände verlassen.

Er strengte sich mit aller Kraft an, doch die Konzentration brachte ihm nur einen stechenden Schmerz im Hinterkopf ein, und er verzog das Gesicht.

»Er ist wach«, hörte er Twing jubeln. Im Hintergrund johlten ein paar Leute, und der Rigger glaubte, vertraute Stimmen auszumachen. »Er hat überlebt!«

Fremde Finger betasteten vorsichtig seinen pochenden Kopf.

»Die Infusionen sitzen richtig, die Drainage leitet einwandfrei ab. Der Junge hatte mehr als ein verdammtes Glück. Wahrscheinlich hat er seinen ganzen Bonus bei Jahwe aufgebraucht«, sagte eine ihm unbekannte männliche Stimme, aber der klinische Geruch von Desinfektionsmitteln, der von dem Sprecher ausging, erinnerte Sparkplug an Doc E.R.

»Drek, wo bin ich?«, fragte der Elf schwach und erhielt als Antwort einen sanften Kuss auf die Wange.

»Keine Angst«, beruhigte ihn Twing. »Wir haben dich in die Praxis von Doc Brown verfrachtet. Um ein Haar hättest du die große Riggermaschine gesehen, aber der Doc hat dich zurück ins Leben geholt.«

»Wie lange liege ich hier?«

»Ungefähr drei Tage. Die Wunden sind inzwischen einigermaßen gut geschlossen, aber du darfst dich noch nicht bewegen.« Twing streichelte seine Hand, ein Tropfen warme Flüssigkeit klatschte auf seinen linken Unterarm.

»He, du weinst ja.« Sparkplugs Stimme klang besorgt. »Es ist doch alles in Ordnung mit mir, oder? Ich meine, warum, verfraggter Drek, sehe ich nichts?«

»Das liegt einfach daran, dass der Straßendoc, bei dem Sie waren, Ihre elektronischen Augen ausgebaut hat«, belehrte ihn der Mediziner. »Schön, dass Sie sich so viele Gedanken um Ihr eigenes Wohl machen.«

»E.R. hat was?« Der Elf konnte es nicht glauben. »Drek, deshalb falle ich wie ein Blinder durch die Gegend.«

»Nicht ›wie‹. Sie sind faktisch blind«, erläuterte Doc Brown. »Und so lange Ihr Zustand nicht besser geworden ist und Ihr Körper sich nicht von dem anderen schweren Eingriff erholt hat, werden Sie das auch vorläufig bleiben. Das dürften, meiner bescheidenen Schätzung nach, zwischen drei und vier Wochen sein. Immerhin waren Sie klinisch tot, als Sie in meine Anstalt gebracht wurden.«

»Wir haben die Live-Übertragung im Fernsehen gesehen und sind los. Wir fanden dich in der Garage«, erzählte Twing. »Du hast Cynthias Sitze von oben bis unten mit Blut beschmiert und fast nicht mehr geatmet. Das Heck vom GMC sah aus, als ob du die Zielscheibe von einem Dutzend Schrotflinten gewesen wärst. Die Jungs und ich haben dich dann zu Doc Brown gebracht, weil es der kürzeste Weg war.« Sie streichelte ihn. »Du bist in meinen Armen gestorben, Drahtkopf, aber der Doc hat dich zurückgeholt.« *Er sieht zwischen den weißen Laken noch blasser aus als sonst.*

»Drek, das wird verflucht teuer«, flüsterte der Rigger und zog sie zu sich heran. »Ich weiß nicht, ob ich es mir leisten kann. Ich bin pleite, um genau zu sein, und habe keine Lust, als Ersatzteillager ausgeschlachtet zu werden, nur damit die Kosten von Doc Brown gedeckt werden.«

»Keine Sorge«, sagte der Mediziner, der die leisen

Worte sehr wohl verstanden hatte, »Ihre Freunde haben im Voraus bezahlt und für Sie garantiert.«

»Wieso garantiert?« Sparkplug war verwirrt.

»Na, dass Sie mich nicht genauso umbringen wie meinen verehrten Kollegen E. R.« Seine Schritte entfernten sich. »Wenn Sie etwas brauchen, rufen Sie nach der Schwester.«

Eine Tür fiel zu.

Verdammt, ich habe mal wieder alles Glück der Welt. »Twing, glaub mir, ich habe E. R. nicht umgebracht.« Er tastete nach ihrer Hand. »Jemand hat den Doc und Tiara erledigt und wollte es mir in die Schuhe schieben.«

Die junge Frau küsste ihn erneut. Danach wischte sie etwas Motorenöl von seiner Wange, das sie hinterlassen hatte. »Wenn ich und die Jungs nicht an deine Unschuld glauben würden, wärst du nicht hier. Wir wissen, dass du der Letzte wärst, der dem Doc etwas antun wollte, aber es gibt ein paar Schattenläufer, die keine so hohe Meinung von dir haben und nur darauf warten, dass du dich blicken lässt. E. R. hatte eine verdammt gute Lobby auf der Straße.«

»Wem sagst du das«, seufzte der Elf. *Und alle werden hinter mir her sein.* »Und was meinen die Gesetzeshüter Seattles?«

»Du bist berühmt, Glatze. Sie sind den Weg des geringsten Widerstands gegangen und haben eine Fahndung nach Cynthia rausgegeben«, berichtete seine Freundin und wurde von Hustle lautstark unterbrochen.

»Und wenn deine Karre nicht einen der Cops umgefahren hätte, würde es LoneStar nicht besonders interessieren, was passiert ist. Aber der Typ ist platt und hat das Profil von Cynthias linkem Vorderreifen im Gesicht. Die Cops nehmen so was persönlich, Chummer, das hätten sie wissen müssen.« Er klopfte dem Rigger aufs Bein. »Sei froh, dass sie keine schweren Waffen dabei hatten, sonst hättest du dich über die ganzen Barrens verteilt.«

»Ja, ja. Sei ruhig mitfühlend«, beschwerte sich Sparkplug. Auch wenn er den Ork nicht sehen konnte, wandte er ihm das Gesicht zu. »Ich möchte dich um was bitten, Hustle.«

»Und das wäre?«

»Geh in die Klinik von E. R. und sieh dich um. Vielleicht entdeckst du was, das dem Unbekannten gehört. Ich muss wissen, wer den Doc auf dem Gewissen hat.« Das Gesicht des Elfs verfinsterte sich. *Ich will die Mörder finden, das schulde ich dem Weißkittel.* »Ich habe keine Lust, für etwas gegeekt zu werden, das ich nicht getan habe.«

Mann, mit den leeren Augenhöhlen sieht er echt beängstigend aus. »Auf die Klinik bin ich auch schon gekommen. Die Cops sperren das Gebiet ab. Ich habe einen Beobachter abgestellt, der mich anruft, wenn sich was tut.« In dem Moment klingelte ein Telefon, und Hustle führte ein kurzes Gespräch. »Das ist ja wie bestellt, Chummer«, sagte er. »Die Stars ziehen ab. Ich geh dann mal nachsehen.«

Sparkplug hörte, wie er hinausstapfte.

»Sei vorsichtig, Stoßzahn«, rief er hinterher, und der Ork grummelte etwas Unverständliches.

»Bleibst du noch?«, fragte er Twing hoffnungsvoll, die sich erhoben hatte. »Es ist ein Drekgefühl, wenn man nichts sehen kann. Ich bin es nicht gewohnt. Normalerweise habe ich Thermalbilder, Radardisplays und die schönsten Zoomaufnahmen von der Umgebung. Jetzt erkenne ich nicht mal meine Hand, wenn sie direkt vor der Nase schwebt. Das macht mir ein wenig Sorgen.« Er klang wirklich nicht besonders glücklich. »Es würde mich interessieren, warum E. R. das getan hat.«

»Was getan?«

»Die Augen ausgebaut.«

»Das wird Doc Brown bald herausfinden«, beschwichtigte Twing. »Er hat mir gesagt, er macht einen gründlichen Check all deiner Implantate, sobald dein Kreislauf im grünen Bereich ist und du wieder die richtige Drehzahl hast.« Der Rigger spürte, dass sich die junge Frau an seine Seite setzte. »Ich habe noch ein bisschen Zeit, aber dann mache ich mich an die Arbeit.«

»Warum? Was steht denn Wichtiges an?«

»Na, ich wollte Cynthia mal durchsehen. Ich glaube, sie hat sogar in der Tür ein Einschussloch, und der rechte Hinterreifen sieht platt aus, ganz zu schweigen von der Stoßstange und der Kühlerhaube, mit denen du den armen Cop erwischt hast, Evil Knevil«, zählte Twing auf.

»Und da sitzt du noch hier rum?« Sparkplug spielte den Entsetzten. »Los, an die Arbeit, die Schutzbrille auf und das Schweißgerät in die Hand. Ich will nicht, dass es Cynthia schlechter geht als mir. Und vergiss nicht, die Lenkstabilisatoren zu checken. Die sind drekanfällig, und ich kann es nicht verantworten, dass du mir in der nächsten Kurve abschmierst.«

»Wir müssen mal die Beziehung zu deinen Fahrzeugen ausdiskutieren.« Die hübsche Mechanikerin mit den kurzen, blau gefärbten Haaren und den farblich dazu passenden Augenbrauen stand auf. »Manchmal denke ich, du tickst nicht mehr richtig.«

»Fahrzeuge haben auf ihre Art eine Seele, glaub mir«, beteuerte der Elf und kratzte sich vorsichtig am kahlen Schädel. »Und wenn man sie schlecht behandelt, versagen sie dir im wichtigen Augenblick den Dienst. Sie haben einen verfraggt guten Memorychip im Autopilot. Übertriff dich selbst, wenn du an ihr herumschraubst. Aber bitte mit Gefühl, ja?«

»Ich liebe dich auch sehr«, sagte Twing und ging kopfschüttelnd hinaus.

Sparkplug stieß geräuschvoll die Luft aus. *Weiber. Noch schlimmer als empfindliche Autos.*

Seattle, Redmond Barrens, 24. 07. 2057 AD, 22.23 Uhr

Hustle stoppte den Ford Americar, der in den schrillsten Farben besprüht worden war, direkt vor dem Eingang des dreistöckigen Hauses, in dem Doc E.R. seine angesehene und florierende Schattenklinik gehabt hatte.

»'ne Schande, so'n prima Weißkittel abzuputzen«, grunzte Noomy, einer der drei Orkganger, die sich der Straßensamurai als Verstärkung mitgebracht hatte, denn immerhin sahen acht Augen mehr als zwei, egal, wie vercybert sie waren. »Würd mich echt interessieren, warum der bescheuerte Rigger das gemacht hat.«

»Sparkplug war's nicht, Noomy«, stöhnte Hustle und stieg aus. »Das hab ich heute schon viermal gesagt.« Er zeigte auf den schwarzen Lieferwagen, der zehn Meter weiter auf dem Bordstein stand. »Weiß jemand zufällig, wem der gehört?«

Die Ganger schüttelten die Köpfe, luden ihre Uzis III durch und verließen ebenfalls den Ford.

»Vielleicht 'n Pressefuzzi auf Storyjagd? Vorhin kam uns einer von FNS entgegen«, vermutete Glogg und schulterte seine Waffe. »Wie die Haie. Wo einer ist, sind bald alle. Die schreib'n doch über jeden Mist.«

»Kann sein«, murmelte der Straßensamurai. »Haltet trotzdem die Augen offen. Wenn's stimmt, was Sparkplug erzählt hat, kann die Sache haariger als ein Sasquatch werden.« Er schaute auf die verdreht angeordneten, menschlichen Umrisse, die mit Kreide auf die Straße gezeichnet worden waren. »Muss wohl der Cop gewesen sein.«

»Yeah, wieder einer weniger«, brummte Noomy und ging ins Haus.

Die Ganger folgten, während Hustle dem Lieferwagen noch einen schnellen Blick zuwarf, bevor er im Eingang verschwand. *Sieht nach einem interessanten Besuch aus.*

Das Polizeiabsperrband lag zerrissen am Boden, und der Ork war sich sicher, dass es bereits vor der Ankunft seiner Truppe dort gelegen hatte.

Im Gebäude blieb zunächst alles still, bis die Gruppe in die zweite Etage kam.

Hinter den Türen, die zu Doc E.R.s Klinik führten, ertönten Geräusche von splitterndem Glas und Gegenstände wurden umgeworfen.

»Was sagt man dazu?« Noomy brachte empört die Uzi in Anschlag. »Ich pack's nicht. Da plündert einer. In meinem Revier!«

Der Straßensamurai zog seine Ares Predator II und aktivierte die Smartverbindung. Seine Cyberaugen glühten kurz grellgrelb im Halbdunkel. »Lasst uns nachsehen, wer sich da bedient, Chummers.«

Er hob drei Finger in die Luft und zählte rückwärts, dann stürmten die Ganger hinein. Hustle folgte unmittelbar dahinter.

Die vier Orks überraschten fünf Männer in schwarzen Anzügen, die sich gerade über das Inventar der Praxis hermachten.

»Keine Bewegung, Freaks, oder ich blase euch allen das Licht aus!«, schrie Noomy und schwenkte den Lauf der Uzi III wild hin und her. Seine Leute brüllten ebenfalls durcheinander.

Keineswegs eingeschüchtert, sondern eher genervt erhoben sich die Männer langsam und reckten die Arme in die Höhe, wobei sie ihre Besucher mit abschätzenden Blicken taxierten.

Lächelnd trat einer der Anzugträger vor, dicke

Kunstmuskelstränge zeichneten sich unter der Kleidung ab.

»Smith ist mein Name, Gentlemen. Darf ich Sie darauf hinweisen, dass Sie eine Aktion des Geheimdienstes behindern?« Langsam fuhr er mit der linken unter das Sakko und holte vorsichtig einen CIA-Ausweis hervor. »Meine Leute und ich sind bereit, den Vorfall zu vergessen, wenn Sie ganz schnell wieder dorthin gehen, wo Sie hergekommen sind.«

Noomy blinzelte. »Geheimdienst, ja? CIA? Klar, ich hab auch 'nen Ausweis.« Er hob die Uzi. »In dem Clip sind gleich zwei Dutzend von der Sorte drin. Hochexplosiv. Willste mal sehen?«

Der Anzugträger schnippte, und mit einer für das normale Auge kaum nachvollziehbaren Geschwindigkeit zogen die vier Männer hinter ihm ihre Waffen. Jeder der großkalibrigen, schallgedämpften Colt Manhunter zielte auf einen der Orks. »Ich würde sagen, wir haben ein Unentschieden«, meinte er lächelnd, während er lässig die Hände in die Taschen steckte.

Drek, die haben ziemlich gute Reflexbooster. Noomy begann zu schwitzen. *Vielleicht sind sie ja doch von der Regierung.* »Steht dein Angebot noch, Smith?«, fragte er den Anzugträger, der kaum merklich nickte.

»Selbstverständlich. Ich vermeide Blutvergießen, wenn es geht.«

Hustle überlegte. *Hier läuft eine verdammt große Nummer.* Er glaubte keine Nanosekunde an den Unsinn mit dem Geheimdienst, aber trotzdem waren die anderen ziemlich gut verdrahtet. Nach der Sicherheit ihres Anführers zu schließen, waren sie sogar noch besser, als er befürchtete, und wenn er richtig vermutete, würde keiner von den Gangern lebend aus diesem Zimmer kommen. Inklusive seiner Person. *In was ist Sparkplug bloß hineingeraten?*

»Okay, Chummers, ziehn wir uns zurück«, befahl

der Orkganger und ging langsam rückwärts, wobei er die angeblichen Regierungsagenten keine Sekunde aus den Augen ließ.

Seine Leute verschwanden ziemlich erleichtert einer nach dem anderen im Korridor, während der Straßensamurai unbeweglich neben dem Fenster stehen blieb.

»Komm schon, Hustle«, flehte Noomy, »raus hier. Die Typen wollen alleine sein.«

»Sir, haben Sie ein Problem mit der Abmachung?« Smith wandte sich ihm zu. »Wir können Sie auch gerne erschießen, wenn Sie darauf bestehen.«

»Noomy, sei kein Idiot. Die werden dich ebenso abknallen wie deine Jungs. Unten steht bestimmt ein Begrüßungskomitee.« Hustle visierte den Kopf des Anführers an. »Lass uns auf einem anderen Weg abhauen.«

»Ich gebe Ihnen mein Wort, dass Sie freies Geleit haben«, meldete sich der Anzugträger freundlich. »Sie können einfach die Tür hinausspazieren.«

Der Orkganger schluckte schwer und ging wieder rückwärts. »Tut mir Leid, Hustle, aber ich verschwinde.«

Ich hatte dich gewarnt. Der Samurai steckte die Waffe weg. »Na schön. Ich gehe lieber hier raus, das ist sicherer.«

Mit einem kräftigen Sprung beförderte er sich durch das Fenster, stürzte ein paar Meter und landete in einem Scherbenschauer zwischen Mülltonnen und Plastiksäcken, die den Aufprall dämpften.

Schnell rappelte er sich auf. Um ihn herum schlugen die ersten Schüsse ein. »Freies Geleit«, fluchte er. »Das habe ich mir anders vorgestellt.«

Zwei Treffer kassierte er in die linke Schulter, doch seine Dermalpanzerung fing die Projektile ab. Dann hörte er eine Explosion.

»Schöner Drek«, fluchte der Ork, klaubte eine Bananenschale aus der Tasche und lief los. »Wenn ich auch nur geahnt hätte, was mich da oben erwartet, hätte ich die ganze Gang mitgenommen und ein Dutzend von Sparkplugs Drohnen.«

Er rannte fluchend die Straße hinunter und passierte eine Kreuzung, von der aus er den Eingang des Hauses sehen konnte.

Der Ford Americar brannte lichterloh. Dicke Qualmwolken zogen über den kochenden Asphalt, und Hustle bekam einen Schwall Phosphorgeruch in die Nase.

In einem gebührenden Abstand zu dem Inferno kauerte ein Mann im Anzug und lud den Granatwerfer nach, während seine Kollegen einen weiten Halbkreis um das Fahrzeug gezogen hatten und ihre Magazine in das Innere leerten. Die Türen des schwarzen Lieferwagens standen offen.

Ihr verfraggten Säcke! Noomy war zwar ein Idiot, aber trotzdem ein netter Kerl.

Der Samurai zog wütend die Predator II und schickte den Gegnern drei Kugeln hinüber. Einer der Männer brach zusammen. Wenn ihn die Vergrößerungsoption der Cyberaugen nicht getäuscht hatte, war dem Anzugträger der ganze Kopf weggeflogen.

Hustle kam nicht dazu, sich richtig zu freuen, denn der Granatwerfer schleuderte gerade einen faustgroßen Gegenstand in seine Richtung.

Der Samurai duckte sich hinter die nächste Mauerecke. Dann detonierte die Granate in seinem Rücken und überschüttete ihn mit brennendem Phosphor.

Hustles Jacke stand in Flammen. Schnell fraß sich die glühend heiße Chemikalie durch die Kleidung und ließ den Ork aufschreien.

Während er über die Straße taumelte, riss er sich die Kleider vom Leib. Dann blieb er stehen und wälzte sich schreiend am Boden, bis er glaubte, die Flammen erstickt zu haben.

Der Gestank von verbranntem Fleisch umgab ihn, die Schmerzen waren unglaublich.

Als er sich mühsam auf die Beine gestemmt hatte, waren die Anzugträger bei ihm und überwältigten ihn mit Leichtigkeit.

»Erledigt ihn nicht«, quakte es aus einem Funkgerät. »Schickt ihn einfach nur schlafen. Ich will ihn verhören. Es interessiert mich, was sie in der Klinik gesucht haben.«

»Verstanden, Boss.«

Einer der Verfolger drückte ihm ein Traumapflaster auf die nackte Brust. Dann beorderte er den Wagen in die Straße.

In wenigen Minuten war der bewusstlose Straßensamurai eingeladen, und der schwarze Lieferwagen brauste davon.

Zurück blieben ein qualmender Ford Americar und drei verkohlte Orkganger.

III.

Seattle, Downtown, 25. 07. 2057 AD, 10.00 Uhr

Das Café im Obergeschoss von ›Buyworld‹, dem drittgrößten Kaufhaus in Seattles Downtown, wimmelte von Kunden, die sich nach dem anstrengenden Wettlauf, den manche immer noch Einkauf nannten, eine Tasse Soykaf gönnen wollten.

Die abgehetzten Kellner rannten von Tisch zu Tisch, um die Wünsche der Durstigen zu erfüllen.

Das Klappern von Tassen und Tellern, die Unterhaltungen der Menschen und das lautstarke Quengeln ungeduldiger Kinder mischten sich zu einem allgegenwärtigen Geräuschebrei, der sich dick über jeden Keim von Gemütlichkeit legte und ihn abtötete.

Lugstetter saß ungerührt inmitten des Chaos wie ein Fels in der Brandung, hatte die Kopfhörer des tragbaren Musikchipplayers aufgesetzt und las die ›Seattle Daily‹ auf seinem Palmtop. Seine Füße wippten im Takt der Musik.

Auf dem Tisch lag sein metallbeschlagener Aktenkoffer, der zwischen den ganzen Einkaufstüten fehl am Platze wirkte. Auch Lugstetter hob sich durch seinen dunkelblauen Maßanzug deutlich aus der lärmenden, durchschnittlich gekleideten Masse ab.

Ein kleiner Orkjunge schlich sich von seiner Sippe weg, die über die erneuten Preiserhöhungen im ›Buyworld‹ diskutierte, und kam an den Tisch des Mannes.

»Du, Onkel!«

Lugstetter reagierte nicht, sondern blätterte per Cursor die virtuelle Zeitungsseite um.

»Was hast'n du im Koffer, Onkel?« Der Orkjunge

schielte nach den Schlössern und streckte die Finger danach aus. »Kann ich mal gucken?«

Ganz langsam senkte der Mann die Lektüre und lächelte den kleinen Metamenschen an.

»Na, mein naseweiser Freund? Das ist nichts für Jungs in deinem Alter.« Er beugte sich vor, nahm den Keks, der neben seiner Tasse lag, und reichte ihn ihm. »So, da hast du einen Keks. Und jetzt schwirr ab.«

Der Orkjunge blieb standhaft, während er den Keks in den Mund schob und heftig kaute, dass die Brösel durch die Luft flogen.

»Ich will aber sehen, was du da drin hast.«

Lugstetter machte ein geheimnisvolles Gesicht und strich über seinen Kinnbart. »Also gut. Granaten, Pistolen und ein ganz großes Gewehr, mit dem ich neugierige, minderjährige Orks wie dich erschieße. Peng, peng!«

Der Kleine würgte geräuschvoll den Keks runter, drehte sich auf dem Absatz herum und lief wie der Blitz zurück an seinen Tisch. Um ein Haar hätte er einen Kellner gerammt.

Lugstetter grinste zu der Orksippe, die ihn jetzt böse anstarrte, und winkte fröhlich, dann vertiefte er sich wieder in die ›Seattle Daily‹.

Ein fast schon übernatürlich muskulöser Mann in schwarzem Geschäftsanzug näherte sich seinem Platz und stellte sich vor den Tisch.

»Darf ich mich zu Ihnen setzen, Herr Lugstetter?«

»Natürlich dürfen Sie, Mr. Jennings, und es wäre mir lieb, wenn Sie mich in der Öffentlichkeit nicht mit ›Herr‹ anreden, sondern das in Seattle gebräuchliche ›Mister‹ verwenden. Am besten ›Mr. Johnson‹, so sagt man doch, oder? Es muss ja nicht jeder gleich mitbekommen.« Er machte eine einladende Handbewegung, orderte einen Kellner herbei und bestellte einen Martini für seinen Gast.

»Wenn ich mich so umsehe, kann ich mir unsere 32 Prozent Bevölkerung unterhalb der Armutsgrenze überhaupt nicht vorstellen.« Jennings nippte an seinem Drink. Das Glas sah zierlich und zerbrechlich in der breiten Hand des Mannes aus. »Die Leute kaufen immer noch wie die Bescheuerten.«

»Und dazu noch den unsinnigsten Schund.« Der Deutsche deutete auf den kleinen Ork, der eine hässliche Actionfigur malträtierte. »Wenn ich nachts durch die weniger belebten Viertel fahre, kann ich mir die Verbrechensrate von 18 pro tausend Einwohner nicht vorstellen.« Lugstetter roch an seinem Soykaf. »Vermutlich liegt sie dreimal so hoch.«

»Sie würden sich wundern, wenn Sie die echten Daten kennen würden. Ich denke, Sie haben ...«, begann der Samurai, aber der andere hob die Hand.

»Einen Moment noch.« Er drehte die Zahlenkombination seines Koffers auf 876. »Ich wollte nur noch schnell den White-Noise-Generator einschalten. Ich rede nur ungern über Geschäfte, ohne mich abzusichern.«

»Dann mal los«, sagte Jennings und wartete, dass Lugstetter den Deckel öffnete.

»Der Generator ist eingeschaltet.« Er deutete auf den Koffer. »Ein kleines Spielzeug mit jeder Menge zusätzlichen Extras, Made in Germany. Der Antiüberwachungssender wird mit der Kombination aktiviert und stört alle, die versuchen wollen, per Wanze oder Mikrofon auch nur ein Wort von uns zu belauschen. Als Geschäftsmann muss man sich schließlich vor der Konkurrenz schützen.« Er lächelte unverbindlich. »Also, Mr. Jennings, was haben Sie zu berichten?«

»Nettes Gerät. Vermutlich hat es auch eine Selbstzerstörung, nicht wahr?« Der Mann war fasziniert.

»666«, antwortete Lugstetter grinsend. »Darf ich Sie noch einmal an die Schattenklinik erinnern?«

»Selbstverständlich.« Jennings zog einen Chip aus der Innentasche seines Sakkos. So musste ein Cent in der Handfläche eines Riesen wirken. »Hier ist alles aufgeschlüsselt, was wir an elektronischen Geräten mitgenommen haben. Ich denke, Professor Takahiro möchte sich die Sachen ansehen.«

»Ganz recht.« Der Deutsche verstaute den Datenträger in der Seitentasche. »Gab es noch etwas?«

»Es wird Sie vermutlich interessieren, dass wir gestern nicht die Einzigen waren, die sich in Doc E. R.s Klinik umgesehen haben. Wir bekamen plötzlich Besuch von ein paar Gangern, die wir entsorgen mussten.«

»Ganger?« Lugstetter verzog das Gesicht. »Was haben die dort gewollt?« *Das hat mir gerade noch gefehlt!*

»Wäre ich Optimist, würde ich vermuten, sie waren ›nur‹ auf Beutezug, um ihrem Hehler ein paar billige medizinische Geräte zu besorgen. Da ich aber meist das Schlimmste annehme, haben wir einen geschnappt, der gegenwärtig verhört wird. Im Gegensatz zu den anderen ist er ein bekannter Schattenläufer. Eine Phosphorgranate hat ihm gehörig den Pelz verbrannt, aber wir halten ihn so lange am Leben, bis er uns was gesagt hat. Ich schätze, dass ich morgen die Informationen aus ihm rausgeholt habe.« Der Samurai angelte die Olive aus dem Glas und zerkaute sie genussvoll.

Lugstetter verfluchte sein Schicksal. *In Deutschland wäre der ganze Job mit meinen Verbindungen schon lange erledigt.* Hier musste er die umständlicheren Wege wählen, arbeitete mit Fremden zusammen und hatte so gut wie keinen Einfluss auf die Behörden. *Außerdem geht mir Gercke gehörig auf den Geist.*

»Sie sehen nicht sehr erfreut aus, Mr. Johnson«, hörte er Jennings sagen, der mittlerweile den zweiten Martini vor sich stehen hatte.

»Oh, entschuldigen Sie bitte. Seien Sie versichert, es hat nichts mit Ihnen zu tun. Sie haben Ihre Arbeit gut gemacht, und die Bezahlung erfolgt auf die übliche Weise. Kann ich mit Ihrer weiteren Hilfe rechnen, oder sind Sie und Ihr Team derzeit ausgebucht?« Insgeheim betete er, dass der gepflegte Samurai keine Termine hatte.

»Mr. Johnson, ich habe immer Aufträge. Aber Ihnen und Ihren Freunden räume ich selbstverständlich Priorität ein«, sagte Jennings mit einem freundlichen Geschäftslächeln. »Schon alleine wegen der prompten und großzügigen Bezahlung.«

»Ich habe den Wink verstanden«, lachte der andere. »Sagen Sie, funktioniert der Trick mit dem Geheimdienst immer noch? FBI?«

»CIA«, antwortete der Samurai. »Ich mache mich gut als Specialagent Smith. Aber wir werden uns demnächst etwas anderes einfallen lassen. Es nutzt sich ab, und wenn es sich herumspricht, verliert es den Coolheitsfaktor. Mir ist aber noch etwas eingefallen, was ich überprüfen lassen würde. Einer meiner Männer hat einen Wagen mit der Aufschrift ›FNS‹ direkt vor der Klinik gesehen. Ein ziemlich verlotterter Typ ist eingestiegen und hat behauptet, er hätte den Wagen gestohlen.«

»Und was ist das für eine Abkürzung?«

»Das wird Ihnen nicht gefallen«, sagte Jennings mit ernstem Gesicht. »Free Network Seattle, ein kleiner Lokalsender hier in der Stadt, der sich ins Kabel einspeist. Wir wissen, wer der Kerl ist. Wenn Sie seine Adresse haben möchten?«

Live dabei. Das wird immer besser. Lugstetter sackte zusammen. »Was habe ich in meinem vorherigen Leben verbrochen, dass bei diesem Job so rein gar nichts funktionieren will?«

»Das müssen Sie schon selbst wissen. Vielleicht

waren Sie Versicherungsvertreter?« Der Samurai stand auf und reichte Lugstetter die Hand. »Sie wissen, wie Sie mich erreichen können. Die Adresse des Lagerhauses, in dem die elektronischen Geräte zu finden sind, steht auf dem Chip. Schönen Tag noch.« Der Mann schlenderte zum Aufzug.

Schönen Tag noch, echote er missmutig in Gedanken, *sehr witzig.* Dennoch empfand er das Ergebnis des Gesprächs als zufrieden stellend. *Ich werde der Zentrale empfehlen, Jennings auf unsere feste Lohnliste zu setzen. Der Mann ist wenigstens ein Profi.*

Er klickte das Zahlenschloss auf 109 und öffnete den Deckel des Koffers, in dem erstaunlich wenig Platz für einen Behälter dieser Größe war.

Sorgsam steckte er den Chip in ein dafür vorgesehenes Fach, in dem er mit einem leisen Klicken einrastete, startete den integrierten Laptop und aktivierte den Zerhacker.

Das Funkmodem sendete die verschlüsselten Daten über etliche Umwege an Professor Takahiros persönliche Mailadresse.

Nach wenigen Minuten schloss Lugstetter den Koffer und bestellte sich einen weiteren Soykaf und ein großes Stück Kuchen. *Nervennahrung.*

»Du hast ja gar keine Pistolen im Koffer«, sagte der Orkjunge, der lautlos wie eine Katze an seiner Seite aufgetaucht war. »Du hast gelogen, Onkel.«

Was zum … Der Mann unterdrückte den Impuls, den doppelten Boden des Koffers zu öffnen und dem Jungen die entsicherten Mikrogranaten in die Taschen zu stecken oder ihm wenigstens mit der versteckten Altmayr SP ein Loch ins Bein zu schießen, nur um zu zeigen, dass er kein Lügner war, bis auf die Sache mit dem Gewehr.

Stattdessen spielte er mürrisch den Ertappten.

»Meine Güte, jetzt hast du mich ganz schön erwischt. Und jetzt nimm den Kuchen und verpiss dich.« Er drückte dem kleinen Ork den Teller in die Hand und schob ihn weg. Strahlend zog der Junge mit seiner Beute an den Tisch seiner Sippe und berichtete von seiner Entdeckung.

Scheiß Kinder. Lugstetter orderte drei Schokodonuts und kippte den Soykaf hinunter. Angewidert verzog er das Gesicht. *Was für eine Brühe. Die Yankees scheuen vor nichts zurück.*

Ein wenig beruhigter las er das virtuelle Nachrichtenblatt weiter. Seine Blicke schweiften über die Überschriften der Artikel, auf der Suche nach etwas, das ihn interessieren könnte.

Als er die Meldung über LoneStars Stand der Ermittlungen bei einem vor vier Tagen begangenen Polizistenmord entdeckte, verging ihm schlagartig der Appetit.

Nicht dass sich ein beschissener Reporter in der Klinik herumgedrückt hatte, nein.

Es kam noch besser.

Der Rigger, den sie für tot gehalten hatten, war quietschlebendig und auf der Fahndungsliste ganz oben. *Ich hasse die Amis.*

»Drek, Drek und noch mal Drek!«, tobte Sparkplug in seinem Bett. »Ich habe Hustle gesagt, dass er aufpassen soll. Und jetzt hat es ihn doch erwischt.« *Nur wegen mir.*

»Nur langsam«, meinte Twing, die an seiner Seite saß. »Sie haben seine Leiche nicht gefunden. Vielleicht ist er irgendwo in Deckung gegangen und wartet, bis sich der Wirbel ein wenig gelegt hat.«

»Ach, Frag! Dann hätte er uns schon lange angefunkt.« Er trat gegen das Fußende seiner Liege.

Betreten standen die restlichen drei Schattenläufer um die beiden herum.

Cauldron spielte an ihren unzähligen Ringen, der Troll strich über die Bartstoppeln im Gesicht, während Bullet die Unzahl von Monitoren betrachtete, die nach dem cholerischen Anfall des Riggers Kurven zeichneten, wie sie ein Erdbeben der Stärke sechs auf Seismographen auslöste.

Doc Brown kam hereingestürmt und scheuchte sie hinaus.

»Er braucht Ruhe, wenn er sich schnell erholen soll«, schimpfte er, »und das Letzte, was er jetzt braucht, ist ein Herzinfarkt vor lauter Aufregung.«

Er injizierte Sparkplug eine Beruhigungsspritze, worauf die Monitore bald Normalwerte zeigten. Der Elf schlief ein.

Die Schattenläufer versammelten sich auf dem Korridor.

»Dass Sparkplug nichts mit dem Mord an E.R. zu tun hat, dürfte somit bewiesen sein«, begann Cauldron und strich sich eine lange, feuerrote Haarsträhne aus dem weiß geschminkten Gesicht.

»Stand das jemals außer Frage?«, fauchte Twing sie an. Ihre hellblauen Tätowierungen an Hals, Augenwinkeln und Stirn leuchteten vor Aufregung.

Ultra, der wie immer seine Militärklamotten, den langen Sicherheitsmantel und die deutsche Hauptmannsmütze trug, stellte sich schlichtend zwischen sie.

»Beruhigt euch, Schönheiten«, sagte er. »Wir woll'n die Jungs schnapp'n, aber nich uns gegenseitig kalt mach'n. Das bringt nichts.« Die Ringe in seinen Ohrmuscheln schlugen aneinander und klingelten leise. »Oder ich stelle euch eine Quizfrage, und wer sie richtig beantwortet, der ...«

»Hört auf mit dem Drek. Cauldron hat's nicht so gemeint«, unterbrach Bullet, der müde und niedergeschlagen wirkte. »Kommt, wir gehen einen auf Hustle trinken. Ich geb einen aus.«

»Wir wissen nicht genau, ob die alte Klaue wirklich tot ist, begreift das doch«, erinnerte die Mechanikerin und hob verzweifelt die Arme. »Was ist denn mit euch los? Ihr seid doch sonst nicht so schlecht drauf.«

»Die Kleine hat Recht.« Der Troll klemmte die Daumen hinter den breiten Kampfgürtel. »Wir sollt'n herausfind'n, welcher Frag da am Dampfen is, alles andre sehn wir dann.«

Bullet trat mit Wucht an den mittelalterlich anmutenden Soykafautomat, der daraufhin einen Becher freigab, ihn aber nicht füllte. »Drek, verdammter«, fluchte er leise und versenkte die Hände frustriert in den Taschen seiner blau-grün gestreiften Hose.

»Ja, ganz toll. Dem Automaten hast du's aber gegeben. Können die Herrschaften auch noch was anderes außer Kraftausdrücke von sich zu geben?«, meinte die Magierin spitz. »Dass ungefähr jedes zweite Wort aus Sparkplugs Mund ein Fluch ist, weiß ich inzwischen, aber bei euch ist mir das noch nie aufgefallen.«

»Es muss was mit dem Doc zu tun gehabt haben«, murmelte die Mechanikerin abwesend und setzte sich auf einen verrosteten Stuhl, der einsam auf dem Gang stand. *Aber was?*

»Das Haus kannste vergessen, das is nur noch ein Haufen kokelnder Trümmer«, brummte Ultra. »Die hab'n mindestens hundert Liter Phosphor um sich geworfen, um ihre Spuren zu verwisch'n, wer auch immer es war.« Er schob sich die Mütze ins Genick und kratzte sich am Kopf. Die langen, öligen gelben Haare lagen dicht am Schädel an.

»Kennt jemand von euch E.R.s richtigen Namen?«, fragte Bullet unvermittelt. »Ich meine, der ganze Sprawl wusste, dass er angeblich mal bei Fuchi gearbeitet hat. Vielleicht ist da was dran, und ich könnte einen Decker auf die Sache ansetzen.«

»Der bei Fuchi mal eben so einsteigt und nachsieht,

oder was, Schatzi?«, schnaubte Cauldron ungläubig und wischte einen Fussel von ihrem bodenlangen, schwarzen Kleid.

Sie legte den Kopf in den Nacken und setzte sich ihre Kontaktlinsen ein, die um ihre Pupillen eine effektvolle Flammenkorona legten. Ihrem Geliebten warf sie einen mörderischen Blick zu. Sie hatte ihm immer noch nicht verziehen, dass er es wagte, ihren Jahrestag zu vergessen.

Der Samurai mimte den Gleichgültigen.

»Die Idee is vielleicht gar nich so schlecht«, meinte der Troll vorsichtig. »Kann doch sein, dass die Jungs von Fuchi was von ihm wollt'n. Vielleicht wusste er 'n Geheimnis.«

Cauldron verzog den Mund, während Bullet bereits eine Nummer in sein Handgelenkcom tippte.

»Ich setze Hotwire darauf an.« Er unterhielt sich kurz mit dem Decker am anderen Ende der Leitung. »Wann E. R. bei Fuchi aufgehört hat?« Unsicher schaute er in die Runde. »Ich glaub, vor anderthalb Jahren. Du kümmerst dich drum?« Der Samurai schwieg, während seine Augen immer größer wurden. »Du Deckhead willst 2000 Nuyen nur fürs Nachsehen? Chummer, ich könnte mir auch einen Anfänger für den Job holen, aber ich wollte dir ein paar Kröten gönnen.« Wieder eine Pause. »Aha, Personaldaten sind gut geschützt? Schwarzes ICE? Von mir aus, du kriegst deine 2000. Und jetzt stöpsle dich gefälligst ein, wir kommen in einer Stunde vorbei.« Er unterbrach die Verbindung.

»Da bin ich aber gespannt, was dein Freund leistet«, stichelte Cauldron. »Vermutlich sitzt er mit rauchenden Buchsen und durchgebrannten Leitungen vor seinem Deck, wenn wir ankommen. Weißt du, wie schwer es ist, euch Essenzlose mit Magie einigermaßen wieder hinzubiegen?«

»Du kannst eben nichts, Hexe.« Der Straßensamurai schaute sie herausfordernd an.

Er wusste, was er mit dieser Bemerkung bei seiner aufbrausenden Gefährtin provozierte, aber er lebte nach dem Motto, das er in die millimeterkurze Frisur rasiert hatte: No fear!

»Sag das noch mal, und ich setze dir einen Manablitz zwischen deine elektronischen Lichter«, giftete sie prompt und hob die Hände. Für einen Augenblick wirkten die Flammen um ihre Pupillen echt.

Bullet spielte das Spiel mit. Kunstmuskeln zuckten gefährlich, und der Sporn im linken Unterarm fuhr aus seiner Hülle.

»Und später schieben sie wieder 'ne Nummer«, bemerkte Ultra grinsend. Twing schüttelte den Kopf.

Das Verhältnis zwischen dem menschlichen Straßensamurai und der Magierin war etwas Besonderes. Mal verbrachten sie Stunden zusammen im Bett, dann waren sie kurz davor, sich gegenseitig ins Jenseits zu befördern. Nach dem Streit, schätzte die Mechaniker, würden die beiden spätestens in einer Stunde lebhaft Versöhnung feiern. So ging das seit mehr als anderthalb Jahren. *Muss so eine Art Hassliebe sein,* schätzte sie.

»Du hast Glück, dass ich meinen freundlichen Tag habe«, fauchte Cauldron und entspannte sich.

»So wie du dich benimmst, hast du wohl eher deine Tage«, konterte der Samurai, um etwas Öl ins erkaltende Feuer zu gießen.

Ultra seufzte und schob sich zwischen die beiden, um eine handfeste Auseinandersetzung unmöglich zu machen. »Ich komm mir bei euch inzwisch'n echt vor wie 'n Türstopper. 's is genug, ehrlich. Wir wiss'n alle, wie sehr ihr euch liebt. Wie wär's mit 'ner Fahrt zu dies'm Decker?«

Bullet nickte grimmig. »Er benutzt normalerweise ein altes Haus ungefähr zehn Blocks von hier, um ins

Netz einzusteigen, damit man ihm nicht die Bude demoliert, wenn mal was schief gehen sollte. Ist aber bei Hotwire bisher nicht passiert.«

»Dann mal los.« Twing stapfte zum Ausgang. Der Rest des Teams folgte.

Cauldron schickte Bullet finstere Blicke aus ihren Flammenpupillen hinüber, die der Samurai aber ignorierte. *Dieser Idiot hat nicht den blassesten Schimmer, weshalb ich wütend auf ihn bin,* ärgerte sie sich. *Gedankenloser Chiphead.*

Der Troll bog in das Arztzimmer ab und kam kurz darauf nach.

Die Mechanikerin startete Cynthias Motor, der mit einem kräftigen Röhren aus seinem Schlummer erwachte.

430 Pferdestärken gab der modifizierte Antrieb her. Lachgaseinspritzung und Hochleistungskühlgeräte sorgten für die entsprechende Endgeschwindigkeit von 200 Sachen, obwohl der GMC Bulldog dank seiner Stahlplatten, die einem kleinen Panzer alle Ehre machten, stolze dreieinhalb Tonnen ohne Ladung wog.

Twing trat das Gaspedal durch, und Cynthia schoss los.

Nach ein paar Metern schaltete sich der doppelte Turbolader mit einem leisen Pfeifen hinzu. Die Schattenläufer wurden in die Sitze gedrückt.

Die junge Frau lächelte still, als sie das Fahrzeug gekonnt durch die Gassen jagte. Die Mauern flogen rechts und links an den Scheiben vorbei.

»Du genießt es, dass du die Karre auch mal fahren darfst, was?« Cauldron saß mit noch blasserem Gesicht als sonst neben der Mechanikerin und klammerte sich an ihrem Gurt fest. Ihre Wut auf den Samurai verflog angesichts der leibhaftigen Lebensgefahr. Adrenalin flutete durch ihren Körper.

Die digitalen Anzeigen des GMC, die entfernt Ähnlichkeit mit einem Equilizer hatten, glühten im Halbdunkel des Cockpits und beleuchteten Twings Züge fast gespenstisch.

»Mann, gibst du Gas. Ist das vielleicht nicht ein bisschen ...«

Hart riss die Mechanikerin das Steuer herum. Der Bulldog ging seitlich in die Stoßdämpfer, fing das abrupte Manöver aber gut ab.

Nur schemenhaft erkannte die Magierin einen geöffneten Abwasserschacht, an dem Cynthia mit knapp hundert Stundenkilometern haarscharf vorbeiraste.

Bullet und Ultra protestierten gegen das unverhoffte Rütteln.

»Drek, jetzt ist mir die Handgranate runtergefallen«, schimpfte der Mann, und Cauldron verlor den Rest Rosa aus dem Gesicht. Schon wollte sie einen ihrer Elementargeister zu Hilfe rufen.

»Siehst du«, sagte Bullet und grinste den Troll an, »ich habe doch gesagt, sie fällt drauf rein.«

Im nächsten Moment bekam er eine kraftvolle Ohrfeige von der erbosten Magierin.

»Deine Reflexbooster sind wohl nicht in Ordnung«, feixte Ultra, der beim verdutzten Ausdruck in den Augen seines Teamkollegen schallend lachen musste. Immer wenn der Troll sein mächtiges Gebiss entblößte, sah man auf dem linken unteren Reißzahn die kleine Blattgold-Mickymaus, die er sich als Glücksbringer hatte anbringen lassen.

Er kramte einen Organizer hervor. Piepsend erwachte das Gerät zum Leben. »Hat jemand eine Ahnung, wie die ganzen Gashüllen rund um die Erde heißen?«, fragte er.

»Hat er sich etwa ein Quizprogramm geladen?«, stöhnte Cauldron, während sie sich am Griff neben dem Einstieg festklammerte, dass die Knöchel hervortraten.

»Bingo«, lachte der Troll. »Hustle meinte, ich soll üben. Ich will bei ›Quizz It‹ mitmachen.«

»Atmosphäre?«, schlug Bullet vor.

»Nee, so heißt der Sammelbegriff«, lehnte der Troll die Antwort ab. Er tippte auf dem Gerät herum. »Troposphäre, Stratosphäre, Mesosphäre, Thermosphäre und Exosphäre«, las er vor. »Und ich dachte immer, 'ne Fähre wäre ein Boot.«

Twing trat auf die Bremse, lenkte den GMC auf den Bürgersteig und hielt vor einer Einfahrt an.

»Motor aus«, befahl sie und lehnte sich mit geschlossenen Augen und zufriedenem Lächeln in den Sitz. »Das tat gut.«

»Wenn du es sagst«, meinte Cauldron wenig überzeugt und stieg mit schlotternden Knien aus. Die anderen beiden schnallten sich ab und verließen das Fahrzeug.

»Erstes Stockwerk, drittes Zimmer rechts«, lenkte sie Bullet, der die Hand am Griff seiner Ingram Smartgun hatte. Auch der Troll hielt sich vorsichtshalber kampfbereit und fasste die Wallacher Kampfaxt fester. In diesem Teil der Barrens war alles möglich.

Sie durchquerten einen verdreckten Hinterhof.

Ein paar Ratten huschten davon, als die Schattenläufer in ihre Nähe kamen. Die Dunstschwaden, eine Mischung aus Fernwärmedampf, Smog, echtem Nebel und Küchenabluft, verdichteten sich nach dem Regen, und die Temperaturen stiegen.

Die vier stiegen knarrende Stufen in die angegebene Etage hinauf und blieben vor der Tür stehen, die ein intaktes Magschloss aufwies und ziemlich neu aussah.

Bullet klopfte, und die Tür wurde geöffnet.

Ein Zwerg mit einer gewaltigen Lockenpracht sowohl auf dem Kopf als auch rund ums Kinn stand in der Tür. In den beiden Datenbuchsen auf der Stirn steckten Anschlüsse und verliehen dem Decker das Aussehen eines kleinen Teufels mit langen Hörnern.

»Ah, Bullet«, begrüßte er den Samurai mit einem Slang, der sich irgendwie nach einem Hauch Griechisch anhörte, »schön, dich zu sehen. Oder wie meine Vorfahren sagten: Ja sou.«

»Hoy, Deckhead.« Er reichte dem untersetzten Metamenschen die Hand und deutete auf die anderen. »Das sind Twing, Cauldron und Ultra, meine Chummers. Dürfen wir reinkommen?«

»Klar, Leute.« Er trat zurück und gab den Weg frei. »Ísse kalá?«

»Alles bestens.« Bullet zwängte sich an ihm vorbei.

Erst jetzt entdeckte die Mechanikerin die Schrotflinte, die in einer Halterung an der Decke angebracht war und auf den Eingang zielte. Von dem Firmpoint verlief ein Kabel nach hinten in das andere Zimmer.

»Gefährliche Gegend hier, oder?« Twing deutete auf die Waffe.

»Geht so«, meinte der Decker zwinkernd und lotste sie in den Nebenraum. »Das schlimmste sind die Ratten. Die Mistviecher nagen mir die Leitungen durch, wenn sie Hunger oder Langeweile haben. Ansonsten lassen sich hier nur die Leute blicken, die ich herbestellt habe.«

»Sind das nich zu wenig Ballermänner?« Ultra deutete zu der Schrotflinte. »Soll das ausreichen, um ein Kon-Team im Notfall aufzuhalt'n?«

«Ts, ts, ts.« Hotwire schüttelte die Locken. »Was bist du denn für einer? Eigentlich siehst du aus wie ein Samurai, aber besonders gewitzt scheinst du nicht zu sein. Ihr seid an drei ferngesteuerten Waffennestern vorbeigekommen. Okay, ich geb's zu, sie sind schwer aufzuspüren. Moment, ich zeig's euch mal.«

Bullet grinste den Troll-Straßensamurai schadenfroh an.

Der Zwerg setzte sich an sein Fuchi Cyber-8, an dem eine Unmenge von Umbauten vorgenommen worden waren, hackte auf die Tastatur ein und zauberte einen Lageplan des Gebäudes auf den Monitor.

In einem Müllhaufen im Hof blinkte ein rotes Lämpchen, ein weiteres unter der Treppe und ein drittes am Ende des Korridors, der zu der Tür führte.

»Zwei AK-98 mit eingebautem Granatwerfer, eine Enfield AS7 und ein Ingram Valiant. Das sind Leihgaben von einem befreundeten Rigger. Der hat mir die fahrbaren Pods zusammengebaut, und ich habe die automatische Zielerfassung neu geschrieben. Alles schön getarnt, sensorgesteuert und vom Feinsten.«

»Okay, das hält'n Kon-Team auf«, gab der Troll zu und rülpste. »Du bist Grieche, was? Wie heißt bei euch die Göttin der Liebe?«

»Ich glaube nicht an Götter, Chummer«, antwortete der Matrix-Experte überrascht. »Im Netz sind wir alle gleich.«

»Ein Kollege von dir hat gesagt, sie heißt Mathilda«, beschwerte sich der riesige Metamensch beleidigt. »Das war natürlich falsch.«

Am Gesicht des Zwergs erkannten die Läufer deutlich, dass Hotwire nichts, aber auch gar nichts verstand.

Die Tasten des Organizers wurden gedrückt. »Stimmt. Das Ding hier sagt auch ›Aphrodite‹. Dann hat mich Aristoteles angelogen, der Idiot.«

»Der Philosoph?« Verwirrt schaute der Decker in die Runde. »Muss ich verstehen, was er sagt?«

»Nee, nicht der Philosoph«, sagte Ultra gedehnt. »Der Tzazikimacher. Der Gyrosschnippler, Ecke 8. und Ecke Main. Ein Grieche wie du.«

Hotwire rollte mit den Augen. »Äh ...«

»Warst du schon im Fuchi-Netz?«, wollte Bullet wissen und schwenkte den Credstab vor den Augen des

Deckers hin und her, um die Angelegenheit endlich ins Rollen zu bringen. »Wir brauchen die Infos wirklich dringend.«

Dankbar für den Themenwechsel zog Hotwire die Kabel aus den Buchsen. »Ne, ich war dort. Ich meine, normalerweise interessiert es mich nicht, was meine Kunden mit den Auskünften wollen, aber heute mache ich eine Ausnahme.«

Er griff unter den Tisch, wo der Drucker stand, und reichte dem Samurai ein Blatt Papier. »Ich bin kein schlechter Decker, und in der Matrix macht mir so schnell keiner was vor, aber was ich eben bei Fuchi erlebt habe, glaubt mir keiner der anderen Chummer.«

Twing fuhr sich über die blauen Stoppeln. Sie spürte, dass sie etwas Gefährlichem auf der Spur waren. »Wieso? Was war los?«

»Und erklär's so, dass wir's auch verstehn, ja?«, fügte Ultra vorsichtshalber hinzu.

»Kein Problem.« Der Zwerg lehnte sich im Stuhl zurück. »Um es einfach auszudrücken: Ich habe mit einem Soldaten gerechnet und bin einer Armee begegnet. Ich habe mich eingeschlichen, brav die Sicherheitscodes geknackt und steh mitten im Fuchi-System. Weit und breit keine scharfen ICs, nur ein paar dämliche Abfragen; ich bin dann, schwupp, in Richtung Personaldatei.« Hotwire gestikulierte wild mit den Händen. »Nicht ganz einfach, wie ich es mir gedacht habe, und dann, peng«, er schlug mit der Faust in die offene Handfläche, »stehe ich an einem roten Knotenpunkt. Das hat ganz schön Arbeit verlangt, der Gedankenschweiß ist mir die Persona runtergelaufen, das kann ich euch sagen. Tja, nach einigem Aufwand komme ich dran vorbei und latsche zwischen meterhohen Regalen rum, in denen die ganzen Daten aufbewahrt werden. Ich schmökere die Sachen von vor anderthalb Jahren durch, als ein Bibliothekar auftaucht und fragt, was ich hier zu suchen hätte. Ich hab ihn davon überzeugt, dass ich dazugehöre, als ich weiter unten einen anderen Bibliothekar sehe, der eine Schublade öffnet und alle Akten auf den Boden schmeißt.« Der Zwerg langte nach der Dose Bier, die neben dem Deck stand, und nahm einen tiefen Schluck.

»Warte mal, ich hab noch eine Frage zu der Matrix«, hakte Ultra ein.

Cauldron nahm ihm den Minicomputer aus den Händen und deaktivierte ihn mit einer energischen Bewegung.

»Was dann?«, drängte die Mechanikerin. »Ist das was Besonderes?«

»Ah, und ob, Lady.« Hotwire zwinkerte ihr zu, die Locken wippten. Irgendwie sah der Decker aus wie ein kleiner, dicker Neptun. »Normalerweise tragen die Ordnungsprogramme, also die Bibliothekare, Daten in fetten Ordnern durch die Gegend und werfen sie nicht zu Boden. Ich schlendere also hin und schaue die Akten durch, während der Typ ungeniert das Fach weiter entleert. Er sieht mich, packt ein Feuerzeug aus und, zosch«, ein paar Bierspritzer flogen Twing entgegen, »steckt den ganzen Haufen Papier an. Mit anderen Worten, es hat sich jemand mit einer Maskenutility eingeschlichen und war gerade dabei, Aufzeichnungen zu löschen. Tja, und nach der Aktion ging der Alarm los. Die Bibliothekare rannten weg oder versuchten das Feuer zu löschen, und plötzlich wimmelte das Archiv von säbelschwingenden Samurais, die mir und dem anderen auf die Pelle rückten. Ich hatte keine große Lust, mich mit ihren Killern anzulegen, sondern habe mir einen Stapel Unterlagen geschnappt und bin ausgestiegen.«

»Katanas«, sagte Ultra fachmännisch.

»Was?« Der Zwerg schaute irritiert.

»'s war'n keine Säbel, sondern Katanas«, stellte der Troll klar. »Japaner hab'n keine Säbel.«

»Hör endlich mit deiner Quizkacke auf«, fuhr ihn Cauldron an.

Ultra schüttelte den Kopf. »Das hat nix mit meinen Vorbereitungen auf ›Quizz It‹ zu tun. Das gehört zum Handwerkszeug eines guten Läufers, stimmt's, Bullet?«

»Das ist mir doch egal, ob es Katanas, Säbel oder Essstäbchen waren.« Hotwire zuckte mit den Schultern. »Sie haben versucht, mich zu geeken, und dagegen habe ich was.«

Bullet überflog das Blatt und strahlte. »Bingo! Ein gewisser Brightman wurde wegen einer Bestechungssache entlassen. Er war Mitarbeiter in der Forschungsabteilung Kybernetik und kam am 1. März 2048 zu Fuchi. Dem Gesicht nach war es unser Doc.«

»Seltsam, sie haben keine Anzeige erstattet.« Twing deutete auf einen Zusatz. »Hier ist sogar ausdrücklich festgehalten, dass er nicht verklagt werden soll. Da steht eine Aktennotiz, wer das angeordnet hat. Da hat aber der Drucker gekleckst.«

»Ah, Óchi. Die Akte war teilweise schon gelöscht«, erklärte der Decker betrübt. Die Augen verrieten Enttäuschung und ein bisschen Verlegenheit. »Ich habe sie nur teilweise wieder herstellen können. Aber ich habe eine Überraschung für euch.« Er zog ein weiteres Blatt Papier aus der Ablage unter dem Tisch hervor. »Nach dem ganzen Zinnober, den Fuchi veranstaltet hat, dachte ich mir, ich checke die Sache mal genauer.«

Cauldron schnappte es mit ihren Fingernägeln. »Das sind ja Einträge der Einreisebehörde. Hier steht was über die Einreise eines gewissen Prof. Dr. Hartmut Eric Hellmann am 24. Februar 2048 per Flugzeug aus Ingolstadt, Deutschland. Ja, und?«

Hotwire saß lächelnd auf dem Stuhl und freute sich diebisch über die Gesichter der Schattenläufer. »Hach, ich liebe Rätselraten. Aufgepasst, es folgt das nächste Teil des Fuchi-Puzzles.«

»Puzzles sind doof«, brummte der Troll. »Mann, wie viele Blätter komm'n denn noch? Die Geheimniskrämerei geht mir allmählich auf die Nerven.«

»Ein Antrag auf Wechsel der Staatsangehörigkeit«, sagte Twing überrascht. »Sieh mal einer an – aus Hellmann wurde ein Jahr später Brightman.«

»Und du weißt selbstverständlich, wer dieser Hellmann ist?« Bullet sah den Decker abwartend an, doch der schüttelte den Kopf, dass die Locken flogen.

»Tut mit Leid, Chummer, aber für 2000 Nuyen mache ich keinen Einstieg ins europäische Netz. Zum einen sind die Kosten enorm, zum anderen wird das mit dem anderen System ein Problem. Ich weiß nicht, ob meine Programme dort laufen, aber für weitere 2000 Nuyen würde ich es versuchen.«

»Also, ich fasse noch mal zusammen«, unterbrach die Magierin die Verhandlung. »Am 24. Februar 2048 landet ein Prof. Dr. Hartmut Eric Hellmann auf dem Seattler Flughafen und bekommt ein paar Tage später eine Anstellung bei Fuchi. Wenn das mal nicht verdächtig ist.« Die anderen des Teams nickten. »Und ein Jahr später wird aus Hellmann Brightman, der wegen eines Bestechungsfalles 2056 aus der Firma fliegt. Das ist mehr als mysteriös.«

»Und dabei handelt es sich um unseren Doc E. R., den Sparkplug angeblich abgemurkst hat«, schloss die Mechanikerin.

Hotwire schaute abwechselnd von einem zum anderen. »Wie sieht's mit den 2000 aus?«

Bullet warf ihm den Stab zu.

»Wenn wir rausfinden wollen, was es mit Doc E. R. auf sich hat, müssen wir die Nuyen wohl investieren«, seufzte Twing.

»Das is'n Run«, beschwerte sich Ultra und bohrte

mit Hingabe in der Nase. »Das erste Mal, dass ich selbst meine Auslagen bezahl'n muss. Aber wichtig is es schon.« Er betrachtete seinen Fund und schnipste ihn gegen die Wand. Dann kramte er sein elektronisches Kredgerät aus der Tasche und gab es dem Decker.

»Alles klar, Herrschaften. Ich fange gleich damit an. Ihr könnt so lange hier warten, aber seid leise. Und den Popel auf meiner Tapete verrechne ich mit 50 Nuyen. Antío.«

Der Zwerg stöpselte sich wieder in sein Deck, hackte auf der Tastatur herum und bekam kurz darauf einen abwesenden Ausdruck in die Augen.

Die Schattenläufer suchten sich einen Sitzplatz und warteten ab.

IV.

Seattle, Everett, 25. 07. 2057 AD, 22.12 Uhr

Poolitzer richtete sich im Sessel auf, legte die Hände auf den Rücken und drückte die Wirbelsäule gerade.

Die Augen brannten wie Feuer, angestrengt vom ständigen Starren auf Monitore, Computerbildschirme und Filmsequenzen.

Sein Hirn fühlte sich sehr leer an, und aus seinem Magen kam der sanfte Hinweis, dass die Nahrungsaufnahme gefälligst nicht zu vernachlässigen wäre.

Seit drei Tagen sichtete er das Bildmaterial immer und immer wieder, aber einen echten Hinweis hatte er bisher nicht finden können.

Die Jungs in den Anzügen waren die üblichen glatten, nichtssagenden Gesichter, die Nummer des schwarzen Lieferwagens existierte nicht in den Daten von Lone-Star, und von Ermittlungen des Geheimdiensts in der Sache ›Doc E. R.‹ wussten weder Gonzales noch Doc Holiday. Kein Offizieller war aufgetaucht, der den Obduktionsbericht des Forensikers haben wollte. Zu allem Überfluss schienen die Anzugträger nach ihrem Besuch einen Großbrand gelegt zu haben, der alle noch vorhandenen Beweise vernichtet hatte.

Wenn also die MIB nicht von der Regierung oder sonst einer zuständigen Stelle kamen, woher dann? Langsam stand er auf.

Er ließ die Aufnahmen weiterlaufen, während er zum Kühlschrank schlurfte und sich eine Dose Malzbier aus dem Tiefkühlfach fischte. Der Reporter lehnte sich an den Küchentisch und hielt sich die kühlende Dose an die Stirn, hinter der es hoch herging.

Alle seine Kontakte in den Schatten hatte er auf die

Unbekannten angesetzt, aber es meldete sich keiner der Quellen, die normalerweise innerhalb von Stunden und gegen entsprechende Bezahlung Wunder verrichteten.

Etwas Seltsames ging in den Barrens vor. Zudem stand er in seinem Zeitplan für den FNS-Beitrag über den Mord weiter hinter den Vorgaben.

»Verdammt, das dauert viel zu lange«, fluchte er leise. Er schaute über das Chaos, das in seinem kleinen Studio herrschte.

Das teuerste Gerät war zweifellos der Sony TFX-1000, ein Bildmischgerät mit eingebautem 500-Megapulsprozessor, der aus den beschissensten Schnappschüssen einwandfreie Aufnahmen machte und auch mal andere Hintergründe bei Interviews oder Schießereien zauberte. Das Aufpolieren war Poolitzers Spezialität.

Für weniger komplizierte Sachen standen ein Fuchi Holo-Edit und ein Vertex Netsynth Tridmixer parat, die der Reporter am häufigsten benutzte. Dazu kamen Adapter für die Kamera, ein Laptop, Dutzende von großen und kleinen Bildschirmen, CDs, ein computergesteuertes Mischpult für die Tonnachbearbeitung und, das Wichtigste überhaupt, der Soykafautomat, der gurgelnd eine Kanne nach der anderen produzierte.

Poolitzer wünschte sich, er käme mit seinen Nachforschungen besser voran. Dann könnte er per Datenleitung seinen Beitrag in das FNS-Studio im billigsten Hinterhof in Downtown schicken, das wiederum die Einspeisung ins Kabel übernahm.

Gleichzeitig sendete FNS auf der guten alten Zimmerantennenfrequenz für alle Bürger, die sich Kabel nicht leisten konnten.

Sein Studio hatte er mit Bedacht nach Everett verlegt. In den Barrens würde er sich nur einmal umdrehen, und schon wäre er all seine technischen Spielereien los. Die Sicherheit in diesem eher mittelprächtigen Wohngebiet Seattles dagegen war um Längen besser.

Sein Telefon klingelte.

Ja, Baby, bitte bring Papa nur gute Neuigkeiten. Mit einem Satz war der Reporter am Apparat und drückte die Freisprechtaste. »FNS, Poolitzer. Was gibt's?«

»Hoy, Chummer. Hier ist Mailorder. Ich habe dir was ins System gestellt. Ich hoffe, es hilft dir weiter«, sagte eine vertraute Stimme. Mailorder war eine erstklassige Deckerin, die ihm schon so manchen Gefallen getan hatte und die er auch privat überaus schätzte.

Eigentlich überraschte es ihn, dass ausgerechnet sie sich zuerst meldete. Hinweise aus den Schatten liefen normalerweise schneller auf als Meldungen aus der Matrix.

»Die Sache kostet dich 500 Nuyen, Poolitzer. Lies es dir in Ruhe durch. Ich habe nicht viel Zeit. Ich glaube, ich bekomme bald Besuch. Ciao.«

»Äh«, machte der Reporter, aber die Frau am anderen Ende der Leitung hatte bereits aufgelegt.

In Windeseile hackte sich Poolitzer in sein Mailsystem und rief die zugeschickten Infos ab.

»Das gibt's doch nicht«, wunderte er sich. »Von 2049 bis 2056 hat er als Prof. Dr. H. Eric Brightman in der Kybernetikabteilung bei Fuchi gearbeitet und flog wegen eines Bestechungsfalls aus der Firma.« Er lehnte sich in die Polster. *Der Doc hat mal bei Fuchi gearbeitet? Aber warum benutzte er dann deutsche Cyberware?*

Sein Gehirn begann eine Theorie auszuarbeiten.

Wenn E.R. für Fuchi tätig war, könnten die Anzugträger vom Kon geschickt worden sein, die vielleicht nach kleinen Geheimnissen suchten sollten, die sich der Doc als ›Andenken‹ mitgenommen hatte. Der Reporter schnalzte mit der Zunge. *Das passte. Schließ-*

lich war der Doc wegen einer Bestechungssache rausgeflogen.

Ein elektronischer Trompetenstoß schmetterte aus den Boxen des PCs, der Hinweis, dass eine weitere Mail eingegangen war.

Poolitzer schreckte aus seinen Gedanken auf und las aufmerksam die Nachricht durch, die ihm einer seiner Informanten von einem öffentlichen Terminal geschickt hatte.

Der Mitteilung zufolge kursierte in den Schatten das Gerücht, dass die Regierung oder eine andere offizielle Stelle Nachforschungen anstellen würde. Eine Läufergruppe, die wohl kurz nach dem Reporter in die Klinik E.R.s gekommen war, wurde von den MIB regelrecht hingerichtet. Überlebende gab es keine.

Ach du Scheiße. Poolitzer überlief es kalt.

Ihm dämmerte, wie nahe er dem Tod gestanden hatte. Wenn der Anzugträger geahnt hätte, dass er in dem Müllsack Aufnahmen der Truppe transportierte, hätten vermutlich ein halbes Dutzend Kugeln aus dem Manhunter seinen Verstand auf dem Asphalt verteilt.

Gedankenverloren sah er auf die Monitore, auf der die Aufnahmen aus der Schattenklinik flimmerten.

Und plötzlich bemerkte er etwas.

Schnell hielt er die Szene an, ließ die CD ein paar Tracks zurückfahren und vergrößerte mit dem Sony TFX-1000 den Ausschnitt, der ihm ins Auge gesprungen war.

Auf der blutverschmierten Krankenakte war undeutlich ein Name zu lesen.

Gotcha!

Die nächste Stunde verbrachte ein mit neuer Energie geladener Poolitzer damit, das Bildmaterial so zu bearbeiten, dass man die Schrift erkennen konnte.

Und wirklich zauberte der 500-Megapulsprozessor den Namen ›Sparkplug‹ auf den Bildschirm.

»Ein Schattenläufer also«, sagte der Reporter zufrieden vor sich hin. *Wenn die Akte auf dem Tisch lag, hatte er wahrscheinlich an diesem Tag beim Doc einen Termin.*

Poolitzer beschloss, den Läufer ausfindig zu machen. Unter Umständen hatte E.R. ihm mehr gesagt. *Vielleicht hatte der Mediziner geahnt, dass ihm jemand ans Leder wollte.*

Seinen ursprünglichen Plan verwarf er aus Sicherheitsgründen, es sei denn, die Suche nach diesem ›Sparkplug‹ verlief erfolglos.

Wenn alle Mittel versagten, würde er sich direkt an Fuchi wenden und den Kon mit seiner Theorie konfrontieren. Als Pressemensch durfte er das, obwohl er fürchtete, dass ihm dann auf dem Heimweg ein paar Muskeln in schwarzen Anzügen begegneten. *Aber wenn man an den richtigen Stellen kitzelt, bringt man selbst Riesen zum Furzen.*

Poolitzer ließ die Fingerknöchel knacken und begann, seinen Informationsquellen neue Aufträge zu erteilen.

»Ja, Gonzales. Ja, er nennt sich ›Sparkplug‹, ist ein Elf und Rigger. Er ist 1,92 groß, wiegt um die 70 Kilo, eher weniger, ist schätzungsweise 24 Jahre alt, hat eine schmale Statur und kurze, blonde Haare und hüllt sich meistens in schäbige Sachen, um nicht aufzufallen. Er hat eine Vorliebe für gebrauchte Anzüge.«

Poolitzer hatte die Beine hochgelegt, den Hörer in der rechten Hand, eine Dose Malzbier in der anderen, und sah sehr zufrieden aus.

»Er war kurz vor der Tat in der Klinik und wollte sich eine neue Fernsteuereinrichtung einbauen lassen. Wenn ich LoneStar wäre, würde ich nach dem Typ suchen lassen.« Er lauschte kurz. »Nein, ich konnte ihn nicht finden. Nein, ich halte keine Beweismittel zurück. Hey, falls du es nicht bemerkt haben solltest, ich versorge dich gerade mit wichtigen Infos, Streifenhörnchen. Oh, noch was. Beeilt euch besser, wenn ihr ihn lebend haben wollt. Manche Schattenläufer halten ihn für den Mörder von E.R. und wollen ihn tilten.« Der Reporter lachte, als er die Antwort des Cops hörte. »Ach? Ihr auch? Das wird ja ein richtig spannender Wettbewerb. Sag Holiday einen schönen Gruß. Und gebt mir Bescheid, wenn ihr ihn gefunden habt, ja? Exklusiv, du verstehst? Ciao.« Er unterbrach die Verbindung mit einem Knopfdruck.

Diesmal hatten seine Informanten schneller gearbeitet. Innerhalb von drei Stunden wusste er alles von dem elfischen Rigger, der aber nirgends aufzufinden war.

Untergetaucht. Verständlich, wenn er der Mörder war, und noch verständlicher, wenn er es nicht war, was der Reporter aber für äußerst unwahrscheinlich hielt. Derzeit kam niemand anderes in Betracht.

Den Beitrag für FNS bereitete er in bester Laune vor.

Seiner Meinung nach, und so würde er es auch in dem Bericht darstellen, wollte der Doc mehr Geld für den OP oder der Elf konnte den Eingriff nicht bezahlen.

Es kam zu einem Streit, der Elf, vermutlich ohnehin ein Cyberzombie, drehte durch und stach die beiden nieder, flüchtete und fuhr einen Cop um. Fuchi bekam über irgendwelche Kanäle Wind vom Ableben des ehemaligen Mitarbeiters und schickte seine MIBs los, um sich in der Klinik umzusehen. Die gerieten an die plündernden Läufer, machten sie platt, legten Feuer, um alle Beweise zu vernichten, und zogen ab.

Bester, teilweise hypothetischer Stoff für eine sehr gute Story, die Fuchi einmal mehr an den Karren fahren würde.

In der Haut des Riggers wollte Poolitzer nicht stecken. Ein paar wild gewordene Schattenläufer, Lone-Star und, so wie es aussah, auch die Fuchi-Truppe suchten nach dem Elf.

Damit erhöht sich das Risiko, an einer vorzeitigen Projektilvergiftung zu sterben, für den Meta enorm.

Der Reporter sah sich den fertigen Beitrag an. Es klang zwar alles passend bis ins Detail, trotzdem störte ihn etwas. Stellenweise klang es zu sehr nach Vermutung. *Mann, zu viel Konjunktiv,* ärgerte er sich.

Aber für Zweifel blieb wenig Zeit. Sein Chefredakteur wartete ungeduldig auf den Beitrag, der heute noch groß rauskommen sollte. Beinahe bewiesene Verwicklungen eines Kons waren immer eine beliebte Sache bei den Zuschauern. Es verkaufte sich besser als Mord und Totschlag, die leider in den Barrens einen gewissen Grad von Üblichkeit hatten.

Poolitzer machte eine Kopie der CD, nahm das Original aus dem Brenner und steckte den Datenträger in eine schlagfeste Hartplastikbox, die er in den Innentaschen seiner gepanzerten Lederimitatjacke verstaute.

Nachdenklich baute er die Verbindung zur FNS-Matrix auf und machte sich bereit, den Beitrag zu übermitteln.

Warum gehen diese Anzugträger der Sache immer noch nach? fragte er sich. *Sollte Fuchi doch nicht alles gefunden haben, was sie beim Doc vermutet hatten?*

Oder hatte der Elf von E. R.s Absicherungen gewusst und ihren Wert erkannt? War damit durchgebrannt, nachdem er den Mediziner erstochen hatte?

Wie viel Ärger kann diese Absicherung wert ein?

Der Zeigefinger des Reporters, der sich eben noch Millimeter entfernt von der Entertaste befunden hatte, um den Bericht zu verschicken, verharrte.

»Shit. Das sind völlig neue Theorien«, ärgerte er sich. »Dann muss ich den Beitrag wohl entsprechend überarbeiten.«

Seufzend schaute er auf die Uhr. Ins Bett und zu seinem wohlverdienten Schlaf kam er wohl nie wieder.

Ohne Vorwarnung flog die Tür zum Studio krachend aus den Angeln und knallte zu Boden.

Erschrocken fuhr Poolitzer hoch, die Hand griff nach der Ares Predator II, aber die riesige Mündung eines schussbereiten und schallgedämpften automatischen Gewehrs zielte direkt auf seine Stirn.

Ein großer Mann mit kurzen, schwarzen Haaren und einer breiten Narbe unter dem linken Auge trat in den Raum. Er trug einen maßgeschneiderten Geschäftsanzug, passende Schuhe und schwarze Handschuhe. Der Geruch von aufdringlichem Rasierwasser verbreitete sich.

»Ich bin die Zensur, Mr. Poolitzer. Machen Sie eine falsche Bewegung, und Ihr Kopf fällt der Zensur zum Opfer.« Der Reporter saß so regungslos wie ein tiefgekühltes Hähnchen auf dem Sessel. »Sie haben ein interessantes Talent. Sie mischen sich in Angelegenheiten ein, die Sie absolut nichts angehen.« Der Mann nickte in Richtung Computer. »Wie ich sehe, haben Sie den Beitrag noch nicht abgeschickt. Das ist gut.«

Ein Kugelhagel aus der großkalibrigen Waffe zerfetzte die Abdeckung des PC, durchschlug Platinen, Speicher und Prozessoren.

Innerhalb von Sekunden verwandelte sich Elektronik für mehrere tausend Nuyen in nutzlosen Schrott.

Poolitzer sprang in Deckung. Die Funken stoben ihm um die Ohren, ein Kurzschluss sorgte nach dem künstlichen Gewitter aus der Automatik des Unbekannten für abschließende Dunkelheit.

Der Reporter hörte in der Stille ein scharfes Klicken. Das Magazin wurde gerade gewechselt.

»Bleiben Sie unten, Mr. Poolitzer. Es geht weiter.«

Diesmal donnerte die Waffe los und richtete im gesamten Studio Totalschaden an. Röhren platzten, Flüssigkeit aus Batterien und Akkus lief aus, selbst der Soykafautomat wurde nicht verschont.

»Schrotmunition ist zur großflächigen Vernichtung besser geeignet.« Wieder das scharfe Klicken. »Mr. Poolitzer?«

Ich bin doch nicht blöd!, dachte der Reporter und blieb, wo er war.

»Ich wollte Ihnen nur sagen: Lassen Sie die Nachforschungen sein. Wir wollen keinen unnötigen Wirbel.« Es piepste ein paarmal. »Das sollte Ihnen eine Warnung sein.«

Der große Mann, das hörte Poolitzer anhand der Schritte, verließ das Zimmer.

»Du blöder Arsch!« Der Reporter tauchte aus seiner Deckung auf, schnappte sich die Ares und lief wutentbrannt zum Fenster.

Draußen brauste ein silberner Saab Dynamit davon.

Poolitzer überlegte, ob er hinterherfeuern sollte, aber bei seinem Talent traf er wahrscheinlich nur ein Haus in der Nachbarschaft oder eine unschuldige Katze.

Frustriert hob er die Arme und drehte sich um. *Sieh sich einer diese Scheiße an.*

Vor ihm qualmten, zischten und knisterten die Überreste von drei Jahren harter Arbeit. Die Gerätschaften wieder anzuschaffen konnte er sich nicht leisten, und ob FNS ihm auf die Schnelle eine gleichwertige Ausrüstung zur Verfügung stellen würde, war mehr als fraglich.

Irgendwo in weiter Entfernung heulte eine LoneStar Sirene, die schnell näher kam.

»Das ist zum Kotzen!«, brüllte er noch mal. »Alles futsch! WER war das Arschloch überhaupt?«

Sein Blick fiel auf den Türrahmen, an dem ein kleiner, blinkender Gegenstand klebte.

Eine LED-Anzeige stand auf ›00:00:08‹.

Und zählte weiter rückwärts.

Oh, toll! Poolitzer schloss für eine kostbare Sekunde die Augen, dann hechtete er durch die Scheibe.

Kaum schlug er draußen auf, raffte er sich hoch und stolperte auf Händen und Füßen vorwärts, direkt vor den LoneStar-Wagen, der mit quietschenden Bremsen zum Stehen kam.

Ohne Erklärung hechtete der Reporter über die Motorhaube und kauerte sich hinter dem Fahrzeug in Deckung, ungläubig beobachtet von den Cops.

Dann detonierte die Bombe.

Seattle, Puyallab Barrens, 25. 07. 2057 AD, 21.32 Uhr

Hustle erwachte, schlug die Augen auf und sah auf einen gekachelten, weißen Boden.

Sein erster Gedanke war, dass er in Doc Browns Schattenklinik lag, aber nach und nach kam die Erinnerung an die Auseinandersetzung mit den angeblichen Geheimdienstleuten zurück, die seine Gangerchummers kaltblütig erledigt hatten.

Normalerweise galt in seinem Metier das Gesetz der so genannten ›nicht unbedingt notwendigen Gewaltanwendung‹ bei einem Lauf oder in den Schatten, was bedeutete, dass man nicht zwangsläufig alles ins Jenseits beförderte, was einem vor die Mündung geriet.

Gerade Mega-Kons waren verdammt schlecht auf diese Art von Personalabbau zu sprechen und revanchierten sich meist dreifach dafür.

Die getürkten MIBs von letzter Nacht allerdings dachten da entweder anders oder einer der großen Konzerne konnte Hustle und seine Kollegen aus irgendeinem Grund nicht leiden.

Angestrengt überlegte der Ork, ob er in letzter Zeit unnötig Gewalt angewandt hatte, aber es fiel ihm absolut nichts ein.

Die unangenehme Alternative dazu war: wer auch immer für Doc E.R.'s Ableben verantwortlich war, er wollte keine Zeugen haben.

Die MIBs hatten ihn mit dem Bauch nach unten, wahrscheinlich wegen der Verbrennungen auf dem Rücken, auf einen Tisch geschnallt. Für das Gesicht war eine Aussparung gelassen, durch die der Schattenläufer die weißen, sauberen Kacheln betrachten konnte.

Vorsichtig versuchte er, sich zu bewegen, aber Halterungen an den Beinen und Armen verhinderten seine zaghaften Befreiungsabsichten. Sein verletzter Rücken brachte sich in Erinnerung. Hustle stöhnte auf.

Eine Tür öffnete sich. Der Ork hörte das Geräusch von schweren Stiefeln, die sich ihm näherten.

Plötzlich schwenkte der Boden weg, der Tisch wurde in eine vertikale Position gebracht, und der Metamensch sah Jennings, den Anführer der angeblichen Geheimagenten, der sich gerade eine Zigarette anzündete.

Er nahm einen tiefen Zug und steckte sie Hustle zwischen die Lippen.

Der Ork hustete. »Nette Idee, aber ich bin Nichtraucher, Smith.«

»Oh, entschuldigen Sie bitte«, sagte der andere, nahm den Glimmstängel und warf ihn zu Boden. »Ich dachte, echte, harte Jungs rauchen alle. Sie sind doch ein harter Junge, oder?« Hinter seinem Rücken hörte der Schattenläufer metallische Gegenstände klappern. »Sie wissen hoffentlich zu schätzen, dass wir Sie medikamentös behandelt haben, sonst würden Sie mit den Verbrennungen nur noch schreien.«

»Ihr habt mich ja auch so zugerichtet«, knurrte Hustle. »Was soll das alles?«

»Ich möchte wissen, was Sie in der Klinik von Doc E.R. zu suchen hatten.« Jennings bekam einen Hocker gereicht, auf den er sich setzte. »Und was Sie über den Doc wissen. Und, natürlich, wer Sie geschickt hat.«

»Natürlich. Und wenn ich nicht will?«, fragte der

Schattenläufer und versuchte, ruhig zu wirken und seine Angst nicht zu zeigen.

Der Mann im Anzug seufzte. »Mal ganz ehrlich, Mr. Hustle. Sehe ich so aus, als ob ich nicht die Informationen bekomme, die ich haben will?«

»Ich sage Ihnen lieber nicht, was ich über Ihr Aussehen denke. Ihr seid keine MIBs.«

Jennings grinste. »Eine große Klappe.« Auf seinen Wink hin lief im Rücken ein elektrisches Gerät an, das den Metamenschen an eine Bohrmaschine erinnerte. »Sie wären erstaunt, wenn Sie das Ding sehen könnten. Es hat zwei rotierende Aufsätze, die wie diese Stäbe aussehen, die man zum Teigkneten benutzt.« Hustle spürte ein leichtes Pieksen im Oberarm. »Das war die Spritze, die die Sedative in ihrem Körper deaktiviert. In wenigen Sekunden merken Sie, welche Schmerzen eine Brandwunde dieser Größe verursacht.« Er beugte sich vor. »Wenn ich ehrlich bin, es ist ein Küchengerät, ein so genannter Handrührer, mit dem mein Agent Ihre Haut bearbeiten wird. Haben Sie schon mal gesehen, wenn sich das halbgare Fleisch um die Stäbe wickelt? Ich bin schon ziemlich gespannt. Sie auch? Sagen Sie mir, welche Qualen man dabei empfindet.«

Hustle grunzte und stemmte seinen Körper gegen die metallenen Halteriemen, aber das Material war zu stabil, als dass die Kunstmuskeln es hätten zerreißen können. Das glühende Stechen, das von seinem Rücken ausging, verriet ihm, dass die Wirkung der Spritze bereits eingesetzt hatte.

Der Mann mit dem Handrührer brachte das Gerät neben Hustles rechtes Ohr und erhöhte die Rotation der Stäbe. Dem Ork liefen Schweißperlen die Stirn herab.

»Ich sag nix.«

Jennings nahm den Mixer und hielt die glänzenden, sich drehenden Stahleinsätze vor das Gesicht des Schattenläufers.

»Die Enden sind sehr stumpf, das tut garantiert höllisch weh. Ich kann Ihnen das Ding auch bis zum Anschlag in die Cyberaugen schieben. Die Kabel werden sich darin verwickeln, und die hübschen Kunstoptiken werden herumfliegen wie Gondeln an einem Kettenkarussell, dann ziehen wir Ihr Gehirn samt Anschlüssen aus der Augenhöhle.«

Näher und näher kam der surrende Knetstab. Hustle spürte den Wind an der Nase, als das Metall nur noch wenige Millimeter von der Optik entfernt war.

»Und dann packen wir alles zurück in den Schädel und beleben Sie wieder. Das wird ein Spaß. Vor allem für Sie. Gleich geht es im wahrsten Sinne des Wortes rund.«

»Drek, halt! Halt!«, schrie der Samurai panisch, der seine Augen und Leitungen schon in den Spiralen hängen sah. »Wir wollten sehen, ob die Typen, die E.R. geekten, Spuren hinterlassen hatten. Wir wollten unserem Freund helfen.«

»Welchem Freund?«, fragte Jennings. Die Knetstäbe drehten sich noch schneller.

»Sparkplug«, brach es aus Hustle hervor, »er heißt Sparkplug und ist Rigger. Er war der Patient bei E.R., als ihr den Doc umgenietet habt.«

»Wir haben niemanden umgenietet, außer den Orkgangern«, stellte der Mann richtig. »Wo ist der Rigger jetzt?«

Der Ork schwieg.

Jennings ließ den Handmixer sinken und nickte kurz.

Ein harter Schlag traf den Rücken des Schattenläufers. Die verbrannte Wunde riss ein Stückchen auf.

»Er ist bei Doc Brown«, heulte der Metamensch. »Redmond Barrens, Ecke 13. und 14.«

»Ich entschuldige mich für diese letzte Aktion«, sagte Jennings, der sich erhob. »Ich wollte ursprünglich keine physische Gewalt anwenden, aber ich denke, dass unsere Kunden die Informationen schnell brauchen.«

»Geh zur Hölle«, fluchte Hustle schmerzerfüllt.

»Irgendwann bestimmt«, pflichtete der Anzugträger ihm bei, »aber zuerst zu Doc Brown. Sie werden unser Gast bleiben, bis wir Ihre Angaben überprüft haben. Danach entscheiden unsere Auftraggeber, was mit Ihnen geschehen soll.« Er wandte sich an jemanden, der hinter dem Ork stand. »Legen Sie ihn schlafen, und sorgen Sie dafür, dass er sich erholt. Die Wunde scheint sich geöffnet zu haben.«

Der Tisch klappte zurück in die horizontale Position, es piekste in Hustles Oberarm, dann dämmerte er hinweg.

Tief innen hasste er sich selbst dafür, dass er seine Freunde verraten hatte, aber die Angst war einfach zu groß gewesen. Doch er wollte es wiedergutmachen, sobald ihm die Flucht gelungen war.

V.

Seattle, Redmond Barrens, 26. 07. 2057 AD, 00.47 Uhr

»Ich hab's!«, schrie der Zwerg und sprang auf.

Bullet, der dösend an der Wand gelehnt hatte, zog reflexartig die Browning Max-Power. Ultra fuhr grunzend in die Höhe. Die beiden jungen Frauen sahen erschrocken zu dem Decker hinüber, der wie ein Derwisch um den Sessel hüpfte.

»Ich bin der Beste, Herrschaften!« Er zog die Kabel aus den Datenbuchsen und verstaute in Windeseile das Fuchi Cyber-8 im Hartschalenkasten, den Drucker klemmte er sich unter den Arm und ging zur Tür. »Und nun sollten wir schleunigst weg von hier. Ich glaube, ich bin ein paar Deckern auf die Füße getreten.«

Die Schattenläufer musterten Hotwire verständnislos, folgten dem Zwerg aber gehorsam, der den Korridor zügig hinunterschritt.

»Ich dachte, du warst in Europa«, versuchte Bullet etwas aus dem Decker herauszuholen. »Wieso verschwinden wir dann von hier?«

»Ich war nicht nur in Europa«, antwortete Hotwire gut gelaunt, »oder glaubst du, ich brauche drei Stunden, um nach Deutschland zu decken? Ich war noch kurz bei Fuchi, tja, und die waren ziemlich aufgeregt und hatten so viele Aufspürprogramme im Netz, dass ich sie schlecht abschütteln konnte. Ich glaube, dass einer ihrer Schnüffler mich verfolgt hat. Ihr seid doch mit dem Auto da, oder?«

»Ich will ja nicht aufdringlich sein, aber würdest du bitte sagen, was du gefunden hast?«, insistierte der Straßensamurai.

»Erst weg von hier, dann gibt's die Infos«, erwiderte der Zwerg dickköpfig.

Die Schattenläufer kamen in den Hinterhof.

Hotwire nahm etwas aus der Tasche, das wie eine Fernbedienung aussah, und drückte ein paar Tasten in schneller Reihenfolge. »Die Autopiloten sind auf verschärfte Wache eingestellt, also haltet euch ab jetzt fern von hier.«

Der GMC Bulldog stand friedlich auf dem Bürgersteig, weit und breit war nichts zu sehen.

»Scheint wohl doch nicht so dringend gewesen zu sein.« Cauldron spähte nach allen Seiten, bereit, eine Attacke mit ihren magischen Kräften abzuwehren. Eine Hand ruhte auf einem Amulett, das ihr als Fokus diente.

»Alles einsteigen«, sagte Twing, tippte den Code ein und öffnete die Türen des Lastwagens.

Im gleichen Moment hörten sie das Brummen von Motoren, die sich mit hoher Geschwindigkeit auf ihren Standort zubewegten.

»Hab ich es euch nicht gesagt?«, fragte der Zwerg rechthaberisch. »Fuchi versteht keinen Spaß.«

»Los, rein«, kommandierte Bullet. Die Mechanikerin startete Cynthia und gab Gas, dass die Reifen qualmten.

Ultra spähte durch die hinteren Sichtfenster.

»'s sind zwei Chryssler-Nissan Patrol«, meldete er nach vorn und machte sich kampfbereit. »Aber sie haben keine Waffen montiert.«

»Wenn man Sparkplug einmal bräuchte, liegt er im Krankenhaus«, schimpfte Twing und lenkte den GMC hart um die Kurve. Sie drosch die Gänge durch und verlangte dem Motor alles ab, der Turbolader pfiff wie eine Sturmböe. *Hoffen wir, dass meine Reparaturen was getaugt haben.*

Noch immer stieg die Drehzahl des aufgemotzten Bulldogs, die Patrols fielen zurück.

Dann zischte etwas von hinten heran, verfehlte das Heck Cynthias um Armeslänge und rauschte ein paar Meter vor dem Fahrzeug in eine Mauer.

Die Explosion zerriss die Backsteine und schickte einen Trümmerhagel gegen die Front des GMC. Ein größeres Stück krachte gegen die Scheibe und brachte das kugelsichere Glas zum Splittern. Cauldron fragte sich, wie die Mechanikerin noch etwas sehen konnte.

»Keine Bewaffnung, ja?«, rief die schwitzende Twing nach hinten. »Das war eine verfraggte Rakete!«

Sie bog ab und schrammte an der Häuserwand vorbei. Ein gleißender Funkenstrahl stob an den hinteren Sichtfenstern vorbei, doch wurden keine größeren Panzerplatten vom Rumpf gerissen. »Verdammt, die Lenkstabilisatoren sind ausgefallen. Jetzt wird's ein bisschen rütteln.«

Die Verfolger holten auf.

»Da kam einer aus der Dachgefechtsluke. Der hatte den Rakwerfer«, entschuldigte sich Ultra, »aber ich mach's wieder wett.« Er schob die Seitentür auf. »Gib mir die Handgranaten, Bullet.«

Der Mann reichte ihm eine. »Da hast du die Ananas.«

»Chummer, gib mir alle. Die Dinger hinter uns sind gepanzert.« Der Troll packte fünf der faustgroßen Sprengkörper mit einer Hand, zog die Sicherungsbügel auf einmal ab und ließ die scharfen Granaten auf die Straße fallen.

»Ananas ist übrigens indianisch«, sagte er beiläufig. »Sie gehört zur Gattung der Ananasgewächse mit fünf Arten in Mittel- und Südamerika. Die Fruchtananas wird heute in den Tropen auf großen Plantagen kultiviert. Hauptanbaugebiet ist Hawaii mit 80 Prozent der Weltproduktion.«

Die Sprengkörper kullerten über den Asphalt und verteilten sich. Dann war der erste der Patrols über einer und überfuhr mit dem linken Vorderrad eine andere.

»Der Beerenfruchtstand ist je nach Sorte unterschiedlich groß und kann bis zu 3,5 Kilogramm schwer werden. Das Fruchtfleisch ist reich an Mineralstoffen und an Vitaminen, vor allem Vitamin A und B«, ratterte der Troll herunter.

Bullet starrte ihn an.

Dumpf drangen die Detonationen an ihre Ohren. Das linke Rad des Patrol platzte wie eine überreife Melone, die brennenden Gummifetzen flogen meterweit.

»Die Blattfasern, Ananashanf genannt, werden für feine Gewebe verwendet, Seile, Netze, Hängematten. Wusstest du das?« Ultra zog die Nase hoch und schaute abwartend zu seinem Freund.

Der Fahrer des beschädigten Nissan verlor die Kontrolle, und das Fahrzeug machte einen Satz zur Seite, wo es mit dem anderen Verfolger kollidierte.

Schreiend fiel der Schütze mit dem Mehrfachraketenwerfer auf der Schulter aus der Geschützluke und geriet zwischen die beiden Patrols.

Die Sicherheitsfahrzeuge verschwanden in einem Feuerball, als die restlichen drei Geschosse des Werfers zündeten. Metallsplitter regneten auf den Asphalt.

Mehr sah Ultra nicht, da Twing den GMC um die nächste Kurve lenkte und die Geschwindigkeit drosselte.

»Ich kann nichts mehr erkennen, die Scheibe ist total hinüber.« Sie sah in den Rückspiegel. »Haben wir sie abgehängt?«

»So kannste's auch nenn'n«, gab der Troll zur Antwort und zog die Tür zu. »Ananas sind was Feines.«

»Das gibt mächtig Ärger mit den Fuchis«, schätzte Cauldron. »Zwei Fahrzeuge und mindestens zehn ihrer Samurais. Die Zeit der Samthandschuhe wird wohl vorbei sein.«

»Die ist vorbei, seit ich das zweite Mal in ihrem System war«, bemerkte Hotwire lakonisch.

»Habt ihr mitbekommen, was unser Mastermind eben über Ananas erzählt hat?«, erkundigte sich Bullet fassungslos.

»Tja …« Der Troll zwinkerte und klopfte sich an den Schädel. »Aber zu Samt weiß ich auch einiges. Das ist ein Polgewebe mit einem Flor, der das Grundgewebe ein bis zwei Millimeter überragt. Beim Kettsamt, dem Velours, entsteht die Flordecke durch Aufschneiden der Polkette beim Weben, beim Schusssamt durch nachträgliches Aufschneiden der Schussschlaufen.«

Die Magierin hob ihre gezupften Augenbrauen in stillem Erstaunen. Bullet deutete nur auf den Straßenläufer, wie Showmaster ihre Stars präsentieren.

Twing kramte nach dem Werkzeugkoffer unter dem Beifahrersitz, holte den Hammer heraus und klopfte vorsichtig rund um die Gummidichtung der zersplitterten Windschutzscheibe. »Würdest du bitte mal deine Kräfte spielen lassen, Ultra?«

»Klaro.« Der Troll drückte mit beiden Händen gegen das Glas, dass die mächtigen Kunstmuskel an den Oberarmen anschwollen. Die beschädigte Dichtung gab mit einem lauten Krachen nach, und die kaputte Windschutzscheibe segelte auf den Straßenbelag. »Nur das mit dem Polgewebe habe ich nicht ganz verstanden. Muss das in Polen hergestellt werden oder hat das was mit dem Nord- oder Südpol zu tun?«

»Na, das Genie stößt an seine Grenzen«, meinte die Magierin erleichtert. »Für einen Moment war er mir schon unheimlich.«

»Es wird jetzt leider etwas kalt, Chummers, aber es geht nicht anders. Im Gegensatz zu Sparkplug brauche ich klare Sichtverhältnisse.« Twing startete, und der GMC setzte sich gemächlich in Bewegung.

»Was sollte das mit den Samthandschuhen und dem Fuchi-Netz?«, hakte Ultra nach.

»Können wir noch bei MacYouth vorbei? Ich habe

ganz schön Hunger«, meldete sich Hotwire zu Wort, der sich während der Verfolgungsfahrt schützend auf sein Deck gelegt hatte. »Decken ist anstrengend.«

»Verdammt, Hotwire, mach es nicht so spannend.« Bullet gingen die Pferde durch. »Es ist wichtig für uns. Wir müssen Sparkplugs Unschuld beweisen, und dazu brauchen wir alles über diese seltsame Fuchi-Sache.«

Der Decker schaute ihm kurz, aber intensiv in die Augen und nickte. »Aber hinterher will ich etwas zu essen.«

»Kein Problem«, warf der Trollsamurai ein, »fahrn wir einfach ins *Hioto*. Das ist die beste Pizzeria, die ich in den Barrens kenne, und dort kann man sich in aller Ruhe unterhalt'n.«

»Die Japs machen Pizza?« Hotwire schaute mindestens genauso überrascht wie die übrigen Schattenläufer. Die Mechanikerin verriss fast das Steuer. »Da bin ich aber gespannt.«

Wenig später, nachdem sie das Fahrzeug gewechselt hatten, saßen die fünf in einem Nebenzimmer der Pizzeria, die mit der typisch unverbindlichen japanischen Freundlichkeit geführt wurde.

Anhand der vielen Verbeugungen des Kellners vor Ultra schloss die Magierin, dass der Troll hier regelmäßig Unmengen von Pizzas in sich hineinschaufelte.

Die bestellten Pizzas schmeckten entgegen den Befürchtungen der Schattenläufer ausgezeichnet, obwohl der Algengeschmack und die Sushi-Garnierung nicht unbedingt dem entsprachen, was Cauldron unter ›traditionell‹ verstand.

Hotwire machte immer wieder Andeutungen, hatte aber wohl beschlossen, erst nach dem Essen alles zu erzählen. Selbst die wüstesten Drohungen des Menschensamurai ließen den hungrigen Zwerg kalt.

Als das letzte Stückchen in seinem Mund verschwunden war, packte Hotwire sein Deck aus, schloss den Drucker an und jagte ein paar Blätter durch den Einzug.

»Ich gebe es euch schwarz auf weiß, damit ihr alles nachlesen könnt.«

Die Bedienung brachte ein Tablett voller Gläser mit heißem Pflaumenwein. Der Zwerg fischte sich zielstrebig jenes heraus, das bis zum Rand gefüllt war, und kippte den Alkohol auf einen Schluck hinunter.

»Also«, sagte er gedehnt, »ich war im deutschen Netz, und es war eine ziemliche Umgewöhnung. Am Anfang habe ich mich an den einfachsten Knotenpunkten zweimal verfahren. Das ISDN2 ist nicht so ohne, hat aber ein paar echt coole Möglichkeiten mehr als der Schrott, den wir hier an Leitungen haben.«

»Erspar uns das, bitte.« Die Magierin hob abwehrend die Hand, und einer ihrer Ringe funkelte kurz im Licht auf. »Was hat es mit diesem Hellmann auf sich?«

Der Decker verteilte die Blätter. »Hellmann ist gebürtiger Deutscher und stammt aus dem Rhein-Ruhr-Megaplex, genauer gesagt aus Lünen. Er hat in München studiert und ging anschließend zu Cyberdynamix in Ingolstadt. Dort arbeitete er zehn Jahre lang und reichte seine Kündigung ein, weil er sich dort nicht so entfalten konnte, wie er wollte, laut dem Schreiben, das er Geschäftsführerin Annegret Berger auf den Tisch gelegt hat. Die Forschungen in seinem Spezialgebiet Kybernetik seien ihm zu rückständig und zu langsam.« Hotwire spähte zu dem Glas, das unberührt vor der Mechanikerin stand. »Kann ich das haben, obwohl mir ein Ouzo eigentlich lieber wäre?« Twing schob den Pflaumenschnaps rüber. »Offensichtlich hatte er Verbindungen zu Fuchi aufgenommen, Aufzeichnungen gibt es leider keine darüber. Jedenfalls wurde er kurz darauf eingestellt. Der klassische Fall von leiser Abwerbung.«

»Wie steht'n Fuchi zu Cyberdynamix?«, wollte Ultra wissen, der die Mütze im Nacken sitzen hatte und hilflos die Blätter durchforstete. »Und was is Cyberdynamix überhaupt?«

»Was das Verhältnis angeht, wie soll ich sagen«, versuchte der Zwerg zu erklären, »ungefähr wie Renraku zu Fuchi. Fuchi ist der größte Konkurrent von Cyberdynamix in Europa. Die Deutschen hinken, was die Forschung angeht, etwas hinterher, dafür sind ihre Produkte weniger anfällig und stabiler. Sie klonen in erster Linie die Japsprodukte. Das Netz meint, dass sich die beiden Kons nichts schenken, wenn es um Vorteile geht. Die Palette reicht von Betriebsspionage bis hin zu ... *boom*«, er ahmte das Geräusch einer Explosion nach, »handfesten Sabotageakten. Tja, und Cyberdynamix ist ein Tochterunternehmen von Eurotronics, Europäische Computer- & Cybertechnologie AG mit Hauptsitz in Turin.«

»Ist ja reizend. Und dann flog der mühsam abgeworbene Hellmann, der inzwischen sogar eine andere Staatsbürgerschaft angenommen hatte, wegen einer Bestechungssache raus?«, meinte Cauldron. Ihrem Tonfall zufolge glaubte sie nicht so recht an die Geschichte.

»Es sollte jedenfalls so aussehen«, bestätigte Hotwire. »Schaut mal auf Blatt zwei, dort steht der Grund.«

Bullet zog die Augenbrauen hoch. »Kontakte zu Cyberdynamix? Scheint, als hätte der Professor wieder Sehnsucht nach good old Germany bekommen.«

»Genau. Insgesamt war er seit seiner Entlassung dreizehnmal in den ADL, immer für ein paar Tage, höchstens zwei Wochen. Und am 12. Juli flog Brightman über den großen Teich, direkt nach Ingolstadt, von wo er zwei Tage vor Sparkplugs OP wieder zurückkehrte.«

»Er hat seine Fuchi-Geheimnisse an Cyberdynamix geliefert«, vermutete Twing und verschränkte die Arme hinter dem Kopf. »Oder den Deutschen Hilfestellung gegeben.«

»Nach allem, was ich weiß, hat er keine Kohle von dem ADL-Kon bekommen«, warf der Decker ein.

»Dann waren es vielleicht Tests, um seine Loyalität zu prüfen, bevor Cyberdynamix ihm eine neue Stelle in der Kybernetikabteilung anbieten wollte«, schlug die Magierin vor.

»Ich hätte dir zugestimmt, wenn ich nicht zufällig entdeckt hätte, dass auf Hellmanns, also Doc E. R.s Konto regelmäßige Zahlungen von 15000 Nuyen pro Monat eingegangen sind. Und zwar von einer Körperbank hier in Seattle.«

»Das kann nicht sein!« Die Mechanikerin schnellte nach vorne. »E. R. hatte keinen Liefervertrag mit einer Metzgerei, das weiß ich. Der ganze Sprawl wusste das, und deshalb war sein Ruf auch ausgezeichnet.«

»Eben«, bestätigte Hotwire. »Und deswegen habe ich die Überweisungen verfolgt. Am Anfang war es ziemlich einfach, ein Spaziergang, aber dann, rumms«, er schlug mit der Faust auf den Tisch, »kam ich an einen roten Knoten, der etwas Bekanntes an sich hatte und eine verdammt gute Absicherung für ein Schattenunternehmen war. Ich habe ihm mit meinen Programmen ordentlich zugesetzt und ihn geknackt. Mir kommen fast die Augen der Persona aus dem Kopf, als ich im System bin, denn diese Körperbank existiert überhaupt nicht. Es ist eine verfraggte Briefkastenmetzgerei!«

»Das nimmt allmählich beängstigende Dimensionen an«, murmelte Bullet.

»Ich versteh's nich«, sagte der Troll unglücklich, die Hauptmannsmütze saß jetzt schief auf dem Kopf. »Was heißt'n das? Und wie sieht eine Briefkastenmetzgerei aus?« Seine Finger tippten auf dem Palmtop herum, um das elektronische Lexikon zu durchforsten.

»Moment!« Der Zwerg grinste und spielte mit den Bartlocken. »Ich bin noch nicht fertig. Ein Decker hat nämlich einen gewissen Ehrgeiz, wenn es um den Job geht, und der wurde bei mir geweckt. Die Kohle für den Doc kam wiederum von einer anderen Firma, und nachdem ich die Spur über mindestens drei weitere ominöse Knotensicherungen verfolgte, stand ich vor einem Zugang, bei dem ich heute schon mal war.« Er machte eine theatralische Pause und schaute in die Runde der angespannten Gesichter. »Fuchi, Herrschaften.«

Es herrschte sekundenlang Stille im Nebenzimmer.

»Soll das heißen, E. R. hat die ganzen Jahre über Tantiemen vom Kon bekommen, obwohl er offiziell rausgeflogen war?« Bullet konnte es nicht fassen. Auch die anderen sahen ungläubig drein.

»Das war ja auch der Grund, weshalb Fuchi seine Kavallerie vorbeigeschickt hat«, gestand Hotwire. »Weil es schnell gehen musste, bin ich mit zwei Freunden mit brachialer Gewalt bei Fuchi eingestiegen, habe die Überweisungen überprüft und Daten aus der Personaldatei geladen, während die anderen das Black Ice beschäftigt haben. Ich hoffe nur, dass sie's unbeschädigt geschafft haben. Mir war klar, dass die Schnüffelprogramme längst wussten, von wo ich gestartet bin, aber für einen Freund und 4000 Nuyen begibt man sich schon mal in Gefahr.« Er strahlte den menschlichen Samurai an. »Und Hellmann hat eine Schwester, die für Fuchi arbeitet. Wenn mich nicht alles täuscht, sitzt sie im Management, heißt Professor Mira Kirstin Hellmann und ist Elfin.«

»Dann weiß sie mit Sicherheit mehr.« Cauldron blies eine aufsässige Strähne aus dem Gesicht und drehte nachdenklich ihr leeres Glas in den Handflächen hin und her. »Vielleicht sollten wir mit der Dame reden.«

»Wenn E. R. von Fuchi weiterhin Kohle bekommen hat, er aber mit Cyberdynamix über einen Neueinstieg verhandelt hat, dann war er mit Sicherheit ein verdammt guter Industriespion«, schloss Twing aus dem bisher Gehörten. »Ganz schön raffiniert. Das erklärt auch, weshalb Fuchi keine Anzeige erstattet hat. Aber warum und von wem wurde der Doc gegeekt?«

»Wie wär's denn, wenn du dich weiter im Netz umsiehst und herauszubekommen versuchst, was E. R. bei seinem letzten Aufenthalt in den ADL gemacht hat?«, schlug Bullet vor. »Ich gebe dir noch mal 2000 dafür.«

»Und'n kostenlos'n Aufenthalt im Hioto«, fügte Ultra fröhlich hinzu. Die Goldmickymaus blinkte im Licht auf.

Cauldron schenkte dem Decker einen tiefen, schmachtenden Blick. »Ich lade dich in einen Club deiner Wahl mit deinen Hilfsdeckern ein.«

Hotwire grinste wie ein Honigkuchenpferd. »Wenn Twing noch eine Jahrespflege für meinen kleinen Jackrabbit drauflegt, mach ich mich gleich morgen an die Arbeit.«

»Einverstanden«, seufzte die Mechanikerin und stand auf. »Kommt, Chummers. Mal sehen, ob Exec Hellmann mit sich reden lässt. Aber zuerst bekommt Cynthia eine neue Scheibe und eine Lackierung, sonst erschlägt mich jemand, wenn ich den GMC so abliefere.«

»Er sieht es ja ohnehin nicht. Ich bin gespannt, wie es Sparkplug geht«, sagte Bullet und winkte die Kellnerin herbei.

»Hoffentlich hat Doc Brown den Systemcheck bei deinem Schatz gemacht«, meinte die Magierin. »Ich würde zu gern wissen, weshalb E. R. die Augen ausgebaut hat. Mit seinen Nervenbahnen und den Cyberimplantaten war doch alles in Ordnung, oder?«

»Normalerweise benutzte der Doc nur zuverlässige Ware«, beruhigte Bullet. »Vielleicht hatte er sie für den Eingriff ausgebaut und wollte zuerst die Fahrzeugsteuereinrichtung einsetzen. Ich weiß ja nicht, wie viele Kabel und Leitungen in so einem verdrahteten Hirn Platz haben.«

»Und dann isser gegeekt word'n und konnte die Glubscher nich mehr reinsetz'n«, vollendete Ultra.

Der menschliche Samurai beglich die Rechnung. »Wahrscheinlich war es wirklich so, Twing. Mach dir keine Sorgen, das wird schon wieder.«

Die Schattenläufer verließen das *Hioto*, verabschiedet von zahlreichen sich verbeugenden Angestellten.

Seattle, Redmond Barrens, 26. 07. 2057 AD, 21.47 Uhr

Cauldron kehrte in ihre Wohnung zurück, schwer beladen mit braunen Packtüten, in denen sie ihre Besorgungen schleppte. *Das nächste Mal setzte ich einen Geist aufs Einkaufen an. Die Lauferei ist mir echt zu dämlich.*

Keuchend nahm sie die letzten Stufen zu ihrer Tür, stellte die Tüten ab und suchte nach dem Magschlüssel.

Als sie eine der Taschen gegen das Holzimitat lehnte, öffnete sich der Eingang mit einem leisen Klack. Die Magierin erstarrte in ihrer Bewegung.

Sofort suchte sie magisch nach Feinden, ohne fündig zu werden.

Sie benutzte einen weiteren Zauber und bemerkte mit dessen Hilfe sehr wohl eine Lebensform in ihrem Wohnzimmer. *Keine Fuchi-Abordnung, aber anscheinend jemand, der sich verlaufen hat.*

Die Magierin verließ sich nicht alleine auf ihre mentale Kraft.

Leise zog sie die Ares Crusader, während sie sich auf einen Zauberspruch vorbereitete. Wie von selbst wanderte ihre Hand an eines ihrer Amulette, um den Fetisch zu aktivieren.

Dann treten wir dem Schmarotzer mal in den Hintern. Wenn er an meinem Beschwörungskreis herumgemalt hat, mache ich Seife aus ihm.

Lautlos huschte sie in den Flur und steuerte auf den Raum zu, wo sich der Eindringling befand.

Als sie die Tür öffnete, fiel Lichtschein heraus, und etwas Weiches rieselte auf sie herab und landete auf ihr. Erschrocken machte sie einen Schritt in das Zimmer, die Mündung der Ares auf den Unbekannten gerichtet, der zwischen unzähligen Teelichtern kniete.

Im Schein der Kerzen erkannte sie, dass sie mit roten Blütenblättern bedeckt war. *Was hat das zu bedeuten?*

Die Reaktion des Mannes, der nichts außer einem schwarzen Ledertanga trug, verriet den Profi. Sofort hechtete er zur Seite und katapultierte sich hinter ihrem Sofa in Deckung.

Dann tauchte ein weißes Taschentuch hinter der Lehne auf. »Ich ergebe mich.«

Cauldrons Anspannung fiel beim Klang der vertrauten Stimme ab. »Bullet, du Armleuchter!«. Sie verstaute die Crusader im Schulterhalfter.

Der Straßensamurai erhob sich grinsend. »Ich wollte dich überraschen.« Er sprang aus dem Stand über das Möbelstück, stand plötzlich an ihrer Seite und nahm sie in die Arme. »Alles Gute nachträglich zu unserem Jahrestag, meine Hexe.«

Er wollte sie küssen, doch Cauldron drehte den Kopf weg und entwand sich ihm. Seine Lippen trafen ins Leere.

»Hat dich Twing daran erinnert oder bist du selbst darauf gekommen?« Natürlich verzieh sie ihm, aber sie wollte ihn noch ein wenig zappeln lassen. Ihr langer, schwarzer Sommermantel glitt auf den Boden und gab den Blick auf ihr dunkles Spitzenkleid frei, das einen starken Kontrast zu ihrem weißen Gesicht und den roten Haaren bildete.

»Ich hatte mich im Datum vertan«, versuchte er sich herauszureden. »Aber dafür habe ich mir jetzt umso mehr Mühe gegeben.«

Die Magierin streifte das Holster ab. Ihr Blick wanderte an der muskulösen Gestalt des Samurais entlang.

Einzig die deutlich sichtbare Dermalpanzerung des Schattenläufers trübte den optischen Genuss. »Du wirst dir noch mehr Mühe geben müssen, um die Scharte auszuwetzen.« Die halbhohen Schnallenstiefel flogen durchs Zimmer. »Und ich erwarte eine Bestleistung«, fügte sie mit dreckigem Grinsen hinzu.

Cauldron klaubte ein paar Rosenblätter zusammen und blies sie von der flachen Hand in seine Richtung. Bullet verstand das als Hinweis, sich seiner Gefährtin nähern zu dürfen.

Sie streichelte sein Gesicht, während er die Haken, Ösen und Schnüre ihres Kleids behutsam öffnete. »Sexy Tanga, den du da anhast.« Eine Hand umfasste sein Kinn. Mit einem harten Ruck zog sie seinen Kopf herum und drückte ihm einen wilden Kuss auf die Lippen. Dabei schloss sie wie immer die Lider. Den Blick in seine künstlichen Augen ertrug sie bei aller Liebe, die sie für ihn empfand, nicht lange.

»Nicht so schnell«, flüsterte er in ihr Ohr. Ohne sichtliche Anstrengung hob er sie hoch und trug sie zum Sofa, wo er sie behutsam absetzte.

Die Magierin wunderte sich ein wenig. *Normalerweise ist er es doch, der gleich zur Sache kommt.* Heute dagegen wirkte er beinahe geheimnistuerisch.

Bullet entzündete die letzten Teelichter, bevor er in einer kleinen Kiste kramte und einen Gegendstand in seiner Faust umschloss.

»Cauldron, du weißt, ich bin kein Poet.« Er drehte sich zu ihr. »Wir sind jetzt seit mehr als zwei Jahren zusammen, und ich denke, ich bekomme keine bessere Frau als dich. Zumal mir die Sache mit Hustle und Sparkplug gezeigt hat, dass es großartig ist, sich auf jemanden verlassen zu können. Nicht nur heute oder morgen, sondern auch in vielen Jahren, wenn diese Läuferscheiße vorbei ist und wir den ganz großen Lauf gemacht haben.«

Eine heiße Welle rollte durch den Körper der Magierin. *O nein, bitte nicht! Lass es ihn nicht tun.*

Die Hand des Schattenläufers gab den Gegendstand preis. Ein silberner Ring blinkte im Schein der Kerzen auf. »Willst du mich heiraten?«

Fuck. Cauldron seufzte und öffnete den Mund, um etwas zu sagen, dann fuhr sie ihm zärtlich über die Stirn. »Bullet, ich …«

Sein Antlitz spiegelte die maßlose Enttäuschung über ihre Reaktion wider, die Hand mit dem Ring sank herab.

»Ist okay. Wir müssen nicht heiraten, wenn du nicht willst«, versuchte er die Situation zu retten. Ein Windstoß brachte einige Teelichter zum Verlöschen. *Wie passend.* »Ich dachte nur, wir könnten unser Zusammensein irgendwie stärker binden.« Ein Blick in die Augen der jungen Frau ließ ihn verstummen. »Es war wohl keine gute Idee.«

Die Magierin fuhr sich mit beiden Händen über das Gesicht. Die Schminke verwischte sich und verlieh ihr im Schimmer der Kerzen etwas Groteskes.

»Da war sehr lieb von dir.« Sie schluckte. »Hör zu, ich fühle mich nicht bereit dazu. Wenn es einen gibt, den ich an meiner Seite haben möchte, dann wirst du es sein. Aber das Bedürfnis ist nicht da.« *Versteht er, was ich meine?* »Noch nicht.«

Bullet erhob sich und legte den Ring auf den Tisch. »Nimm ihn an, wann du möchtest«, sagte er gedehnt und schlüpfte in seine Hose. Mit knappen Bewegungen zog er sich an.

»Wohin willst du jetzt?«, fragte sie leise. »Bullet, bleib doch …«

»Nein, lass nur, ich schlafe zu Hause. Ich muss ohnehin noch was erledigen und ein paar Leute anrufen wegen der Geschichte mit Sparkplug.« Er lächelte traurig. »Ich akzeptiere deine Gefühle. Bitte hab Verständnis, dass ich jetzt nicht glücklich bin. Morgen geht es wieder.«

Er warf ihr einen Handkuss zu und verließ das Zimmer. Kurz darauf fiel die Haustür ins Schloss.

Mann, ich liebe dich und hätte dich gerne immer in meiner Nähe, das hätte ich ihm sagen sollen. Cauldron sank stöhnend zur Seite und verbarg ihr Gesicht in den Händen. Wie Flammen umgaben die Haare ihren Kopf. *Verdammt, ich hab's vermasselt.*

Sie sprang auf und lief hinaus, um ihren Gefährten zurückzurufen, stolperte jedoch über die Tüten, die er hineingetragen hatte, und schlug beinahe hin. Ein stechender Schmerz durchzuckte ihren rechten Knöchel.

Das hat noch zu meinem Glück gefehlt. Humpelnd kehrte sie in die Wohnung zurück und schlug die Tür zu.

Sie schlüpfte aus ihren Kleidern und ging unter die Dusche, um unter dem warmen Wasserstrahl Zuflucht zu suchen.

Soll ich ihn heiraten oder nicht?, grübelte sie, die Hände an die gekachelte Wand gelegt, das heiße Nass auf ihren Schulterblättern genießend. Dampfwolken verwandelten das Bad in eine Nebelküche.

Sie dachte an ihr erstes Rendezvous und daran, wie sie ihn beinahe mit einem Mana-Blitz attackiert hatte, als sie wegen einer leichtfertigen Bemerkung wütend auf ihn war. Er war mindestens ebenso impulsiv. Gleichzeitig zeigte er ruhige, zärtliche Momente. Und man konnte sich auf ihn verlassen, wenn es nicht gerade um Jahrestage ging.

»Heiraten«, sprach sie das Wort leise aus und hob das Gesicht, um es vom Wasser berieseln zu lassen. *Und danach eine schöne Reise, quer durch England. Da wollte ich schon immer mal hin. Mystische Stätten, alte Magie und uralte Monumente.*

Sie hörte schon die Stimmen ihrer Magiefreunde. Sie sah vor ihrem inneren Auge, wie sie alle den Kopf schüttelten, wie sie es damals getan hatten, als sie den Straßensamurai zu einer Club-Party ins *Dark Site* brachte und die Magiebegabten ihre Witze über den vercyberten Mann und dessen Essenzmangel machten.

Sicher, Bullet strotzte nicht vor Implantaten, dennoch spürte sie gelegentlich seine andere, kältere Aura, die ihn von einer ›normalen‹ Person unterschied. Eine Zeit lang zusammen zu sein war eines, ein ganzes Leben miteinander zu verbringen, etwas anderes.

Du bist doch glücklich mit ihm, also was sollen diese Gedanken?, ärgerte sie sich, stellte die Dusche ab und verließ die Kabine, um sich abzutrocknen.

Das Telefon läutete. Cauldron warf sich einen Bademantel über und hastete hinaus. *Vielleicht ist es Bullet?*

»Ja?«, sagte sie schnell in den Hörer.

»Hoy, Perle der Nacht«, antwortete Twing. »Schon wach? Wir treffen uns in einer halben Stunde, ich hole dich ab. Wir müssen ein paar Ersatzzeile für Cynthia abholen.«

Der Blick der Magierin heftete sich auf den Silberring auf dem Tisch, ihre Gedanken drifteten davon. Die weitere Erklärung ihrer Freundin wurde leise und leiser. *Ich glaube, ich werde ja sagen.* Sie nahm das Schmuckstück auf und betrachtete es. *Oder?*

»Hörst du mir zu?«, rief die Mechanikerin laut durch die Leitung.

»O ja, entschuldige.« Cauldron zuckte zusammen. »Gib mir ein paar Minuten, ich muss mir noch die Haare trocknen.«

»Die Mühe kannst du dir sparen, es regnet«, entgegnete Twing lachend und unterbrach die Verbindung.

Die Magierin versuchte beim Anziehen, den Straßensamurai zu erreichen.

Ohne Erfolg.

VI.

Seattle, Eingang Redmond Barrens,
28. 07. 2057 AD, 9.29 Uhr

»Hast du schon mal die Donuts mit der grünen Zuckerglasur versucht?« Officer Jerry Harrison starrte suchend in die braune Papiertüte, auf der ›Hughs Big Holes‹ gedruckt war. Hugh war so etwas wie der Hoflieferant für Harrison, der für die frittierten Kringel seine rechte Hand hergegeben hätte. »Oder willst du die mit kombinierter Schoko-Vanille-Sauce?« Er hielt das passende Gebäckstück in die Höhe. »Oder vielleicht die mit Kirschfüllung?« Er kramte einen anderen Donut heraus und hielt ihn seinem Partner unter die Nase.

»Lass mal gut sein«, wehrte Officer Clark Dubinski ab und nahm einen Schluck Grüntee, den er sich in seiner Thermoskanne mitgenommen hatte.

Das Innere des Ford Americar roch penetrant nach dem fettreichen Gebäck und überreizte allmählich die empfindliche Nase des jungen Polizisten, der frisch aus der Ausbildung kam.

Er schlürfte an seinem Tee. Die Scheibenwischer fegten in regelmäßigen Intervallen den Regen zur Seite und erzeugten ein monotones Geräusch. »Weißt du eigentlich, dass du das Klischee eines LoneStars voll erfüllst? Du sitzt hier, ziehst dir die fetten Donuts rein, säufst literweise Soykaf und hast zehn Kilo Übergewicht.«

»Ja, und?«, entgegnete sein Partner und zog den Kringel schnell wieder zurück. »Wenn du damit Probleme hast, such dir einen anderen Kollegen. Ich kann nichts dafür, dass dir der Streifendienst nicht gefällt, Mr. Action.«

Dubinski startete den Motor und setzte das Auto in Bewegung.

»Was machst du?«, protestierte Harrison und balancierte den Becher in seiner Hand. »Wir haben Pause, da wird nicht in der Gegend herumgefahren. Ich versaue mir bestimmt die Uniform mit Soykaf bei der Kurverei, und wer bezahlt mir dann die Reinigung? Verdammt, wo fährst du denn hin?«

»Hier wurde letzte Woche ein Star überfahren, und ich will mir die Gegend mal ansehen«, antwortete sein Partner. »Vielleicht ist der Typ so dämlich und fährt mit der Karre immer noch durch die Straßen.«

Harrison lachte. »Klar werden hier Polizisten überfahren, hier beginnen die Barrens. Mann, ich bin jetzt dreizehn Jahre in Seattle, aber so bescheuerte Typen, die mit einem gesuchten GMC herumkurven, habe ich noch nie gesehen. Wenn du mich und Gonzales fragst, war das ein Schattenläufer, der seine Schulden nicht bezahlen wollte, den Mediziner gekillt hat und auf der Flucht einen Star überrollt hat. Helden sterben nun mal jung in unserem Job, und wenn sich der Kollege unbedingt vor die Motorhaube eines gepanzerten Bulldog stellen muss, darf er sich nicht darüber wundern, wenn er tot aufwacht.«

»Du bist ein Riesenarschloch, Harrison.« Dubinski lenkte das gepanzerte Fahrzeug näher an den Rand der Barrens. »Du bist so ein Riesenarschloch, dass du Seattle zukacken könntest.«

»Und du willst ein verdammter Held sein und genauso schnell draufgehen wie der Typ, dessen Umrisse sie auf die Straße gemalt haben.« Herzhaft biss der beleibte Cop in den Kirschdonut und spülte ihn mit der heißen, braunen Flüssigkeit hinunter. »Meinen Segen hast du, Dubinski.« Krümel flogen auf die Handschuhablage. »Das ist nicht wie in den Detektivfilmen oder wie sie es dir in der Ausbildung beibringen. Wir sind sterblich, einige von uns sind bestechlich, und vor allem, und das zählt besonders für mich, sind wir auf das eigene Wohl bedacht. Also, halte dich bitte ein wenig zurück, Rambo.«

Ein breiter GMC Bulldog ohne Frontscheibe tauchte aus einer Seitenstraße auf, überquerte eine Kreuzung und beschleunigte plötzlich, als er den Streifenwagen bemerkte. Das Heck des Fahrzeugs wies etliche Einschüsse auf, und auf der einen Seite fehlte der komplette Lack, als ob der Fahrer an einer Wand entlang gefahren wäre.

»Das gibt's doch gar nicht«, sagte Harrison fassungslos, warf den angebissenen Donut und den Soykaf aus dem Fenster und schnappte sich das Funkgerät.

Der andere Cop trat das Gaspedal bis zum Boden durch und nahm mit heulenden Sirenen die Verfolgung auf.

»Hier Star 3412«, gab er durch, »wir verfolgen ein verdächtiges Fahrzeug, einen aufgemotzten GMC Bulldog, Ecke 10te und 9te, Redmond Barrens. Könnte der gesuchte Copkiller sein. Benötigen Unterstützung, kommen.«

»Hier BigStar«, meldete sich Gonzales aus der Zentrale. »Schicken euch drei Fahrzeuge. Bleibt auf Abstand, und wenn sich der GMC zu weit in die Barrens verdrückt, bevor die Unterstützung da ist, kehrt um.«

»Verstanden. Sie sollen unserem Signal folgen, und schickt eine Sicherheitsdrohne mit.« Er hing ein, zog die Schrotflinte aus der Halterung in der Tür und lud sie mit den Stahlmantelgeschossen. »Wir erwischen das Schwein. Okay, Mr. Action, das wird voll nach deinem Geschmack.«

Cauldron warf einen besorgten Blick in den Außenspiegel. »Die Cops haben uns gesehen. Warum mussten wir auch unbedingt hier entlang fahren?« Der

Regen tropfte in die Kabine und perlte von der Plane ab, die sich die Frauen über die Knie gelegt hatten, um nicht durchnässt zu werden.

Twing zuckte mit den Schultern. »Ich kann nichts dafür, dass mein Schieber sein Ersatzteillager in der Nähe von Doc E. R.'s ehemaliger Praxis hat. In Sparkplugs anderen Karren kann ich nicht so viel Zeug einladen. Normalerweise stehen die Stars nie hier rum.«

Die Magierin strich sich das feuerrote, klamme Haar aus dem Gesicht, das immer irgendwie einen Weg fand, sie zu ärgern. »Ich werde sie aufhalten.«

Sie fasste an einen ihrer Ringe und schloss die Augen, um sich zu konzentrieren. *Eine gute Gelegenheit, sich abzureagieren.*

»Nein, warte!« Die Mechanikerin bog schwungvoll ab. »Wenn wir denen auch nur einen Kratzer in den Lack machen, jagen die anderen Cops uns bis ans Ende aller Tage. Ich versuche, sie abzuschütteln.«

Cauldron schaute skeptisch. »Sie werden bereits Unterstützung angefordert haben.«

»Sobald wir tiefer in den Barrens sind, kehren sie um«, versprach Twing und wischte sich ein paar Wasserspritzer aus den Augen. »Cynthia ist nur ein wenig bockig ohne Lenkunterstützung und Stabilisatoren.« *Rigger müsste man sein.*

Es knallte gewaltig. Etwas krachte mit Wucht in die hintere Tür und riss ein zentimeterdickes Loch in das Metall.

»Ich bin nur froh, dass ich noch nichts repariert habe, sonst würde ich mich jetzt mächtig ärgern«, knurrte die Mechanikerin. »Die Panzerung ist zu lädiert, als dass sie noch was abhalten könnte.«

Das Streifenfahrzeug holte auf.

»Wie beruhigend. Bist du dir immer noch sicher, dass wir sie abhängen können?« Die Magierin beobachtete die Bewegungen der Frau. »Warum haben wir die anderen beiden eigentlich nicht mitgenommen? Für Ultra und Bullet wären die Cops eine nette Abwechslung.«

»Und umgekehrt für die Cops auch«, erwiderte Twing lachend. »Aber ich weiß nicht, ob es den Stars gefallen würde, einen Trollsamurai zu durchsuchen. Oder besser gesagt, wenn sie es versuchen würden.«

Wieder durchschlug ein Projektil die hintere Tür und sirrte zwischen den beiden nach vorne hinaus.

»Wie kann man bei der Lage so gut gelaunt sein?« Cauldron steckte sich ihren Harrschopf mit einem Kamm fest. »Das hätte uns eben erwischen können. Ich rufe Flamma, mir reicht es.«

»Du wirst dein Feuerelementar schön dort lassen, wo es ist«, befahl die Mechanikerin energisch. Ihre hellblauen Tätowierungen leuchteten.

Sie zog ohne Vorwarnung die Handbremse, schlug das Lenkrad ein und gab Gas.

Gehorsam vollführte Cynthia eine abrupte 180-Grad-Drehung und steuerte frontal auf den LonStar-Wagen zu.

»Banzai!«, schrie Twing und stemmte die Arme gegen das Lenkrad.

»Bist du bescheuert?« Die Magierin hatte die Augen geschlossen und klammerte sich krampfhaft am Gurt fest. *Lass es mich überleben, damit ich ihr anschließend den Kopf von den Schultern hexen kann.*

»Oh, Shit, Shit, Shit!«, brüllte Dubinski, als er die breite Schnauze des GMC immer näher kommen sah.

Mit einem Röhren schoss das gepanzerte Fahrzeug noch einen Satz nach vorne und walzte mit hoher Geschwindigkeit auf den Ford Americar zu.

»Das gibt ein Unglück, Harrison!«

»Was ist los, Mr. Action? Halt die Kiste ruhig«, befahl sein Partner, der halb aus dem Wagen hing und versuchte, den Fahrer anzuvisieren. »Wenn ich ihn erwische, überstehen wir es.«

»Und wenn nicht?«

»Wirst du gleich das Licht im Tunnel sehen, Rambo«, knurrte der Cop zwischen den Zähnen hindurch.

Harrison drückte ab, als ein kleines Schlagloch den Americar zum Wackeln brachte, und das Projektil bohrte sich knapp neben der Fahrerin in die Verkleidung.

Dubinski riss das Fahrzeug im letzten Moment zur Seite. Trotzdem streifte das Heck des Einsatzwagens die Stoßstange des Bulldog.

Die Kollision brachte das Copauto ins Schleudern. Harrison prallte auf seinen Partner, der die Kontrolle über den Americar verlor und ihn auf den Bordstein lenkte.

Es rumpelte, Mülltonnen, Paletten und Kisten stoben zur Seite, dann stand der Streifenwagen und soff mit einem letzten Hüpfer ab. Das Rauschen des Regens auf dem Wagendach wirkte überlaut.

»Alles in Ordnung, Harrison?« Der junge Star betastete vorsichtig seinen Kopf, mit dem er auf das Steuerrad geknallt war, doch der Helm hatte Schlimmeres verhindert.

»Schon gut«, stöhnte sein Partner und richtete sich auf. »Hinterher, sonst verduften sie und wir können den Kollegen erklären, warum wir einen Copkiller haben laufen lassen.« Sein Kiefer knackte laut. »Prima. Verrenkt.«

Dubinski ließ den Americar an, setzte zurück und fuhr auf die Straße. Der Regen wurde schwächer. Dennoch sprühten von den Rädern des Fahrzeugs hohe Wasserfontänen auf. Mehr als einmal musste der Nachwuchscop mit Aquaplaning kämpfen.

»Die Dame am Steuer war verrückt. Die hätte uns platt gewalzt wie eine leere Coladose.« Er nickte seinem Kollegen zu. »Kompliment, Partner. Du bist doch nicht so gleichgültig, wie ich geglaubt habe.«

Der Mann lud das Gewehr durch. »Egal, wie ich zu Heldentaten anderer stehe, sie hat einen von uns umgebracht und es auch bei mir versucht. Das lasse ich mir von niemandem gefallen!«

Plötzlich erschien ein schwarzer Lieferwagen an der Fahrerseite. Die Schiebetür rollte zurück und gab die Sicht auf einen Mann mit Sonnenbrille im schwarzen Anzug frei, der gerade in ein militärisches Headset sprach.

»Brechen Sie die Verfolgung sofort ab, 3412«, dröhnte es aus den Lautsprechern des LoneStar-Funkgeräts. »Sie gefährden eine lang geplante CIA-Aktion, Officers.«

Unsicher schaute Dubinski zu seinem Partner, der sich das Sprechgerät schnappte. »Sir, die Zentrale hat mir nichts über einen solchen Einsatz gesagt. Ich muss erst nachfragen.« Er ließ die Taste los. »Gib Gas, Dubinski, sonst hauen sie ab.« Der Star hob das Gerät wieder an die Lippen. »Sir, Sie können uns begleiten, bis die Zuständigkeiten geklärt sind.«

»Ich verstehe.« Der Agent nickte und verschwand im Dunkel des Transporters.

»Gar nicht so übel«, meinte Dubinski grinsend. »Jetzt arbeite ich mit dem CIA zusammen. Die können uns ja Schützenhilfe geben, wenn wir den Bulldog stellen.«

Harrison bemerkte aus den Augenwinkeln eine Bewegung an der Schiebetür und schaute instinktiv hinüber zu dem Lieferwagen, der immer noch auf gleicher Höhe mit dem Americar fuhr. Die Mündung, in die er entsetzt blickte, war so groß wie eine Kinderfaust.

»Bremsen, Dubinski! Bremsen!«

Sein Partner drehte den Kopf in seine Richtung,

ohne die Geschwindigkeit zu verringern. »Was soll ich? Zuerst sagst du, ›gib Gas‹, und jetzt …«

Etwas prallte gegen die Seitenscheibe, brach in einem Scherbenregen in das Innere und flog dem jungen Cop an den Hinterkopf.

Benommen und mit einem überraschten Gesichtsausdruck kippte Dubinski in Harrisons Schoß.

Der Gegenstand sprang an den Fahrzeughimmel, hüpfte nach hinten und verschwand unter dem Fahrersitz.

Der schwarze Lieferwagen drehte ab, während sich der Mann im Anzug lächelnd mit zwei Fingern an die Stirn tippte. Harrison glaubte für einen Moment, sein eigenes, verstörtes Gesicht in den spiegelnden Brillengläsern zu erkennen.

Eine kleine Sonne erwachte im Americar zum Leben. So empfand es zumindest der Star in den letzten Sekunden seines Lebens. Dann wurde es noch heller und heißer.

»Ich glaube, wir haben sie abgehängt«, sagte Twing erleichtert. »Seit drei Straßenbiegungen sind sie nicht mehr hinter uns. Ich habe irgendwo da hinten Qualm gesehen. Vielleicht sind sie gegen einen Laternenmast gefahren.«

»Mann, ich könnte dich umbringen!«, rief Cauldron, und ihre Stimme klang so, als ob sie ihre Drohung gleich in die Tat umsetzen wollte. »Wenn du noch mal eine Kamikazeaktion vorhast, sag bitte vorher Bescheid, damit ich mich vorbereiten kann. Ich wäre beinahe vor Angst gestorben!« Ihre Flammenpupillen loderten in einem mörderischen Feuer.

Die Mechanikerin grinste. »Der Cop am Steuer sah auch so aus, als ob es ihm ähnlich gehen würde.«

»Halt mal an, ich möchte nachsehen«, sagte die Magierin. »Astral, natürlich.«

»In Ordnung.« Twing lenkte den GMC an den Straßenrand. »Aber warum?«

»Nur so ein ungutes Gefühl. Wenn sie sonst nie hier rumstehen, war wohl was oberfaul«, murmelte die rothaarige, junge Frau. Sie schloss die Augen, und ihr Körper erschlaffte.

Twing wusste, dass Cauldron hin und wieder einen sechsten Sinn hatte, deshalb sparte sie sich ausufernde Diskussionen mit der Magiekundigen.

Sie betrachtete die zierliche, leblose Gestalt ihrer Chummerin, die man ohne weiteres als ›Grufti‹ bezeichnen konnte. Cauldron mochte das Unheimliche und Rätselhafte und tat alles, um auch so zu erscheinen.

In Aktion gesehen hatte Twing die Magierin erst zweimal. Einmal grillte sie drei Ganger, die ihr bei einem Lauf in die Quere kamen, ein anderes Mal hatte sie gegen zwei Elementargeister gekämpft, um der Gruppe den Rücken freizuhalten.

In beiden Fällen hatte Cauldron ziemlich souverän gewirkt, und wenn es stimmte, was Bullet über sie sagte, widmete sie dem Beschwören von Geistern und dem Ausarbeiten von eigenen Zaubersprüchen viel Zeit. Obwohl es dem Samurai einen höllischen Spaß bereitete, sie mit vermeintlicher magischer Unkenntnis aufzuziehen, vermutete sie tiefe Gefühle hinter seiner coolen Fassade.

Nach ein paar Minuten flatterten die weiß geschminkten Augenlider. »Ich habe es gewusst«, sagte sie leise, während sie sich langsam an die Umgebung und die Körperlichkeit gewöhnte.

»Und? Hängen sie mit dem Kühler an einem Hydranten?«, fragte Twing und startete.

»Einen Hydranten hätten sie gut gebrauchen können. Ihr Wagen steht lichterloh in Flammen.« Sie stützte den Kopf in die Hände.

»Drek, ich dachte, wir hätten vereinbart, wir hängen

sie einfach ab.« Die Mechanikerin war verärgert und steuerte in Richtung Doc Browns Klinik. »Jetzt haben wir noch zwei weitere Stars auf dem Konto. Musste das Inferno denn sein?«

»Ich war es nicht, Twing.« Cauldron schaute nach vorne. »Es stand ein Lieferwagen an der Kreuzung, der in unsere Richtung gefahren ist. Ich glaube, sie haben den Wagen in Brand gesetzt.«

»Das hat Ultra auch von den Orkgangern erzählt, die es vor E. R.s Praxis erwischt hat.« Die Mechanikerin runzelte nachdenklich die Stirn. »Sie sind ebenfalls abgekokelt.«

»Es brannte heller als ein normales Feuer – kann sein, dass sie Phosphor oder Magnesium benutzt haben.« Allmählich war sie wieder voll bei Bewusstsein. »Wenn sie uns die Cops vom Hals geschafft haben, wollen sie sicher was von uns. Wahrscheinlich sind sie uns auf den Fersen.«

»Vielleicht hat es was mit dem GMC zu tun«, überlegte Twing. »Sie wussten, welcher Wagen sich in E. R.s Todesnacht von der Praxis entfernt hat und suchen ihn, genau wie die Cops. Sie haben uns sowie unsere Verfolger gesehen und räumen sie aus dem Weg, damit wir unseren Weg ungestört fortsetzen können. Wenn sie Interesse an unserem Tod hätten, wären wir nicht mehr auf der Straße.«

»Ich weiß nicht, ob mir unsere neuen Schutzengel gefallen.« Cauldron massierte ihre bleichen Schläfen. »Wir würden sie direkt zu Brown führen.«

»Und damit zu Sparkplug«, vollendete die Mechanikerin. »Vielleicht hat er doch was mitbekommen, woran er sich derzeit nur nicht erinnert, wer weiß? Auf alle Fälle fahren wir nicht zu Brown. Ich rufe die anderen an und informiere sie über die neue Situation.«

»Wir sollten den Jungs im Lieferwagen eine Falle stellen, um herauszufinden, was hier überhaupt gespielt wird«, schlug die Magierin vor. »Fuchis scheinen es keine zu sein. Ich kann dir sagen, dass die sechs Gestalten voll gestopft mit Cyberware sind.« Sie wischte sich Regentropfen von der Kleidung und schaltete die Heizung ein. »Wer spielt denn noch alles mit? Cyberdynamix? Aber die sitzen in den ADL.«

»Na, und? Ist das ein Grund für einen Kon?« Twing gab Bullet per Funk einen Kurzbericht der Lage.

»Er sagt, er und Ultra überlegen sich was. Aber er meint auch, dass es vermutlich die Männer sind, die Doc E. R.s Klinik in Schutt und Asche gelegt haben. Somit wüssten sie vielleicht, was mit Hustle passiert ist. Vielleicht haben sie ihn sogar«, gab die Mechanikerin die knappe Unterredung wieder. »Er wusste nur, dass vor einer Stunde sechs Männer in schwarzen Anzügen in Doc Browns Praxis alles auf den Kopf gestellt haben.«

Cauldron stieß ein kurzes Lachen aus. »Da hatte Ultra eine wirklich gute Idee. Auf den Quartierwechsel wären wir natürlich auch gekommen, aber vielleicht zu spät.«

»Doc Brown ist schlecht gelaunt, weil sie alle seine Instrumente mitgenommen haben«, erzählte Twing. »Alles, was nur entfernt elektronisch aussah, haben die Jungs eingepackt.«

»Dann war das, was sie suchen, nicht dabei«, schloss die Magierin, »wenn sie uns immer noch verfolgen.«

»Scheint so«, stimmte die junge Frau mit den blauen Haaren zu. »Meinem Schatz geht es so gut, dass der Doc endlich den Check der Cyberteile machen kann. Es wird nur etwas länger dauern, weil sein Zweitlabor nicht so perfekt ausgerüstet ist.«

Cauldron schwieg einen Moment. »Du magst Sparkplug sehr gern, oder?«

»Ich liebe ihn«, antwortete sie ohne zu zögern. »Wie sonst könnte ich es mit ihm aushalten? Er hat mich bei den Halloweenern rausgeholt, ohne was dafür zu verlangen. Er meinte, ein Auftraggeber hätte ihm den Lauf bezahlt, aber ich habe rausbekommen, dass er es auf eigene Faust gemacht hat. Dabei hatte er mich vorher nur kurz gesehen. Es wäre Liebe auf den ersten Blick gewesen, hat er mir später gestanden.« Sie sah die Magierin ernst an. »Ich würde alles für ihn tun.«

»Hoffen wir, dass es in nächster Zeit nicht dazu kommt«, meinte Cauldron leise. »Ich hätte nie gedacht, dass ein Essenzkrüppel wie Sparkplug derart starke Gefühle entwickeln kann.«

»Er hat sie sich bewahrt, und das ist die Kunst«, erwiderte Twing. »Viele sind dazu nicht imstande, obwohl sie kein einziges Cyberelement in sich haben.«

Cauldron schwieg und drehte gedankenverloren ihren Rubinring um den Mittelfinger. *Es sieht so aus, als ob er mir da etwas voraus hätte.*

Twing beschloss, das Thema zu wechseln, bevor die Magierin an ihrer Seite ins Grübeln über sich und den Straßensamurai versank. »Ultra und Bullet melden sich, sobald sie einen Plan ausgeheckt haben.«

Cauldron nickte. »Ich bin einsatzbereit. Wir verziehen uns besser tiefer in die Barrens, bevor wir weiteren LoneStar-Abordnungen begegnen.«

»Einverstanden«, sagte Twing und steuerte Cynthia ins Zentrum der gesetzlosen Zone.

Ohne dass sie ihn sahen, wussten die beiden Frauen, dass der schwarze Lieferwagen ihnen auf der Spur bleiben würde.

Seattle, Redmond Barrens, 28. 07. 2057 AD, 22.29 Uhr

Seit sie vor ein paar Tagen den toten Schamanen entdeckt hatten, sahen die beiden kaum mehr das Sonnenlicht.

Jeroquee war auf die Idee gekommen, den nassen, stellenweise unleserlichen Plan mit dem Kanalisationsnetz abzugleichen. So kamen sie auf eine Möglichkeit, die sie heute überprüfen wollten. Die Jagd auf Ghule trat vollständig in den Hintergrund. Ihr Mentor wurde von den Schatten der Vergangenheit vorwärts getrieben.

Irgendwann, vom steigenden Wasser und der Lauferei genervt, machte sie eine Bemerkung darüber.

Piers wandte sich Jeroquee zu. »Mädchen, ich muss nachsehen, ob dieser abgedrehte Verrückte meine Kugeln überlebt hat. Aber du hast Recht, das hat mit deinem Job nichts zu tun.« Der ehemalige Läufer nickte zur nächsten Leiter. »Geh zurück an die frische Luft und mach eine Pause, bis ich wieder zurückkomme.«

»Entschuldige.« Die junge Frau schüttelte den Kopf. »Vergiss es. Selbstverständlich begleite ich dich.« Diesmal legte sie ihm die Hand auf die Schulter. »Was wäre das für eine Einstellung, wenn der Schüler den Lehrer sitzen lässt? Es würde mir aber helfen, wenn du mehr über diesen Menschen erzählen könntest.« Jeroquee ließ die Hand sinken, um ihre Uzi zu packen. »Bisher hast du es nur bei Andeutungen belassen.«

Piers Gesicht war mittlerweile zu einer ausdruckslosen Maske geworden. »Er hieß Nicodemus Seg. Ich hatte ihn vor achtzehn Jahren bei einem Run kennen gelernt, als er uns von einem Kon zur Unterstützung zugeteilt wurde. Wir waren damals Anfänger in dem Geschäft und dankbar für die Unterstützung eines Profis.«

Jeroquee unterbrach ihn neugierig. »Profi? Auf welchem Gebiet?«

»Er war ein Spinner, der zu viele von diesen japanischen Animes gesehen hatte und sich mit der Zeit selbst für einen Ninja hielt«, fuhr Piers fort und lehnte sich an eine Wand, ungeachtet des Sickerwassers, das ihm in den Kragen lief. »Der Kon hatte ihn mit Cyberware erster Güte voll gestopft und ihm die beste Ausrüstung mitgegeben. Demus, wie wir ihn nannten, wirkte äußerst eindrucksvoll in seinem schwarzen, gepanzerten Dress. Es war noch ein Decker und ein Magier dabei, der sich maßlos überschätzte, wie wir bald feststellen mussten. Wir sollten einer kleinen Gang einen Chip abjagen, den sie zufällig gefunden hatte, der aber dem Kon gehörte. Was wir, außer Demus, nicht wussten, war, dass die fünf Jungs durch die Bank Magier waren.« Er verschränkte die Arme vor der Brust. »Weißt du was? Komm mit nach oben. Wir gönnen uns eine Auszeit. Es erzählt sich besser, wenn man was trinken kann.«

Nach einem kurzen Aufstieg saßen sie in ihrem Ares Master, genehmigten sich schweigend eine Stärkung und beobachteten die Tropfen, wie sie in die Pfützen klatschten und Kreise erzeugten.

Jeroquee sah Piers zum ersten Mal nach einer Flasche mit Whiskey greifen. Seine Hand zitterte leicht. Peinlich berührt setzte er sie ab. *Es nimmt ihn mit.* Die Ghuljägerin empfand Mitleid.

Der Mann atmete tief ein, schien Anlauf zu nehmen. »Kannst du dir vorstellen, was es heißt, gegen eine Horde Magier anzutreten? Dementsprechend gingen wir unter. Während meinen Leuten und mir die Feuerbälle, Manablitze und Elementargeister nur so um die Ohren flogen, schnappte sich Demus den Chip und verschwand. Der Kon gab uns die Schuld an dem Desaster und verlangte Schadenersatz, den wir nicht bezahlen konnten. Demus verkaufte das Computerteil an einen anderen Konzern und verdiente sich eine goldene Nase. Mit der Zeit und den Aufträgen, die er erledigte, wurde er immer reicher und verrückter.«

Als die Flasche ein weiteres Mal an seine Lippen wanderte, umfasste Jeroquee sanft seine Hand.

Piers hielt inne und warf sie in hohem Bogen aus dem Laderaum. Klirrend zersprang sie. Die goldgelbe

Flüssigkeit lief aus, mischte sich mit dem Nass und rann in den Gully.

»Er ließ sich Ratschläge von Wahrsagern geben, damit seine Läufe stets Erfolg haben sollten. Einer dieser Typen hatte in seiner Hand gelesen, dass sein Leben sich verlängere, wenn er die ›Herzen der Zauberer‹ essen würde. Das Zeug ist nichts anderes als eine Droge, die der Typ an den Samurai verchecken wollte, um zweimal abzukassieren. Doch Demus nahm den Rat des Wahrsagers in seinem durchgeknallten Cyberhirn wörtlich und jagte alle Magier, denen er beikommen konnte.« Piers schlug unvermittelt mit der Faust gegen die Wand. »Sunrain gehörte zu seinen Opfern.«

Jeroquee erstarrte. »War sie deine Freundin?«

Der gealterte Straßensamurai nickte und lehnte sich gegen die Innenwand des Ares Master. »Ich stellte eine neue Gruppe zusammen, die wesentlich besser arbeitete. Wir benötigten noch einen Magier. Und dann kam Sunrain. Sie war die schönste und wunderbarste Frau, die ich je gesehen hatte. Sunrain gehörte zu den Wolfsschamanen und steckte eigentlich noch in den Kinderschuhen. Aber ihr Wesen hatte mich dermaßen fasziniert, dass ich sie sofort aufnahm.« Sein Mund verzog sich zu einem dünnen Strich. »Wir kamen uns schnell näher und waren glücklich, als Demus zuschlug. Während eines Schattenlaufs musste die Gruppe sich trennen, und der Wahnsinnige nutzte diese Gelegenheit.« Unwillkürlich ballte sich die rechte Faust. »Nach vier Tagen Suche fanden wir ihren Körper. Er hatte Sunrain die Augen eingedrückt und die Zunge herausgerissen, um sie daran zu hindern, ihre Fähigkeiten einzusetzen. Danach wurde sie so zugerichtet wie der Schamane, den du gefunden hast.«

Verdammter Mist. Jeroquee hasste sich dafür, nachgefragt zu haben. Sie kroch zu dem Straßensamurai

Mann und nahm ihn in die Arme. »Es tut mir Leid, Piers.«

»Schon gut, Mädchen. Dafür habe ich Demus zur Hölle geschickt.« Der Mann lachte kalt. »Ich habe das ganze Magazin meiner AK-74 leer geschossen, bis er endlich still dalag. Kurz darauf hörte ich die Sirenen von LoneStar und zog es vor, mich nicht erwischen zu lassen. Als Abschiedsgeschenk warf ich noch eine Granate ins Zimmer, bevor ich losrannte. Vielleicht hätte ich mich vergewissern sollen, dass Demus wirklich tot war.« Piers drückte sie sanft von sich. »Aber das holen wir heute nach, Mädchen.« Er kletterte aus dem Van. »Die Pause ist zu Ende. Und danke für deinen Zuspruch.«

Jeroquee folgte ihrem Lehrer und fragte sich leise, wie gut ein toter Ninja nach achtzehn Jahren wohl noch sein könnte. »Und wenn es ein Nachahmer ist? Solche abartigen Idioten gibt es immer wieder.«

Der Ghuljäger stand am Kanalschacht und lächelte schwach. »Es wäre zu schön, um wahr zu sein. Trotzdem müssten wir so einen Chummer ausschalten. Jemand, der Demus imitiert, ist keinen Deut besser.« Er stieg vorsichtig die Leiter hinab.

Jeroquee fühlte sich mehr als unwohl.

»Piers? Hörst du das auch?«

Vorsichtig, um nicht den Halt auf den nassen Steinen zu verlieren, drehte sich der Mann um. »Wenn du das schleifende Geräusch hinter uns meinst, dann lautet meine Antwort: ja. Solltest du etwas anderes gemeint haben, bedeutet das mehrere Probleme für uns.«

Jeroquee schüttelte den Kopf. »Keine Angst, wir hören dasselbe. Was tun wir?«

»Keine Angst? Der war gut.« Piers überlegte kurz. »Laut der neuen Karte sind wir nur noch wenige hundert Meter von der markierten Stelle entfernt, und da wir später kriechen müssen, schlage ich vor, dass wir uns erst den Rücken freimachen, einverstanden?« Er deutete auf ein zwei Meter durchmessendes Abflussrohr, das von rechts in den Hauptgang mündete. »Wir verstecken uns und sehen mal nach, was das ist.«

Die beiden Ghuljäger setzten sich in das große Metallrohr, brachten ihre Waffen in Anschlag und warteten ab.

Nach kurzer Zeit drangen verzerrte Laute zu Jeroquee und Piers herüber. Es klang nach mindestens vier verschiedenen Kreaturen, die den Kanal hinaufstapften.

»Das sind keine Leichenfresser, Mädchen. Zügle deinen Zeigefinger und ballere nicht gleich wild drauflos, wenn du sie siehst«, raunte Piers.

Als ob ich das nicht selbst wüsste. Jeroquee ersparte sich eine Antwort.

Plötzlich flammten grelle Scheinwerfer auf und erleuchteten den Tunnel taghell.

»So fühle ich mich direkt wohler«, sagte eine dünne, zittrige Stimme mit holprigem Akzent. »Hoffentlich bekommen wir keine Ghule zu Gesicht.«

Hoffentlich doch. Jeroquee musste grinsen. *Was sind denn das für Spaßvögel? Execs auf der Suche nach einem Adrenalin-Trip?*

»Wär mir nur recht«, erwiderte eine tiefere Stimme. »Da käm ich endlich mal zu'n paar extra Nuyen statt den lausigen 400 für die Kanalreinigung.«

Die junge Frau atmete erleichtert auf und nahm den Finger vom Abzug.

»Wir lassen sie passieren und warten, bis sie verschwunden sind, Mädchen«, flüsterte ihr Partner und zog sie tiefer in die Dunkelheit des Abflussrohrs.

Sekunden später liefen die vier Kanalarbeiter, drei schwer bewaffnete Orks und ein Mensch, an ihrem Versteck vorüber, ohne sonderliche Vorsicht zu zeigen.

»Zum Teufel mit diesem stinkenden Dreckwasser«, machte sich der Mensch mit der tiefen Stimme Luft. »Wenn es nach mir ginge, hätten alle Bürger von Seattle ein Chemieklo. Das wäre wesentlich praktischer für die Entsorgung, und wir müssten nicht durch die Kacke waten.«

Ein Ork lachte und versetzte ihm einen Schlag auf die Schulter, dass der Sprecher ein Stückchen nach vorne taumelte. »Tolle Idee, Barkley. Dann wär'n wa alle arbeitslos!«

»Schon gut. Es war bloß ein Gedanke, du stinkender Stoßzahn«, maulte der Mensch.

Sie stapften weiter und waren bald verschwunden. Eine letzte Welle, dann herrschte Ruhe.

Die Finsternis kehrte in die Kanalisation zurück.

»Mädchen, wir gehen hier durch das Abflussrohr. Wenn ich mich richtig erinnere, stoßen wir auf den ersten Nebentunnel, der uns zu diesem angekreuzten Punkt bringt«, erklärte ihr Mentor, während er das Bajonett über den Lauf seiner Waffe montierte. Jeroquee nickte.

»Auf dem Plan ist dort ein Überlaufbassin für Hochwasserzeiten eingezeichnet. Rein theoretisch müsste es noch leer sein. Aber lange nicht mehr.« Sie machte ihre Schrotflinte bereit. »Ein idealer Ort für einen Unterschlupf und um Magier in aller Ruhe auszuweiden.« Zu spät bemerkte sie ihre Taktlosigkeit. *Alle Fettnäpfe der Welt zu mir,* seufzte sie.

Piers stimmte ihr zu und setzte sich in Bewegung, dicht gefolgt von der jungen Ghuljägerin. Unterwegs erläuterte er ihr die Taktik, die er sich zurechtgelegt hatte.

Jeroquee hoffte nur, dass sie funktionieren würde.

Der alte Straßensamurai stand am Grund des Bassins, zündete eine Magnesiumfackel an und blickte sich um, das schwere AK-98 locker in die Hüfte gestützt.

Das trockene Becken war 50 Meter lang, acht Meter breit und zehn Meter hoch. Jede Menge kleiner Rohre ragten in unterschiedlichen Höhen aus der Wand, zu denen Titanleitersprossen führten. *Ein richtiges Rattennest, mit unendlichen Fluchtmöglichkeiten.*

Dass hier vor kurzem jemand gewesen war, bewiesen die frischen Blutspuren auf dem Betonboden und an den Wänden.

Sieht so aus, als käme ich noch zu einigen Abschüssen. Es roch nach Exkrementen, vermischt mit einer Spur süßen Parfums, das sich selbst hier noch gegen den Gestank behaupten konnte. Ghuls benutzten solche penetranten Düfte, um ihre eigenen Ausdünstungen zu überdecken. Vermutlich hockten sie in den Röhren und beobachteten ihn.

Piers machte sich daran, das Bassin genauer zu untersuchen, und entdeckte einige interessante Hinweise. Insgesamt fand er über hundert leere Patronenhülsen, Kaliber neun Millimeter, im hinteren Teil des Überlaufs, tiefe Furchen in der Wand, die vermutlich von einem Sporn stammten, und diverse Einschusslöcher, die sich auf ein Rohr in fünf Meter Höhe konzentrierten und bis zur Decke hoch wanderten, wo die Schützen anscheinend auf eine kleine Luke gezielt hatten.

Es gab außerdem blutige Schleifspuren, die zu den Leitern führten, sich an den Wänden nach oben fortsetzten und ebenfalls in die Rohre mündeten.

Die Leichenfresser werden sich die leichte Beute, die ihnen Demus liefert, nicht entgehen lassen. Es war reiner Zufall, dass Jeroquee und er diesen Schamanen vor den Ghuls gefunden hatten.

Die Magnesiumfackel flackerte heftig und verlosch mit einem letzten Aufglühen.

Sofort wechselte Piers seinen Standort, um einen Überraschungsangriff zu erschweren, tastete mit der freien Hand nach einer neuen Fackel und nahm sie aus dem Gürtel. Seine thermographische Sicht zeigte ihm nur ein paar Ratten.

Der vercyberte Mann zog die Reißleine der Fackel mit den Zähnen ab, doch nichts tat sich. Das erhoffte Zischen des zündenden Magnesiums blieb aus. Piers warf sie grummelnd in hohem Bogen davon.

In diesem Moment schrie der Thermosichtmodus der künstlichen Augen förmlich auf, als an allen Öffnungen der Rohre Hitzequellen auftauchten.

Nachdem er die Zahl seiner Gegner überschlagen hatte und auf 13 kam, wich er langsam an die Wand zurück, um wenigstens den Rücken frei zu haben, und wartete ab. Der Zeigefinger legte sich an den Abzug der AK. *Eine Flucht ist aussichtslos.*

»Was tust du hier, Mensch?«

Piers entdeckte soeben eine neue Variante von Leichenfressern. *Denkendes und sprechendes Ungeziefer! Das könnte gefährlich werden.* »Ich rede nicht mit stinkendem, totem Fleisch, Ghul. Komm runter, damit ich dir zeigen kann, was ich von dir halte.«

Er konnte den Ursprung der Stimme noch nicht genau bestimmen, was für einen guten Schuss unerlässlich war.

»Mein Name ist Doh Gabahr. Du bist in meinem Reich, und dafür werde ich dein totes Fleisch essen, Mensch. Wir warten nur darauf, dich zu töten.« Ein Kopf neigte sich ein wenig nach vorne. Der Ghul verließ seine Deckung und sog die Luft ein. »Du bist der, den sie Piers nennen. Dich zu essen wird uns alle freuen.«

Piers wusste jetzt, in welchem Rohr sich der Leichenfresser verbarg, und zielte sorgfältig. »Ist ja toll, dass es so viele sind, Glatzkopf. Das gibt eine hübsche Abschussprämie!« Der Ghuljäger drückte ab und jagte eine Granate aus dem integrierten Werfer der AK-98 in die Öffnung des knapp 30 Meter entfernten Rohrs.

Mit einem dumpfen Laut schoss die Granate aus dem Zusatzlauf und flog in gerader Linie in ihr Ziel.

Piers drehte sich zur Seite, um vom Lichtblitz nicht geblendet zu werden. Die Detonation erfolgte Sekunden darauf.

Die Druckwelle beförderte die Ghuls, die sich dort aufhielten, katapultartig aus ihrem Versteck, und sollte einer der drei die Explosion überlebt haben, so tat der Fall aus vier Metern Höhe den Rest.

Die übrigen Leichenfresser wimmerten und zogen sich, ihres Anführers beraubt, in die Röhren zurück.

»Was ist denn, ihr Viecher? Wo bleibt ihr? Ihr könnt dieselbe Bestellung haben wie euer komischer Freund!« rief Piers und schoss ungezielt eine Salve in die Wand des Bassins. Das alte Jagdfieber erwachte. »Kommt und holt's euch, ihr Feiglinge!« Mit dem letzten Satz hatte er etwas zu dick aufgetragen. *Verfluchtes Adrenalin. Ich benehme mich wie ein blutiger Anfänger.*

Der Ghuljäger feuerte auf den ersten mutigen Leichenfresser, der geglaubt hatte, er wäre für den Mann im Dunkel nicht zu sehen, als er die Leiter hinabkletterte.

Doch der Thermographikmodus machte seine Arbeit recht gut.

Nun quollen sie aus sämtlichen Rohren, ungeachtet der Verluste, die sie hinnehmen mussten.

Piers löste einen Schuss nach dem anderen, doch immer mehr Ghuls stiegen die Titansprossen hinunter, rissen ihren getöteten Artgenossen gierig das fahle Fleisch von den Knochen oder liefen brüllend auf den Straßensamurai zu, der in Windeseile das Magazin seiner Waffe wechseln musste.

Nicht ganz so schnell, Jungs. Einige Angreifer waren bedrohlich nahe an ihm heran, sodass er nach allen Seiten kurze Feuerstöße abgab.

Das hellgelbe Mündungsfeuer des Sturmgewehrs

hatte einen Stroboskopeffekt zur Folge, der das Zielen in der Dunkelheit erschwerte. Ebenso verzerrten die entstehenden Hitzewellen seinen Thermographikmodus.

Urplötzlich stand der erste Ghul knurrend neben ihm und schlug aus der Drehung zu.

Geistesgegenwärtig fing Piers den Arm mit dem Lauf der AK ab, rammte dem Gegner das Bajonett ins Gesicht und beförderte ihn mit einem Seitwärtstritt rücklings zu Boden.

Von der anderen Seite tauchte ein zweiter auf und schnappte nach seinem Gesicht.

Wieder rettete den Straßensamurai seine Waffe, denn ihr hatte er es zu verdanken, dass sich die rasiermesserscharfen Zähne des Ghuls nicht in seinen Hals, sondern wenige Millimeter tief in das Metall des Verschlussstücks bohrten, bevor sie splitterten.

Heulend zog sich der Leichenfresser zurück und machte neuen Angreifern Platz, die Piers nur noch mit Mühe abwehren konnte.

VII.

Seattle, Downtown, 28. 07. 2057 AD, 21.29 Uhr

»Wenn der Herzmonitor piept und eine Linie zeigt, ist der Patient meistens tot.« Gercke zündete sich eine Zigarette an und stieß einen Rauchkringel in Richtung Decke. »Woher sollen wir denn wissen, dass das Gerät entweder kaputt war oder Hellmann es so manipuliert hat, dass wir glauben sollten, der Rigger sei tot? Das kann wiederum nur bedeuten, dass der Elf unser Eigentum hat und Hellmann deshalb seinen Tod vorgetäuscht hat, oder?«

Der Straßensamurai ging um den Schreibtisch herum und schaute seinem Teampartner über die Schulter. »Dem Tridfuzzi von FNS habe ich übrigens die Warnung überbracht.«

Lugstetter saß vor dem Laptop und hackte in rasender Geschwindigkeit auf die Tastatur ein, ohne sich um die Erklärung des Mannes zu kümmern.

»Stell die Parabolantenne auf das Fensterbrett«, befahl er und drückte die Entertaste. »Der Chef wartet auf die Informationen, und ich möchte das so schnell wie möglich hinter mich bringen.«

Gercke klemmte die Zigarette in den rechten Mundwinkel und kam der Anweisung nach. »Wann gehen wir endlich auf die Jagd?«, wollte er wissen. »Ist unser kleiner Vogel noch nicht in seinem Nest angekommen?«

»Falls er es überhaupt schafft. Aber wir wollten es nicht zu offensichtlich machen, sonst würde er Verdacht schöpfen.« Lugstetter wirbelte auf der drehbaren Sitzfläche des Bürostuhls herum und lächelte den Samurai an. »Ich bin mir sicher, dass wir schneller zum

Ziel kommen als Jennings. Außerdem beschäftigt unser Freund die anderen der Gruppe, sodass sie uns gar nicht beachten werden.«

Er nahm eine Fernbedienung, richtete sie auf den Schrank und aktivierte den Mechanismus. Zügig rollte die Verkleidung nach oben und gab die Sicht auf einen Großbildschirm frei. »Das Einzige, was mir Sorge bereitet, sind die Typen von LoneStar.«

Über den Schirm flimmerten die Bilder von einem brennenden Patrouillenfahrzeug, in dem schemenhaft menschliche Umrisse erkennbar waren. Cops rannten mit Feuerlöschern durch die Gegend und versuchten vergeblich, die Flammen zu ersticken.

Der Berichterstatter, es war nicht Poolitzer, wie Gercke voller Genugtuung feststellte, schilderte im Hintergrund den vermeintlichen Vorgang des Geschehens.

»... haben die Copkiller zwei neue Opfer gefordert. Wie die beiden Beamten kurz vor ihrem Tod der Zentrale mitteilten, verfolgten sie den GMC Bulldog, dessen Fahrer vor einer Woche einen Straßendoktor und dessen Assistentin brutal ermordet und anschließend auf der Flucht einen LoneStar-Officer überrollt hatte. Die heutigen Opfer, die Officers Dubinski und Harrison, entdeckten das gesuchte Fahrzeug gegen 9.30 Uhr und nahmen die Verfolgung auf.« Die Kamera schwenkte an dem Reporter vorbei und zoomte direkt auf das flackernde Feuer. »Das ist das Resultat. Der Fahrer des Bulldog setzte das Polizeifahrzeug mit einem Brandbeschleuniger in Flammen. Beide Männer, glückliche Familienväter, starben einen grausamen Tod. Von dem Fahrzeug und dem Fahrer, dessen Identität LoneStar bekannt ist, aber vorerst noch geheim gehalten wird, fehlt jede Spur.« Die Kamera ging wieder in die Totale, und der Sprecher machte ein ernstes Gesicht. »Wie immer werden nach solchen

Vorkommnissen Stimmen laut, die für eine härtere Gangart gegen die Elemente in den Barrens plädieren. Die Stadtregierung wird diesen Punkt auf ihrer nächsten Versammlung besprechen. Es berichtete Jonny Carlton, FNS.«

»Man kann Jennings keinen Vorwurf machen«, kommentierte Gercke, der die Schüssel aufgestellt und mit dem Laptop verbunden hatte. »Wenn die Bullen den GMC bekommen hätten, wäre eine wichtige Spur verloren gegangen. Vielleicht hätten sie sogar vor uns den Aufenthaltsort des Riggers von den beiden Frauen erfahren.«

Lugstetter stellte die Verbindung zum Satelliten her. »Natürlich, aber die Stars werden keine Ruhe geben, bis sie Sparkplug gefunden haben, weil sie annehmen, er wäre in der Kiste gefahren. Sehr ärgerlich für uns. Das erschwert die Sache zusätzlich.« Er überflog die decodierten Nachrichten auf dem Bildschirm des Rechners, die aus den ADL übermittelt worden waren. »Sieh mal einer an. Da ist jemand von Seattle aus bei Cyberdynamix eingestiegen. Er hat die Personaldaten von Hellmann überprüft.«

»Anscheinend haben sich die Schattenläufer Gedanken über ihren Doc gemacht.« Gercke setzte sich in den Sessel und verfolgte den Bericht über den ›Copkiller‹. »Haben sie rausbekommen, was Hellmann in den ADL wollte und was er gemacht hat?«

»Woher soll die Zentrale das wissen?« Der Mann strich sich über den Kinnbart. »Es wäre jedenfalls nicht verwunderlich, denn ihr Decker scheint ein richtiges Naturtalent zu sein.« Er kniff die Augen zusammen. »Aha, hier haben wir die Adresse von Hellmanns Schwester und ihren Lieblingsclub, in den sie jeden Freitagabend geht. Na, da weiß ich doch, wohin wir heute Abend gehen.«

»Und was ist mit Jennings und diesem Ork?« Der

Samurai ging an den mit einem Retinaschloss gesicherten Stahlschrank und öffnete ihn mit jener gewissen Feierlichkeit, mit der ein Priester den Hostienschrein aufschließt.

Die eingebauten Halogenlampen beleuchteten das Dutzend hochmoderner Faustfeuerwaffen, die an den beiden Türen hingen, während im Schrank Gewehre in allen möglichen Größen lagerten, für die ein Schattenläufer gleich mehrere Körperteile und seine Seele geopfert hätte.

»Jennings wird mit seinen Leuten weiter an den beiden Frauen kleben, damit die Gruppe in Bewegung bleibt«, überlegte der Mann, lehnte sich zurück und verschränkte die Arme hinter dem Kopf. »Ruf ihn an und sag ihm, er soll auf Abstand bleiben. Wenn sich eine Schießerei mit den Läufern abzeichnet, soll er sich zurückziehen. Ich will nicht, dass er oder einer seiner Leute draufgeht, nur weil den anderen die Nerven durchgehen. Wenn er eine Möglichkeit sieht, ohne großen Aufwand an den Rigger zu kommen, darf er machen, was er will.«

Gercke tippte die Nummer in sein Handgelenkcom und sprach das weitere Vorgehen mit dem einheimischen Samurai ab.

»Und er soll diesem Elf nicht in den Kopf schießen«, rief Lugstetter von seinem Platz aus. »Mir ist soeben ein interessanter Verdacht gekommen.«

Der Mann mit der breiten Narbe unter dem Auge nickte und gab die Anweisungen durch, während sein Partner sich vor dem Spiegel auf den Besuch im Club vorbereitete.

»Was sollte das mit dem Kopf?«, wollte Gercke wissen und strich das schwarze Haar glatt nach hinten. Das Gel schimmerte feucht im Schein der Neonlampen. Mit einem verklärten Lächeln nahm er ein dickläufiges Gewehr aus der Halterung, ließ das Zylindermagazin mit einem leisen Klicken einrasten und verschloss sorgfältig den Schrank.

»Erinnerst du dich, dass wir eine billige Steuereinrichtung neben dem OP-Tisch gefunden haben?«

»Ja, aber die hatte nichts Besonderes an sich.«

»Eben.« Lugstetter betrachtete sich prüfend in der reflektierenden Oberfläche. »Und was macht ein Rigger ohne Fahrzeugsteuereinrichtung?«

Gercke verstand. »Hellmann hat unsere Ware zusammen mit einer neuen FSE in den Rigger eingebaut? Das erklärt, warum wir sie nicht in der Klinik gefunden haben.«

»Korrekt. Und die Cops haben auch nichts entdeckt, wie einer von Jennings Kontakten erzählt hat.« Er fasste das braune Haar mit einem Lederband im Nacken zusammen und achtete sorgsam darauf, dass die drei schwarzen Strähnen symmetrisch angeordnet waren. »Ich bin mir sicher, dass er das Bauteil in seinem Schädel spazieren trägt. Hoffentlich vertragen es seine Nervenbahnen, sonst zerlegt es sein Gehirn, und wenn wir Pech haben, zerstört er dabei unsere Ware.« Lugstetter trat an den Laptop, drückte ein paar Tasten, nickte und schaltete das Gerät sowie den Fernseher aus. »Der Ork liegt immer noch im Dreck und schläft. Wir können beruhigt gehen.« Er warf dem Samurai einen Blick zu. »Was ist das für ein Spielzeug? Es sieht wie ein zu dick geratenes Sturmgewehr aus.«

»Das ist kein Spielzeug. Das ist das Neuste auf dem europäischen Markt, ein Heckler&Koch ›Hexenhammer‹, eine automatische Schrotflinte mit rotierendem 24-Schuss-Zylindermagazin«, erklärte Gercke ein wenig mitleidig. »12 Millimeter Standardmunition ist ebenso möglich wie Schrot, Gel- und Explosivmunition oder Spezialmunition wie Flechette, chemische Munition, Raketengeschosse oder Mini-Granaten. Sie wiegt ohne Magazin 4,75 Kilogramm, hat eine theoretische

Schussfrequenz von 240 pro Minute und besteht außen aus den Komponenten Fieberglas und schlagfestem Plastik, die Innenbestandteile sind aus Stahl.« Er aktivierte die Smartverbindung und lud eine Patrone in die Kammer. Rund um die Mündung leuchteten mehrere Ziellaser auf, die einen fünf Zentimeter großen Kreis auf die weiße Wand projizierten. »Das hier ist für den psychologischen Effekt. Der Gegner weiß ungefähr, wie groß das Loch in seinem Körper sein wird, wenn der ›Hexenhammer‹ ihn trifft.«

»Denk daran, dass wir nicht allein viel Lärm bei einer Schießerei veranstalten sollten.« Lugstetter wandte sich zur Tür.

»Keine Angst, Kollege.« Gercke verstaute die Waffe in einem Futteral. »Das ist die erste Schrotflinte der Welt, die in allen Situationen schallgedämpft ist. Man muss den Dämpfer allerdings nach 24 Schuss auswechseln, weil er sich sehr schnell abnutzt.« Er öffnete die Tür und trat hinaus.

»Wo hat er diese Sachen nur her?« Sein Teampartner schüttelte den Kopf und folgte kurz darauf mit seinem eigenen metallbeschlagenen Koffer.

Er vollführte das übliche Codeänderungsritual an der Tür von »Generalis Im- und Export«. Dann setzte sich das Duo in Bewegung.

Die schwarz gekleidete Menge um sie herum tanzte zu den harten Beats einer New-Gothic-Band. Depressive Sounds verquirlten sich mit elektronischen Effekten, die Stimme des Sängers grollte den Text, der mit der verlorenen Mitmenschlichkeit in einer kalten Welt haderte.

Mann, du hast keine Ahnung, Junge, von was du da singst. Cauldron hob die Augen und ließ ihren Blick über die Gestalten schweifen, die in dem dichten künstlichen Nebel und in dem zuckenden Licht kaum zu erkennen waren. Ihr Weg hatte sie nach der erfolgreichen Übergabe der Ersatzteile in ihren Club geführt.

Das *Dark Site* bedeutete so etwas wie einen Zufluchtsort, wohin sie sich immer dann zurückzog, wenn sie sich mit etwas Wichtigem beschäftigte.

Oder einen Spruch erforschen wollte.

Der Besitzer des Clubs beherbergte in der schallisolierten Etage darunter eine kleine, aber exquisite hermetische Computer-Bibliothek, worauf die Magierin gerne zurückgriff, um sich gegen das entsprechende Kleingeld Passagen downzuloaden.

Dieses Mal stand ihr der Sinn weder nach Vergnügen noch nach Studieren. Sie benötigte lediglich die düstere Atmosphäre, um besser grübeln zu können.

Twings Bemerkungen über ihre Beziehung zu Sparkplug hatten sie mehr als nachdenklich gemacht und trafen schmerzlich in die Kerbe. Die Magierin fürchtete, dass ihre Gefühle für Bullet nicht stark genug waren, um auf Dauer zu bestehen.

Warum muss es auch immer so kompliziert sein? Cauldron bestellte einen Tee und legte die Füße auf den Tisch, die Schnallen ihrer Stiefel funkelten im Licht der Scheinwerfer.

Beinahe neidisch beobachtete sie ein verliebtes Punkerpärchen, das sich in einer dunklen Ecke heftigst küsste. In ihrer Vorstellungskraft wandelte sich das Bild. Sie sah sich und den Samurai. Ihre Linke glitt in die Tasche und spielte mit dem Ring.

»Nicht gut drauf heute?«, fragte Cheryll, die Stammbedienung, die heute eine enge Kunstlederhose und ein schwarzes Lackmieder trug, als sie das dampfende Getränk servierte.

»Nein«, antwortete Cauldron müde und verbrannte sich die Lippen am Tee. *Geh weg.*

Cheryll stellte das Tablett ab und setzte sich unaufgefordert zu ihr. »Frauengespräch?«

Die Magierin atmete tief ein und wollte etwas Unhöfliches erwidern, als sie wieder das Pärchen sah. Die Frau mit den kurzen schwarzen Haaren folgte ihrem Blick und schien zu verstehen.

»Als Bedienung hab ich so was wie eine psychologische Ausbildung«, bot sie an. »Es geht um dich und Bullet, stimmt's?«

Vielleicht ist es nicht das Schlechteste, mit ihr darüber zu sprechen. Lange genug kennen wir uns ja. Cauldron nickte zögerlich. »Okay, aber behalte es für dich. Er hat mir einen Heiratsantrag gemacht.« Sie legte den Ring auf den Tisch.

»Wow.« Cheryll stützte die Ellbogen auf, ihre Augen nahmen einen verträumten Ausdruck an. »Das hätte mir mal passieren sollen.«

»Ja, toll«, schnaubte die Magierin.

»Lass mich raten: Du hast abgelehnt?«, sagte sie ungläubig. »Aber ihr seid doch schon lange zusammen und versteht euch so gut.«

Cauldron umfasste die Tasse mit beiden Händen und führte sie zum Mund. »Ich habe Angst, dass es schief geht«, murmelte sie. »Wir sind Läufer, da kann immer etwas passieren. Er wird sich garantiert neue Implantate zulegen und noch mehr Essenz verlieren.« Sie fröstelte unmerklich. »Wir streiten uns so schon oft genug.«

»Hassliebe«, kommentierte Cheryll grinsend und verscheuchte einen Gast, der etwas bei ihr bestellen wollte. »Klarer Fall von Hassliebe.« Sie lehnte sich nach vorne. »Mal ehrlich: Bist du glücklich in seiner Nähe?« Die Magierin nickte. »Und du freust dich, wenn du seine Stimme am Comgerät hörst?« Wieder eine bestätigende Bewegung. »Und ihr könnt über alles reden und habt guten Sex?«

»Ja, aber …«, begann Cauldron.

»Nichts aber«, unterbrach Cheryll sie freundlich.

»Wenn du euch keine Chance gibst, wirst du nie erfahren, ob ihr auf Dauer zusammenpasst. Er jedenfalls will für immer bei dir bleiben. Das ist heutzutage selten. Glaub mir, ich habe schon zwei Beziehungen hinter mir. Was du eben gesagt hast, klingt für mich, als hättest du gewaltige Angst, ihn zu verlieren.« Sie stand auf. »Was den Tod angeht, tja, ein Läufer lebt immer gefährlich, ganz egal, ob er verheiratet ist oder nicht. Wenn du Sicherheiten haben willst, müsst ihr euch einen anderen Job suchen.« Die Bedienung lächelte sie an. »Ich kann dir die Entscheidung nicht abnehmen. Dass dich jemand so sehr mag, dass er alles andere in Kauf nimmt, auch die schlechten Seiten, den Streit und den Stress, den ihr gelegentlich habt, ist schon ein ziemlich gewaltiger Liebesbeweis.« Cheryll nickte in Richtung Tee. »Der geht aufs Haus.«

»Danke«, sagte die Magierin. »Danke für die psychologische Betreuung.«

»Zufriedene Gäste sind Gäste, die zurückkommen«, meinte Cheryll augenzwinkernd und ging an ihre Arbeit.

Ein gewaltiger Liebesbeweis, dachte Cauldron und spielte mit ihrem Kreuzanhänger. *Dann soll es wohl so sein.*

Seattle, Downtown, 28. 07. 2057 AD, 22.29 Uhr

Das *Salome's Dream* war angesagt, wenn man Zerstreuung, laute Musik und grelle Lichteffekte schätzte.

Geöffnet wurden die doppelflügligen Türen erst gegen 23.00 Uhr, aber bereits eine Stunde vorher stauten sich die Vergnügungssüchtigen vor dem Eingang.

Wie jeden Freitagabend flammten die beiden riesigen, kreisrunden Scheinwerfer vor dem *Salome's Dream* leise knackend auf und badeten ein überdimensional großes Plakat mit einer orientalisch gekleideten Frau in grelles Licht.

Die bunten Lampen auf dem Dach erwachten zum Leben und beleuchteten ihrerseits die wartenden Gäste in der Schlange vor dem Eingang in dunklen Grün- und Blautönen.

Pompöse, klassische Musik dröhnte aus den Außenlautsprechern, während sich beinahe majestätisch die Flügeltüren öffneten und fünf Sicherheitsleute, gestylte Trolle in buntem Fummel, aufmarschierten. Es war ein berechnetes Spektakel, das die Leute immer wieder aufs Neue begeisterte.

Ganz hinten in der Schlange standen Bullet, Ultra, Twing und Cauldron, die ihr Äußeres dermaßen auf Vordermann gebracht hatten, dass man allen die Kon-Führungsetage abgenommen hätte.

Die Magierin trug ein schwarzes, eng anliegendes Kleid mit Spitzen, die roten Haare wallten wie Feuer um ihr hübsches, blasses Gesicht. Um den Hals trug sie ein Rubincollier, die schlanken Finger steckten in schwarzen Handschuhen, über die sie ihre Silberringe gezogen hatte.

Auch wenn sich Twing alle Mühe gegeben hatte, gut auszusehen, neben der imposanten Erscheinung ihrer Freundin wirkte sie nicht besonders aufregend.

Die Mechanikerin trug einen hellblauen Anzug, einen modischen schwarzen Hut und Rennfahrerhandschuhe, dazu flache Slipper und eine orangfarbene Handtasche aus Synthleder.

Für Ultra und Bullet hatten sie schwarze Anzüge geliehen, damit sie die Rolle von Bodyguards überzeugender spielen konnten.

»Und du bist sicher, dass dein Schieber dir gut gefälschte SINs und Cyberlizenzen besorgt hat?« Cauldron wirkte nervös und ignorierte die anzüglichen Blicke ihres Vordermannes. Noch hatte sie keine Gelegenheit gehabt, mit ihrem Freund über den Antrag zu reden. *Sobald diese Club-Sache gelaufen ist, nehme ich ihn zur Seite.*

Der Straßensamurai machte ein böses Gesicht, und der Spanner vor ihnen drehte schnell den Kopf zur Seite. »Klar, und wenn du willst, dass wir gleich von den Stars abgeholt werden, brüllst du am besten noch lauter«, antwortete er leise.

Die Magierin setzte zu einer heftigen Erwiderung an, doch Twing schnitt ihr das Wort ab. »Könnt ihr die Streiterei bitte verschieben? Lass dich überraschen. Ich bin sicher, dass es funktionieren wird.« Sie fasste ihre Freundin am Ellbogen. »Sieh es so: Die Information des Schiebers hat gestimmt.« Sie nickte nach vorne. »Am Eingang steht Hellmann. Da werden die SINs auch in Ordnung sein.«

»Sehr gut«, bemerkte der Troll und ließ die Brustmuskulatur zucken. »Dann sind wir ja bald 'n bissch'n schlauer, wenn wir mit der Tussi geredet haben. Ich kapier nämlich bald gar nix mehr.«

»Ich bin immer noch der Meinung, wir hatten verdammtes Glück, als wir vorhin den schwarzen Lieferwagen der wandelnden Sonnenbrillen abgehängt haben«, murmelte Cauldron.

»Vermutlich hat sie die Gang gestört, die mit ihren 15 Motorrädern angerollt kam. Natürlich ganz zufällig«, sagte Bullet mit breitem Grinsen. »Es ist doch gut, wenn ein Gangboss einem einen Gefallen schuldet.«

»Die haben die anderen Orkganger in E.R.s Praxis zerlegt, als ob es ein Spaziergang gewesen wäre«, beharrte die Magierin störrisch. »Da wären ein paar armselig bewaffnete Gestalten auch kein Problem gewesen.«

Der Samurai schaute finster drein. »Wenn du magisch mehr drauf hättest, könnten wir uns jede Menge Arbeit sparen.«

»Vielleicht hatten sie den Befehl, nichts zu unternehmen«, schlug Twing vor, während die ganze Gruppe mehrere Meter in der Schlange nach vorne rückte.

»Und jetzt sollten wir das Thema wechseln, Chummers, hier sind mir nämlich entschieden zu viele Ohren, die zufällig mehr mitbekommen könnten, als sie sollten. Nur eins noch: Würdest du die Männer wiedererkennen, Cauldron?«

Die junge Frau nickte. »Ich glaube schon. Ich sage euch Bescheid, wenn ich sie sehe.«

Sie versanken in unbehaglichem Schweigen.

Sollte ich schon mal vorfühlen, damit er sieht, dass mir sein Antrag am Herzen liegt? »Bullet, hör zu«, begann die Magierin leise. »Wegen der Sache gestern ...«

Der Läufer, der immer noch eingeschnappt war, weil sie die Ganger, die er ausgesucht hatte, kritisierte, hob eine Hand. »Nicht jetzt. Lass uns erst mit Hellmann sprechen.«

Der alte Trotz regte sich in ihr. *Du kannst mich mal.* Demonstrativ wandte sie sich ab.

Ultra flirtete mit dem weiblichen Sicherheitstroll an der Tür, was dazu führte, dass sie ohne intensive Kontrollen in das *Salome's Dream* gelassen wurden.

Erdulden mussten sie lediglich einen flüchtigen Scan auf versteckte Waffen. Ultra und Bullet hatten vorsorglich ihre großkalibrigen Schießeisen zu Hause gelassen und ›Spielzeuge‹, Walther Streetline Specials, mitgenommen und mit Gelmunition geladen, die sie mit hinein nehmen durften.

Schon bald badeten die vier in einem Lichtermeer, der dröhnende, stampfende Takt der Musik machte eine Unterhaltung unmöglich.

Die Diskothek stellte eine Mischung aus kostspieligem Café, nobler Bar, exquisitem Bordell und erstklassigem Trommelfellterminierer für die Reichen der Stadt dar.

Das Innere des mehrstöckigen Gebäudes bestand aus marmorverkleideten Wänden, weiß gekachelten Böden und viel orientalischem Dekor. Kunstvoll aufgeschüttete Dünen und eine perfekt imitierte Oase vervollständigten den Eindruck, mitten in tausendundeiner Nacht zu sein.

Die Etagen wurden durch Rolltreppen und Plexiglasfahrstühle miteinander verbunden, die Tanzfläche lag im Erdgeschoss und konnte von den anderen Emporen eingesehen werden.

Nicht jeder konnte sich den Aufenthalt im *Salome's* leisten. Die Elite aus den unterschiedlichsten Kons und ambitionierte Jungunternehmer kamen hierher, um zu sehen und gesehen zu werden. Kon-Größen schlossen nicht selten nebenbei Geschäfte ab oder trafen ›Arrangements‹.

Auf der Tanzfläche war die Hölle los. Gogo-Tänzerinnen putschten die Menschen auf, zuckende Leiber bewegten sich im Rhythmus der peitschenden Beats, manche Gesichter waren bereits ekstatisch entzückt.

An den Bars drängten sich erschöpfte Tänzer, die mit einem Drink, gemischt mit Substanzen hart an der Grenze der Legalität, neue Kräfte schöpften.

Von den oberen Rängen schauten Besucher herab und amüsierten sich über das bunte Treiben.

Ultra spähte durch die Gegend, um irgendwo in der Masse Hellmann auszumachen, doch selbst für den Troll mit seinen stattlichen 2,92 Meter war es ein aussichtsloses Unterfangen.

Sie beschlossen deshalb, sich aufzuteilen und über Funk Verbindung zu halten.

Der Troll begleitete Cauldron, Bullet passte auf Twing auf. Die Magierin hatte auf dieser Trennung bestanden. Offensichtlich war sie noch böse auf den Samurai.

»Er hat wieder gesagt, ich könnte nichts«, zürnte Cauldron und strich ihr Haar aus dem Gesicht.

»Hm?« Ultra drehte den Kopf in alle Richtungen und hielt Ausschau nach Hellmann.

»Ich kann nichts dafür, dass das *Salome's* magisch so gut gesichert ist, dass ich mich nicht astral umsehen kann.« Ihre Flammenpupillen leuchteten, ein sicheres Zeichen dafür, dass sich die magiebegabte junge Frau in Rage redete. »Soll ich die Manabarriere vielleicht zerlegen und dem Wachelementar erklären: ›Hey, wir sind die Guten. Würde es dir was ausmachen, wenn ich mal einen kleinen Rundflug mache?‹ Was glaubt er eigentlich, was Magie ist? Ein Manablitz würde dem wahrscheinlich nicht mal was ausmachen. Wo kein Gehirn ist, kann auch nichts anbrennen.«

»Tja …« Ultra kratzte sich hinter dem Ohr. Er verstand Cauldrons ewiges Getue nicht, aber erstens war sie eine Frau, und die verstand er sowieso nicht, und außerdem war sie Magierin. Und die Magier, die er kannte, hatten alle einen leichten Schlag. »Weißt du eigentlich, wer diese Salome war?«

»Ultra, bitte jetzt kein Quiz«, bat sie und versuchte, so ruhig wie möglich zu klingen. »Lass uns eine Etage höher gehen«, schlug sie vor und schritt in Richtung Rolltreppe. »Hoffentlich finden wir sie vor diesem kleinhirnigen Muskelsack.«

»Mich interessiert es aber. Allgemeinwissen schadet nix.« Der Troll seufzte und folgte gehorsam, wie es sich für einen Bodyguard gehörte. Dabei tippte er auf seinem Palmtop herum. »Tochter der Herodias, der Frau des Herodes Antipas, verlangte nach neutestamentlicher Überlieferung das Haupt Johannes' des Täufers«, las er die Antwort. »Testament? Wessen Testament die wohl gemeint haben? Das muss ne ganz schön böse Tussi sein …«

»Komm schon«, rief Cauldron. *Es dauert nicht mehr lange, und ich schmeiße das Ding in den Müll.*

Seattle, Downtown, 28. 07. 2057 AD, 23.43 Uhr

Poolitzer stoppte den Americar vor der Absperrung und dem mitgenommenen Ares-Master.

Der Reporter stieg aus und schulterte die sperrige Handkamera, die seiner Schätzung nach aus den Anfängen der Filmkunst stammen musste. Sie kam aus dem tiefen, wahrscheinlich antiken Fundus von FNS und war ihm nach der Zerstörung seines TV-Labors freundlicherweise überlassen worden.

Dann wollen wir mal. Grinsend schaute er an sich herab und wackelte mit den Füßen, die wie sein Unterkörper durch die grasgrüne Anglerhose vor der Kloake, in der er gleich waten wollte, geschützt waren. Darüber trug er einen knallgelben Regenmantel, den er auf Bauchhöhe abgeschnitten hatte, darüber lag eine Kevlarweste, auf der in weißen Lettern ›FNS‹ und ›Nicht auf den Reporter schießen‹ gemalt war. Für alle Fälle hing eine Ares Predator an seinem Kugelschutz. Am Gürtel pendelte ein gebrauchter Helm.

Poolitzer schritt um den Ares-Master herum, der verlassen war.

Sein Informant hatte ein Treffen mit den beiden Ghuljägern Piers und Jeroquee arrangiert, damit der Reporter ein Feature über die beiden drehen konnte.

Keine Kon-Sachen mehr, keine Verwicklungen, keine Muskeln, die mich in die Luft sprengen wollen, dachte er. *Eine nette, harmlose Geschichte mit totem Ungeziefer.*

Zur Auswahl hatte er noch die Sache mit den verschwundenen Magiern, die ihm ein Bekannter zwischen Tür und Angel zugeraunt hatte. Angeblich würden sich von Zeit zu Zeit irgendwelche Magier in Seattle in Luft auflösen. Auf Nimmerwiedersehen, ohne dass man jemals wieder eine Spur von ihnen fand.

Da ihm das aber zu ungenau und nebulös erschien, wich er auf das Ghuljägerfeature aus.

Bevor ich mir wegen nichts und wieder nichts die Hacken ablaufe, filme ich was Konkretes. Poolitzer schaute auf die Uhr. *Haben sich wohl verspätet.*

Er schlenderte zum offenen Kanalschacht und schaute in die Schwärze. *Aha, so ist das also, Sportsfreunde. Die wollten mich bestimmt abhängen.* Dann zückte er die Kopie eines Plans, die er von seinem Informanten bekommen hatte. Ein großer Raum war markiert worden. *Aber ich lasse mir die Story garantiert nicht entgehen.*

Kurz entschlossen stülpte er sich die Kapuze über, schnallte sich den Helm auf und kletterte die Sprossen hinunter. *So schlimm kann es hier unten gar nicht sein. Mit den paar Ratten werde ich unterwegs schon fertig.*

Jeroquee kam weder vorwärts noch rückwärts.

Sie hasste es, diesen Umstand eingestehen zu müssen, aber sie hing fest.

Piers hatte die glorreiche Idee gehabt, sie durch einen schmalen Tunnel zu schicken, während er den Hauptkanal benutzte, um den Feind, wer immer es auch sei, von zwei Seiten aus im Überlaufbecken anzugreifen.

Hätte sie gewusst, dass ihr Lehrer unter ›schmal‹ eher ›unüberwindlich eng‹ verstand, wäre sie lieber als Hamster zur Welt gekommen.

Ihre auf dem Rücken befestigte, geliebte automatische Schrotflinte hatte sich irgendwo verklemmt, sodass Jeroquee nicht einen Zentimeter weiter robben konnte. Und an die Schnalle des Waffengürtels reichte ihr Arm nicht herum.

In 100 Jahren findet ein Kanalarbeiter mein Skelett und lacht sich kaputt. Wütend schlug sie mit der Faust gegen die Wand. Sie ärgerte sich maßlos.

In dem Augenblick hörte sie eine Explosion, die den Tunnel zum Beben brachte. Das Stakkato eines Schnellfeuergewehrs drang gedämpft zu ihr.

»Scheiße!«, fluchte sie laut. »Piers steckt anscheinend in Schwierigkeiten.«

Leises Gluckern tönte an ihr Ohr, das sich schnell zu einem wilden Rauschen verstärkte.

Nicht das auch noch. Kleine Bäche stinkender Brühe schossen unter ihrem Körper durch, und seufzend bereitete sie sich auf die zu erwartende Abwasserflut vor. Vermutlich hatte die Detonation eine Leitung zerstört, die ihren Inhalt nun ausgerechnet in ihre Röhre ausschüttete.

Eigentlich wollte ich in sechzig Jahren friedlich und reich zu Hause vor dem Fernseher zu sterben, aber festgeklemmt in einem Strom von Dreckwasser zu ertrinken?

Hastig schloss sie die Augen und hielt sich die Nase zu.

Piers keuchte vor Anstrengung.

Die Leichenfresser gaben einfach nicht auf. Anscheinend waren sie wirklich wütend, dass er ihr Familienoberhaupt so unwürdig erledigt hatte.

Ein Ghul überraschte ihn ein weiteres Mal. Mit voller Wucht warf er sich auf ihn und riss ihn von den Beinen.

Schmerzhaft prallte Piers zu Boden, der stinkende Angreifer lag auf ihm. Das AK war dem Jäger entglitten und rutschte über den Beton außerhalb seiner Reichweite, wo es sich ein Leichenfresser schnappte und auf die Kämpfenden richtete, allerdings ohne abzudrücken.

Der Straßensamurai fuhr den Unterarmsporn aus und stach drei-, viermal in die Brust seines Gegners, der schreiend versuchte, sich aufzurichten. Piers ließ die Nagelmesser hervorspringen und hieb quer durch das Gesicht des Ghuls, der endgültig genug hatte und wegsprang.

»Das war genug, Mensch«, sagte der Leichenfresser mit der AK, »du hast neun unserer Brüder getötet.«

Mit dir werden es gleich zehn sein. Piers stand auf. Blut tropfte vom Sporn und den Klingen der Nagelmesser. Der Ghul zeigte einen Moment Unsicherheit.

Doch bevor Jeroquees Lehrer etwas unternehmen konnte, ertönte ein tiefes Rauschen aus einem der Rohre gegenüber, und ein dicker Strahl brauner Flüssigkeit ergoss sich in das Bassin.

In dieser Fontäne schwamm prustend und spuckend seine Schülerin, die unsanft auf dem Betonboden aufschlug und sich mit letzter Kraft aus dem Abwasserstrom schleppte.

Piers machte einen Schritt vorwärts. Der Ghul schoss, wohl mehr aus Überraschung als aus Absicht, was aber in diesem Fall keinen Unterschied machte.

Das Projektil streifte seine Schädeldecke, prallte an der Wand ab und verschwand sirrend in der Dunkelheit.

Für einen Moment dachte der Ghuljäger, ein Amboss hätte seinen Kopf getroffen.

Er knickte benommen in die Knie und musste sich abstützen, um nicht umzufallen. Blut strömte aus der Streifwunde und lief ihm über das rechte Auge.

Der Leichenfresser lachte laut auf. »Du wirst mir bestimmt gut schmecken, wenn du erst einmal ein paar Tage abgehangen bist, Mensch.«

»Erstick doch an meinen Cybersystemen«, murmelte Piers schwach und kämpfte gegen die drohende Ohnmacht an. Er blickte zu dem triumphierend grinsenden Gegner und erwartete den Todesschuss.

Langsam krümmte sich der graue Zeigefinger der Klauenhand. Grelles, durchdringendes Licht blendete Piers, bevor die automatische Verdunklung der Cyberaugen reagieren konnte. Dann gab es einen enormen Anstieg von Hitzewellen in seiner thermographischen Sicht, deren Ursprung unter einem Fuß des Ghuls lag.

Dunkel erinnerte sich der Straßensamurai an die

weggeworfene Magnesiumfackel, auf die sich der Leichenfresser gestellt hatte.

Brüllend vor Schmerz zuckte der Ghul zurück, warf das AK von sich und versuchte, die Flammen, die sich an seinem Bein hoch fraßen, auszuschlagen.

Seine Artgenossen verschwanden kreischend aus Angst vor der Flamme und der Helligkeit in die Röhren.

Der Ghuljäger nahm das Sturmgewehr auf und feuerte in die Richtung der Flüchtenden und verschoss noch zwei Granaten, die das Feld der Leichenfresser endgültig säuberten.

Der brennende Leichenfresser, der mittlerweile regungslos am Boden des Bassins lag, schaffte genug zusätzliches Licht für Piers Cyberaugen, um das Becken genauer zu begutachten. Er zählte jetzt vierzehn Gegner, die tot herumlagen. Er kramte ein Stimulanzpatch aus seiner Gürteltasche, klebte es auf und wartete, bis die Wirkung voll eingesetzt hatte. Danach ging er zu Jeroquee, die benommen an der Wand lehnte und sich immer wieder übergeben musste.

Piers klatschte ihr vorsichtshalber ein Antidot- und ein Stimulanzpatch auf den Arm.

»Komm schon, Mädchen. Hier liegen vierzehn mal 500 Nuyen herum, die wir einsammeln müssen.« Er zog sie auf die Beine. »Wo warst du eigentlich? Ich mache hier die Arbeit, und du planschst herum! Gute Güte, du stinkst vielleicht, Mädchen.«

Jeroquee stützte sich müde auf die Schulter ihres Mentors. »Piers, versprich mir bitte, mich nie wieder in die Kanalisation zu schicken. Mein Magen verträgt das nicht mehr. Ich sollte besser den Beruf wechseln.« Sie stieß hörbar auf. »Das schafft mich irgendwann.«

Sie beugte sich vor und übergab sich herzhaft auf Piers Hosen. »Oh, Mann! Tut mir Leid, aber mir war danach«, entschuldigte sie sich bei dem Jäger, der verzweifelt das Gesicht verzog. »Wir haben diese Sache überstanden, nicht wahr, Piers?«, fragte sie leise und zog die Nase hoch.

»Vorerst«, bestätigte er. »Wir machen eine Pause und schauen nach, wenn wir uns ausgeruht haben.«

»Schnitt«, sagte eine Stimme glücklich. »Oh, Mann, ihr wart einfach Klasse!«

Die Ghuljäger rissen ihre Waffen hoch und zielten auf das Hauptrohr, von wo die Stimme gekommen war.

»Ho, Chummers, haltet bloß die Finger still.« Poolitzer trat mit erhobenen Händen aus der Röhre. »Ihr werdet doch nicht auf einen Reporter schießen?«

Tropfen um Tropfen fiel zu Boden und klatschte leise in die dreckig braune Pfütze auf den rissigen, schwarzgrauen Betonbelag. Feuchtwarme Luft ließ die verrosteten Metallrohre schwitzen, Kondenswasser sammelte sich in kleinen Perlen und rann die Leitungen herab.

Aus weiter Entfernung drang das Geräusch, das ein heftiger Platzregen verursachte, heran, kleine Rinnsale sickerten in den Rissen entlang und verschwanden irgendwo in unergründlichen Tiefen eines breiten, stinkenden Kanals.

Es roch nach faulem Obst, brackigem Wasser und Fäkalien, grelles Fiepen lieferte den Hinweis auf die einzigen Bewohner fünf Meter unter den Straßen Seattles.

Mit einem Stöhnen kam Hustle zu sich und schlug die Augen auf. *Wo bin ich denn hier gelandet?*

Über sich sah er den nassen, feuchten Beton der Abwasserröhre, an dem Flechten und seltsam schimmerndes Moos wuchsen. Vorsichtig hob er seinen dröhnenden Kopf und sah an sich hinunter.

Die MIBs hatten ihm nur die Kleider am Leib gelassen, von seiner Ausrüstung und den Waffen fehlte jede Spur.

Eines besaß er allerdings jetzt, von dem er sich ziemlich sicher war, dass es ihm nicht gehörte.

Mit zitternden Händen betastete er den Griff des langen Messers, das zwischen seinen Rippen steckte.

»Drek«, fluchte er leise und stemmte sich unter großen Schmerzen in die Höhe.

Er war nicht so töricht, das Messer herauszuziehen, dafür lebte er schon zu lange in den Schatten und kannte sich bestens mit Stichwunden aus. Die meisten, die im Laufe einer Messerstecherei gestorben waren, kratzten wegen des Blutverlusts ab, nachdem sie sich die Klinge stolz aus dem Leib gezogen hatten.

Sein Rücken brannte wie Feuer. Das Phosphor hatte sich tief durch die Dermalpanzerung und seine Haut gefressen.

Für einen Moment drehte sich die Röhre vor seinen Augen wie eine Zentrifuge, dann stabilisierte sich der Kreislauf, und die Betonwand kam zum Stehen.

Die haben mich als Ghulfrühstück hier liegen lassen, dachte er verärgert und hielt sich die Seite, während er vorwärts taumelte. *Habe ich vorhin Schüsse gehört?*

Der Ork hoffte inständig, dass ein Ausgang in der nächsten Nähe sein würde, denn lange würde er den Spaziergang hier unten nicht durchhalten. *Meine nächste Anschaffung wird ein Schmerzeditor sein,* schwor er sich.

Die Hand, mit der er sich unentwegt an der Wand abstützte, hinterließ jedes Mal einen blutigen Abdruck am schmutzigen Beton.

Mann, ich verliere literweise Soße. Wenn das so weitergeht, bin ich demnächst trocken wie 'ne Jungfrau.

Eine menschengroße Gestalt tauchte in einiger Entfernung vor einer Kreuzung auf und blieb überrascht stehen, als sie den verletzten Ork bemerkte.

»Oh, Chummer, was bin ich froh, jemanden zu sehen«, begrüßte Hustle den Unbekannten und streckte eine Hand aus. »Ich muss ganz schnell hier raus, bevor ich endgültig draufgehe. Wo geht's nach oben, und wo bin ich?«

Der Mann kam näher, und der Samurai erkannte seinen Fehler. Was sich so hilfsbereit auf ihn zubewegte, war einer der verdammten Leichenfresser.

Fieberhaft überlegte der Metamensch. Vermutlich hatte der Geruch seines Bluts ungefähr die Wirkung auf den Ghul wie eine Sushibude auf einen halbverhungerten Japaner.

»Du stirbst bald, ja?«, fragte das Wesen lauernd und blieb zwei Meter vor Hustle stehen, wobei er den Verletzten keine Sekunde aus den Augen ließ. »Du riechst nach viel Blut. Gutes Blut.«

»Schwirr ab, du Aasgeier.« Der Ork machte einen drohenden Schritt vorwärts, aber der Ghul, der die Schwäche erfasst hatte, durchschaute den Bluff, blieb stehen und grinste. Die scharfen Reißzähne schimmerten hell.

»Du machst mir keine Angst, du bist nicht bewaffnet wie der andere«, flüsterte er und zog ein Bleirohr aus dem Gürtel, das er vor dem Gesicht des Metamenschen schwenkte. »Du stirbst sowieso, aber ich habe Hunger. Komm, ich helfe dir.«

Unter normalen Umständen hätte Hustle das Rohr abgefangen und es dem Leichenfresser in den Hals geschoben, doch mit den Verletzungen konnte er nur zusehen, wie sich das Metallstück auf seinen Kopf zubewegte, wo es mit einem dumpfen Laut aufschlug.

Dem Samurai tanzten Sterne vor den Augen, und er kippte vornüber. Irgendwie schaffte er es, so zu fallen, dass er sich das Messer nicht durch die Rippen jagte.

»Ich bin Soola.« Der Ghul ging in die Hocke und schubste seine Beute vorsichtig mit dem Rohr an.

»Und du wirst uns mit deinem Fleisch ernähren, Ork. Sei stolz. Dein Rücken ist schon gebraten. Wird nicht so gut schmecken.« Er schnüffelte. »Phosphor, bäh.«

»Ich hoffe, du gehst dran ein«, murmelte Hustle, der beschlossen hatte, doch die Waffe aus der Wunde zu ziehen, um sich damit zu verteidigen.

Der Ork richtete den Oberkörper ein wenig auf, krümmte sich zusammen, um unbemerkt das Messer zu ziehen, und erschlaffte.

Vorsichtig schnuppernd rutschte der hungrige Ghul nach vorne. Die Aussicht auf ein Stück Fleisch ließ ihn unachtsam werden.

Der Samurai mobilisierte alle seine Reserven und stieß unvermittelt zu. Die Schneide glitt tief in die fahle Haut des Leichenfressers, durchtrennte mühelos ein paar Sehnen und blieb im Unterarmknochen stecken.

Kreischend fuhr der Ghul zurück, heulte ohrenbetäubend und riss sich das Messer aus dem bleichen Gewebe. Schwarzes Blut schoss aus der Wunde und lief auf den Boden.

Hoffentlich schaffe ich es. Hustle rappelte sich auf und wankte zurück in die Richtung, aus der er gekommen war.

»Du hast Soola verletzt«, tobte das Wesen mit weinerlicher Stimme hinter ihm. »Ich werde dich töten!«

Die Wände warfen das Echo laut zurück, und der Samurai schätzte, dass innerhalb weniger Minuten die Röhre von Ghulen nur so wimmeln würde, die sich zeternd um seine besten Stücke streiten würden.

Soolas schnelle Schritte waren zu hören, der sich an die Verfolgung seiner Beute gemacht hatte. Schon krachte das Bleirohr auf den geschundenen Rücken des Orks, der schreiend zusammenbrach.

Immer wieder drosch der brüllende Ghul auf den Samurai ein, der nichts machen konnte, als schützend die Arme über den Kopf zu legen. Mit jedem Schlag driftete das Bewusstsein an den Rand einer Ohnmacht.

Plötzlich hielt der Ghul inne und sog prüfend die Luft ein.

Im nächsten Augenblick schoss gleißendes Licht die Röhre entlang und blendete den Leichenfresser, der blinzelnd in die Helligkeit starrte, um dann heulend die Hände vor die Augen zu halten.

Dann setzte das trockene Rattern einer automatischen Waffe ein, zu der sich das tiefe Bellen einer schweren Pistole gesellte.

Hustle hörte den Aufprall eines Körpers. Scheppernd prallte das Bleirohr auf den Gang und plumpste in den Kanal.

»Na, da kommen wir aber in letzter Sekunde«, brummte ein männliche, sonore Stimme. »Jeroquee, schneid dem Leichenfresser den Kopf ab, dann schnappen wir uns den jungen Ork und bewegen unsere morschen Knochen nichts wie raus hier, bevor die anderen Bleichhäute zum Picknick kommen.«

Schwere Stiefel stiegen über ihn drüber, ein Messer wurde gezogen, während ihn ein Paar kräftige Arme hochzogen.

»Kannst du laufen?«, fragte die Stimme.

Hustle nickte schwach und knickte ein. Er wurde angehoben und über die Schulter geworfen.

»Drek, ist der schwer«, fluchte der Mann und stapfte vorwärts. An seiner Seite klapperte ein AK-98.

»Das sieht verdammt gut aus, Piers. Ich wusste gar nicht, dass Männer in deinem Alter noch so stark sind«, sagte eine dritte männliche Stimme, die belustigt klang. »Der Aufenthalt in der stinkenden Röhre hat sich gelohnt. Die Zuschauer von FNS werden begeistert sein.«

»Halt die Klappe, Poolitzer. Du stehst im Weg. Hey,

komm schon, Mädchen«, rief die sonore Stimme, »es kann nicht mehr lange dauern, dann sind sie hier.«

»Piers, willst du dir die fette Prämie wirklich durch die Lappen gehen lassen?«, antwortete eine Frau zweifelnd. Es knirschte laut, als sie die Wirbel des Ghuls brach und die Nerven mit der Klinge durchtrennte. »Es ...«

»Für heute haben wir genug, und außerdem stirbt uns sonst der Junge.« Der Mann hielt an und begann Sprossen nach oben zu steigen. »Mach schon. Die anderen sind bestimmt sauer, dass wir so viele erledigt haben.«

»Moment mal!«, schaltete sich der Reporter ein. »Heißt das, es könnte noch einmal richtig gefährlich werden? Ich dachte, ihr hättet alle erwischt? Ho, warte! Ich komme mit! Mein Bedarf an Gefahr ist seit ein paar Tagen mehr als gedeckt.«

Immer weiter kletterte Hustles Träger nach oben, sein Atem ging keuchend und stoßweise, als strenge ihn die Aktion sehr an.

Der Ork bekam das Ganze nicht wirklich mit. Er war in dem Stadium, wo ihm alles egal wurde.

»Trägst du mich in den Himmel?«, fragte er leise. »Ich hätte nicht gedacht, dass ich dorthin darf.«

»Drek, er ist schon im Delirium«, rief Piers den Schacht hinunter und erklomm die letzten Sprossen. »Beeil dich, Mädchen!« Er legte den Verletzten sanft in einen verrosteten Ares-Master.

Von unten dröhnte als Antwort der Klang mehrerer Schüsse. Lautes, vielstimmiges Gekreische zeigte Piers, dass seine Begleiterin getroffen hatte.

Poolitzer stieg keuchend aus dem Loch.

Wenige Sekunden darauf kletterte Jeroquee aus dem Einstieg, leerte das Magazin der Predator in die Öffnung und warf eine Granate hinterher. Ohne das Stimulanzpatch wäre das nicht möglich gewesen.

Dumpf polterte die Explosion den Schacht entlang und beförderte einen deformierten Ghulkopf in hohem Bogen auf den Asphalt.

Dann war es still. Aus anderen Gullydeckeln waberten stinkende Rauchwolken.

»Das war cool«, freute sich Poolitzer.

»Glaubst du, wir bekommen dafür noch ein paar Nuyen?«, fragte die junge Frau mit den dichten Locken und bückte sich nach dem Kopf, ohne auf den Reporter einzugehen.

»Es müsste als Beweis ausreichen«, sagte Piers und sprang in den Van.

»Mann, ihr Ghuljäger seid vielleicht abgefahrene Typen. Schnitt.« Poolitzer ließ die sperrige Kamera sinken, die er die ganze Zeit auf der Schulter getragen hatte. »Hey, Drek, die haben mir meine Karre geklaut!«

»Bist du zufrieden mit deinen Aufnahmen, Poolitzer?«, wollte der Mann wissen. »Das war nämlich das erste und letzte Mal, dass wir dich mitgenommen haben. Du warst die ganze Zeit im Weg.«

»Ich habe doch nur gefilmt, nichts weiter.« Fassungslos starrte er auf den leeren Fleck. »Meine Karre – einfach weg. Hier wird das Medienrecht nicht geachtet. Das finde ich scheiße.«

»Und mir bist du im Weg gestanden, Linse. Sei froh, dass ich eine so gute Schützin bin«, beschwerte sich Jeroquee und setzte sich nach hinten. »Und jetzt steig ein. Wir geben dem Ork eine neue Chance. Ich hoffe, es ist nicht zu spät.«

Seufzend stieg Poolitzer ein. Der Lieferwagen brauste die Straßen der Barrens entlang.

»Seit wann kletterst du unter den Barrens entlang, Poolitzer?«, wollte Piers wissen. »Ist oberirdisch nichts mehr zu holen?«

»Oh, ich war an einer echt heißen Story, die mich

beinahe das Leben gekostet hätte, und da dachte ich mir: ›Na schön, Pooli, lass es. Das ist es nun wirklich nicht wert.‹ Und da hatte ich die Idee mit dem Feature über Ghuljäger. Bei aller Ballerei immer noch weniger gefährlich als der andere Mist. Aber das nächste Mal wartet auf mich, wenn ihr einsteigt.«

»Wir waren in Eile«, meinte der Samurai knapp.

»Für die finale Schießerei kam ich ja noch rechtzeitig.« Der Reporter sah sich den Ork an. »Na? Glück gehabt, mein Junge, was? Sag den Zuschauern artig guten Tag und deinen Namen.«

Der Metamensch öffnete für einen kurzen Moment die Augen. »Müssen Sparkplug retten. Bei Doc Brown«, krächzte er, dann glitt er zurück in die Ohnmacht.

Poolitzer rutschte die Kamera aus den Fingern, polternd fiel sie in den Fußraum und schaltete sich aus. Es wurde ihm eiskalt. *Ach du große Scheiße! Und ich dachte, ich hätte es überstanden.*

»Was hat er gesagt?«, fragte Jeroquee und drehte sich nach hinten. Misstrauisch sah sie den Mann mit den schwarzweißen Haaren an. »War es was Wichtiges?«

Der Reporter machte ein unschuldiges Gesicht. »Nichts. Er phantasiert. Fahr schneller, Piers. Ich muss unbedingt mit jemandem reden.«

»Erst muss der Junge versorgt werden, dann bist du an der Reihe, Poolitzer«, bestimmte der Ghuljäger und trat das Gaspedal durch. »Es sei denn, du hattest auch ein Messer zwischen den Rippen.«

»Noch nicht«, murmelte Poolitzer und dachte an den Unbekannten mit der riesigen Knarre. *Es wird auch eher eine Kugel sein, fürchte ich.*

Seattle, Downtown, 29. 07. 2057 AD, 01.43 Uhr

Cauldrons Wunsch erfüllte sich nicht. Bullet und Twing entdeckten E.R.s Schwester zuerst, die sich mit ihren beiden Bodyguards in das oberste Stockwerk verzogen hatte und sich eines der teuren VIP-Menüs gönnte.

An ihrem Tisch saß eine weitere Person, dem Anzug und Alter nach ein aufstiegswilliges Jungtalent, das hoffte, durch ein persönliches Gespräch mit der Professorin die Karriereleiter ein wenig schneller hinaufzuklettern.

Die vier Schattenläufer suchten sich einen unauffälligen Beobachtungsposten auf der anderen Seite und warfen versteckte Blicke zu Hellmann, einer gut aussehenden Elfin mit langen, silbernen Haaren und dunkelblauen Augen im gewagten schwarzen Partykleid, und ihrem Gast.

Dem Essen nach zu schließen, das vor ihnen stand, waren sie über die Vorspeise noch nicht hinausgekommen.

Der Mann breitete erklärend Unterlagen über den ganzen Tisch aus, während Hellmann aufmerksam zuhörte.

»Kannst du nicht was machen, damit sich die beiden Clowns hinter ihr verziehen?« Bullet machte ein grimmiges Gesicht und ließ in bester Leibwächtermanier die Blicke schweifen.

»Ich habe es dir schon mal erklärt«, fauchte Cauldron zurück. »Dieses Gebäude ist magisch gesichert. Wenn ich nur auf die Astralebene gehe, um mich friedlich umzusehen, kommen gleich ein paar freundliche Watcher und weisen mich darauf hin, dass ich das bitte zu lassen hätte, andernfalls legt ihr Herr eine Zündschnur an meine Foki, dass ich explodiere wie eine Superrakete an Sylvester.«

»Ich könnt sie 'n bisschen provozier'n«, meinte Ultra und bohrte mit dem Daumen ungeniert in der Nase. Der Nasenflügel weitete sich gefährlich.

Twing zog ihm am Arm den Finger wieder heraus. »Lass das, Chummer, wir sind hier in der besseren Öffentlichkeit.« Die Mechanikerin lächelte entschuldigend zum anderen Tisch hinüber, an dem die Gäste mit einer Mischung aus Abscheu und Spannung die Reinigungsversuche des Trolls im Anzug mitverfolgt hatten. »Außerdem würde das die Haussicherheit auf den Plan rufen.«

»Wie wär's mit der Wahrheit?«, schlug der Menschensamurai vor. »Wir gehen rüber und sagen, dass wir wissen, dass sie einen Bruder hat.«

»Ich bin eher für die Kartenlösung«, warf die Magierin ein. »Wir schicken ihr eine kurze Notiz an den Tisch, und dann kann sie sich entscheiden, ob sie uns sehen will oder nicht. Wir sollten jedoch hinzufügen, dass wir unsere Entdeckung auch gerne an die Medien weitergeben würden.«

»Dann erschießen uns die Bodyguards vermutlich gleich«, brummte Bullet, aber Twing nickte zustimmend.

»Wir machen es so.« Sie riss ein Stück der Speisekarte ab, kritzelte eine Nachricht darauf und winkte einen Kellner herbei, der wortlos eine neue Karte brachte und mit der Botschaft auf die andere Seite verschwand.

Hellmann reagierte professionell. Sie las den Zettel, lächelte ihren Gast an und sagte etwas zu ihm.

Der nickte verblüfft, raffte seine Unterlagen zusammen und verschwand, während die Exec zu den Schattenläufern hinübersah und auf eines der Separées deutete, die für das körperliche Vergnügen der Besucher des *Salome's* mit den hauseigenen Pferdchen vorgesehen waren.

»Ich glaube, die will was von dir.« Twing grinste Bullet an und stand auf, um der Einladung nachzukommen.

»Das wäre ein ziemliches Wunder«, giftete Cauldron. »Dafür ist sie bestimmt viel zu intelligent!«

»Das war gerade ein Eigentor, Liebes«, sagte der Menschensamurai freundlich und zog den Stuhl zur Seite.

Die Augen der Magierin verengten sich, und für einen kurzen Moment fürchtete die Mechanikerin, dass Cauldron auf die Sicherheitsmaßnahmen pfeifen und einen Manablitz abfeuern würde. Doch sie entspannte sich und ließ die Hände sinken.

»Ich bin nur viel zu nett zu niederen Geschöpfen. Gott hat uns eben damit beauftragt, diese Wesen zu beschützen.«

»Das is aber furchtbar lieb von dir.« Ultra verzog anerkennend den Mund. »Was sind'n das für Geschöpfe, die du meinst? Deine Geister?«

»Lasst uns gehen«, unterbrach Twing entnervt jede weitere Konversation. »Hellmann wartet bereits.«

E. R.s Schwester saß entspannt auf dem roten Sessel. Rechts und links von ihr standen die Leibwächter und beobachteten die Schattenläufer argwöhnisch bei deren Eintreten.

Wenn die Elfin durch die Nachricht nervös geworden war, zeigte sie es nicht. Die Körperhaltung verriet nicht die Spur von Unsicherheit oder Unruhe.

Ihre dunkelblauen Augen musterten Bullet, die Mundwinkel zuckten kurz, dann lehnte sie sich zurück. Wie flüssiges Silber legten sich die langen Haare um die nackten Schultern.

Twing und Cauldron nahmen ihr gegenüber Platz. Die beiden anderen platzierten sich so, dass sie vor den Bodyguards standen.

Hellmann hob den Zettel mit zwei Fingern in die

Luft und warf ihn nach einer kurzen, theatralischen Pause auf den niedrigen Tisch. »Was soll das?«

»Wir wissen, dass Sie einen Bruder hatten, Professorin Hellmann«, begann Twing zögerlich. »Er war ein guter Freund von uns, und er hat vielen das Leben gerettet.«

»Ach ja?« Die Elfin legte den Kopf zur Seite.

»Sie wissen genauso gut wie wir, dass er tot ist«, platzte Cauldron heraus, »und jetzt soll es unser Chummer gewesen sein.«

»LoneStar sucht einen elfischen Rigger namens Sparkplug, ich erinnere mich.« Sie legte die Hand an die Schläfe, ihr schmales Gesicht drückte Langeweile aus. »Was habe ich damit zu tun, vorausgesetzt, dieser Doktor wäre mein Bruder gewesen?«

»Sie sind offensichtlich mehr daran interessiert, als Sie uns weismachen wollen, Professorin.« Twing beugte sich vor. »LoneStar hat über die offiziellen Kanäle den Namen des mutmaßlichen Mörders nicht bekannt gegeben. Das bedeutet, dass sie sich bei den Cops umgehört haben.«

»Und Sie sind jetzt hier, um mich von der Unschuld Ihres Freundes zu überzeugen? Da sind Sie an der falschen Adresse.« Ihre Hand wanderte von der Schläfe an die Unterlippe.

»Wir können beweisen, dass er Industriespionage für Fuchi bei Cyberdynamix betrieben hat«, bluffte die Mechanikerin. »Diese ganze Abwerberei, die Entlassung wegen angeblicher Bestechung, das diente doch nur zu dem Zweck, dass Ihr Bruder bei Cyberdynamix unauffällig wieder einsteigen konnte, um für den Konzern die neuesten Sachen aus der Kybernetikabteilung zu holen.«

»Ihr Decker, dieser Zwerg und seine beiden miesen Deckheads, waren nicht die besten«, sagte sie und schlug die Beine übereinander. »Er hat die ganze Matrixsicherheit durcheinander gebracht und so in Aufruhr versetzt, bis sie das System mit Schwarzem Ice geflutet haben. Zwei von ihnen haben wir erwischt. Der Zwerg hat es aber überlebt, nur zu Ihrer Beruhigung.« Ihre Augen ruhten auf Twing, die wie die anderen Schattenläufer nach dieser Eröffnung etwas erschrocken wirkte. »Warum sollten wir bei Cyberdynamix Spionage betreiben und dazu noch so umständlich?«, fuhr die Elfin ungerührt fort. »Sie sind keine Konkurrenz und in der Forschung mindestens ein Jahr hinter dem, was wir zu bieten haben.«

»Sind Sie so kalt, wie Sie tun? Macht es Ihnen gar nichts aus, dass Ihr Bruder tot ist?«, fragte die Magierin unvermittelt. »Wir haben ihn sehr gemocht. Er war ein großartiger Mensch.«

Die Exec schaute zu Boden und verschränkte die Arme vor der Brust. Man sah ihr an, dass sie einen inneren Kampf austrug.

»Ich habe ihn gewarnt«, sagte sie nach einer Weile. Die Worte der Magierin hatten das Eis gebrochen. »Er sollte mit dem Spiel aufhören und offiziell zu Fuchi zurückkommen. Aber er meinte, er wolle seine Freunde in den Schatten nicht im Stich lassen. Außerdem hatte er vor, noch ein Geschenk aus Europa mitzubringen, um seine Rückkehr zu Fuchi mit einem Knaller zu beginnen.«

»Also hat er spioniert«, warf Twing ein.

Die Elfin nickte. »Wir haben uns die Sache gemeinsam ausgedacht. Ich bin wesentlich älter als er und schon seit mehr als 30 Jahren bei Fuchi. Die ADL waren mir zu chaotisch, also bin ich nach meiner Ausbildung über den Atlantik.« Sie nahm eine Zigarette aus der Handtasche, die neben dem Sessel stand, und zündete sie an. »Mein Bruder hatte zunächst anderes im Sinn. Zuerst hat er wirklich an Cyberdynamix geglaubt, aber schnell eingesehen, dass in Europa nicht seine Zukunft liegt. Die Deutschen unterstützten ihn nicht so, wie sie es ihm versprochen hatten. Ich fragte ihn, ob er sich für die verlorenen Jahre nicht ein wenig entschädigen wollte. Die Idee gefiel ihm. Er sollte sich zum Schein von uns abwerben lassen, dann aber nach einiger Zeit Kontakt zu seiner alten Firma aufnehmen, um für uns zu spionieren. Uns war klar, dass sie eine lange Probephase und Beweise von ihm verlangen würden, andererseits waren sie scharf auf das Wissen, das er sich bei uns angeeignet hatte. Wir hingegen wussten, dass Cyberdynamix zusammen mit DrakenSys an einer Sache arbeitete, in der sie uns überlegen waren, und die wir gerne näher betrachtet hätten.«

»Ging es um Chips? Um Module?« Cauldron spielte aufgeregt an ihren Ringen. Endlich kamen sie der Sache auf die Spur.

Hellmann lachte kurz. »O nein, da liegen Sie völlig falsch. Auf dem Sektor haben wir höchstens Renraku zu fürchten, aber nicht die Ingenieure aus den ADL.« Sie drückte den Serviceknopf in der Tischplatte. »Wie unhöflich von mir, dass ich Sie nicht gefragt habe, was Sie trinken möchten.«

Die Schattenläufer sahen sich an.

»Ich hätte gerne 'n doppeltes Bier«, sagte Ultra glücklich. »'s ist nämlich mächtig warm hier, und da schwitz ich viel.«

Auch die anderen nannten ihre Wünsche, die ein herbeigeeilter Kellner entgegennahm, sichtlich verwirrt über die große Ansammlung im Separée.

Während sie auf die Drinks warteten, herrschte Schweigen.

Gedämpft, als ob in weiter Ferne ein wütendes Gewitter tobte, drang der Bass der Musik durch die Schallisolierung, Lichtreflexe zuckten hin und wieder durch das getönte, von außen verspiegelte Glas.

Die Bodyguards der Execs hätten den Wettbewerb für

perfekte Marmorstatuenimitationen auf Anhieb gewonnen, befand Twing. Die breiten Gesichter mit den leblosen Cyberaugen wirkten so gleichgültig, als ob den Leibwächtern die Anwesenheit der vier Schattenläufer egal sei.

Hellmann dagegen beobachtete das Quartett aufmerksam. Ihr besonderes Interesse galt dabei Bullet, sehr zum Leidwesen der Magierin.

Das Letzte, was ich gebrauchen kann, ist ein gutaussehendes, reiches und williges Löwenzähnchen, das ihn auf dumme Gedanken bringt. Cauldron drehte den Kopf und schenkte Bullet das netteste Lächeln, zu dem sie imstande war. Er hob irritiert die Augenbrauen, lächelte aber zurück.

Der Kellner kam mit den Getränken, stellte die Gläser auf den Tisch und zog sich diskret zurück.

Die Elfin prostete den Freunden zu. »Um den Faden nicht komplett zu verlieren, es ging um militärische Ware, die vom skandinavischen Tochter-Kon Draken-Sys entwickelt wurde. Die Unterlagen waren geheime Verschluss-Sache und für ihn noch nicht zugänglich. Wir hatten Informationen, dass es für meinen Bruder gefährlich werden könnte, und wir beschlossen, dass die Mission zwar ein Fehlschlag war, uns aber ein gesunder Wissenschaftler lieber ist als ein toter.« Sie schaute in die Runde. »Der Entschluss kam wohl etwas zu spät. Ich gebe mir die Schuld für seinen Tod.« Wieder schaute sie zu Boden. »Ich hätte die Aktion viel früher abbrechen müssen.«

»Wissen Sie, wer den Doc … ich meine, Ihren Bruder gegeekt hat?«, hakte Bullet ein.

»Allem Anschein nach kann es nur eine Abordnung von Cyberdynamix gewesen sein«, sagte sie leise. »Er hat kurz vorher noch bei mir angerufen und gesagt, dass er die Überraschung hatte, die er mir und Fuchi versprach. Er müsse nur noch eine OP machen, dann käme er vorbei. Fragen Sie mich nicht, was diese Überraschung sein sollte. Er wollte es mir nicht verraten.«

»Auf alle Fälle ist sie Cyberdynamix einen ziemlich großen Aufwand wert«, murmelte Twing. *Und Sparkplug wird zu Unrecht verdächtigt, ein mehrfacher Copkiller zu sein.*

Hellmann leerte ihr Glas und schaute in die Runde. »Ich möchte Ihnen allen einen Vorschlag machen. Was halten Sie davon, wenn wir in diesem Fall gemeinsam arbeiten und ich Sie als Schattenläuferteam anheuere? Mit den Cops werde ich nach Abschluss des Laufs ebenfalls ein paar beruhigende Worte reden. Dafür werden Sie zukünftige Einstiegsversuche im Fuchi-Netz unterlassen. Für den Schaden, den Ihr Decker angerichtet hat, müssen Sie ausnahmsweise nicht aufkommen. Ich bin bereit, Ihnen außerdem ein großzügiges Angebot zu machen, wenn Sie herausfinden, was mein Bruder aus Europa mitgebracht hat und es mir zurückbringen. Die Mörder meines Bruders dürfen nicht ungeschoren davonkommen.« Sie schaute Bullet in die Augen. »Und wenn Sie es nicht für mich tun wollen, dann für meinen Bruder und Ihren Arzt. Ich biete Ihnen pro Teilnehmer 20000 Nuyen.«

»Is in Ordnung«, beeilte sich der Troll zu sagen.

Twing schoss herum und schaute ihn böse an. »Wir werden kurz darüber beraten müssen, Professorin Hellmann.«

Die Elfin nickte verständnisvoll und verließ das Separée mit ihren Leibwächtern.

»Bist du bescheuert?«, fragte die Mechanikerin Ultra. »Seit wann redest du für uns alle?«

»Aber das Angebot war doch dufte«, verteidigte sich der Troll, der unglücklich seinen Bierhumpen stemmte. »Mein Mund war eb'n schneller, als ich denk'n konnte.«

»Hört, hört«, machte Cauldron und zupfte an den Spitzen ihres Ärmels. »Nicht nur, dass er quizt, nun denkt er auch noch.«

»Jetzt hört auf«, herrschte Bullet sie an. »Ultra war vielleicht ein bisschen vorschnell, aber im Grunde hat er Recht – 20000 Nuyen für eine Sache, der wir ohnehin nachgegangen wären. LoneStar würde sich nicht mehr für Sparkplug interessieren, und wir hätten bei einem mächtigen Kon einen Stein im Brett. Das ist wirklich mehr, als wir hätten erwarten können, oder?«

Twing überlegte. »Wenn Cyberdynamix nichts in der Klinik gefunden hat, wo konnte E.R. dann das Objekt verstecken?«

»Theoretisch überall«, gab der Menschensamurai zur Antwort. »Er kannte genug Leute, die wir aber glücklicherweise auch kennen. Die müssen wir eben abklappern, bis wir fündig geworden sind.«

»Entschuldigt, bitte«, meldete sich die Magierin zu Wort, »aber sollten wir nicht endlich entscheiden, ob wir überhaupt für Fuchi arbeiten wollen? Ich persönlich könnte die Kohle gut gebrauchen. Meine Bibliothek müsste dringend aufgestockt werden, und ich hätte da ein paar Downloads in Aussicht.«

»Ich sehe es von der praktischen Seite«, fügte Bullet hinzu. »Wenn wir für sie arbeiten, können sie uns nicht in die Quere kommen. Und wenn ich an die letzte Begegnung denke, hatten wir nur verdammtes Glück, dass Cynthia so viel ausgehalten und Ultra die Jungs weggesprengt hat.«

Der Troll strahlte und kippte das Bier hinunter. Ein röhrendes Rülpsen folgte.

»Und aus dem Grund glaube ich Hellmann nicht ganz.« Die Mechanikerin schnappte sich ihr Glas. »Wenn ich bedenke, welche Kosten wir Fuchi verursacht haben, ist es ein Wunder, dass uns die Leibwächter nicht hier und jetzt gegeekt haben.«

»Das ist ganz einfach«, antwortete Cauldron. »Wir wissen viel über den Fall, wir kennen die Hintergründe, und wir sind aus den Schatten, wo sich offensichtlich das meiste abzuspielen scheint.«

»Bis auf den letzten Grund waren das Eigentore, Liebes«, bemerkte Bullet. »Vielen Dank übrigens für die netten Blicke vorhin.«

»Ihr redet schon wieder so viel, dass ich ganz durcheinander bin«, beschwerte sich Ultra. »Heißt das jetzt ja oder nein?«

Twing sah von einem zum anderen. »Ich denke, es heißt ja.«

»Oh, toll, toll, toll.« Ultra war begeistert. »Dann sollt'n wir Hellmann Bescheid sagen.«

Alle drehten sich zur Glasfront, doch vor dem Raum stand lediglich einer der Leibwächter, der mit dem Rücken an der Tür lehnte. Von der Elfin und dem zweiten Mann fehlte jede Spur.

»Was soll das denn?«, wunderte sich Bullet und öffnete die Tür.

Der Bodyguard fiel ihm leblos entgegen. Aus seinem rechten Ohr sickerte ein dünner Blutfaden.

»Hat er 'n Trommelfellschad'n?« Ultra bückte sich und zerrte den Mann ins Separée, Cauldron und Twing stürmten auf die Balustrade, um sich umzusehen. »Ich glaub, der ist tot.«

Der Menschensamurai schaute in die Ohrmuschel des Leibwächters. »Da hat ihm jemand mit einem langen, spitzen Gegenstand einen Direkteingang zum Hirn gelegt. Los, raus hier. Wir müssen Hellmann suchen. Ich glaube, Cyberdynamix ist näher an der Sache dran, als wir dachten.«

Sie stellten sich zu den Frauen und schauten angestrengt in die Menge.

»Da«, schrie die Magierin, um die Musik zu übertönen, »da ist sie! In der ersten Etage, zwischen den beiden Typen. Der eine hat einen Pferdeschwanz, der andere eine Narbe unter dem rechten Auge.«

Die vier liefen los und stürmten alles über den Haufen, was nicht schnell genug aus dem Weg war.

»Ihr nehmt die Rolltreppe«, ordnete Bullet an, »Ultra und ich versuchen, über die Feuertreppe schneller nach unten zu kommen.«

Die beiden Schattenläufer rissen die Türen zum Notausgang auf. Über dem Eingang leuchtete sofort eine Signallampe auf, aber darauf nahmen der Troll und sein Freund keine Rücksicht.

Wenn wir Hellmann jetzt an die Unbekannten verlieren, wäre unsere Bezahlung und unser Leben im Eimer, spornte sich Bullet an. Fuchi würde sie verantwortlich machen, egal, was passierte und wer tatsächlich die Schuld trug.

Sie hasteten die Stufen hinab und kamen neben dem Ausgang heraus.

Ein paar erstaunte Ordner liefen in ihre Richtung, die Ultra mit schnellen, wuchtigen Schlägen zu Boden schickte.

Im Gewühl der Menschenmenge fielen die rasanten, dank der Reflexbooster kaum erkennbaren Aktionen des Trolls nicht auf, lediglich eine der Sicherheitskameras schwenkte herum. Die Linse surrte und zoomte die Gesichter heran.

Am Ausgang blitzten die silbernen Haare der Elfin auf.

»Da vorne ist sie«, brüllte Bullet und kämpfte sich vorwärts.

Ultra wollte gerade zu ihm aufschließen, als ihn die hauseigenen Trolle des Sicherheitsdiensts abfingen.

Eine wilde Schlägerei entbrannte, die sich schnell auf die Umstehenden ausweitete.

Bald bestand die komplette Tanzfläche aus sich prügelnden Gästen, die gegen die Abwechslung offenbar nichts einzuwenden hatten.

Cauldron und Twing standen auf der überfüllten Rolltreppe, die abgeschaltet worden war, und kamen weder vor noch zurück.

Bullet verfolgte die beiden Männer, die Hellmann in die Mitte genommen hatten und zielstrebig auf den großen Parkplatz liefen.

Shit, ich fühle mich unterbewaffnet. Die Walther Streetline Special in seiner Hand wirkte für den Samurai wie ein Spielzeug im Vergleich zu den sonstigen Waffen, die er bei einem Lauf benutzte. Aber sie war besser als nichts.

Der Kerl mit dem Pferdeschwanz und dem Kinnbärtchen hielt bei einem silbernen Saab ›Dynamit‹ 776TI an, riss die Tür auf und versuchte vergeblich, die sich wehrende Elfin auf den Rücksitz zu schleudern, während der andere ruhig an den Kofferraum ging und die Klappe öffnete.

Bullet brachte die Pistole in Anschlag und zielte auf die Stirn des Größeren.

»Stehen bleiben!« Das Smartlink übermittelte die Daten der Waffe. Die Schädelfront war für ihn dank der Cyberaugen so groß wie die Breitseite eines Hochhauses.

Als das Fadenkreuz genau auf der Nasenwurzel ruhte, drückte der Samurai ohne weitere Vorwarnung zweimal ab.

In dem Moment verschwand der Kopf. Die Geschosse sausten ins Leere.

Drek. Bullet wechselte das Ziel und feuerte auf die Reifen des Sportwagens, doch die Gelmunition richtete keinen nennenswerten Schaden an. *Das ist doch zum Kotzen! Nichts funktioniert.*

Der Mann mit der Narbe unter dem Auge tauchte wieder auf. In der Hand hielt er eine dem Samurai unbekannte Waffe, die ihn an ein zu breites Sturmgewehr in Bullpubkonfiguration erinnerte.

Die Ziellaser rund um den Lauf projizierten einen rot leuchtenden Kreis vom Umfang eines Sektglases auf seine Brust.

»Ruhig, mein Junge«, sagte der andere lächelnd. Die schwarzen, kurzen Haare lagen dicht am Kopf an und glänzten feucht. Der Saab ›Dynamit‹ 776TI startete. »Wenn du auch nur einen Finger bewegst, platzt dein Brustbein wie eine reife Tomate.«

Ultra schnaufte von hinten heran und kam neben Bullet zum Stehen. Auch er hatte die Streetline gezogen, obwohl sie bei dem Troll lächerlich aussah. Sein Anzug hing in Fetzen an ihm herunter, ein Auge war blutunterlaufen.

»So, Chummer, jetzt sind wir zwei«, sagte er keuchend. »Du kannst uns nicht beide gleichzeitig erwischen!«

»Wollen wir wetten?« Der Mann lächelte, während sich der Choke der Waffe leise surrend öffnete. Der rot leuchtende Kreis wurde größer, bis der Wirkungsbereich auch Ultra erfasste.

»Shit«, murmelte Bullet, »das ist eine verfraggte Schrotflinte!«

Beide eröffneten das Feuer auf den Unbekannten, aber die Gelmunition beeindruckte den Mann nicht. Seine Kleidung schien mehr abzuhalten, als es für ein herkömmliches Sakko üblich war.

»Ihr Spaßvögel habt meinen besten Anzug versaut.« Mit der anderen Hand fasste er das Griffstück unter dem Lauf. »Und jetzt darf ich.« Sein Zeigefinger zog den Abzug durch.

Schuss um Schuss löste sich. Die automatische Waffe jagte in atemberaubender Folge alle 24 Patronen aus dem rotierenden Zylindermagazin.

Obwohl kein Schuss zu hören war, zerbarsten die Scheiben der umstehenden Autos, platzten Reifen und heulten Alarmanlagen los. Die Luft füllte sich mit

Glassplittern, Metall und Gummifetzen, Blut bespritzte den Lack der demolierten Luxuskarossen.

Dann stieg der Mann lachend ein. Der Saab rauschte davon.

Ultra richtete sich stöhnend hinter seiner Deckung auf und begutachtete die zahlreichen Wunden, die die Schrotmunition hinterlassen hatte. Seine Dermalpanzerung und die zähe Trollhaut hatten das Schlimmste verhindert.

»Mann, was war'n das für'n Ding, Bullet? Haste so was schon mal geseh'n? Das Gerät war schallgedämpft oder haben meine Ohren was abbekommen?«

Sein Freund antwortete nicht.

Der Troll war sofort alarmiert. »Bullet? Sag was!« Er stand auf und schaute sich um.

Die Elfin, die sich erfolgreich der Entführung widersetzt hatte, stemmte sich gerade vom Asphalt hoch. Der Samurai dagegen lag schief auf der Motorhaube eines Mercedes, die Arme weit ausgebreitet. Augenblicklich war Ultra an seiner Seite.

»Was'n los? Drek, du siehst ja aus wie'n Nudelsieb. Mann, Mann, Mann, geh mir bitte nich drauf, sonst bringt Cauldron mich um«, sagte er hektisch. »Oh, ich meine, ich will natürlich auch nich, dass du abkratzt, hast du gehört?«

Seine Augen weiteten sich vor Entsetzen, als er das zerschossene DocWagonarmband sah. Aus dem Elektronikschrott würde kein klares Signal mehr kommen.

Die Brust des Schwerverletzten, eine einzige große, klaffende Wunde, hob und senkte sich unregelmäßig. Blut rann zu Boden und bildete kleine Pfützen.

Schritte näherten sich. Die Magierin und Twing rannten an der Spitze einer Menschenansammlung auf den Parkplatz. Von weitem hörte man die Sirenen LoneStars.

»Nein!«, schrie Cauldron, als sie den sterbenden Samurai auf der Motorhaube sah. *Tu mir das nicht an.* Ihre Hand legte sich auf die Wunde, aus ihrem Mund drangen unverständliche Laute. Ultra vermutete, dass sie Magie anwandte, um Bullet zu retten.

Zögerlich schlossen sich die Wunden, brachen aber sofort wieder auf. Der Behandlungsspruch misslang.

Cauldron schwitzte heftig. Ihr bleiches Gesicht wurde blasser, immer schneller sprach sie Formeln. Dann erschien eine rot schimmernde, zwei Meter hohe Flammensäule neben ihr. Die Menschen wichen zurück.

»Hilf mir«, befahl sie dem leise knisternden Feuerelementar, »unterstütze meinen Zauber!«

»Das kann ich nicht, Herrin. Was soll ich sonst tun?«

Cauldron ignorierte den Geist. Erneut versuchte sie, ihren Freund zu heilen. *Du wirst mich gefälligst heiraten. So drückst du dich nicht vor mir, Bullet.*

Diesmal schien sie mehr Erfolg zu haben, bis sie plötzlich in die Knie ging und zusammenbrach. Der Feuerelementar löste sich in einem glühenden Funkenregen auf.

Gleichzeitig senkte sich die Brust des Mannes ein letztes Mal.

»Sie müssen weg«, sagte Hellmann, die eine Platzwunde an der Stirn hatte, und steckte Twing eine Karte zu. »Rufen Sie mich an, wenn Sie was rausbekommen haben.«

Die Sirenen waren bereits vor dem *Salome's* zu hören.

Ultra erwachte als Erster aus der Starre, klemmte sich die bewusstlose Cauldron unter den Arm und lief zum Americar, mit dem sie gekommen waren. Die Mechanikerin folgte wenige Sekunden darauf.

Um ein Haar wären die Schattenläufer mit einem anderen Fahrzeug kollidiert, so abwesend fuhr Twing den Wagen.

Ihr Mund war ein einziger dünner Strich, und aus

ihren Augenwinkeln liefen Tränen. Der Troll hatte das Gesicht in den mächtigen Händen begraben. Neben ihm lag die ohnmächtige Magierin. Auch sie wirkte mit ihrem weißen Gesicht wie tot.

»Wir konnten ihn nich mal mitnehmen«, jammerte er leise, »Bullet, mein Chummer.«

Die junge Frau mit den blauen Haaren fühlte sich nicht in der Lage, etwas zu sagen. Der Kloß im Hals war zu dick.

Wie in Trance steuerte sie durch die nächtlichen Straßenschluchten.

Auch wenn sie alles furchtbar fand, hatte sie vor dem Augenblick Angst, in dem Cauldron ihr Bewusstsein wiedererlangen würde.

VIII.

Seattle, Redmond Barrens, 29. 07. 2057 AD, 1.40 Uhr

»Ja, was ist denn das?«

Es lag mehr Erstaunen als eine echte Frage in den Worten von Doc Brown, als er sich die Messdaten und Computerbilder ansah, die über die Bildschirme der medizinischen Geräte flimmerten.

Drei Stunden lang hatte er den Metamenschen mit Sonden, Elektronik und Scangeräten malträtiert. Seit einer Stunde lief die Auswertung, die nun offensichtlich abgeschlossen schien.

»Sparkplug, das müssen Sie sich ansehen.«

Arschloch, dachte der Rigger und drehte den Kopf in Richtung des Arztes. In den leeren Augenhöhlen glitzerte es, die elektronischen Leitungen schimmerten leicht unter den Neonröhren und reflektierten das künstliche Licht.

»Oh, Entschuldigung«, meinte Doc Brown gedankenverloren. »Ich habe vergessen, dass Sie blind sind. Aber unter den gegebenen Umständen weiß ich nicht, ob ich Ihnen Ersatz einbauen soll.«

»Was soll das heißen?«, begehrte der Elf auf. »Soll ich mir einen Blindenhund zulegen oder mit einem Mikroskimmer unterm Arm durch die Gegend latschen?«

Der Arzt tippte auf den Bildschirm. »Ich sage es mal so: Was auch immer mein Kollege Ihnen eingebaut hat, eine normale Fernsteuereinrichtung ist es nicht. Deshalb rate ich Ihnen auch vorerst ab, Ihre FSE zu benutzen, obwohl sie rein körperlich dazu in der Lage wären.«

Sparkplug tastete auf seinem Nachttisch herum. »Das ist mir egal. Ich möchte endlich wieder sehen.

Haben Sie keine medizinischen Sonden oder etwas, das ich mir einstöpseln könnte?«

»Was glauben Sie, wie groß eine medizinische Sonde ist? Die können Sie aus Versehen einatmen, wenn Sie nicht aufpassen«, erwiderte Doc Brown. »Aber über die Datenbuchse kann ich Ihnen ein Kamerasignal einspeisen. Ich lehne jedoch jede Verantwortung ab, hören Sie?«

»Das ist mir egal, Chummer.« Der Rigger schwang die Beine aus dem Bett und setzte die Füße vorsichtig auf die Fliesen.

Das OP-Hemd hing an seinem mageren Körper wie ein Kartoffelsack an einer Vogelscheuche. Der Kopfverband, den er immer noch trug, ließ ihn wie Frankensteins Monster aussehen. »Hat Twing irgendwelche Drohnen hier gelassen? Das wäre mir lieber als eine Kamera.«

»Nein«, log der Mediziner, während er auf die Galerie von allen möglichen kleinen und großen Fahrzeugen schielte, die im Nebenzimmer standen und blinkten. »Sie wollte sie später holen, wenn sich der Wirbel etwas gelegt hat.«

Mit dem Fuß schob er die Tür zu. Dann klemmte er ein paar Kabel zusammen, montierte einen Stecker und schloss am anderen Ende der schlauchähnlichen Glasfaserleitung die Kamera an, eine stecknadelgroße Linse. Er drückte seinem Patienten die Konstruktion in die Hand.

»Es müsste funktionieren.«

»Es werde Licht«, murmelte Sparkplug und stöpselte den Stecker in die Chrombuchse. Mit der rechten Hand hielt er das vordere Ende mit der Kamera und bog die millimetergroße Optik hin und her, um sich im Raum zu orientieren.

»Geht's?«, wollte Doc Brown gespannt wissen.

Der Rigger nickte und richtete die Linse auf das Gesicht des Mannes. »Ah, so sehen Sie also aus.« Er ging etwas hölzern an die Bildschirme. »Und jetzt erklären Sie mir mal, was ich da oben drin habe.« Er setzte sich auf einen Hocker, den Kopf zur Tür gewandt. Die Linse hielt er vor das Glas, auf dem die Daten zu sehen waren.

Der Mediziner drückte ein paar Knöpfe.

Die Computerbilder zeigten Sparkplugs Gehirn, die FSE und die Cyberaugenleitungen. Dicht unterhalb der FSE war ein kleiner kastenförmiger Chip zu sehen, der einen eigenen Ausgang hatte.

»Ich vermute, Sie wissen, was Sie normalerweise alles eingebaut haben?«, fragte Doc Brown. Der Elf bejahte. »Dann verrate ich Ihnen nichts Neues, wenn ich Ihnen sage, dass das hier«, er deutete mit dem Stift auf den Kastenchip, »nicht dazugehört. Mein Kollege hat, soweit ich das erkennen kann, den Kasten mit der FSE gekoppelt und einen eigenen Zugang von außen gelegt, den er aber getarnt hat. Eine zweite FSE ist es nicht, die Buchse ist dafür zu klein. Sie hat ungefähr den Durchmesser einer Kugelschreibermine.«

Sparkplug schwenkte das Kabelende hin und her, ohne den Kopf zu bewegen, sein Gesicht war ausdruckslos. »Bauen Sie mir das Ding bloß aus.«

»Den Teufel werde ich tun«, widersprach der Arzt, »denn ich habe keine Ahnung, wie die Cyberware und das Encephalon reagieren. Außerdem weiß ich nicht, was es ist. Das Einzige, was ich auf Anhieb einordnen kann, ist, dass Ihre feedbackgesicherte 3er-FSE …«

Das Kabelende schwenkte zu Doc Brown. »Moment mal. Wo ist mein verfraggtes Funkgerät? Und sagten Sie eben ›feedbackgesicherte 3er-FSE‹?«

»Ja«, bestätigte der Mediziner und gab sich Mühe, sein Missfallen zu unterdrücken. »Und ich bin noch nicht fertig. Diese 3er-FSE ist ein ausländisches Modell, hergestellt von …« Per Knopfdruck zoomte er eine

Detailaufnahme der Cyberware auf den Bildschirm. »... Cyberdynamix.« Das Bild rotierte und vergrößerte den kleinen Kasten um ein Vielfaches, die Schrift ›DrakenSys‹ war deutlich zu sehen. »Um ehrlich zu sein, von der ersten Firma habe ich noch nie was gehört, obwohl der Name nicht ganz so fremd klingt. Aber ›DrakenSys‹? Was soll das denn sein?«

Drek, deshalb sind die hinter mir her wie die Irren. Ich habe das Zeug im Kopf, das sie unbedingt haben wollen. Na, vielen Dank, E. R.

Der Rigger wirbelte abwesend mit dem Kabel durch die Gegend und hielt sich unversehens an der Tischkante fest.

Der Arzt schaute ihn besorgt an.

»Keine Angst«, winkte Sparkplug ab, »mir ist nur kurz schwindlig geworden. Man sollte mit seinem Auge nicht Karussell spielen.« Er hob die Linse an und senkte sie interessiert in sein Ohr. »Mit so einem Ding hat man völlig neue Möglichkeiten. Ich will sofort in ein Schwimmbad und in die Nähe der Damenumkleidekabinen.«

»Es freut mich, dass es Ihnen wieder besser geht.« Doc Brown lächelte. »Trotzdem wird unser Problem dadurch nicht geringer. Was auch immer Sie an modernster Tech mit sich herumschleppen, ich kann es Ihnen nicht sagen.«

Der Elf überlegte einen Moment. »Dann müssen wir es auf einen Feldversuch ankommen lassen.«

»Sie wollen sich tatsächlich an ein Fernsteuerdeck hängen?« Der Arzt klang mehr als ungläubig.

»Falls mich die verfraggten Säcke erwischen und auseinander schrauben, will ich wenigstens wissen, was ich implantiert hatte. Wo ist das Deck?«

Der Mann langte in ein Fach und holte einen Hartschalenkoffer hervor. »Bitte sehr. Aber ich werde nur unter Protest ein paar Messgeräte an Ihnen anschließen«, seufzte der Mediziner und begann, den Verband des Patienten, den er vor einer Stunde mühsam um den Kopf gewickelt hatte, wieder abzunehmen. »Welche Drohne möchten Sie?«

»Ich wusste doch, dass Twing mich niemals ohne meine Jungs lassen würde.« Sparkplug grinste und ließ das Kabel mit der Linse über seinen kahlen Schädel wandern. »Drek. Das sind mit Abstand die hässlichsten Narben, die ich jemals gesehen habe.«

»Mein Kollege schien es ziemlich eilig gehabt zu haben.« Er legte die Binden beiseite und begutachtete die rosafarbenen Schnittstellen, während er behutsam Sonden anbrachte. »Ansonsten eine einwandfreie Arbeit. Wirklich eine Schande, dass er sterben musste.«

Der Rigger klemmte sich das Kabel zwischen die Zähne, um beide Hände frei zu haben. Dann öffnete er den Koffer.

Noch waren die kleinen Bildschirme des 5er-Fernsteuerdecks dunkel, aber sobald er eine Drohne startete, würde sich das ändern, und er würde endlich seine geliebten Sensorbilder sehen können.

Beinahe liebevoll fuhr er über die Hebel und Knöpfe. Dann schloss er sich an das Deck an.

»Würden Sie bitte den Snooper startklar machen?«, bat er den Doc. »Einfach nur den Hebel von ›Laden‹ auf ›Power‹ umlegen. Den Rest mache ich dann. Sagen Sie mir Bescheid, wenn Sie das erledigt haben.«

»Ich empfehle Ihnen, das Augenprovisorium auszustöpseln«, kam es aus dem Nebenzimmer. »Wer weiß, ob sich die Signale vertragen. Meine Aufzeichnungsgeräte sind bereit.« Für kurze Zeit herrschte Stille. »Ist ein Snooper ein rundes, flaches Ding?«

Sparkplug grinste und zog den Kameraanschluss aus der Datenbuchse. »Nein, das ist ein Mikroskimmer. Wir nennen sie auch Mülldeckel. Nehmen Sie die Drohne, die aussieht wie ein kleines Spielzeugauto.«

Es summte laut. »Oh, gut. Ich habe diesen Mikroskimmer auch eingeschaltet. Dann haben Sie mehr Auswahl für Ihren Test. Es kann losgehen.«

Der Elf atmete tief durch und legte den Zeigefinger auf den Schalter des Decks.

Mit einem leisen Klick versenkte er das Plastikteil nach unten, und schon kamen die Statusmeldungen des Gerätes.

Wie üblich sprang er direkt in den Snooper, das kleine Spiongefahrzeug mit dem ausfahrbaren Kameraarm und der Unzahl Sensoren.

Genoss er es sonst, geistig mit dem Auto zu verschmelzen, spürte er heute ein ungutes Gefühl. Die Anspannung war enorm, denn immerhin hatte er keine Ahnung, was ihn erwartete.

Im schlimmsten Fall würde es sein Hirn durchkochen oder seine Nervenbahnen erlitten den ultimativen Cyberschock.

Sparkplug hatte schon Rigger gesehen, die zu Deckzombies geworden waren, nachdem sie zu viel technischen Kram einbauen ließen. Mal wirkten sie ganz normal, dann rasteten sie völlig aus, wenn sie ein raschelndes Blatt Papier hörten, oder starrten einfach nur stundenlang auf das Wärmebild einer Schaufensterlampe.

So wollte er auf keinen Fall enden, auch wenn Riggen seiner Meinung nach das Größte war.

Im Moment erwartete er einen Stromschlag oder etwas in der Art, doch noch war alles gleich.

Die Drohne verfügte über halben Energievorrat, die Sensoren informierten ihn über die Umgebung per Wärmebild, Miniradar, Kamera und Mikrofone. Er ›fühlte‹ den Boden unter den sechs Rädern des Snoopers und die elektrische Energie, die durch den Motor des Fahrzeuges schoss. Alle Systeme arbeiteten im grünen Bereich.

Eine Meldung zuckte durch den Bildrand.

»Verbindung zum Satellit nicht möglich«, las er laut vor, damit der Doc es mitbekam. »Empfangsgerät nicht angeschlossen.«

Er setzte die Drohne in Bewegung. Gehorsam rollte der Snooper los und fuhr gemächlich ins Behandlungszimmer.

Sparkplug ließ ihn die Kamera ausfahren und sich umschauen.

Die Reaktionen waren einwandfrei.

Der Elf entspannte sich und bemerkte erst jetzt, dass er die Zähne zusammengebissen hatte und seine Kiefermuskulatur schmerzte.

Er fuhr den Schwenkarm wieder ein und beschleunigte auf 30 Sachen, kurvte problemlos um Stuhlbeine, Tische und Apparaturen, ohne eine Veränderung feststellen zu können. Enttäuscht hielt er an und stieg aus dem Snooper aus.

»Drek, da hat sich gar nichts verändert, abgesehen von der Nachricht über diesen Satelliten«, rief er dem Doc zu, der auf die medizinischen Monitore starrte. »Ich versuch's jetzt mit dem Mülldeckel.«

Der Mikroskimmer schnurrte nach einer kurzen Statusmeldung fast lautlos in die Höhe, die Hoverturbine arbeitete ruhig und ohne zu ruckeln.

Kaum schwebte er aus dem Nebenraum, veränderte sich die Wahrnehmung.

Die Drohne meldete automatisch zwei Feinde und legte Fadenkreuze über die Wärmebilder des Docs und des Riggers. Entfernung, Geschwindigkeit und Größe der Ziele erschienen als Einblendung am unteren Bildrand. Als Nächstes blitzte die Trefferwahrscheinlichkeit auf, während die Fadenkreuze auf die jeweilige Stirn der Männer wanderten. Der Mikroskimmer glaubte zu hundert Prozent an zwei saubere Salven aus dem leichten MG mit tödlichen Treffern.

»Das ist neu«, flüsterte Sparkplug entgeistert. *Drek, das verfraggte Ding würde seinen eigenen Meister umpusten. Gibt's denn so was?*

Er schaltete die Zielsensoren aus und begann, die Manövrierfähigkeit der Drohne auszuprobieren.

Auch sie gehorchte jeder noch so kleinen Bewegung und sauste durch die Räume der Zweitpraxis.

Doch jedes Mal, wenn er in das Behandlungszimmer steuerte, aktivierte sich die Zielerfassung automatisch und hielt selbst bei gewagteren Flugkunststückchen, soweit sie im Raum möglich waren, die Männer im Visier.

Nach zehn Minuten ließ er die Hoverdrohne landen und stöpselte sich aus.

»Haben Sie es gesehen?« Der Rigger senkte den Kameraanschluss wieder in die Datenbuchse. »Das Mistding wollte mich zerlegen. Das Fadenkreuz war verdammt neu, und es hat mir sogar gefallen, auch wenn ich keine Lust habe, als Ziel herhalten zu müssen. Aber im Prinzip ist es eine gute Idee, der beste Schütze bin ich nämlich nicht.« Er ging zu Doc Brown, der sich seinerseits in den medizinischen Analysecomputer eingestöpselt hatte und in die Luft schaute. »Was haben Sie herausgefunden?«

Der Arzt blinzelte und fuhr sich durch die Haare. »Das sind die Reaktionszeiten einer durchschnittlichen 3er-FSE«, er deutete auf einen roten Balken auf einem der Bildschirme, »und das waren Ihre Reaktionszeiten.« Ein grüner Balken überrundete den roten um fast ein Drittel. »Außerdem hat zwischen dem kleinen Kästchen und der FSE ein reger Datenaustausch stattgefunden. Soweit ich das erkennen konnte, gab die FSE die Sensorendaten an den Kasten, der übermittelte eigene zurück. Vermutlich die Zielerfassung, denn beim Snooper war lediglich die Reaktion erhöht.«

»Ist das denn die Möglichkeit.« Sparkplug schüttelte

den Kopf, während er die Linse weiter auf den Doc gerichtet hielt.

»Ja, aber es kommt noch besser.« Doc Brown kratzte sich mit dem Kuli am Hals. »Dieses Wunderwerk von ›DrakenSys‹ verlangte außerdem Inputinformationen über den zusätzlichen Ausgang. Wenn Sie mich fragen, haben Sie irgendeinen militärischen Prototyp im Kopf, und dieses Kästchen mit dem hübschen Chip macht auf mich den Eindruck eines taktischen Computers. Eine Erklärung, weshalb E. R. fast allen Cyberkrempel aus dem Schädel geholt hat, wäre der hohe Essenzverlust, ausgelöst durch diesen Prototyp.« Er schaute ihn ernst an. »Mit anderen Worten: Sie sind für den, wer immer Sie auch haben möchte, unbezahlbar.«

Der Elf fiel auf den Hocker. »Drek, verfraggter.«

»Ich mache uns einen Tee?« Der Arzt stand auf und erhitzte Wasser über einem Bunsenbrenner. »Das entspannt.«

»Frag auf den Tee. Ich will lieber einen Whiskey«, meinte Sparkplug leise und ließ die Kameralinse herunterhängen. »Oder haben Sie medizinischen Alkohol da? Blind kann ich ja nicht mehr werden.«

Eine halbe Stunde später herrschte Hochbetrieb in der Praxis von Doc Brown. Cauldron, Twing und der verletzte Ultra kehrten zurück.

Der Mediziner machte sich sofort an die Arbeit. Dem Troll verpasste er eine schmerzstillende Injektion und begann mit größter Sorgfalt, die Schrotkügelchen aus den Wunden zu pulen.

Die junge Magierin war immer noch bewusstlos, das Gesicht totenbleich. Der Troll hatte sie auf eine Liege gebettet, bevor er im Behandlungszimmer von den Projektilen befreit wurde.

Twing stand mit roten, tränenverquollenen Augen neben Sparkplug, der gerade das OP-Hemd gegen seine normalen Sachen tauschte. Der abgewetzte, schrille Anzug, der ziemlich schäbig wirkte, schlackerte um ihn herum. Die ausgelatschten Turnschuhe vervollständigten den verheerenden Eindruck, den man von dem Elf in diesem Outfit bekam.

Sie erzählten nacheinander, was alles passiert war, dann nahm der Elf die Mechanikerin in die Arme, die sofort wieder anfing zu weinen. Sie saßen fast eine Stunde schweigend nebeneinander und hielten sich fest.

Ultra kam herein, über und über mit kleinen Verbänden und Pflastern bedeckt, der Mediziner hinterher. »'s geht wieder, Chummers«, sagte er leise. »Ich hatte riesiges Glück, meint der Doc, dass ich'n Troll bin.«

»Diese Spezies hält unheimlich viel aus«, bestätigte der Mann, dessen ehemals weißer Kittel dunkelrote Flecken aufwies. »Ich gehe mich schnell umziehen. Die Behandlung hat auch an mir Spuren hinterlassen.« Er verschwand in einem Nebenraum.

»Hustle ist tot, Bullet ist tot, mich jagt Cyberdynamix, und nebenbei arbeiten wir jetzt auch noch für Fuchi«, seufzte der Rigger. »Was glaubst du, werden sie mit mir anstellen, wenn sie erfahren, dass ich das Teil eingebaut habe?«

»Ausbauen«, meinte der Troll anstelle der schniefenden Mechanikerin. »Is nur die Frage, ob du's überlebst.«

»Vielen Dank, aber das kommt für mich nicht in Frage«, wehrte der Elf ab.

»Welche Möglichkeiten haben wir denn noch?«, fragte Twing verzweifelt. »Ich will nicht die nächsten Jahre damit verbringen, immer auf der Flucht vor den ADLs, LoneStar und vielleicht noch Fuchi zu sein. Es ist dann nur eine Frage der Zeit, wann uns einer von ihnen erwischt.« Sie nahm Sparkplugs Hand. »Wir können nicht gegen so viele Parteien antreten. Wir haben es kaum geschafft, als wir noch ein intaktes Schattenläuferteam waren. Bitte, geh zu Fuchi, dann wird alles gut.« Der Rigger zog die Hand weg. »Hellmann wird mit LoneStar reden. Cyberdynamix hat keinen Grund mehr, uns zu jagen, und wir haben unsere Ruhe. Bitte«, flehte sie, »das ist alles zu viel für uns.«

»Glaubst du wirklich, Fuchi lässt mich am Leben?« Der Metamensch schüttelte den Kopf. »Die haben ebenso wenig Ahnung von diesem Prototyp wie Brown, also werden sie das Ding rausnehmen, damit nichts daran kaputtgehen kann. Das kann das Ende meiner kleinen, grauen Zellen bedeuten, und darauf habe ich keine Lust. Wenn überhaupt, müsste ich mich Cyberdynamix stellen, aber das kommt nicht in Frage.«

»Wie wird es also weitergehen?« Twing fuhr sich mit beiden Händen durch die blauen Haare.

»Hard 9335«, rief Ultra plötzlich. »Genau, das war's! Hard 9335.« Die anderen beiden schauten ihn verwundert an. »Das war's Nummernschild des Saab, in dem die Typen weggefahr'n sind.«

»Na also, eine Spur«, freute sich Sparkplug. »Ruf Hotwire an und sag ihm, er soll nachschauen, wem der Wagen gehört und wo er wohnt.«

»Anschließend statten wir ihm einen kleinen Besuch ab, den er nicht überleben wird«, kam eine tonlose Frauenstimme von hinten. Cauldron war erwacht und hatte sich aufgesetzt. Die Magierin betrachtete ihre Hände, an denen noch das getrocknete Blut von Bullet klebte. *Dafür werden sie sterben.*

All ihre Pläne, die Zukunft mit dem Samurai, der Ausstieg aus dem Läuferdasein, hatten sich aufgelöst. Etwas in ihr war zerbrochen und hatte tödlichen Hass freigesetzt.

Twings erster Impuls war, hinüberzugehen, ihre Freundin in den Arm zu nehmen und zu trösten. Aber als sie den eiskalten Gesichtsausdruck im bleichen Gesicht sah, verwarf sie das Vorhaben schnell wieder.

Ultra stand am Telefon und sprach mit dem zwergischen Decker, nickte dabei viel und machte immer wieder nur ›Aha‹ und ›Hm‹.

»Hotwire sagt, wir hätten ein Problem«, informierte er die anderen drei, während er die Sprechmuschel am Comgerät zuhielt.

»Was denn noch?«, zischte Cauldron wütend. »Reicht der ganze Bullshit denn nicht?«

Sparkplug richtete die Linse erstaunt auf die Magierin. »Du fluchst ja«, kommentierte er den Ausbruch der Frau, die nur abwinkte.

»Er meint, LoneStar hätt'ne Belohnung auf Sparkplug ausgesetzt. Sie bieten 5000 Nuyen für den Copkiller, und ein Unbekannter hat in Shadowland zusätzlich 'ne Prämie von 30000 Nuyen auf dich ausgesetzt. Da sind ein paar Leute in Aufregung geraten.«

»Wie geht's seinen Kollegen?«, wollte Twing wissen. Ultra fragte nach.

»Der eine hat einen bleibenden Dachschaden, dem anderen ist das Hirn bis unter die Decke gespritzt«, gab er die Antwort weiter. »Hotwire hat ein persönliches Interesse daran, den Fuchis eine reinzuwürgen.« Er lauschte kurz. »Das Fahrzeug, dieser Silbersaab, ist zugelassen auf ›Generalis Im- und Export‹, die Adresse lautet Madison Square 1245.«

Wortlos sprang Cauldron von der Liege und ging in Richtung Tür. »Kommt jemand mit?«

»Ich habe noch die Karte von Hellmann«, schlug Twing hastig vor. »Wir könnten sie anrufen und Fuchi die Sache erledigen lassen. Was haltet ihr davon?« Hoffnungsvoll sah sie in die Runde.

Doch Cauldron und Bullet schüttelten nur den Kopf. Auch Sparkplug stimmte der Idee nicht zu.

»Es ist etwas Persönliches«, sagte die Magierin lakonisch.

»Und was ist, wenn sie ahnen, dass ihr kommt?«, wandte die Mechanikerin ein.

»Es wird ihnen nichts nützen«, versprach Cauldron tonlos. »Ich habe noch zwei Dienste bei Elementaren ausstehen, und die werde ich notfalls einfordern, egal, ob LoneStar mich dann mit seinen Hermetischen wegputzt.« *Bullet ist tot, was soll's also.*

Der Rigger wollte sich erheben, doch der Troll drückte ihn zurück. »Du hältst hier die Stellung, Chummer.«

»Einen verfraggten Drek werde ich«, schimpfte der Elf, »mit der neuen FSE bin ich schneller als alle anderen da draußen.«

»Und auf deine Visage sind 35000 Nuyen ausgesetzt«, erinnerte ihn Ultra. »Was glaubt du, wie weit wir mit dir auf der Straße komm'n, hä? Du kurierst dich aus, damit wir'n echt ausgeruht'n Rigger hab'n. Lass dir die Cyberaugen einsetz'n. Das Kabel aus der Birne sieht scheiße aus.«

»Ich fahre euch.« Twing ergab sich seufzend in ihr Schicksal und stand auf. »Ich habe Cynthia umlackiert und einigermaßen repariert.«

In dem Moment wurde die Tür geöffnet.

Doc Brown kam strahlend herein. Hinter ihm folgte eine den Schattenläufern vertraute Gestalt, dahinter ein junger Mann mit schwarzweiß gefärbten Haaren, gleichfarbigem Ziegenbärtchen und leuchtend violetten Augen, der einen großen Koffer in der rechten Hand trug.

»Hustle?«, rief der Troll ungläubig, dann hüpfte er auf den Ork zu und umarmte ihn. »Hustle lebt! Hustle lebt!«

»Aber nicht mehr lange, wenn du weiter so zudrückst«, beschwerte sich der Samurai mit verzerrtem

Gesicht und befreite sich aus Ultras Umklammerung. »Vorsicht, Quizhirn. Die Nähte und Brandwunden sind noch nicht verheilt. Habt ihr mich vermisst?«

Der Unbekannte hielt sich im Hintergrund, und begann eine Kamera auszupacken und die Szene zu filmen. Noch hatte keiner der Läufer seine Aktion bemerkt.

»Oh, Mann, tut das gut, dich zu sehen.« Twing begann wieder zu heulen und drückte den Ork. Sparkplug erhob sich ebenfalls und schüttelte dem Freund die Hand. »Wir haben dich fast aufgegeben, weißt du das? Wo warst du die ganze Zeit?«

Cauldron nickte ihm zu und schenkte ihm ein flüchtiges Lächeln.

»Ich war bei den MIB. Die haben mich verhört und wollten mich mit einem Messer zwischen den Rippen in der Kanalisation als Ghulfutter entsorgen«, erzählte Hustle, dem die Freude über das Wiedersehen deutlich anzusehen war. »Aber ein paar Ghuljäger, Piers und Jeroquee, haben mich zusammen mit Poolitzer rausgeholt und in die nächste Schattenklinik gebracht. Und hier bin ich.« Er schaute sich um. »Wo ist denn Bullet?«

Wortlos verließ Cauldron den Raum.

Die Mechanikerin warf einen schnellen Blick in die Runde. »Ich gehe ihr besser hinterher.«

Ultra schaute betroffen zu Boden, während die gute Laune bei allen schlagartig verflog.

»Es hat ihn erwischt?« Der Ork setzte sich. *Schöner Drek.*

»Ich mache uns einen Tee, dann erzählen wir alle, was passiert ist, und bereden den Schlachtplan in aller Kürze«, meldete sich der Arzt.

Keiner widersprach.

Poolitzer nahm den Finger vom Aufnahmeknopf und ließ die Fuchi sinken. »Tag zusammen.«

»Was filmst'n du da?« Der Troll kniff ein Auge zusammen und tippte auf das Objektiv. »Du bist doch der Typ aus der Glotze, der Barrensschleicher, der überall seine Nase reinsteckt?«

»Poolitzer, FNS«, stellte er sich vor und winkte ein wenig unsicher. Das Gerät brachte er schnell außer Reichweite von Ultras dicken Fingern.

»Du hast uns doch eben nicht wirklich gefilmt, oder?« Hustles Gesicht zeigte eine Spur von entnervtem Unverständnis.

»Klar. Das gehört zu meinem Job«, antwortete der Reporter aufrichtig. »Außerdem bin ich damit der Erste, der den gesuchten Copkiller gefunden hat. Lust auf ein Exklusivinterview? Das würde mich beim Sender richtig nach oben bringen.«

Der Rigger schwenkte das Kabel mit der Minikamera auf Poolitzer. »Drek, bist du bescheuert? Sind wir etwa live drauf?«

»Nein, nein. Keine Angst. Ich bin nicht live. Dann wären wir schon lange nicht mehr alleine in der Klinik. Wie steht's jetzt mit dem Interview?«

Ultra machte einen Schritt in Richtung des Reporters und grabschte nach der Kamera. »Du wirst mich nich filmen, Snoop.«

Poolitzer brachte die Liege mit Sparkplug zwischen sich und den Troll, der unbedingt an die CD mit den Aufnahmen wollte.

Bevor im Kampf um die Aufzeichnungen wichtige Apparate der Klinik beschädigt wurden, schaltete sich Hustle ein.

»Ultra, lass ihn. Er hat mir zusammen mit den anderen das Leben gerettet.«

»Er soll mich nich filmen.« Der große Metamensch blieb stur wie ein kleines Kind.

»Ich mache einen Vorschlag.« Poolitzer setzte ein nettes Lächeln auf, das ihn aber wegen der violetten Kontaktlinsen wie einen Verrückten aussehen ließ.

»Ich begleite euch von jetzt an bei all euren Unternehmungen. Dafür verrate ich nichts, bis die Sache ausgestanden ist. Wenn er es wirklich nicht war, ist das für euch kein Problem und für mich die bisher größte Story, die ich in den Schatten hatte.« Dass er den Cops bereits die Identität des Elfs verraten hatte, verschwieg er lieber.

»Das glaube ich dir aufs Wort.« Sparkplug musterte den Reporter von oben bis unten. »Du hast gute Beziehungen zu den Stars, richtig?«

»Das ist vielleicht etwas übertrieben«, schwächte Poolitzer ab, weil er nicht genau wusste, worauf der Rigger hinauswollte. »Aber ich kenne den ein oder anderen. Weshalb?«

»Wir bräuchten ein paar Infos aus den Akten über Hellmann. Hinweise, Obduktionsberichte oder andere Dinge, die uns weiterhelfen könnten.« Sparkplug hielt seine Minikamera auf den Mann gerichtet. »Wenn du das schaffst, bist du dabei, Snoop.«

»Hellmann? Wer soll denn das sein? Der Name ist bisher nicht in den Ermittlungen aufgetaucht«, überlegte Poolitzer laut. »Gibt es eine Verbindung?«

»Mann, Hellmann is Doc E.R.«, half Ultra gelangweilt und legte die verölten, gelben Haare glatt, um das Horn besser zur Geltung zu bringen. Die Ohrringe klingelten leise. »Aber nur bei Cyberdynamix. Bei Fuchi hieß er Brightman und in den Schatten E.R. Aber in Wirklichkeit hat er bei Cyberdynamix spioniert, in der ADL.«

Der Reporter hing dem Troll gebannt an den Lippen. »Ich habe kein Wort verstanden. War E.R. etwa Deutscher?«

»Jepp«, machte Hustle und setzte sich. »Das erklären wir dir jetzt alles in Ruhe, und danach sagst du uns, was die Stars in der Zwischenzeit herausgefunden haben und wie sie Sparkplug finden wollen.«

Doc Brown balancierte ein Tablett mit Teegläsern und eine dampfende Kanne ins Zimmer. »Teatime, Herrschaften.«

Während der Mediziner das heiße Getränk ausschenkte, berichtete Poolitzer in aller Kürze von E. R.s Obduktionsbericht. Dann führte er mit Hilfe der kopierten CD die Aufnahmen vor, die er damals in der Klinik geschossen hatte.

Als die Stelle mit den MIBs kam, verkrampfte sich der Ork.

»Das sind die Typen, die Noomy und die anderen erledigt haben«, knurrte er. »Der Anführer hat sich Smith genannt. Halt mal das Bild an.« Der Reporter gehorchte. »Kennt den jemand?« Hustle tippte auf den breiten Anführer der Anzugträger. Alle schüttelten den Kopf.

»Bei mir war auch ein Arsch im Anzug«, sagte Poolitzer. »Nur ist der hier nicht dabei. Der hat mein Studio in Everett in die Luft gesprengt.« Er beschrieb Gercke und den silbergrauen Saab Dynamit.

»Das ist die Sau, die Bullet umgenietet hat«, brüllte der Troll.

Doc Brown zuckte zusammen, sein Glas fiel zu Boden und zerschellte.

»'tschuldigung.« Ultra sah betreten zu Boden. »Ich war nur so aufgeregt.«

»Vielen Dank.« Sparkplug hielt sich das rechte Ohr zu. »Jetzt bin ich auch noch taub. Wir haben aber vermutlich eine Spur zu dem Typen. Der Kleine«, er nickte zum Troll hinüber, »hat sich die Nummer des Saab gemerkt.«

Poolitzer sah schweigend zu dem Metamenschen, der einem schimpfenden Doc Brown beim Aufheben der Scherben half. »Stimmt die Nummer auch wirklich?« Er klang nicht überzeugt.

»Sie gehört zu einer Import-Export-Fima, der wir

demnächst einen Besuch abstatten werden«, erklärte Hustle. »Mach die Kamera startklar, wir wollten los.«

»Da bin ich aber gespannt.« Der Reporter legte eine neue Daten-CD in die Fuchi VX 2200 Manual und überprüfte die Ladezustände und Anschlüsse. »Wenn das wirklich Mr. Zensur ist, trete ich ihm persönlich ins Gehänge.« Klackend schloss sich das CD-Fach. »Mehrfach.«

Twing beobachtete ihre Freundin, die mit geschlossenen Augen auf der Tanzfläche stand, sich im Rhythmus der Musik leicht bewegend. Sie sang den Text der deprimierendsten Lieder lautlos mit. Seit einer Stunde verharrte sie so an einer Stelle, unmittelbar neben dem Subwoofer.

Die besorgte Mechanikerin verschwendete keinerlei Gedanken daran, dass sie mit ihrem Blaumann kaum in das Ambiente des *Dark Site* passte.

Niemand machte sie deswegen an. Selbst die Bedienung verlor kein Wort darüber, als sie der Frau mit den blauen Haaren das bestellte Getränk brachte. Zudem wusste sie, dass Twing zur Gruppe gehörte.

»Heute hat sie nicht die beste Laune«, meinte Cheryll und nickte zu der Magierin. »Hat sie immer noch keine Gelegenheit gehabt, mit ihm darüber zu sprechen?«

»Worüber?«, wunderte sich Twing.

»Ups«, machte die Bedienung schuldbewusst. »Habe ich da eben etwas verraten? Ich meinte den Heiratsantrag ihres Freundes.«

»Nein, das wusste ich«, log die Mechanikerin und verbarg ihre Bestürzung, indem sie so tat, als würde sie nach jemandem Ausschau halten. *Meine Güte, Bullet und Cauldron wollten heiraten?* »Es lief heute nicht besonders.«

»Das scheint in letzter Zeit häufiger der Fall zu sein«, bedauerte Cheryll und zog ab.

Kein Wunder, dass sie so reagierte. Ein Schauder überlief Twing, während sich ihre Aufmerksamkeit auf die tanzende Magierin richtete. *Verdammt, es tut mir so Leid für euch.* Sie bestellte einen Schnaps. *Auf dich, Bullet.*

Ruckartig stürzte sie den Alkohol hinunter. Als sie wieder aufschaute, stand ihre Freundin neben ihr.

Twing schob ihr den Stuhl hin. Cauldron setzte sich und wich dem Blick der Mechanikerin aus. Die Bahnen, die die Tränen in der weißen Schminke hinterlassen hatten, sprachen Bände.

Die Magierin suchte ihr Notepad heraus und warf es auf den Tisch. »Das ist ein Teil meiner beschissenen Bibliothek«, meinte sie zur Erklärung. »Weißt du, wie viel mich diese Sammlung an Zeit und Nuyen gekostet hat?« Sie ergriff das elektronische Gerät und beförderte es in hohem Bogen auf die Tanzfläche, wo es im Kunstnebel verschwand. »Wertlos.«

»Wertlos?«, echote Twing ungläubig, die den Flug verfolgte.

»Wertlos«, wiederholte Cauldron. »Hat mir mein Wissen genützt, als ich Bullet retten wollte? Er hatte Recht, ich war magisch niemals gut genug. Ich bringe diese deutschen Idioten um, und dann war es das für mich. Kein Läuferleben mehr, bevor noch mehr wegen meiner Unfähigkeit draufgehen. Lieber sitze ich als Kassiererin im Wal-Mart oder tanze nackt auf den Tischen.«

Die Mechanikerin schüttelte den Kopf, fühlte sich aber völlig hilflos. *Was soll ich nur sagen?*

Währenddessen begann ihre Freundin, die Kontaktlinsen von den Pupillen zu lösen. Danach griff sie in die Tasche ihres langen, schwarzen Mantels und legte einen silbernen Ring auf den Tisch.

»Bullet wollte mich heiraten«, sagte sie leise. »Und

ich habe mich nicht getraut, sofort ja zu sagen.« Eine Träne rann glitzernd über die Wange. »Jetzt ist es für immer zu spät, weil ich versagt habe.« Sie stützte sich auf die Kante und starrte auf den Ring, der im Licht schimmerte. »Was mache ich jetzt mit dem Ring? Ich könnte mir eine Kugel davon anfertigen lassen und sie mir durch mein bescheuertes, kleinmütiges Gehirn jagen.«

»Ich glaube nicht, dass das Bullet gewollt hätte«, versuchte es Twing vorsichtig.

»Und glaube nicht, dass Bullet gerne gestorben ist«, meinte Cauldron tonlos. »Wenn ich nur etwas konzentrierter gewesen wäre, würde er noch leben.« Sie löste den Blick und schaute sie mit ihren echten, grünen Augen an. »Und was ist, wenn mir das wieder passiert? Angenommen, ich bleibe Läuferin und versage beim nächsten Mal genauso jämmerlich?«

»Wenn du diesen Gedanken nicht los wirst, versagst du vermutlich zwangsläufig«, schätzte die Mechanikerin und legte ihre Rechte auf die Hand der Freundin. »Mach dir keine Vorwürfe. Mehr als es zu versuchen konntest du nicht.« Sie reichte mit der Linken ein Taschentuch hinüber. »Wir alle trauern um Bullet und werden ihn vermissen. Wir haben ihn gemocht.« Sie drückte sanft die Finger der Magierin. »Aber wir brauchen dich, Cauldron. Wir brauchen dich als Mensch, und wir brauchen dich, um Sparkplugs Unschuld zu beweisen. Ohne dich schaffen wir es nicht.«

Cauldrons Blick ruhte auf dem Gesicht der Frau mit den blauen Haaren, wanderte über die Tätowierungen an der Stirn und am Hals. Sie schien zu überlegen.

»Du hast damals im Auto gesagt, du würdest Sparkplug lieben«, begann sie unvermittelt. »Hast du schon einmal jemanden verloren, für den du so empfandest?« Die Mechanikerin verneinte. »Ich sage dir, es ist das Schlimmste, was einem zustoßen kann. Schlimmer als der eigene Tod.« Sie schaute zur Tanzfläche. »Viel schlimmer«, raunte sie abwesend.

Die Kälte, die von der Magierin ausging, machte Twing frösteln.

Cauldron bemerkte die Bewegung durch die Hand, die auf der ihren lag, und wandte sich ihrer Freundin zu. »Ich werde euch zunächst gegen jene helfen, die Bullet erschossen haben. Danach sehen wir weiter, ob ich mich so sicher fühle, dass ich größere Verantwortung übernehmen kann.«

Twing lächelte aufmunternd. »Du wirst es schaffen, Cauldron.«

Die Magierin tupfte sich mit dem Taschentuch die Tränen vom Gesicht und blickte die Mechanikerin ernst an. Sie nahm den Ring auf, drehte Twings Rechte um und öffnete sie.

Bevor die Frau mit den blauen Haaren ahnen konnte, was geschah, drückte ihr Cauldron das Schmuckstück in die Hand und schloss die Finger darum.

»Mach nicht den gleichen Fehler wie ich und warte so lange, bis es zu spät ist, Twing«, sagte sie bekümmert.

»Das kann ich nicht annehmen.« Ihre Freundin war von der Geste völlig überrumpelt. »Das ist dein Andenken an Bullet.«

»Du wirst den Ring annehmen. Sein Andenken trage ich in mir«, unterstrich die Magierin schwach lächelnd. *Wie könnte ich seinen Anblick vergessen?* »Ich würde gerne die Trauzeugin sein, wenn du einverstanden bist.« Sie erhob sich. »Ich gehe nur rasch in den Waschraum und lege Schminke nach. Ich bin gleich wieder da.« Cauldron verschwand im Nebel.

»Zwar nicht sehr subtil, aber nur das Resultat zählt«, sagte Cheryll an Twings Seite, und die Mechanikerin zuckte erschrocken zusammen.

»Belauschst du immer Unterhaltungen anderer?«

Die Bedienung sammelte die leeren Gläser ein. »Nur, wenn es sich um Leute handelt, die ich gut leiden kann.« Sie legte das leicht ramponierte Notepad der Magierin auf den Tisch. »Das wird sie vermutlich brauchen«, zwinkerte sie und ging zurück an den Tresen.

Die Magierin präsentierte sich wenige Augenblicke darauf in altbewährter Fasson, weiß geschminkt, die Augen mit schwarzem Kajal betont, die Flammenkorona loderte um ihre Pupillen. Überrascht schaute sie auf das Gerät und entfernte den Schmutz mit Hilfe des Taschentuchs. »Da hatte ich noch einmal Glück, was?«

»Es gibt eben noch ehrliche Finder«, antwortete Twing und schaute zum Tresen.

Cheryll hob grüßend ein Cocktailglas.

IX.

Seattle, Downtown, 29. 07. 2057 AD, 09.17 Uhr

Gercke schaltete die Musikanlage des Büros auf volle Lautstärke, schenkte sich zum Takt vom neuesten Maria Mercurial-Song ein Glas Cognac ein und setzte den frisch gereinigten H&K Hexenhammer zusammen. Liebevoll glitten seine Finger über die Einzelteile. *Effektivität ist das Einzige, was bei einer Waffe zählt. Effektivität und Eleganz.*

Das ganze Magazin auf die beiden Schattenläufer abzufeuern hatte mächtig Dreck im Rohr hinterlassen. Den Schalldämpfer, eine Kartusche, die innerhalb des Laufs montiert wurde, wechselte er vorsichtshalber gleich mit aus.

Auch wenn der Mann nicht zufrieden mit der Aktion vor dem *Salome's* war, hatte er jede Menge Spaß mit den beiden Typen gehabt, die sich freiwillig vor der Mündung des Hexenhammers aufgebaut hatten. Professorin Hellmann war ihnen zwar entwischt, dafür standen zwei Läufer weniger zwischen diesem verdammten Rigger und ihnen.

Und das Beste war nach der Meinung des Deutschen, dass diesmal Lugstetter schuld am Scheitern war. Dieser Kon-Etagentiger war nicht in der Lage, eine schwache Elfin in ein Auto zu schubsen. *Weichei.*

Der Mann grinste, als er an seinen fluchenden und schwitzenden Partner dachte, ließ das Magazin mit den Vollgeschossen einschnappen und die Ziellaser aufleuchten.

»Dakka, dakka«, sagte er leise, dann senkte er die automatische Schrotflinte und stellte die Musik leiser. Erst dann hörte er das Telefon an seinem Handgelenk läuten.

»Generalis Im- und Export«, meldete er sich.

»Ich bin's«, sagte Lugstetter unfreundlich. »Ich bin bei Jennings und seinen Leuten. Gib mir noch mal die Koordinaten von vorhin und die Nummer des Startfelds. Ich möchte hinterher so schnell wie möglich weg von hier.«

Der Hüne schaltete Lugstetters Laptop an, der vor ihm auf dem Tisch stand. Ein roter Punkt leuchtete auf dem eingeblendeten Stadtplan von Seattle auf.

»Die Koordinaten lauten Y 14/3, 11«, gab er durch, nachdem er einen Blick auf den Monitor geworfen hatte. »Das Signal steht immer noch und ist klar. Wir treffen uns am Flughafen, Eingang Nord, Tor 7, um 17.00. Mit der Route und der Starterlaubnis ist alles klar, die Frachtpapiere liegen dem Zoll vor. Das Startfeld ist Nummer 46.« Er konnte sich eine bissige Bemerkung nicht verkneifen. »Es geht, was mich anbelangt, alles in Ordnung.«

»Verstanden, Gercke.« Lugstetter unterbrach die Verbindung, ohne auf den Zusatz des Samurais einzugehen.

Ich bin gespannt, ob er es wieder versaut. Der Deutsche packte die Koffer und achtete nicht weiter auf den Laptop, auf dem sich der Punkt plötzlich bewegte.

Zwanzig Minuten später schlug der Türsummer bei ›Generalis Im- und Export‹ an.

Was soll denn das? Gercke betätigte die Sprechanlage vor dem Büroeingang. »Es tut mir Leid, aber wir haben heute nicht geöffnet, auch wenn der Portier Ihnen etwas anderes gesagt hat.«

Es summte wieder.

Gercke wurde misstrauisch, zog sein Jackett an, das Oberteil einer magisch veränderten Teilrüstung, und aktivierte das Smartlink, als er den Griff des Hexenhammers umfasste. *Dann wollen wir mal nachsehen.*

»Wir haben geschlossen, Sir. Machen Sie bitte telefonisch einen Termin aus«, rief er und stellte sich seitlich an die Wand, um den Vorraum des Büros im Auge zu behalten. *Wer kann das sein?*

Zufällig fiel sein Blick auf den Bildschirm des Laptops, auf dem der rot leuchtende Punkt gewandert war.

Das Signal stand klar und deutlich genau in diesem Gebäude.

Gercke fluchte, setzte die Adrenalinpumpe in Gang und schaltete den Schmerzeditor ein. *Ihr wollt also herausfinden, ob ihr gut genug seid? Da werde ich euch aber enttäuschen müssen.*

Er überlegte, ob er ohne Vorwarnung durch die Tür feuern sollte, als etwas leise am Fenster schabte.

Die Reflexbooster traten in Aktion.

Blitzartig wirbelte der Samurai herum und feuerte dreimal durch das Glas auf die Gestalt im blauen Overall, die gerade mit einem der Fensterputzeraufzüge vor der Scheibe angehalten hatte. Scherben flogen durch die Luft.

Der entsetzte Mann warf schreiend das Fensterleder und den Gummiabzieher weg. Die Kugeln bohrten sich sauber dicht nebeneinander in den Oberkörper und ließen ihn gegen das Geländer prallen. Dann stürzte er rücklings über die Metallrohre und verschwand in der Tiefe.

Gleichzeitig krachte die Tür aus den Angeln. Ultra und Hustle stürmten aus allen Rohren feuernd das Büro.

Gercke erhielt eine Salve in den Rücken und fiel gegen den Tisch, ohne ernstlich verletzt zu sein. Kurz entschlossen hechtete er über das Möbelstück in Deckung, während die Projektile um ihn herum einschlugen.

Euch zeig ich's.

Er schnappte sich das Magazin mit den Mikrogranaten vom Tisch und wechselte die Geschosse aus. Ein tiefes Durchatmen, dann rollte er sich seitlich über die Schulter ab und ging in die Hocke.

Die Thermalsicht signalisierte ein verdecktes Ziel im Vorraum, und Gercke zog durch.

Die Mikrogranate schlug in die Wand ein und riss ein Loch von der Größe eines großen Fernsehers, durch das er das verdutzte Gesicht des Trolls sehen konnte.

»Du überlebst nicht noch mal, Troggy.« Wieder zuckte der Zeigefinger, doch ein harter Gegenstand flog von schräg rechts unten an den Lauf des Hexenhammers. Die Granate jagte in die Decke, wo sie die Neonlampen und Stromleitungen zerfetzte.

Hustle kam hinter dem Sessel hervorgeschnellt, von wo er den Aschenbecher geschleudert hatte, und entlud die Ares Predator auf den Deutschen, der nur wenige Sekundenbruchteile brauchte, um sich hinter die nächste Deckung zu werfen.

Der Hexenhammer schickte eine weitere Granate auf die Reise, und der Sessel, in dem Lugstetter so gerne gesessen hatte, verteilte sich im ganzen Raum.

»Das ist der Typ, der mein Studio weggeblasen hat«, rief eine dritte Stimme. »Macht ihn fertig. Ich warte hier so lange.«

»Halt die Schnauze, Poolitzer«, herrschte ihn der Ork aus seiner Deckung an.

Gercke nahm einen kleinen Handspiegel aus der Jackeninnentasche und hob ihn vorsichtig über den Stahltisch. Er sah, wie sich Hustle erhob und zum Sprung bereitmachte.

Der Deutsche richtete sich auf und visierte den überraschten Ork an, der stehen blieb, als ob er an der Situation so etwas ändern könnte. Der rote Kreis der Ziellaser umgab seine Nasenspitze.

»Ciao, Meta«, grüßte der Samurai lächelnd.

Dumpf pfeifend sauste Ultras Streitaxt, eine auf den Troll angepasste Wallacher, heran und durchtrennte sauber den rechten Unterarm des Cyberdynamix-Mitarbeiters.

Die automatische Schrotflinte polterte zu Boden, und Gercke starrte fassungslos auf den blutspritzenden Stumpf.

»Guter Wurf«, lobte Hustle schwitzend und gab dem Samurai mit einem gezielten Schuss den Rest, bevor der Gegner wieder aktiv werden konnte.

Ultra griente. »Ich wusste für'n Moment nich, ob ich'n treffen würde.« Putz rieselte von der Decke, dann krachte eine Neonlampenfassung herab. »'s is besser, wenn wir uns schnell umseh'n, sonst fällt uns alles auf den Kopf. Ich hab die Wette übrigens gewonn'n, oder?«

»Ja. Er hat tatsächlich den Fensterputzer erschossen, ich fasse es nicht.« Der Ork stieg über den Toten und hob die Waffe auf. »Das Zuckerstück lassen wir aber nicht hier.«

»Der Mann is inzwischen bestimmt unten aufgeschlag'n«, mutmaßte der Troll und begann die Waffen und Munition aus dem geöffneten Stahlschrank in einen Seesack zu packen. »LoneStar is garantiert im Anmarsch.«

»Keine Angst. Cauldron wird sie uns vom Leib halten.«

Poolitzer streckte vorsichtig den Kopf herein. »Mann, wenn ich daran denke, dass ich den Fensterputzeraufzug nehmen wollte.«

»Das wäre keine gute Idee gewesen«, stimmte der Ork zu. »Hast du alles im Kasten oder sollen wir die Szene noch mal machen?«

»Du hast ja richtig Humor.« Der Reporter stieg über die Trümmer, während er mit der VX 2200 alles einfing.

Hustle warf einen Blick auf den Laptop, der die Ballerei wie durch ein Wunder unbeschadet überstanden hatte. Nachdenklich verzog er das Gesicht. »Das ist doch eine Straßenkarte von Seattle, oder?« Er drückte die Entertaste.

Der Computer vergrößerte den Ausschnitt, in dem ein roter Punkt leuchtete. »Frag, das ist doch genau hier.« Er betätigte die Option ›Audio‹, aber es war nichts zu hören.

»Vielleicht ist es kaputt?«, vermutete Ultra, dessen Stimme in diesem Moment über die Lautsprecher des Laptops kam.

»Drek, was ist das denn?«, entfuhr es Hustle. Auch seine Äußerung tönte zeitgleich aus den Boxen des Computers. Er drückte die Vergrößerungstaste und bekam einen Gebäudeplan auf den Bildschirm, in dem der Punkt markiert war.

»Mir kommt da ein Verdacht«, flüsterte der Ork. Gehorsam gaben die Lautsprecher die leisen Worte wieder.

Hustle ging zur Tür und im Büro hin und her, während sich der rote Punkt ebenfalls auf dem Gebäudeplan scheinbar ziellos umherbewegte.

Poolitzer hörte auf zu filmen. »Das ist ein nettes Spionageprogramm. Das benutze ich auch. Du staffierst dein Ziel mit einer Wanze aus, die artig sendet, wohin du gehst und was in der Nähe gesagt wird. Aber das hier ist Oberligastoff, ziemlich teuer, würde ich sagen. Via Satellit.« Er sah den Ork an. »Und so wie es aussieht, haben sie dich bei irgendeiner Gelegenheit mit dem Anhängsel bedacht. Shit, dann wissen sie auch, dass du bei Doc Brown warst und wo sich Sparkplug aufhält.« Poolitzer schluckte. »Verdammt. Sie wissen auch von unseren Nachforschungen.«

»Natürlich! Die MIBs haben mich verwanzt«, begriff der Samurai, der sofort sein Comgerät aktivierte und die beiden Frauen informierte. »Ich bin's, Hustle. Die MIBs haben mir eine Wanze angehängt. Sie wissen wahrscheinlich, wo Doc Browns Praxis ist.« Er hastete zum geborstenen Fenster. »Wir nehmen den Fensterputzeraufzug, kommen zu euch und dann nichts wie in die Barrens. Ich fürchte, sie wollen sich Sparkplug schnappen.«

»Sollten wir nicht erst mal herausfinden, wo die Wanze steckt?«, schlug der Reporter vor. »Wenn der Laptop nicht das einzige Empfangsgerät für das Signal ist, brauchen sie immer nur schön dem lustigen Punkt zu folgen.«

Hustle überlegte fieberhaft. »Ich habe keinen Detektor. Du etwa?« Poolitzer verneinte. »Dann müssen wir es riskieren. Wo sie den Rigger finden, wissen sie ohnehin, und dahin werden wir jetzt auch fahren.«

Er rannte zum Fenster und stieg in die Fahrstuhlgondel, die bedrohlich ächzte und knarrte, als sich der Troll hinzugesellte.

Poolitzer schnappte sich den tragbaren Computer, schickte ein Stoßgebet gen Himmel und schwang sich hinaus zu den anderen Schattenläufern.

Seattle, Redmond Barrens, 29. 07. 2057 AD, 9.59 Uhr

Sparkplug zitterte am ganzen Körper und übergab sich lautstark zum vierten Mal in den bereitgestellten Eimer neben seinem Bett.

Doc Brown zog eine Spritze auf und injizierte den Inhalt in den rechten Arm des Riggers. Der Metamensch entkrampfte sich daraufhin ein wenig.

»Ich habe Ihnen gleich gesagt, dass es keine gute Idee ist, die Cyberaugen einzubauen. Die Solidität Ihrer Nervenbahnen ist bereits bis an die Grenzen des Möglichen belastet. Ein Wunder, dass sich Ihr Gehirn nicht sofort verabschiedet hat.«

»Warum fühle ich mich dann so?« Die Stimme des Elfs klang dumpf, weil sein Kopf direkt über der Eimeröffnung hing.

»Ihnen wurde nur schlecht, und der Kreislauf brach zusammen«, beruhigte ihn der Arzt. »Meines Erachtens nichts Ernsthaftes. Ich kenne Leute, die sind bei der Überlastung einfach gestorben. Sie können froh sein, dass ihr Körper so harmlos reagiert.«

Sparkplug spuckte aus und lehnte sich in sein Kissen. »Das war's. Mehr kann nicht mehr drin sein.« Er nahm das Fernsteuerdeck und stöpselte sich ein.

»In dieser Verfassung sollten Sie sich nicht hinters Steuer setzen«, mahnte Doc Brown und räumte den Eimer weg.

»Seien Sie ein netter Quacksalber und schalten Sie alle Drohnen an«, bat der Elf, die Anweisung des Mediziners ignorierend. »Ich möchte was ausprobieren.«

»Ich hole einen neuen Eimer, dann kann's gleich losgehen. Ich bin sicher, Sie werden kotzen wie ein Reiher, wenn Sie sich jetzt zu viel zumuten.«

»So ka«, erwiderte Sparkplug und schaltete das elektronische Gerät an.

»Der Eimer ist links vom Bett, und die Drohnen sind an«, meldete Doc Brown. »Ich bin im Büro und trinke einen Soykaf.«

Der Elf glitt in den Mikroskimmer und düste durch die Räume.

Gesteuert von seinem Willen, die Drohne vollführte Drehungen, Schrauben, wich Hindernissen erst in letzter Sekunde aus oder absolvierte ein atemberaubendes Kunststück nach dem anderen.

Sparkplug fühlte sich gut. Alle Anzeigen waren normal, der Strom der Batterie reichte für knapp vier Stunden, und er hatte alle Zeit der Welt – das redete er sich zumindest ein, sonst würde er in diesem Bett durchdrehen. Das komplette Team war wegen ihm im Einsatz, und er konnte nicht mit von der Partie sein.

Dabei kam er sich so schnell und gut im Umgang mit den Drohnen vor wie noch nie in seinem ganzen Leben.

Er hatte in der letzten Zeit mit einer Leichtigkeit harte Manöver absolviert, nach denen er gewöhnlich drei bis vier Biere brauchte, bis sich sein Puls wieder einigermaßen beruhigt hatte.

Dieses Ding in seinem Kopf, von dem wahrscheinlich nicht mal die Konstrukteure vermutet hätten, dass es wirklich funktionierte, stellte den reinen Turboboost für die kybernetischen Leitungen in seinen grauen Zellen dar, und das Einzige, was ihn noch mehr interessierte, war der Zusatzchip, vom dem Brown glaubte, dass es ein taktischer Computer sei. *Aber was sollte dann die Meldung über den Satellitenempfang?*

Inzwischen störte sich der Rigger nicht mehr an der automatischen Zielerfassung, sondern vermied es einfach, an den Feuerknopf zu kommen oder ein Signal an den Auslöser zu senden.

Die Außenmikrofone der Drohne registrierten plötzlich eine Unterhaltung aus dem Büro des Mediziners.

»Die anderen sind schon zurück?«, murmelte Sparkplug und flitzte per Mikroskimmer den Korridor hinunter in Richtung Arbeitszimmer. »Da bin ich aber gespannt.«

»… Sie ein kriminelles Subjekt bei sich verstecken«, sagte eine ruhige Stimme. »Wir werden über den Vorfall hinwegsehen und Ihre Klinik in Ruhe lassen, wenn Sie uns keine Schwierigkeiten bei seiner Verhaftung machen, Doc. Ich schätze, wir haben uns verstanden.«

»Aber nur, wenn Sie nichts davon publik machen«, zögerte Doc Brown. »Es würde ein schlechtes Licht auf mich werfen. Ich bin gezwungen worden, ihn zu behandeln.«

Sparkplugs Telefon, das auf dem Nachttisch neben ihm stand, klingelte.

Der Metamensch hob den Hörer nicht ab. Dafür hatte er jetzt keine Zeit. *Da scheint jede Menge Ärger im Anmarsch zu sein.*

Schritte bewegten sich in Richtung Bürotür. »Keine Angst. Wenn Sie nichts sagen, wir sagen auch nichts.«

Der Rigger flog mit der Hoverdrohne rückwärts und drückte das Fluggerät in eine dunkle Nische.

Wenig später passierten sechs sonnenbebrillte Anzugträger das Versteck und steuerten zielstrebig auf den Behandlungstrakt zu, während einer der Männer mit verschränkten Armen am Durchgang stehen blieb und die Umgebung musterte.

»Wie im CIA-Film«, murmelte Sparkplug und gab der Drohne den Stand-by-Befehl.

Er aktivierte den Snooper, um etwas von seiner Umgebung zu sehen, klemmte sich das Miniaturfahrzeug unter den Arm und ging in Richtung Müllschacht. Nur mit Mühe gelang es ihm, sich samt Drohne in den Schacht zu quetschen, durch den normalerweise organischer Abfall in die Kanalisation entsorgt wurde.

Die Sohlen der Turnschuhe stemmte er fest gegen die Wände, um nicht in der übelriechenden Kloake zu verschwinden, die schräg hinter ihm vorbeifloss.

Die Tür, so hörte der Metamensch, bekam einen Tritt und schwang auf.

»Er ist nicht hier«, sagte die Stimme von vorhin, in der eine Mischung aus Enttäuschung und Wut lag. »Agent Smyth, schaffen Sie mir den Doktor her. Die Übrigen durchsuchen das Zimmer.«

Das Telefon wurde abgenommen, und zu Sparkplugs Erstaunen meldete sich der Mann nicht nur mit ›Brown‹, auch sein Tonfall war auf einmal identisch mit der des Arztes.

Drek auf die Stimmmodulatoren, dachte der Elf.

»Oh, Doc. Gut, dass ich Sie erwische. Sie müssen sofort mit Sparkplug verschwinden. Die falschen MIB sind hinter euch her«, haspelte Twing aufgeregt am anderen Ende. Der Mann hatte anscheinend die Freisprechanlage eingeschaltet.

»Oh, das ist ja schrecklich«, imitierte der Mann Browns Aussprache. »Wir lassen alles stehen und liegen und treffen uns in dreißig Minuten bei den Puyallab-Barrens, Ecke 13. und 14. Ich kenne dort ein paar Leute, die uns in Sicherheit bringen werden.«

»Abgemacht«, sagte Twing erleichtert. »Und jetzt macht euch auf die Socken.«

Sie legte auf.

Die MIBs lachten leise.

»Die Herrschaften wären wir auch los«, kommentierte der Mann mit seiner natürlichen Stimme. »Sie scheinen Ihrem Freund einen Besuch abgestattet zu haben, Mr. Lugstetter, sonst wüssten sie nichts von unserem Aufenthalt hier.«

»Es scheint fast so«, stimmte der andere zu. »Es wäre bedauerlich, wenn ernsthaft Schaden entstanden wäre.«

»Mr. Gercke ist vom Fach. Er wird sich zu verteidigen wissen.« Etwas fiel scheppernd zu Boden.

»Ich rede nicht von diesem Anabolikahirn.« Der Samurai klang indigniert. »Ich meinte das Büro. Es war sehr teuer, und es ist sehr schwer, ein adäquates Gegenstück für ›Generalis Im- und Export‹ zu finden.«

Jammernd kam der Mediziner in den Raum. Agent Smyth schien ihn handfest zum Mitkommen überredet zu haben.

»Specialagent Smith, glauben Sie mir, ich weiß nicht, wo der Rigger ist. Er wollte mit den Drohnen üben und lag in seinem Bett.«

»Dann hat er sich wohl unsichtbar gemacht?«, schlug Smith freundlich vor. »Wenn Sie mich zum Narren halten wollen, Sir, dann wird das CIA Ihre Schattenklinik noch einmal besuchen, aber einen bleibenden Eindruck hinterlassen. Ich darf Sie an ihren Kollegen Brightman erinnern?«

»Ich weiß es wirklich nicht«, gab Brown unglücklich zur Antwort.

Ich komme mir vor wie in einem Hörspiel, dachte der Rigger. Wäre er dank des Snoopers und dessen Sensoren in der Lage, etwas zu sehen, hinderte ihn jetzt die Klappe daran. Andererseits schützte sie ihn vor den MIBs, und das war im Endeffekt mehr wert.

Er verlagerte sein Gewicht ein wenig.

Prompt rutschte sein rechter Fuß mit einem hässlichen Quietschen ab. Der andere Turnschuh glitt ebenfalls lautstark von der Wand, und der Elf verlor den Halt im Schacht.

Zähneknirschend ließ er den Snooper und das Fernsteuerdeck los, um sich mit einem Satz nach vorne zu katapultieren und am Rand der Röhre festzuklammern.

Das Miniaturfahrzeug rollte in die Tiefe und plumpste in die Kloake. Die Sensoren meldeten noch 20 Grad warme Flüssigkeit, dann gab der Snooper den Geist auf. Das Ende der Drohne bescherte dem Elf lediglich ein kurzes Ziehen rund um die Buchse. Die Feedback-Sicherung hatte gehalten.

Im Zimmer war es totenstill.

»Das sind die Ratten«, stotterte Doc Brown wenig überzeugend. »Die rennen im Schacht herum und hoffen auf eine kaputte Leber oder anderen organischen Schrott.«

»Das ist ja eine vertrauenswürdige Klinik«, meinte Smith. »Meine Herren, wir ziehen uns zurück. Vielleicht schnappen wir die anderen Schattenläufer. Früher oder später wird sich der Rigger dort melden.«

Ruckartig wurde die Klappe aufgerissen, kräftige

Hände schlossen sich um die verkrampften Unterarme Sparkplugs und zogen an.

Wie ein Rohrpostbehälter schnellte er aus dem Schacht, doch bevor er auf dem Fliesenboden aufschlagen konnte, hielten ihn die MIBs unter den Achseln.

Vor Sparkplug standen zahlreiche Männer in Anzügen. Specialagent Smith machte einen Schritt nach vorn und zog den Stecker, der den Elf mit dem Fernsteuerdeck verband, aus der Buchse.

»Wir wollen doch keine unangenehme Überraschung erleben, oder?« Das Gerät klapperte zu Boden.

Ein schummriges Gefühl breitete sich in Sparkplugs Kopf aus, das nur einen Sekundenbruchteil dauerte. Nun war er wieder so blind wie die ganze Zeit zuvor. Die Mikroskimmer-Drohne nutzte nichts mehr.

»Ja, das ist der Typ, der auf Hellmanns OP-Tisch lag«, sagte Lugstetter zufrieden. »Gute Arbeit, Specialagent Smith. Und nun sollten wir aufbrechen. Das Flugzeug wartet bereits.«

»Glauben Sie mir, Sparkplug, sie haben mich gezwungen«, jammerte Brown im Hintergrund.

Seine Bewacher setzten sich in Bewegung.

Der Elf ging folgsam mit. *Was soll ich auch groß tun?* Seine Freunde waren am anderen Ende von Seattle, er war blind und ohne Drohnen. *Die Jungs um mich herum haben Cyberware implantiert, dass sie es mit der ganzen verdrekten Nationalgarde aufnehmen können.* »Wo bringen Sie mich hin? Was geschieht mit mir?«

»Das erfahren Sie noch früh genug«, antwortete Lugstetter, der seine Waffe durchlud. »Doc?«

»Ja?«, der Mediziner kam ein paar Schritte den Gang hinauf. Dann ertönten drei schnelle Schüsse. Etwas Schweres fiel zu Boden.

»Nichts weiter«, meinte der deutsche Samurai gleichgültig. »Wir können den CIA-Kram jetzt sein lassen, Mr. Smith ... ich meine natürlich Jennings. Sagen Sie Ihren

Jungs, sie sollen hier aufräumen, ungefähr in dem Stil wie bei Hellmann. Ich möchte keine Beweise hinterlassen. Und bringen Sie die Unterlagen von Sparkplug mit.«

Während die drei Männer mit dem Aufzug nach oben fuhren, sorgten die anderen Samurai für größtmögliches Chaos in der Klinik. Zum Abschluss deponierten sie in jedem Zimmer eine zeitgesteuerte Phosphorbombe. Dann verließen sie den Keller.

Sparkplug wurde auf eine Rückbank gezwängt, flankiert von Lugstetter und Jennings.

»Sir, wir haben da was auf dem Radar«, sagte der Fahrer. »Mehrere Fahrzeuge, die sich hierher bewegen.«

»Entfernung?«

»Ungefähr einen Kilometer in gerader Linie.«

Jennings stieg aus, gab ein paar für den Rigger unverständliche Befehle und kehrte in das Fahrzeug zurück. »Fahren Sie los.«

Der Wagen setzte sich in Bewegung und schoss die Straße entlang.

»Es ist ein Volkswagen Elektra, oder?«, fragte Sparkplug. »Die haben als Einzige das Problem mit den Stoßdämpfern. Außerdem ist der Anzug mehr als lächerlich. Wenn man eine BII-Batterie vorschalten würde, die nur den Saft für den ...«

»Vielen Dank, aber wir benötigen Ihre Ausführungen nicht«, unterbrach Lugstetter. »So lange der Wagen fährt und wir sicher dort ankommen, wo wir hin wollen, soll es uns genügen, Mr. Sparkplug.« Er drückte ihm eine Brille in die Hand. »Das ist eine Sonnenbrille, setzen Sie sie bitte auf. Auch ohne ihre leeren Augenhöhlen sind wir schon auffällig genug.«

»Brich dir keinen ab, Chummer«, sagte der Rigger und setzte die Brille auf, »Sparkplug genügt vollkommen. Wie sehe ich aus?«

»Blind«, lachte Jennings.

Den Rest der Fahrt verbrachten die Männer schweigend. Lugstetter schenkte sich irgendwann etwas zu trinken ein, während der andere Samurai kurz vor dem Flughafen eine Meldung seines Teams erhielt.

»Es waren Kopfgeldjäger, die scharf auf die Prämie waren«, berichtete er. »Zwei meiner Jungs haben in den Asphalt gebissen, ein dritter wurde verletzt. Danach haben sie sich zurückgezogen, da der Gegner massive Magieattacken einsetzte. Dafür haben sie das Schattenläuferteam unseres Freundes hier abgegriffen.« Er notierte auf einen Zettel das Wort ›Bluff‹ und hielt es seinem Auftraggeber hin.

»So ist das Straßenleben«, sinnierte der Deutsche und nickte. *Raffinierter Schachzug. Der Rigger wird alles tun, was man verlangt.* »Man kann alles gewinnen und alles verlieren. Ihre Bezahlung erfolgt natürlich auf dem üblichen Weg, und bevor ich in das Flugzeug in die ADL steige, darf ich Sie etwas im Namen von Cyberdynamix fragen, Mr. Jennings?« Er leerte das Glas, die Eiswürfel klirrten gegen den Rand. »Möchten Sie zum festen Stab der Firma gehören? Wir bieten Ihnen ein Grundgehalt von 10000 Nuyen monatlich, zuzüglich einer Prämie nach Abschluss eines Auftrags.«

»Vielen Dank, aber ich lehne ab«, antwortete der Samurai. »Ich bevorzuge es, unabhängig zu sein.«

»Wie Sie möchten.«

Sparkplug konnte es nicht fassen. *Der Typ hat ein Angebot bekommen, wonach sich Hunderte von Läufern alle Finger ablecken würden, aber der Arsch lässt sichere 10000 Nuyen einfach so sausen.* »Sie müssen ja prächtig im Geschäft sein, Jennings.«

»Es sieht danach aus«, kam die amüsierte Antwort.

Der Elektra hielt an. »Wenn Sie in den nächsten Minuten Ärger machen, Sparkplug, werden Ihre Freunde einen jähen Gehirntod sterben, ausgelöst durch einen neun Millimeter großen Grund. Das ist meine erste und letzte Warnung. Jede Nicht-Kooperation wird bestraft«, verkündete der Deutsche.

Der Elf nickte schwach.

Lugstetter ließ die Seitenscheibe herab.

Der Lärm von startenden und landenden Flugzeugen drang in das Innere. Lautsprecher quäkten entfernt Durchsagen und Aufrufe.

Große Riggermaschine, was soll ich machen?, überschlugen sich die Gedanken des Elfs. *Aber was passiert, wenn ich einen Aufstand probe?*

Die Wache grüßte, Papier raschelte, ein SIN-Prüfer piepte ein paarmal.

Vor seinem geistigen Auge sah Sparkplug die mögliche Szenerie, die in einem Blutbad endete, wenn er den Wachmann aufmerksam machen würde. Und draufgehen wollte er nicht. *Zudem wären meine Chummer ebenso an der Reihe.* Twings Gesicht entstand in seiner Vorstellung. *Ich will sie nicht verlieren.*

Der Elektra rollte unbehelligt durch die Kontrollen.

»Wie immer ein Kinderspiel, wenn man die richtigen Leute kennt«, sagte der Kon-Mann zufrieden. Der Wagen fuhr wenige Meter und stoppte dann.

Sparkplug wurde von Jennings nach draußen befördert. Regen peitschte dem Rigger ins Gesicht, kleinere Sturmböen brachten seine zu große Kleidung zum Flattern wie Fähnchen. Der Samurai führte ihn die Gangway hinauf ins Flugzeug.

Leise Unterhaltungsmusik dudelte, es roch angenehm frisch nach Zitrone.

»Ich kann nicht sagen, dass es ein Vergnügen war, aber auf alle Fälle war es unterhaltsam, auf Sie und Ihre Kollegen Jagd zu machen«, verabschiedete sich Jennings von Sparkplug. »Ich werde Ihre Freunde nach Abschluss aller Maßnahmen freilassen, also immer schön daran denken, wenn Sie in den ADL sind: Anruf genügt, und alle Ihre Chummers sind tot.«

»Fall die Gangway runter und brich dir das Genick«, wünschte der Metamensch lautstark, während ihn jemand in einen weichen Sessel drückte und anschnallte.

»Einen Sekt, Sir?«, fragte eine weibliche Stimme, Parfümgeruch breitete sich aus.

»Wenn's geht, einen doppelten«, knurrte er. »Drek, ich kann noch nicht mal fernsehen während des Fluges.«

»Ein hartes Schicksal, Sir«, sagte die Stewardess freundlich und reichte ihm ein Glas. »Ihr doppelter Sekt.«

Sparkplug stürzte ihn mit einem Schluck hinunter. »Noch einen.«

Die Turbinen des Lear-Jets sprangen an.

»Wir können nicht länger auf Gercke warten«, befahl Lugstetter, der gerade aus der Pilotenkanzel kam. »Wir starten früher als vorgesehen.«

»Das wird auch nicht nötig sein«, meinte Jennings von der Tür. »LoneStar hat soeben seine Leiche im Büro gefunden, meldete der Polizeifunk. Das Schattenläuferteam hat ihn wohl erwischt. Auf Wiedersehen, Mr. Lugstetter.«

Die Schritte entfernten sich, und zu Sparkplugs Missfallen stürzte der Mann nicht die Metalltreppen hinab.

Der Eingang wurde geschlossen, die Außengeräusche drangen gedämpfter in die Kabine.

»Schade um die Cyberware.« Lugstetter setzte sich dem Elf gegenüber. »Cyberdynamix hatte viel Geld in Gerckes Ausstattung investiert. Außerdem stand mein Laptop im Büro. Sehr ärgerlich.«

»Scheint sich nicht gelohnt zu haben, was?« Der Sekt besserte Sparkplugs Laune. Und wenn er etwas sehen würde, hätte er dem aufgeblasenen Fritz direkt den Kopf vom Hals gerissen, das Flugzeug entführt und

Twing persönlich befreit, ungefähr in der Reihenfolge. »Also, was soll ich in den ADL? Kultur schnuppern?«

»Um den TA.K.C. 3000 aus Ihrem Schädel zu holen, benötigen wir unsere Spezialisten in Ingolstadt, die den Prototyp ohne Beschädigung Ihres Hirnes und unseres Computers ausbauen. Das Problem, so schätze ich als medizinisch-neurologischer Laie, ist, dass Professor Hellmann uns, was den Zusammenbau sowie die Kopplung der FSE und des taktischen Chips angeht, ein paar Schritte voraus war. Wir werden also einige Tests durchführen, bevor wir Sie auf den OP-Tisch schnallen«, erklärte der Deutsche. »Solche Untersuchungen können wir nicht in Seattle vornehmen, weil die Möglichkeiten begrenzt sind.«

»Ich darf das Baby richtig hochjubeln?« *Ich werde es zu Schrott fahren.*

»Bis es um Gnade winselt«, stimmte Lugstetter zu. »Und wenn Sie Glück haben, werden Sie als Testpilot angestellt.«

»Drek drauf. Ihr habt meine Freunde entführt, und nur deshalb mache ich bei dem Spiel mit«, begehrte der Rigger auf. »Und wenn alles vorbei ist, will ich zurück nach Seattle.«

»Sie haben mein Wort, Sparkplug«, versprach der Deutsche. »Sie werden zurückkehren – so oder so.«

Der Jet rollte auf die Startbahn, beschleunigte und hob ab. Der Flug der Maschine stabilisierte sich, und sie gewann schnell an Höhe.

»Was ist dieses Ding eigentlich?«, erkundigte sich der Elf, während er seinen dritten doppelten Sekt schlürfte und immer angetrunkener wurde. »Klingt sehr geheimnisvoll, Tack 2000.«

»TA.K.C. 3000. Genau weiß ich es auch nicht«, meinte Lugstetter. »Es hat etwas mit Ortungs- und Spionagesatelliten zu tun, die in der Umlaufbahn schweben. Dessen Daten werden irgendwie in den taktischen

Chip eingespeist und mit den Signalen der FSE abgeglichen. Sich in Zukunft effektiv in unzugänglichen Gebieten zu verstecken wird unmöglich sein.«

»Verfraggter Drek«, staunte Sparkplug und verschüttete vor lauter Überraschung seinen Sekt. »Das ist ja richtig unfair.«

»Alles andere werden Ihnen die Experten von DrakenSys erklären. Die sind zuständig für den militärischen Kram, also fragen Sie mich nicht weiter und genießen Sie ...«

»Sagen Sie bloß nicht ›die Aussicht‹, sonst eskaliere ich«, drohte der Elf. »Warum vergisst eigentlich jeder, dass ich nichts sehe?«

Seattle, Puyallab Barrens, 29. 07. 2057 AD, 10.32 Uhr

»Weiß jemand, was Koniferen sind?«

»Das sind Meister ihres Faches«, meinte Poolitzer, während er die Kamera schulterte und einen Schwenk über die Gruppe machte, die in einer Seitengasse an der Kreuzung stand. »Also so etwas wie ich.«

Ultra prustete los. »Nee, Junge. Hier steht, dass Koniferen Nadelhölzer sind.«

»Das Wort, das die alte Fichte sucht, lautet Koryphäe«, bemerkte Cauldron grinsend. Poolitzer wurde rot.

»Das wusste ich«, log er und schlenderte zur Ecke, um die Szenerie abzufilmen. Die Kreuzung lag wie ausgestorben vor ihnen.

Cauldron betrachtete das Gesicht der Mechanikerin, auf dem sich die Sorge um Sparkplug deutlich abzeichnete. Unermüdlich kaute sie an ihren Fingernägeln, und als diese abgekaut waren, bearbeitete sie ihre Unterlippe. Beruhigend legte die Magierin ihre Hand auf die Schulter der jungen Frau und schenkte ihr ein Lächeln.

Doch die Geste bewirkte nichts, Twing führte sich auf wie ein unruhiges Tier.

»Bei dem ganzen Stress ist meine Vorbereitung auf ›Quizz it‹ beinahe ausgefallen«, ärgerte sich der Troll und scrollte die nächste Frage auf den Bildschirm des Palmtop. »Ist ein Delfin ein Fisch oder ein Säugetier?«

»Fisch«, sagte Hustle nach kurzem Nachdenken.

»Säugetier«, meinte Poolitzer überlegen.

Das Gesicht Ultras verfinsterte sich. »Die Batterien sind leer.«

»Allen freien Geistern sei Dank«, entfuhr es der Magierin.

»Wie komme ich jetzt an meine Antwort?«, beschwerte sich der Troll. »Wenn ich bei ›Quizz It‹ mitmache und die genau das wissen wollen, was tu ich dann?«

»Sag einfach, dass dein Computer kaputtging«, schlug der Ork vor. »Oder sag ›Fisch‹, das stimmt.«

»Dann fliegst du aber raus«, warnte der Reporter und kehrte zu den beiden zurück. »Ein Delfin ist ein Säugetier. Oder hast du mal einen Delfin mit Kiemen gesehen?«

»Ich habe noch niemals einen Delfin gesehen«, meinte Hustle genervt. »Die kommen ganz selten in den Barrens vorbei, weißt du? Wale sind Säugetiere, Delfine nicht.«

»Das war aber nicht die Frage«, beharrte Ultra.

»Das ist mir scheißegal«, brach es aus dem orkischen Straßensamurai hervor. »Ich weiß es aber.«

»Delfine gehören zur Familie der Wale«, ließ Poolitzer nicht locker, der die Niederlage mit der ›Koryphäe‹ ausmerzen wollte.

»Und was ist mit dem Walhai?«, wollte der Troll wissen. »Ich hatte gestern eine Antwort, die besagte, dass der Walhai kein Säugetier ist.« Er schaute fragend in die Runde.

»Äh«, machte Poolitzer, »ist das nicht ein Hai und kein Wal? Der frisst doch nur kleine Schwebeteile im Wasser, oder?«

»Quatsch!« Der Ork lachte siegessicher. »Alle Haie fressen Menschen und Fische. Du verzapfst Unsinn, Snoop. Wale hingegen sind friedlich.«

»Und was ist mit dem Killerwal?« Genüsslich betonte der Reporter das letzte Wort. »Meinst du, der heißt so, weil er alten Omas über die Straße hilft oder Pfadfinderkekse verkauft? Nein, mein Bester. Der reißt Tauchern den Arsch auf.«

»Tut er nicht.« Hustles Nackenmuskulatur spannte sich, er trat die Flucht nach vorne an. »Der Killerwal ist in Wirklichkeit ein Hai. Das haben sie in der Glotze gebracht.«

Poolitzer brach in schallendes Gelächter aus. »Ja, welcher Sender denn? Blöd-TV? Kanal Debil?«

»Was ist denn debil?«, wollte Ultra sofort wissen. »Das habe ich noch nie gehört. Für ›Quizz It‹ …«

Ein Blitzschlag knallte zwischen ihren Füßen nieder. Erschrocken sprangen sie auseinander.

»Haltet endlich die Klappe, Chummers«, sagte Cauldron mit mörderischem Blick. »Ihr macht mich wahnsinnig. Außerdem ist das momentan wirklich schnurz.«

Die drei Männer verzogen das Gesicht und schwiegen.

Poolitzer hustete, was entfernt nach ›Säugetier‹ klang, Hustle rülpste augenblicklich ›Fisch‹, aber mehr wagten sie nicht mehr.

Unglücklich, weil er immer noch keine Antwort erhalten hatte, hockte der Troll auf einem Müllcontainer und bohrte sich in der Nase. »Wenn ich wegen euch rausfliege, versohle ich euch den Hintern«, brummte er.

»Hey, er schafft das«, sagte die Magierin zu Twing. Sie bemerkte, dass ihre Freundin den Ring an einer

Kette um den Hals trug. »Er wird sich das Schmuckstück noch abholen müssen.«

»Ich glaube, ich besorge sofort einen Priester und lasse uns trauen«, antwortete die Mechanikerin leise und fuhr sich mit beiden Händen durch die blauen Haare. *Oder bringt die Absicht zu heiraten allen Unglück?*

Cauldron setzte sich neben sie, damit sie sich anlehnen konnte. Sie warteten schweigend. Poolitzer erneuerte die Akkus, Hustle erklomm die Feuerleiter und überwachte den Bereich vom Dach eines baufälligen Gebäudes aus.

Doch von Doc Brown und Sparkplug fehlte jede Spur.

»Mir langt's. Ich höre lieber mal nach.« Als Twing in der Schattenklinik anrief, kam sie zu allem Überfluss nicht durch. »Die Leitung ist tot«, raunte sie mit aufgerissenen Augen.

»'s is bestimmt was passiert«, prophezeite der Troll düster. »Man braucht nich so lange bis hierher.«

»Doch, braucht man«, widersprach Hustle von oben. »Die Barrens liegen zwar nicht am anderen Ende der Stadt, aber es ist fast ein kleines Wunder, dass wir rechtzeitig hier waren.« Er schaute zu Twing. »Keine Sorge, die schaffen das schon.« *Hoffe ich zumindest.*

Ein kleiner, gelblich leuchtender Ball erschien vor der Magierin und hüpfte aufgeregt.

»Da sind welche, Herrin, da sind welche! Sieben Stück, sie sind beim Doc und haben nach dem Rigger gefragt. Das war's. Mein Dienst ist beendet. Tschüs.« Der Watcher verschwand so schnell, wie er gekommen war.

»Das hat uns noch gefehlt.« Der Ork verließ seinen Aussichtspunkt.

»Ich gehe besser mal nachsehen, bevor wir falsche Schlüsse ziehen«, sagte Cauldron, lehnte sich in den Sessel und erschlaffte.

Es verging einige Zeit, bevor der Geist der rothaarigen Frau in den Körper zurückfuhr. »Die ganze Klinik brennt. Draußen ballern die MIBs auf irgendwelche Läufer, ein paar Magier decken die Samurai mit Sprüchen ein und hätten mich um ein Haar auch noch erwischt.« Caudrons weißes Gesicht sah traurig aus. »Von Sparkplug fehlt jede Spur. Im Keller brennt es ebenfalls. Ich konnte nicht viel erkennen, weil mich der andere Magier bedrängt hat.«

»Du hättest ein Elementar anstelle eines Watchers abstellen sollen.« Twing sprang von der Ladefläche, klemmte sich hinters Steuer und startete den Motor, aber Hustle, der ihr Vorhaben erahnt hatte, würgte die Maschine ab.

Die anderen stiegen vorsichtshalber ein.

»Nein, wir werden nicht hinfahren und uns abknallen lassen. Denk nach, Twing. Das sind mehr, als wir uns derzeit zumuten können.« Der Orksamurai sprach ruhig, aber nachdrücklich. »Wir finden raus, wo sie sind, und befreien ihn.«

Poolitzer kramte sein Telefon hervor und begann ein leises Gespräch.

»Lass den Lenker los«, verlangte die Mechanikerin hysterisch, aber der Ork schüttelte den Kopf.

Ihre Augen wurden schmal, dann zuckte ihre Hand vor und klatschte in Hustles Gesicht. »Lass los!«, schrie sie.

Der Orksamurai schaute böse, sagte aber nichts, die kräftigen Finger umschlossen weiterhin das Steuer.

Als Twing mit beiden Fäusten auf ihn einschlagen wollte, griff Ultra ein und zog sie einfach nach hinten, hielt ihr die Arme fest und schüttelte sie ordentlich durch.

»Mann, hör doch auf. Hustle hat Recht.« Er ließ sie los.

Twing schluchzte und warf sich auf die Polster der

Rückbank. Sie stieß die Magierin weg, die sie trösten wollte.

Poolitzer klappte sein Telefon zu. »Okay, Kollegen, ich habe mich erkundigt. Das waren Kopfgeldjäger, die sich die Prämie unter den Nagel reißen wollten. Lone-Star hat inzwischen Wind davon bekommen und ist auf dem Weg zur Klinik.«

»Schöner Drek«, murmelte Cauldron. »Und nur zu deiner Information, Twing, ich habe keinen Dienst mehr übrig. Den Flammenelementar habe ich nach der Sache bei ›Generalis Im- und Export‹ auf die Cops gehetzt, schon vergessen?« Sie wandte sich an die anderen. »Also, ich bin dafür, dass wir Hellmann anrufen und ihr die Sache erzählen. Was bleibt uns denn anderes übrig?«

»Es wird das Beste sein«, stimmte der Ork zu, auf dessen rechter Wange rote Fingerabdrücke zu sehen waren. »Ich weiß nicht, was wir sonst tun sollten. Hotwire wird sich um den Laptop aus dem Büro kümmern, und wir überreichen die Ergebnisse der Elfin. Vielleicht kann sie uns helfen.«

»Ich bin ganz durcheinander.« Ultra knüllte verzweifelt seine Hauptmannsmütze. »In so 'ner Lage war'n wir noch nie. Ich leg mich mit 'ner Familienpackung Ganger an oder mach andere Kerls fertig, aber das is mir zu kompliziert.«

»Wer ist gegen den Plan?«, fragte die Magierin, aber keiner erhob Einspruch.

Die Mechanikerin setzte sich auf und wischte die Tränen mit einer linkischen Bewegung aus den Augenwinkeln. Poolitzer reichte ihr wortlos ein Taschentuch.

»Wir besuchen Hotwire. Oder soll ich lieber fahren?«, bot Hustle an.

Twing schaute trotzig, kletterte nach vorne und ließ den Motor an. »Es geht schon wieder.« Sie steuerte das

Fahrzeug auf die Straße in Richtung Zweitversteck des Deckers.

Aus dem Nieselregen wurde ein ständiger Strom. Die Wischblätter arbeiteten auf Hochtouren.

»Bitte entschuldige«, sagte sie nach einer Weile zu dem Ork. »Es ist nur so, dass ich mir große Sorgen um Sparkplug mache. Wenn ihm das Gleiche wie Bullet passieren sollte, werde ich den Rest meines Lebens nicht mehr froh.«

»Keine Sorge. Wir werden ihn rechtzeitig rausholen«, beruhigte Hustle. »Du wirst sehen, Hellmann wird uns weiterhelfen.«

»Hoffen wir das Beste«, bemerkte Cauldron spitz von hinten. *Ich habe das Gefühl, dass sich Fuchi nicht so anstrengt, wie es sein sollte.*

»Wir werden sehen. Hotwire wird den Laptop bis auf das kleinste Bit unter die Lupe nehmen. So bedeutungslos kann das Gerät nicht gewesen sein, und die Daten kann er sich kopieren. Wenn er Glück hat, sind es jede Menge Paydatas.« Hustle packte den Griff seiner Waffe. *Hoffentlich kommt uns kein Abfangkommando von Dynamix entgegen.*

»Auf die Schwester bin ich gespannt«, meinte der FNS-Reporter. Sein Jagdeifer war geweckt, auch die Nase juckte seit einiger Zeit vielversprechend. »Ich hätte Fuchi um ein Haar schon früher mit der Sache konfrontiert, aber dann kam dieses Muskelpaket und hat mein Studio als Warnung ...«, er schnaubte das Wort heraus, »... zerlegt. Mal sehen, was das Spitzohr so alles weiß.« *Und vor allem, was sie uns sagen wird.*

»Du wirst die Kamera brav zu Hause lassen«, empfahl der orkische Straßensamurai. »Sonst wirst du vermutlich keinen Fuß in die Arc setzen dürfen.«

»Ganz blöd bin ich auch nicht«, gab Poolitzer zurück und ordnete den schwarz-weißen Bart. »Dank meines phänomenalen Gedächtnisses werde ich mir alles merken können. Manche sagen sogar, ich hätte ein fotografisches Gedächtnis.« Er grinste breit, als ob er einen guten Witz gemacht hätte. »Keine Angst. Ich werde mir die Chance auf meine beste Story nicht versauen.«

Der GMC Bulldog rauschte über die regennassen Straßen. Die Scheibenwischer produzierten ein monotones, einschläferndes Geräusch, das Ultra und die Magierin eindösen ließ.

»Hattet ihr schon öfter mit Kons zu tun?« Der Reporter suchte den Behälter für die Kontaktlinsen und nahm die violetten Sehhilfen heraus, nur um sie gegen grünweiß-karierte auszutauschen. »Das ist echt eine verzwickte Sache, oder?«

Hustle schaute gedankenverloren geradeaus und tippte immer wieder gegen einen hervorstehenden Zahn, während Twings Sorge um ihren Elf wuchs.

»Hallo?«, versuchte es Poolitzer erneut. »Ihr müsst nicht mit mir reden, wenn ihr nicht wollt.«

Die Läufer blieben stumm.

Der Reporter resignierte seufzend und schloss die Augen. »Säugetier«, murmelte er.

Die Gedanken der Mechanikerin überschlugen sich. *Ein unbedeutender Spielball zwischen den Kons. Ein scheiß Gefühl. Bitte, große Riggermaschine, Sparkplug darf nichts geschehen.*

Die junge Frau mit den blauen Haaren unterdrückte die Tränen und stimmte Cauldron zu. Gerckes Ableben war nicht genug, nur Trinkgeld, sozusagen.

Jemand wird diese fette Rechnung, die wir offen hatten, komplett bezahlen. Und derzeit heißt dieser jemand Cyberdynamix.

X.

Seattle, Downtown, 30. 07. 2057 AD, 21.43 Uhr

Die getönten Scheiben des Großraumbüros verwandelten den Sonnenuntergang in ein atemberaubendes Spektakel aus unterschiedlichen Rot- und Gelbtönen. Das warme Licht durchflutete das Zimmer und überzog alle Gegenstände mit einem goldenen Schimmer.

Die silbrigen Haare der Elfin, die am Kristallschreibtisch saß, glänzten, reflektierten die Strahlen und verliehen der Metamenschin etwas Übernatürliches.

Während sie mit zusammengezogenen Augenbrauen den Bericht auf dem Computerdisplay las, saßen die vier Schattenläufer im Raum verteilt und warteten ab.

Ultra blätterte in einer Zeitschrift, die Mechanikerin hatte den Kopf in die Hände gestützt und starrte geistesabwesend auf den teuren Teppich.

Cauldron stand unbeweglich an dem riesigen Fenster und betrachtete die Skyline Seattles, die Arme hinter dem Rücken verschränkt. Poolitzer war vor etlicher Zeit auf die Toilette verschwunden und seitdem nicht zurückgekommen.

Hustle beobachtete interessiert die bunten Zierfische im Aquarium, das so groß war wie eine Badewanne für Trolle.

»Blubb, blubb. Fischi, Fischi, Fischi«, brabbelte er halblaut.

Neugierig schwammen die Tiere näher und glotzten den Ork an.

Nach zehn Minuten konnte er sich nicht länger beherrschen und tippte mit dem Zeigefinger gegen das Glas.

Erschrocken stoben die Fische nach allen Seiten davon, flüchteten sich ins Seegras oder tauchten zwischen den Gesteinsbrocken ab.

»Ich wäre Ihnen sehr dankbar, wenn Sie meine Lieblinge in Ruhe lassen würden, Mr. Hustle. Die Fische sind sehr schreckhaft und kostspielig. Außerdem fällt mir die Konzentration bei Ihrem Klopfen und Gemurmel sehr schwer.« Die Exec langte nach dem Glas, das einen 2037er Bordeaux enthielt. »Geben Sie mir noch ein bisschen Zeit, ich bin gleich so weit.«

Der Ork nickte schuldbewusst und setzte sich neben Ultra.

Ein Bediensteter brachte ein Tablett mit Getränken und reichte es herum. Im Schlepptau kam der Reporter, der sich gerade die nassen Hände an der Hose trocken wischte.

»Haste nich zielen können?«, fragte Ultra und gluckste dumpf.

»Ich habe mich in der Toilette verlaufen, so groß ist die«, berichtete Poolitzer grinsend. Die Smileykontaktlinsen schienen noch breiter zu lachen. »Deshalb hat es ein bisschen länger gedauert.«

Hellmann lächelte, schaltete das Display aus und lehnte sich in den komfortablen Sessel.

»Herrschaften, zurück zur Sache. Die Angelegenheit sieht für keinen von uns gut aus, wenn die Informationen aus Gerckes Laptop stimmen«, begann die Elfin. »Fuchi hat nicht nur meinen Bruder und damit einen exzellenten Wissenschaftler verloren, auch die Spionagearbeit der letzten Jahre war umsonst. Ein millionenteures militärisches Produkt wird von unserer Konkurrenz auf den Markt gebracht und unsere Aktien in den Keller treiben. Nicht nur, dass Fuchi immense Einbußen hätte, wir würden auch unser Gesicht verlieren.« Sie nippte äußerst elegant am Wein. Die Flüssigkeit leuchtete dunkelrot im Glanz der untergehenden Sonne. »Jahrelang hinkte Cyberdynamix unseren Forschungen hinterher, und auf einen Schlag präsentieren die Deutschen zusammen mit DrakenSys ein Gerät, das innovativer nicht sein kann. Eine peinliche Sache für unseren Kon, Herrschaften.« Hellmann schaute von einem zum anderen. »Jeder von uns hat zudem eine persönliche Rechnung mit Cyberdynamix offen, und deshalb hat die Geschäftsführung einen Entschluss gefasst: Wir werden Sie in die ADL bringen.«

»Wie soll das denn gehen?« Cauldron drehte sich um. »Ich kann kein Deutsch.« *Und das ist noch das kleinste Problem.*

Die Exec produzierte ein erprobtes Verhandlungslächeln. »Wir werden Sie alle einem Intensivtraining unterziehen, das Sie innerhalb eines Monats befähigt, sich auf fremdem Terrain zurechtzufinden. In der Zwischenzeit werden unsere Informanten herausgefunden haben, wo die Tests mit Ihrem Freund durchgeführt werden. Es mag vielleicht nicht sehr taktvoll klingen, aber der Umstand, dass der Prototyp von meinem Bruder verändert wurde, ist für Mr. Sparkplug lebensrettend. Und je länger die Cyberdynamix-Forscher benötigen, um hinter die Konstruktion zu kommen, umso mehr Zeit haben wir und Ihr Freund.«

»So wie Sie das sagen, hört sich alles sehr einfach an«, brummte Hustle, nahm Ultra wortlos die Zeitschrift aus der Hand und legte sie zurück auf den Tisch.

»Ja, aber der Text war gerade so spannend. Die hatten ein Kreuzworträtsel, das ich für meine Vorbereitungen …«, protestierte der Troll, schwieg aber, als er den Blick des anderen Straßensamurais bemerkte.

Hellmann ignorierte die Unterbrechung und nutzte die Gelegenheit, um vom Wein zu nippen. »Wenn wir Sie in die ADL schicken, hätte es für uns den Vorteil, andere nicht hineinziehen zu müssen und somit nicht zu riskieren, dass Fuchis Verstrickung in die Angelegenheit bekannt wird. Für Sie hätte es wiederum den Vorteil, dass Sie mit den Verantwortlichen abrechnen können. Wir erwarten, dass Sie sich wie Profis verhalten und uns die FSE sowie den Chip beschaffen. Von unserer Seite aus haben Sie bei Ihrer Vorgehensweise freie Hand, soweit der Auftrag erfüllt wird.«

»Und was passiert, wenn Sparkplug den Prototyp noch eingebaut hat, wenn wir ihn bei Cyberdynamix rausholen?«, wollte Twing wissen. »Garantieren Sie dafür, dass Sie sein Gehirn nicht beschädigen, wenn Ihre Wissenschaftler das Teil entfernen?«

Die Elfin schüttelte den Kopf. »So Leid es mir tut, aber eine Garantie kann ich Ihnen nicht geben. Allerdings glaube ich nicht, dass Cyberdynamix ein echtes Interesse daran hat, Ihren Freund am Leben zu lassen. Er wird vermutlich als Testkaninchen benutzt, ausgeschlachtet und hinterher entsorgt. Wir dagegen, Herrschaften, haben einen Deal. Und an Vereinbarungen halten wir uns.«

»Könnten wir uns darüber kurz beraten?« Die Mechanikerin schaute von einem zum anderen.

Hellmann erhob sich. »Aber sicher. Dafür habe ich größtes Verständnis. Sie finden mich draußen im Aufenthaltsraum, wenn Sie zu einem Entschluss gekommen sind.«

Die Exec verließ den Raum, und die schallgedämpfte Tür fiel ins Schloss.

»Ich mache auf alle Fälle mit, und wenn ich alleine zu den Deutschen muss«, fing Cauldron an, während sie ihre Spitzenhandschuhe nachzog. *Ich will den anderen Typen schnappen.*

»Ich weiß nicht so recht«, zweifelte Hustle und schenkte sich ein Glas Bier ein. »Wir kennen uns nicht in den ADL aus und sollen auch noch einen erfolgreichen Lauf hinter uns bringen. Glaubt ihr, dass wir gute

Chancen haben? Es ist immerhin ein Heimspiel für Cyberdynamix.«

»Andererseits rechnen sie nicht damit, dass wir kommen«, warf Twing ein. »Wir sind doch die einzige Chance, die Sparkplug hat.«

»Aber dass Fuchi jemanden hinterher schickt, dürfte dem Kon klar sein.« Der Ork unterdrückte ein lautes Rülpsen. »Einfach ist es bestimmt nicht, und auffallen werden wir dort drüben mit Sicherheit.«

»Wenn man euch so zuhört, dann könn'n wir's gleich bleib'n lass'n.« Ultra bohrte sich im Ohr. »Dabei ham wir viel härtere Sachen gemacht, wisst ihr noch? Und damals ging's nur um Kohle, jetzt hat's aber was mit Ehre zu tun. Die Säcke haben Bullet auf dem Gewissen und Sparkplug geschnappt. Was glaubt ihr denn, was mit unser'm Chummer passiert, wenn die Deutschen wiss'n, wie das Dings funktioniert, hm?« Er knickte den Stift in der Mitte durch. »Dann war's das für ihn, und wir müss'n uns dann Vorwürfe mach'n. Nee, ohne mich. Ich geh mit Cauldron.«

»Es stimmt schon, was er sagt«, erklärte Hustle. »Das sind wir ihm schuldig. Kommst du auch mit, Poolitzer?«

Der Reporter hatte die Unterredung wortlos verfolgt, das Kinn auf die Handfläche gestützt. Er überlegte. »Es sieht so aus, als ob ich den Rest meiner Story nur in den ADL zusammenbekomme, oder? Da wird mir nichts anderes übrig bleiben, als euch über den Teich zu begleiten. Vielleicht öffnet der Presseausweis ein paar Türen.«

»Die zum Ausgang«, schätzte Cauldron spöttisch. »Nein, im Ernst. Ich denke, dass wir dich gut gebrauchen können.« Die Magierin lächelte schwach. »Dann ist ja alles geklärt. Ich hole Hellmann.«

Die junge Frau verschwand. Ihre roten Haare wehten wie eine Fahne hinter ihr her.

»Sie is noch blasser als sonst«, flüsterte der Troll Hustle ins Ohr. »Ich mach mir Sorgen.«

»Ich hätte niemals gedacht, dass der Tod von Bullet ihr so nahe geht. Wenn ich mich erinnere, wie sie sich immer angeschrien haben.« Der Samurai legte die Stirn in Falten.

»Die Sache war ernster, als wir alle geglaubt haben«, erklärte Twing. »Ich habe mich mit ihr im Club darüber unterhalten. Sie wollten heiraten.«

»Oh, Shit«, stöhnte der Ork auf. *Jetzt wird mir so einiges klar. Ich hoffe, sie ist Profi genug, um sich im Griff zu haben.*

Die Tür öffnete sich, die Exec und Cauldron kamen zurück.

»Ich habe Ihre Entscheidung mit Freuden vernommen«, strahlte die Elfin. »Wir werden umgehend mit dem Training beginnen, damit Sie Ihren Freund in Kürze zurückholen können. Und ich mache Ihnen einen zusätzlichen Vorschlag. Als Ausgleich dafür, dass Cyberdynamix meinen Bruder getötet hat, möchte ich, dass Sie so viele Einrichtungen dieses Kons wie möglich in die Luft jagen.« Ihre schlanken Finger tippten auf die Tastatur ein. »Sie erhalten von mir pro zerstörtem Labor, Büro oder etwas in der Art 20000 Nuyen zusätzlich. Treffen Sie die Deutschen dort, wo es Ihnen richtig wehtut, Herrschaften.« Sie hob ihr Rotweinglas. »Auf Ihre Mission. Kommen Sie lebend und mit dem Prototyp zurück.«

Ein Mann in Geschäftsanzug mit aalglatten Gesichtszügen und durchschnittlicher Figur trat ein.

»Das ist Mr. Herberts. Er wird Sie durch das Spezialtraining führen. Mich sehen Sie wieder, wenn Sie aus den ADL zurückgekehrt sind. Eine kleine Motivation habe ich außerdem für Sie.« Hellmann steckte eine Hand in die Tasche. »Nach einer Unterredung mit ein paar einflussreichen Leuten hat LoneStar sich dazu entschlossen, nach den neuen Verdächtigen in diesem Fall zu fahnden. Die Männer werden außerdem wegen Amtsanmaßung gesucht. Die CIA wurde bereits benachrichtigt.«

»Na, da kommen wir doppelt so gerne zurück«, erwiderte Hustle grinsend.

Der Mann deutete eine leichte Verbeugung an. »Kommen Sie bitte mit. Wir werden Ihre Sachen von zu Hause abholen und morgen mit der Einweisung beginnen.«

»Isser gut?«, fragte Ultra die Elfin leise.

»Glauben Sie mir, Sie werden hinterher denken, Sie wären in den ADL zur Welt gekommen, Mr. Ultra«, antwortete Hellmann augenzwinkernd. »Viel Spaß. Ach ja, Mr. Poolitzer.« Sie sah dem Reporter eiskalt in die Augen. »Wenn auf irgendeinem Kanal mein Name, mein Gesicht oder der Name Fuchi in Zusammenhang mit diesem Fall gebracht werden sollte, werden Sie Ihres Lebens nicht mehr froh. Eine gelungene Präsentation der Fakten würde dagegen selbstverständlich gut honoriert. Wir haben uns verstanden?«

Poolitzer blieb ihr die Antwort schuldig und deutete stattdessen auf das Aquarium. »Sagen Sie, Ms. Hellmann, Sie scheinen sich mit Fischen auszukennen.« Er grinste. »Ist ein Delfin ein Fisch oder ein Säugetier?« Cauldron stöhnte auf.

Die Exec runzelte die Stirn. »Muss ich den Anlass Ihrer Frage verstehen?«

»Es ist wirklich wichtig.« Der Troll nickte begeistert und hob den Daumen in die Richtung des Reporters, um zu zeigen, dass er die Frage voll unterstützte. Hustle verschränkte die Arme vor der Brust. »Ich muss das wissen, wegen ›Quizz It‹.«

Der Reporter lachte. »Denken Sie bitte nicht darüber nach, antworten Sie einfach.«

»Ein Säugetier«, sagte die Elfin und kniff die Augen zusammen. »Das weiß doch jeder.«

»Pah«, machte der Ork und wandte sich abrupt um.

»Danke sehr.« Poolitzer verbeugte sich vor der Exec und verließ mit den anderen das Büro.

Nachdenklich schaute Hellmann zu ihrem Aquarium. *Es stimmt, was mein Bruder immer sagte. Schattenläufer sind eine seltsame Spezies.*

Matrix, 03. 08. 2057 AD, 21.43 Uhr

Das Stück Feta auf zwei Beinen mit der Sonnenbrille auf der Nase und der Umhängetasche sah sich im Burghof um, entdeckte jedoch in der Umgebung nichts von Interesse. Selbst die Hundehütte neben dem Eingang war leer. Und dennoch befand es sich am Ende seiner Reise.

Der Wächter des Tors hatte es passieren lassen, nachdem es die Losung nannte.

Beiläufig kontrollierte der Ziegenkäse die anderen Durchgänge, doch Gatter aus flirrender Energie versperrten den Weg. Die Hitze, die von ihnen ausging, ließ den Feta hastig zurückweichen.

Ratternd hob sich die Zugbrücke. Der Durchgang schloss sich und verwandelte sich in ein Burgtor aus zuckendem, pulsierendem Licht.

Der Ziegenkäse verzog missbilligend den Mund.

Eine Tür im Wachturm wurde geöffnet. Giftgelber Nebel waberte heraus und wehte auf den Feta zu. »Es freut mich, dass Sie es geschafft haben«, kam eine Stimme aus den Schwaden.

»Kalispéra.« Der Feta deutete auf den Ausgang. »Ich finde das nicht witzig.«

»Wir haben uns nach außen stärker abgesichert. Das hier werden Sie noch weniger witzig finden«, sagte der Nebel. Aus der Hundehütte schoss ein Bluthund heraus, schnupperte an dem Feta und lief los, die Nase dicht über dem Boden. Mühelos passierte das Tier die Barriere aus reiner Energie. »Aber seien Sie versichert, es ist nur eine Vorsichtsmaßnahme. Aufspüren wird ja wohl noch erlaubt sein.«

»Óchi«, meinte der Käse. »Aber wen interessiert schon meine Meinung. Kommen wir zum Geschäft.«

»Ein gutes Stichwort«, stimmte der Nebel zu. »Sie traten an uns mit einer Offerte heran, wie mir unser Kontakt mitteilte? Sie sind im Begriff, sich wirklich große Feinde zu machen, wissen Sie das?«

»Sie sind der erste Sararimann, der sich dafür interessiert«, sagte der Feta erstaunt. »Aber ich versichere Ihnen, dass ich auf die Fuchis einen uralten griechischen Salat gebe.«

Der Nebel lachte samten. »Ich möchte nur, dass Sie sich der Gefahr bewusst sind. Nicht dass Sie uns später die Ohren voll jammern, wenn man Ihnen auf den Hacken ist. Nun die Informationen, bitte.«

»Erst eine Summe«, verweigerte der Ziegenkäse die Auskunft. »Die Infos, die ich Ihrem Kontaktmann gegeben habe, müssten Ihnen zeigen, was da für Sie zu holen ist.«

Die wabernden Schwaden schwiegen. Dann entstand wie aus dem Nichts die Zahl ›3000‹ in der Luft und umschwebte den Feta wie eine lahme Biene. Gleichgültig verfolgte er ihren Flug.

»Óchi«, meinte er nur knapp.

Eine weitere Null erschien daraufhin und reihte sich in die Aufzählung.

»Das wäre die Anzahlung«, meinte der Nebel. »Wenn es tatsächlich das Material ist, das Sie uns in Aussicht stellten, legen wir das Doppelte noch einmal drauf. Ich verhandele nicht. Nehmen Sie an oder lassen Sie es bleiben.« Zwei Ritter in flammender Rüstung traten aus dem Schatten der Burg und zückten ihre Schwerter. »Das Bleibenlassen ist allerdings mit ein paar Schwierigkeiten verbunden.«

Der Ziegenkäse überlegte nicht lange. »Einverstanden. Sie können das ICE zurückpfeifen, bevor ich es auseinander nehmen muss. Nehmen Sie die Buchung vor. Wir warten so lange, bis ich die Überweisung gecheckt habe.«

Der Käse nahm eine kleine Olive aus der Tasche und ließ sie laufen. Es knisterte, als sie das Burgtor durchschritt, aber sie kam durch. Sie stand eine Weile stumm auf der anderen Seite.

Nach kurzer Zeit kehrte die Olive zurück und hopste in die Tasche.

Schließlich nickte der Ziegenkäse. »Gut. Die Gruppe kommt in Frankfurt an, 29. 09. 2057 um 13.45 Uhr, Terminal D, Flugsteig 17.« Er reichte einen Umschlag in den Dunst. »Das sind die falschen SINs und alle Infos, die ich besorgen konnte. Alles andere liegt nun an Ihnen und Ihren Experten.« Der Käse rückte die Sonnenbrille zurecht. »Sie werden Ihnen aber nichts tun?«

»Vielen Dank. Nein, das überlassen wir anderen«, meinte der Nebel zufrieden. Die Ritter verschwanden so schnell, wie sie gekommen waren. »Sollten Sie uns allerdings hinters Licht führen wollen, denken Sie immer daran, dass wir alles auf Sie hetzen werden, was wir in der Matrix finden können. Nur noch einmal als Hinweis.«

»Ich würde mit denen locker fertig«, meinte der Feta grinsend. »Im Netz bin ich unschlagbar.«

Die weißen Schwaden bewegten sich lachend auf den Ausgang zu und verschwanden. »Dann zeigen Sie mal, ob Sie tatsächlich so gut sind«, hallte die Stimme durch den Burghof. Im gleichen Moment änderten die Energiegitter ihre Farben und schimmerten orange. »Sie haben nun Gelegenheit, sich zu beweisen. Sehen Sie's als kleine Übung.«

Der Feta fluchte und kramte einen Feuerlöscher aus seiner Umhängetasche. »Sie werden sich wundern, wie ich Ihnen die Hütte einreiße. Ich bin der Feta mit echter Griechenpower.«

Nach einer Stunde sandte er ein Hilfesignal. Ein lachender Torwächter gab den Ausgang frei …

Verärgert stieg Hotwire aus dem Netz.

Aber der Anblick des Kontostands, den er noch einmal abrief, ließ ihn sofort besserer Laune sein.

Das feiere ich mit einer Familienpizza im Hioto, dachte er und stand auf. *Wie immer auf Rechnung von Ultra.*

Seattle, Redmond Barrens, 03. 08. 2057 AD, 21.50 Uhr

Piers und Jeroquee, gekleidet in ihre übliche Jagdmontur und jeweils ein Seil umgelegt, blickten nach oben zu der Luke in dem riesigen Überlaufbecken, die dem ehemaligen Straßensamurai einige Tagen zuvor schon aufgefallen war.

Überreste von den toten Ghulen konnten sie nicht finden. Offenbar hatten ihre Artgenossen sie davongeschleppt und in die Vorratskammer bugsiert.

»Es war gut, dass wir ein wenig gewartet haben«, sagte Piers, eine Magnesiumfackel in Händen haltend. »Die Leichenfresser haben sich anscheinend zurückgezogen.«

Die Frau mit den dunklen Locken schaute sich um. »Ich traue dem Frieden nicht.«

»Glaub mir, sie haben entdeckt, dass ihr Versteck nichts mehr Wert ist und haben sich abgesetzt«, blieb Piers bei seiner Meinung. *Ich wette, sie sitzen auf irgendeiner Müllkippe und knabbern das Fleisch von den Knochen ihrer Artgenossen.* »Aber dem eigentlichen Rätsel sind wir keinen Schritt näher gekommen. Das bringt uns zu der Frage, warum der Raum auf dem Plan markiert war. Weshalb hat ein Schamane den beschwerlichen Weg durch die Kanalisation auf sich genommen?«

»Du meinst, wir müssen da hinauf?« Jeroquee deutete zu der kleinen Klappe. »Was könnte sich dort befinden?«

»Wir werden sehen.«

Ihr Mentor suchte sich zwei gegenüberliegende Stahlleitern aus und klinkte die Enden seines Nylontaus jeweils an der obersten Sprosse mit Karabinerhaken fest, sodass das Seil etwa einen Meter unter der Luke entlanglief.

Wortlos schlüpften die Ghuljäger nacheinander ins Klettergeschirr, sich gegenseitig sichernd, und hangelten sich am Tau unter die Luke.

Ein Feuerstoß der AK-98 zerstörte den Verschluss der kleinen Klappe, die sofort aufsprang. Dahinter leuchtete Jeroquees Taschenlampe in eine senkrecht aufsteigende Röhre, in der sich Klettersprossen befanden.

»Zeit, den Akrobaten in mir rauszulassen«, verkündete die Jägerin, erklomm das schwankende Seil, ging in die Hocke und hakte ihr Geschirr aus. »Tu mir einen Gefallen und bleib ganz ruhig.«

Mutige, kleine Verrückte. Mit angehaltenem Atem beobachtete Piers seine Schülerin.

Jeroquee stand vorsichtig auf und verschwand in der Luke.

Sie packte die Eisengriffe und zog sich in den kaminbreiten Schacht, bis ihre Füße auf den Metallstücken standen. Danach sicherte sie sich mit einem Karabinerhaken.

»Ich lasse dir mein Seil runter«, rief sie. »Ältere Menschen sollen solche Kunststückchen nicht mehr machen.«

»Sehr witzig«, antwortete Piers. »Mach schon.«

Während die junge Frau das eine Ende an einer

Sprosse befestigte, meinte sie aus der Dunkelheit über sich ein leises Geräusch gehört zu haben. Sie stockte, eine Hand ruckte an die Browning Max-Power unter der Achsel. Dann kehrte Ruhe ein.

Wunderbar. Wenn jetzt etwas runterfällt, kann ich nicht einmal ausweichen. Die unangenehmen Erinnerungen an den Ritt durch die Abwasserröhren waren noch bestens in ihrem Gedächtnis. Deshalb hatte sie dieses Mal auf alle langen Waffen verzichtet und nur Pistolen mitgenommen.

»Was ist?«, erkundigte sich der Ghuljäger besorgt.

Sie ließ das Seil herab. »Nichts«, erwiderte sie. »Du kannst kommen.«

Als sich ihr Mentor ebenfalls in den engen Schacht gepresst hatte, wollte er die Führung übernehmen. Doch der Platz reichte nicht aus, dass er an seiner Schülerin vorbeigelangte. Da sie keine Lust auf weitere Verzögerungen hatten, begann Jeroquee mit dem Aufstieg.

Im zitternden Schein ihrer Lampe ging es höher und höher. Dann machte der Gang einen scharfen Knick und führte im Winkel von 90 Grad nach Westen. Auf Händen und Knien rutschten sie vorwärts, mit dem Seil sicherten sie sich. Schließlich erreichten sie ein Gittertürchen.

»Und jetzt?«, fragte die junge Frau und zog ein kleines Handschweißgerät. Mehr als einmal hatte es in den Kanälen und auf den Friedhöfen gute Arbeit geleistet, wenn Scharniere klemmten. »Aufmachen?«

»Aufmachen«, bestätigte Piers. »Drück dich aber etwas an die Wand, damit ich notfalls schießen kann.« Er schob den Lauf des AK nach vorne. »Hast du deine Ohrenstöpsel dabei?«

»Ich wette, dass auf der anderen Seite niemand mit uns rechnet.«

Fauchend erwachte das Gerät zum Leben. Die weißblaue Flamme fraß sich in Windeseile durch die Türangeln. Rot glühend schimmerten die Ränder in der schummrigen Röhre.

Nach kurzem Lauschen beförderte Jeroquee das Türchen mit mehreren Tritten aus der Halterung und schaute in ein weiteres Überlaufbecken, an dessen Boden sie, nach allen Seiten sichernd, hervorkrochen.

In drei Meter Höhe verlief ein balustradenartiges Laufgitter und führte zu einem Stahlschott. An der Decke verbreitete eine Halogenlampe schwaches Licht.

Ein kleines, wasserdichtes Terminal befand sich auf dieser Seite neben der Klappe, die sie demoliert hatten. Die Zeichen blinkten und meldeten stumm Alarm.

»Ich werd verrückt.« Die Jägerin tippte Piers an und zeigte mit dem Lauf der Max-Power in eine Ecke. »Alles voller Talismane.«

Die südliche Wand des kleinen Überlaufbeckens war übersät mit seltsamen Amuletten und Anhängern. Jemand hatte sie nach Größe und Farbe geordnet und sorgfältig angebracht.

»Das müssen beinahe hundert Stück sein«, schätzte Piers und rückte vor, die AK im lockeren Anschlag. »Dafür nimmt ein Schamane und jeder andere Zauberkundige einiges in Kauf.«

Sie näherten sich der Wand.

An dem ein oder anderen Fokus klebte getrocknetes Blut. Der Beweis, dass der ursprüngliche Besitzer seinen Zauberanhänger nicht kampflos hergegeben hatte.

»Ein verdammter Albtraum.« Der Ghuljäger senkte langsam die Waffe. Wie in Trance reckte sich seine Hand nach einem der Foki. Er gehörte Sunrain.

Plötzlich erlosch das Licht.

»Verteilen«, zischte der ehemalige Straßensamurai und hechtete nach rechts. Den Geräuschen nach war Jeroquee seiner Aufforderung nachgekommen.

Eilig entzündete er eine Magnesiumfackel und warf sie an das andere Ende des Beckens.

In der Dunkelheit quietschte etwas. Die junge Frau richtete den Strahl ihrer Lampe aufgeregt auf das große Schott.

Das Handrad surrte atemberaubend schnell um die eigene Achse und stand mit einem Mal still.

Es klackte vernehmlich. Die schweren Stahlbolzen sprangen zurück und entriegelten den Eingang.

Die ölgelagerte, massive Tür schwang auf. Eine schwarz gekleidete, muskulöse Gestalt ohne Gesicht huschte unvermittelt und viel zu schnell, als dass Jeroquee reagieren konnte, durch den Lichtstrahl und sprang die Balustrade herab.

Jeroquee ahnte, um wen es sich bei dem Angreifer handelte, und sie mochte diesen Gedanken überhaupt nicht.

Der Mann, der sein Antlitz mit Stoff verbarg, bewegte sich geschmeidig in geduckter Haltung auf die beiden Ghuljäger zu. Der Kegel der Taschenlampe legte sich auf den Unbekannten. Da außer den menschlichen Konturen nichts zu erkennen war, hatte die Szene etwas Dämonisches.

Gebannt haftete Jeroquees Blick auf dem fremden Samurai.

Dann schicke ich dich eben jetzt zu den Toten, Demus. Neben der jungen Frau riss Piers ohne ein Wort zu sagen das AK hoch und feuerte auf den Angreifer.

Ein Querschläger sirrte knapp an der Frau vorbei und zertrümmerte ihre Taschenlampe. Die Splitter drangen durch ihre Handschuhe, sodass sie die MaxPower fallen ließ.

Der Fremde hechtete blitzschnell zur Seite, rollte sich über die Schulter ab und kam kniend wieder auf die Beine. Von irgendwoher hatte er eine Ares Predator gezogen.

Die halbautomatische Waffe spuckte in schneller Folge eine Kugel nach der anderen aus dem klobigen Lauf. Orangene Feuerblumen erblühten vor der Mündung. Der hohe Raum verzerrte den Klang der Schüsse.

Jeroquees Mentor zuckte unter den Einschlägen der Projektile hin und her, wurde nach hinten geschleudert und fiel zu Boden. Die präzise gezielten Geschosse hatten die Handgelenke und Unterarme getroffen. Blut strömte zu Boden.

Piers schrie noch einmal auf und kippte benommen zur Seite.

Demus erhob sich und ging gemessenen Schritts auf die junge Frau zu.

Die Magnesiumfackel brannte hinter ihm, sodass Jeroquee nur die gewaltigen Körperumrisse des Mannes erkennen konnte, die sich langsam auf sie zuschoben.

In aller Ruhe wechselte er das Magazin seiner Halbautomatik und ließ den Schlitten der Predator nach vorne schnappen. Das metallische Klicken hallte in der Stille nach.

Die aufkeimende Furcht, die nichts mit der gemein hatte, wenn sie einem Leichenfresser gegenüberstand, lähmte sie. Die Gelassenheit des Angreifers verunsicherte sie vollends. An Gegenwehr dachte sie nicht. Ihr Überlebenswille verlangte sofortige Flucht.

Wir müssen raus hier. Jeroquee rutschte zu Piers und rüttelte an seiner Schulter. Nervös fummelte sie mit ihrer unverletzten Hand die zweite Pistole aus dem Hüftholster. »Wach auf! Komm schon, du kannst mich mit dem da nicht allein lassen!«, schrie sie ihn an, der daraufhin tatsächlich die Augen öffnete.

»Verschwinde von hier, Mädchen. Gegen ihn bist du nichts, glaube mir.« Der Mann kämpfte gegen die immensen Schmerzen an, die durch seinen verwundeten

Körper schossen. »Demus will mich, also sieh zu, dass du wegkommst. Wenn du unbedingt gegen ihn kämpfen willst, dann bereite dich noch ein paar Jahre darauf vor.« Er drückte sie von sich. »Und jetzt lauf, Jeroquee. Lauf um dein Leben, Mädchen.«

»Wir haben uns nicht gegen die Ghuls behauptet, damit du mir jetzt gegen den Samurai abkratzt«, stieß sie hervor und machte Anstalten, ihn sich auf die Schulter zu laden.

»Vergiss es, zusammen haben wir keine Chance«, sagte er gepresst.

Demus richtete den Lauf auf die Ghuljägerin und feuerte. Die Panzerweste hielt zusammen mit dem Spezialanzug die Kugeln auf, dennoch warf sie der Einschlag um. Die Angst überwältigte sie vollends.

»Lauf endlich, Mädchen.«

Sie blickte Piers entschuldigend an und rannte los.

Die Tränen in den Augenwinkeln wischte sie hastig weg.

Der HighTech-Straßensamurai sah der schwarz gelockten Frau interessiert hinterher, als sie ihn passierte. Spielerisch nahm er den Rücken der Flüchtenden in die Zielerfassung seines Smartlink und registrierte mit Genugtuung, dass dieser imaginäre Schuss das Rückgrat der Frau getroffen hätte. Aber sie hatte noch Zeit.

Breitbeinig baute er sich vor Piers auf, die Predator hing locker herab.

»Schön, dich wiederzusehen, Black Sting«, grüßte Demus den schwer verletzten Mann. »Es ist schon eine Weile her, seit wir uns das letzte Mal gesehen haben.«

»Ich erinnere mich ganz gut«, erwiderte Piers, dem sein alter Straßenname aus dem Mund dieser Tötungsmaschine unendlich fremd vorkam. »Ich hatte geglaubt, ich wäre dich Stück Scheiße endgültig los!«

Demus lachte leise, was durch das Tuch über seinem

Gesicht dumpf klang. »Ich gestehe, dass du mich beinahe geschafft hättest, alter Mann, aber die Vorsehung wollte es anders. Du hattest lediglich meine Gefährtin erwischt. Ich konnte mich auf die Straße schleppen, bevor deine Granaten explodierten, und dann den Doc Wagonsender betätigen. Die Wiederbelebung gelang rechzeitig. Aber es reichte aus, dass ich Dinge sehen durfte, die kein anderer vor mir sah. Glück muss man eben haben, was man bei dir nicht sagen kann, Black Sting. War das eben dein neues Mädchen?«

Er hat endgültig den Verstand verloren. »Fahr zur Hölle, Demus.«

Der Schattenkrieger winkte ab. »Da war ich schon, als ich für ein paar Minuten tot war. Es hat mir aber nicht gefallen. Wie hast du mich eigentlich gefunden, Ex-Partner?«, wollte er wissen und stellte den rechten Fuß auf einen der verletzten Arme Piers.

Der Ghuljäger schrie auf und trat nach Demus, der flink auswich. »Ich bin deinen Spuren gefolgt. Wenn du schon deine alten Angewohnheiten wieder aufnimmst, dann pass besser auf den Abfall auf, den du dabei produzierst«, knurrte er durch die Zähne. *Ich kann nicht einmal eine Granate zünden, um ihn mit mir in die Luft zu jagen.*

Demus nickte bedächtig. »Ich dachte mir, dass es irgendwann passieren wird. Die Ghuls sind einfach zu dämlich, um die Spuren vollständig zu verwischen. Nach deiner letzten Aktion haben sie es vorgezogen zu flüchten. Respekt.«

»Du hast sie dafür bezahlt?«

»So etwas Ähnliches. Ich überließ ihnen die Körper der toten Magier, und im Gegenzug sollten sie dafür sorgen, dass ich hier unten alleine blieb, bis ich das Wiedererscheinen von Demus in Seattle stilgerecht in Szene setzen konnte. Du wärst überrascht, welch ehrbarer Bürger tagsüber aus mir geworden ist. Ich verkehre in den höchsten Kreisen. Ich spiele mittlerweile in der Champions-Klasse der High Society.« Er tippte sich grüßend an die Stirn. »Umso weniger erfreulich ist der Umstand, dass ich entdeckt wurde. Aber ich bin glücklich, dass du es gewesen bist, der mich gefunden hat. Wer hätte das gedacht, Black Sting?«

Demus hockte sich vor Piers. »Ich beende das, was vor so langer Zeit begonnen hat, alter Mann. Wie du siehst, hinterließ die Zeit an mir keine Spuren des Verfalls, wie sie es bei dir tat. Es ist erstaunlich, wozu die moderne Medizin und die ›Herzen der Magier‹ in der Lage sind.« Er stand auf und kreuzte die Arme vor der Brust. »Du sollst die gleiche Ehre erhalten, die ich damals deiner kleinen Freundin zukommen ließ, auch wenn dein Herz für mich nicht von Interesse ist, Black Sting. Es ist alt, ohne Energie ... ohne Magie.«

Durch minimale Muskelbewegungen aktiviert, zischten jeweils drei schmale, geschliffene Klingen aus den Handrücken hervor. Die 20 Zentimeter langen Schneiden glänzten bösartig im unruhigen Lichtschein der Magnesiumfackel.

Piers starrte gebannt auf die Cyberwaffen und rutschte zurück bis an die Wand. Er kauerte sich zur Seite und drückte eine der Mikrogranaten aus dem Gurt, um sie sich zwischen die blutenden Hände zu klemmen.

Mit schnellen Handbewegungen wirbelte Demus die Klingen durch die Luft, die leise sirrten und im Halbdunkel aufblitzten, den Mann Schritt für Schritt verfolgend.

»Bist du bereit, Sunrain zu folgen, Black Sting? Sie erwartet dich bestimmt schon mit offenen Armen und einem Lächeln auf den Lippen, nicht wahr?« Demus stand vor Piers und zeigte mit den Klingen auf seinen Brustkorb. »Bereit oder auch nicht, Black Sting, du verlässt diese Welt nun für immer.«

Mit dem Fuß drehte er ihn um, und kraftvoll stieß er zu.

Piers hielt schwach lächelnd den Explosivkörper in den Weg der Schneiden. »Du auch.«

Seattle, Redmond Barrens, 03. 08. 2057 AD, 23.43 Uhr

Cauldron gefiel es nicht, dass sie den Reporter um etwas bitten musste. »Okay, Snoop. Ich hätte da noch ein Anliegen.« Sie senkte den Blick ein wenig. »Es ist etwas Privates.«

Normalerweise hätte der junge Mann nun einen anzüglichen Spruch gebracht, aber angesichts der Ereignisse ließ er es lieber bleiben. »Schieß los.« Er spähte aus dem Fenster des Abteils. »Aber erst sagst du mir, an welcher Station wir aussteigen müssen.«

»Es dauert noch eine Weile«, beruhigte sie ihn. »Wir kommen schon noch rechtzeitig ins *Dark Site.*« Sie atmete tief ein. »Du hast doch Connections zu den Stars.«

Poolitzer ahnte, was sie wissen wollte. *Scheiße, ist das traurig.*

Die hermetische Magierin hielt inne, ihre Wangenmuskulatur zuckte. »Ich muss wissen, wohin sie Bullets Leiche gebracht haben.« Sie schloss für einen Moment die Augen und rang mit der Beherrschung. *Bei allen Geistern, lass mich nicht in der Sub losflennen.*

»Klar, das mache ich. Zufällig kenne ich …« *den Gerichtsmediziner,* vollendete er in Gedanken. *Das wäre wieder ein echter Fettnapf gewesen.* »Zufällig kenne ich ein paar der Cops«, meinte er aufmunternd.

»Danke.« Cauldron nickte. »Wir müssen raus.«

Den einen Block Fußmarsch nutzte Poolitzer, um Doc Holiday anzurufen. »Er fragt, ob du eine Verwandte bist«, gab er die Antwort des Forensikers weiter. »Oder ob du einen Beweis hast, dass du seine Lebensgefährtin gewesen bist. Dann könnte er etwas machen.«

Zur Hochzeit hat es nicht mehr gereicht. Die Magierin schüttelte den Kopf. »Nein, habe ich nicht. Er hat auch niemanden, der ihn abholen wird«, sagte sie mit belegter Stimme.

»Dann bekommt er ein so genanntes John Doe-Grab.« Poolitzer hätte sich um die Erklärung gerne gedrückt. »Das heißt, er wird eingeäschert und in den Fluss gestreut.« Er betrachtete das entsetzte Gesicht der jungen Magierin. »Ich vermute, das willst du nicht? Soll ich seine Urne besorgen?«

Cauldron seufzte und steuerte auf das *Dark Site* zu. »Wenn es nicht zu teuer wird. Mehr als 3000 Nuyen kann ich nicht bezahlen.« Die Musik dröhnte durch die Mauern und Scheiben des alten, auf gotisch getrimmten Gebäudes mit zahlreichen Wasserspeiern und anderen Imitationen mittelalterlicher Bauelemente.

»Der Doc macht das gratis, hat er gesagt.«

Sie betraten den Club. Die Musik schlug dem Reporter augenblicklich auf die Trommelfelle. Düsteres Ambiente bestimmte die Einrichtung im Foyer, an den Wänden hingen mannshohe Spiegel mit goldenen Rahmen, künstliche Fackeln spendeten schummriges Licht. An der Decke schwebte ein Skelett mit Engelsflügeln und einer Sense, den Knochenmund zu einem Schrei geöffnet. Schweigend machten sie sich an den Abstieg in den eigentlichen Club.

»Nett«, schrie Poolitzer, der sich die Ohren zuhielt. »Alles so schön bunt hier. Und die Atmosphäre hat so was Aufbauendes. Lass mich raten, so wie du aussiehst, bist du öfter hier?«

Cauldron lotste den Reporter durch das schummrige *Dark Site* und ärgerte sich bereits, dass sie dem Drängen des Mannes von ›FNS‹ nachgegeben hatte. Sie setzten sich in eine Nische, die etwas weniger vom Schall der New-Gothic-Beats durchflutet wurde.

Die Magierin fuhr mit dem Finger über einen im Tisch eingelassenen Stein. Augenblicklich wurde die Musik gedämpft. »Du wolltest dir den Club ansehen, also beschwer dich nicht, Snoop.« Sie winkte Cheryll zu und formte mit ihrer Hand das Zeichen für Tee.

»Ich habe schon viel gesehen, aber so eine Goth-Hütte hat mir noch in der Sammlung gefehlt«, erklärte er ihr den Grund für seine Neugier. »Wenn die Töne ein bisschen leiser sind, kann man sich die Songs gut anhören.« Unschuldig schaute er die Magierin an. »Wie hoch ist die Selbstmordrate unter Gruftis?«

»Geringer als die Mordrate an denen, die sich über uns lustig machen«, meinte Cheryll, die in ihrem Lederoutfit einen leicht bedrohlichen Eindruck machte. »Du bist doch Poolitzer, oder?« Musternd schaute sie sich in der Nische um. »Keine Kamera? Gut. Eine Dreherlaubnis wirst du nämlich nicht bekommen.«

»So feindselig gegenüber den Medien?«, meinte er grinsend. Über den Pupillen lagen die Tic-Tac-Toe-Kontaktlinsen. »Man könnte fast meinen, die Gruftis würden sich gegenüber der restlichen Welt absondern.«

»Das ist ein Club, in den nicht unbedingt alle kommen sollen, die nur auf die Musik stehen«, erklärte die Bedienung. »Das ist alles. Wir sind ein bisschen exklusiver, und so soll es bleiben, verstanden, Poolitzer? Der Anteil an Magiern ist recht hoch, und die wären nicht gut auf dich zu sprechen, wenn du gegen die Hausregeln verstoßen solltest.« Sie schenkte ihm ein diabolisches Lächeln. »Aber ansonsten bist du ein Gast wie jeder andere. Was darf's sein?«

»Einen magischen Schutzschild und eine Cola«, bestellte er äußerlich unbeeindruckt. *Coole Frau.* Seine Blicke glitten über das Ledermieder und die schwarze

Synthlederhose, die ihre Figur unterstrich. »Wenn hier so viele Magier sind, hat jemand etwas über die verschwunden Hokuspokuskasper gehört?« Die Köpfe der Frauen zuckten gleichzeitig herum. Poolitzer hob die Hände. »Ich meinte Magiekundige, ehrlich. Das ist mir nur so rausgerutscht.«

An Cauldrons Gesicht erkannte er, dass sie nicht wusste, was er meinte. Doch die Bedienung fixierte ihn kurz. »Gleich«, vertröstete sie ihn. »Wenn ich die Getränke bringe.«

»Was meintest du damit?«, erkundigte sich die Magierin.

»Es geht das Gerücht, dass in den letzten Wochen immer wieder Schamanen und Hermetische verschwinden. Puff und weg, wie Hudini. Keiner hat sie jemals wiedergesehen. Ich dachte mir, hier wüsste man vielleicht mehr darüber.«

»Deshalb wolltest du unbedingt ins *Dark Site*«, schloss Cauldron.

»Nicht nur, aber die Gelegenheit nutze ich natürlich«, erwiderte der Mann mit den schwarzweißen Haaren. »Tu nicht so beleidigt. Ich muss mich für ›FNS‹ noch um Themen kümmern, die nichts mit euch zu tun haben. Es gibt auch ein Leben nach dem Lauf.«

Nicht für alle. Sie dachte an Bullet. Ihr Gesicht verfinsterte sich. Schweigend rührte sie Süßstoff in den Tee und beobachtete, wie sich die Tabletten auflösten. *Aber Twing wird Sparkplug unbeschadet wiederbekommen, dafür sorge ich.*

Cheryll erschien mit der Bestellung und setzte sich neben den Reporter. »Die Sache mit den verschwundenen Magiern ist mehr als ein Gerücht«, begann sie. Poolitzer nahm sein Diktiergerät zur Hand und zeichnete die Erzählung auf. »Angefangen hat das alles vor mehr als 15 Jahren, da erwischte es die Ersten. Sie verschwanden einfach, nachdem sie sich zuvor recht geheimnistuerisch gegeben hatten. Einer soll gesagt haben, er schnappt sich den dicksten Fang, den ein Magier machen kann. Sowohl Schamanen als auch Hermetische schienen von dem Schatzfieber gleichermaßen ergriffen worden zu sein. Zwei, drei Leichen fand man noch. Alle mussten von einem Geistesgestörten bearbeitet worden sein.«

»Kann es nicht sein, dass sie bei einem Lauf draufgegangen sind?«, hakte der Reporter nach und nippte an seiner Cola.

Cauldron schloss die Augen, ihre Unterkiefer mahlten.

Shit, ich hätte daran denken müssen, fiel es Poolitzer zu spät ein, und er zuckte entschuldigend mit den Achseln. »Sorry.«

Cheryll wackelte mit dem Kopf. »Ein Teil davon mit Sicherheit. Aber von den anderen, die vermisst wurden und deren Leichen nicht auftauchten, hat man nie wieder etwas gehört. Als hätte sie eine andere Dimension verschluckt. Dann wurde es ein paar Jahre etwas ruhiger, doch seit einem halben Jahr scheint die Sache wieder von vorne loszugehen.«

Zu viel Recherche, zu viel Aufwand für eine kleine Auflockerung vom Alltagstrott, befand der Reporter. »Klingt spannend, aber ziemlich unergiebig. Ist derzeit jemand dabei, der Sache nachzugehen?«

»Ich habe keine Ahnung«, entgegnete die Bedienung. »Denkst du wirklich, jemand wollte deine Linse immer um sich herum haben, wenn er etwas finden möchte, das zu wertvoll ist, um es zu teilen?« Sie erhob sich. »Tatsache ist, dass Magische verschwinden. Wenn du willst, kümmere dich selbst darum.«

»Mal sehen«, meinte Poolitzer unbestimmt und drückte auf die Stopp-Taste. *Aber erst nach der Sache in den ADL.* »Was machst du eigentlich in deiner Freizeit, Cheryll?«

Die Frau lächelte. »Vergiss es, Snoop. Keine Lust auf Sex. Jedenfalls nicht mit dir.« Sie verschwand zurück an die Bar.

»Das war direkt«, griente der Reporter und hatte Mühe, seine schmutzigen Phantasien unter Kontrolle zu behalten. »Deine Freundin ist lustig.«

»Jetzt hast du ja deine Infos bekommen.« Sie roch an ihrem Tee und berührte den Tischstein, um den Musikdämpfer abzuschalten.

»Warst du schon mal in Europa?«, brüllte Poolitzer hinüber.

Cauldron schüttelte nach kurzem Zögern den Kopf. *Ich wollte unsere Hochzeitsreise dorthin machen, aber das geht dich nichts an, Snoop.*

»Was weißt du über die ADL?«, versuchte er weiter Konversation zu betreiben, was wegen der Beats beinahe unmöglich war.

»Sie sind klein, die Menschen essen Sauerkraut, und im Schwarzwald leben Trolle?«, gab sie zur Antwort. Ihr Zeigefinger tippte auf den Stein. Sofort reduzierte sich die Lautstärke. »Ich muss weg. Ich wünsche dir noch einen schönen Abend. Ich habe noch ein paar Sachen aus der Bibliothek zu besorgen, damit ich für die Deutschen vorbereitet bin.«

Sie verließ die Nische und tauchte nach wenigen Metern in den künstlichen Nebelschwaden unter.

Poolitzer kramte seinen Organizer hervor und machte sich ein Memo zu den Magiern, inklusive des Querverweises auf das mitgeschnittene Gespräch. Der Datenchip wanderte in den Organizer. Die Worte Cheryll s wurden innerhalb weniger Sekunden in Text umgesetzt, den der Reporter noch einmal überflog. Seine Nase juckte.

Schon wieder eine Story? Mist, wenn man eine bräuchte, passiert einfach nichts, und kaum muss ich in die ADL, überschlagen sich hier die Ereignisse.

Mitten im ausländischen Geschehen zu sein empfand er derzeit spannender, als nicht absehbare Stunden an Recherche zu betreiben, um einen Hokuspokuskasper aufzutreiben, der ihn mit auf seine abenteuerliche Reise nach Was-auch-immer nehmen wollte. Immerhin hatte er nun die Bestätigung des Gerüchts.

Dem aktuellen Lauf räumte er Vorrang ein. Zum einen sah er so die ADL, zum anderen würde sich ein Bericht über die Welt außerhalb von Seattle bestimmt gut machen.

Jetzt wird doch noch eine Kon-Geschichte daraus, überlegte er, während er die Lautstärkeregelung aufhob und sich den schwermütigen Tonfolgen des *Dark Site* hingab. *Aber der ›human touch‹ dabei ist unbestreitbar. Liebe, Chummer-Loyalität und eine gute Portion Rache. Und die nette Ms. Hellmann wird sich noch wundern, wo ihr Gesicht überall auftaucht. Zensur findet dieses Mal nicht statt.*

ADL, 30 Kilometer nördlich von Ingolstadt,
03. 08. 2057 AD, 10.43 Uhr

»Es freut mich außerordentlich, Ihre Bekanntschaft zu machen«, wurde Sparkplug von einem Wissenschaftler in weißem Kittel mit Ausweis am Kragen begrüßt. »Sie können sich nicht vorstellen, wie sehr wir Ihre Ankunft erwartet haben. Sozusagen wie einen verlorenen Sohn. Hatten Sie einen angenehmen Flug?«

Der Elf zuckte mit den Schultern. »Keine Ahnung, ich habe geschlafen. Ihr Herr … es heißt doch ›Herr‹ in den ADL? … Lugstetter hat mich betäubt und in eine Kiste gepackt, um mich durch den Zoll zu kriegen. Aufgewacht bin ich vor einer halben Stunde in einem Sessel. Ich vermute zumindest, dass es ein Sessel war.«

Der Mann lachte. »Köstlicher Humor, ganz köstlich,

wirklich. Oh, entschuldigen Sie, Herr Sparkplug, dass ich mich noch nicht vorgestellt habe, aber die Aufregung ist so groß, dass ich ganz aus dem Häuschen bin.« Er tippte auf den Ausweis. »Ich bin Professor Herbert Haake, Leiter der Forschungsabteilung Kybernetik bei Cyberdynamix. Und jetzt begrüßen Sie mit mir unseren kleinen Mitarbeiterstab. Kommen Sie. Ich werde Sie durch die Abteilung führen, damit Sie mit eigenen Augen die kleinen Wunder von Cyberdynamix sehen können.«

Der Wissenschaftler ging durch eine Tür und verschwand.

Sparkplug schüttelte den Kopf, seufzte und bewegte sich keinen Millimeter.

Wieso ignoriert jeder, aber auch wirklich jeder, dass meine verfraggten Optiken irgendwo in den Redmond Barrens liegen und zu einem Häufchen Asche verbrannt sind?

Umständlich kramte er aus der Manteltasche sein provisorisches Auge hervor. Mit einem leisen Klick rutschte der Stecker in die Datenbuchse über dem Ohr und lieferte einigermaßen scharfe Bilder seiner Umgebung.

Der Raum stand voller dschungelhafter Zierpflanzen. Die hohe Temperatur zusammen mit der Luftfeuchtigkeit brachte den Elf zum Schwitzen und beschlug die Kameralinse.

Verfraggter Drek. Er rieb die Minikamera an seinem Hemd, um den Feuchtigkeitsschleier zu entfernen. *Ich dachte, ich wäre in den ADL und nicht in den Tropen.*

Haakes Gesicht erschien im Türrahmen. »Wo bleiben Sie denn? Gefällt Ihnen unser Gewächshaus so gut?« Er stutzte, als er die Behelfskonstruktion des Metamenschen sah. »Ach? Was ist denn das? Es sieht sehr abenteuerlich aus.«

Mit der freien Hand nahm Sparkplug die Sonnenbrille ab und grinste. »Überraschung, Professor. Dank

Ihres Prototyps muss ich mir alles durch diese Kameralinse ansehen.«

»Das ist ja interessant!« Der Deutsche kam näher und streckte die Hand nach der Leitung aus. »Darf ich?«

»Nein«, der Rigger grinste immer noch, »es sei denn, ich darf Ihre Augen später auch mal in die Hand nehmen. Ich würde sie drücken und lieb haben. Und streicheln.«

»Äh, besser nicht.« Allmählich wirkte der Forscher irritiert. »Würden Sie das denn wirklich mit meinen Augen tun?«, vergewisserte er sich unsicher.

»Sollte ein Scherz sein, Chummer.« Sparkplug nickte in Richtung Ausgang. »Dort lang, richtig?« Er setzte sich in Bewegung, ohne auf Haake zu warten, der nach Überwindung der kurzen Schrecksekunde hinterhereilte.

»Hören Sie, Herr ...«, begann der Mann, als der Rigger wahllos auf den Tasten der Codetafel herumdrückte, die neben dem Eingang zu einem der vielen Büros hing.

»Sparkplug reicht.« Der Elf hielt die leere Augenhöhle vor den Retinascanner, woraufhin ein dumpfes Brummen ertönte.

»Fehlversuch«, sagte eine weibliche Computerstimme freundlich. »Bitte geben Sie Ihren richtigen Code ein, oder die Kon-Sicherheit wird alarmiert.«

Mit zitternden Händen fummelte der Professor die Karte von seinem Kittel ab und zog sie durch den Magnetschlitz.

»Das ist genau das, was ich vorhin sagen wollte«, versuchte er einen zweiten Anlauf. »Bitte fassen Sie nichts an. Absolut nichts. Sie befinden sich hier in einem Hochsicherheitsbereich, in dem jedes noch so kleine Schloss elektronisch überwacht wird.« Am Ende des Korridors erschienen fünf schwer gepanzerte und bewaffnete Kon-Gardisten, die Haake mit einer beschwichtigenden Handbewegung verscheuchte. »Merken Sie sich das.«

»Und jetzt sag ich Ihnen mal was, Prof.« Sparkplug tippte dem Mann auf die Brust. »Ich mache bei diesem Drekspiel nur mit, weil meine Chummers in den UCAS sitzen und von Ihren Nagelmessern bedroht werden. Also, machen Sie mit mir Ihre kleinen Tests, bauen Sie mir das Ding aus, und dann schicken Sie mich gefälligst wieder zurück!« Die Wände warfen den immer lauter werdenden Ausbruch des Elfs zurück. »Und Ihr verfraggtes Labor interessiert mich nicht einen Drek, comprende?«

Haake zog erstaunt die Augenbrauen hoch. »Schön. Wie Sie wollen.« Er sprach kurz in sein Armbandcomgerät. »Kommen wir gleich zu unserem Hauptpunkt. Hier entlang.«

Die beiden gingen zum Fahrstuhl. Der Professor zog wieder seine ID-Karte durch den Datenleser.

»Kellergeschoss, Ebene III-K«, sagte er. Der Aufzug setzte sich in Bewegung. »Wir werden mit einer Spiral-Computertomographie anfangen, um einen Eindruck zu bekommen, anschließend Kernspin. Es ist natürlich einfacher, an einem Toten Untersuchungen vorzunehmen, aber in diesem Fall ist es so für uns besser, auch wenn wir noch nicht genau wissen, was unser ehemaliger Mitarbeiter modifiziert hat. Herr Lugstetter hat uns die Unterlagen von diesem Brown mitgebracht. Sehr interessante Ergebnisse, wenn man bedenkt, dass die Tests in einer Schattenklinik durchgeführt wurden. Wir werden natürlich alles wiederholen müssen.«

»Und wann bin ich den ganzen verfraggten Chip-FSE-Drek los?«

»Das kann ein oder zwei Monate dauern, aber höchstens drei.« Die Kabine hielt an. Die Türen öffneten sich ohne Geräusch.

»Was?« *Das wird Twing und den anderen gar nicht gefallen.* Sparkplug wirbelte herum und brachte die Linse ganz nahe vor das Auge des Wissenschaftlers. »Ich dachte, die ganze Sache wäre in ein bis zwei Wochen erledigt. Und was wird aus meinen Chummers?«

»Über das Schicksal Ihrer Schattenläuferfreunde werde ich Sie auf dem Laufenden halten. Seien Sie versichert, dass es ihnen in der Zwischenzeit an nichts mangeln wird. Immerhin hängt davon Ihre Kooperation ab, und die wollen wir auf keinen Fall verlieren.«

»Drek, ihr erpresst mich ganz billig.«

»So kann man es natürlich auch ausdrücken.« Haake streckte den Arm aus. »Hier entlang und dann dort hinein, wo die Tür offen steht.«

Sie betraten einen steril eingerichteten Raum, von dem ein Teil mit einem Paravent abgetrennt worden war.

»Ziehen Sie sich bitte bis auf die Unterhose aus, Sparkplug. Dann gehen Sie duschen. Die sanitären Anlagen befinden sich nebenan. Herr Ulmer, einer unserer Sicherheitsmitarbeiter, wird Sie zur Spiral-CT bringen. Es wird nicht wehtun.«

Haake verließ das Zimmer.

Ulmer, ein Schrank auf zwei Beinen, der aus den Cyberaugen und Kunstmuskeln keinen Hehl machte, kam herein und grinste nur.

»Wehtun würd ich dir mal gerne«, schimpfte der Rigger dem Wissenschaftler nach und stapfte hinter den Sichtschutz. *Gehen Sie duschen, gehen Sie duschen … Verfraggter Denksack.*

Er hob die Kameralinse über den Paravent und spähte nach seinem Leibwächter. Ulmer sah gleichgültig in eine Zimmerecke und wartete. »Hätten Sie vielleicht einen Bademantel für mich? Ich bin etwas prüde.«

Der Leibwächter deutete auf sein Ohr, sagte etwas,

das Sparkplug nicht verstand, und zuckte mit den Achseln.

»Verfraggt.« Der Elf nahm die bereitgelegten Stöpsel und dichtete die Daten- und FSE-Buchsen ab, bevor er sich in die Duschkabine tastete und sich unter dem warmen Wasser kräftig abschrubbte.

Die letzte Körperpflege lag schon einige Zeit zurück, also genoss er das angenehme Gefühl, das sich breit machte. Wenn es nach ihm ginge, würde er noch Jahre unter dem Wasserstrahl stehen. *Aber noch lieber wäre mir, wenn ich bei Twing sein könnte. Weit weg von den Krauts.*

Ulmer klopfte an die Tür und rief etwas. Der Rigger nahm an, dass es wohl eine Aufforderung war, sich mit dem Duschen zu beeilen.

Die nerven ohne Ende. »Ich komme gleich, du Muskeltüte! Geh und fick einen Kartoffelsack«, antwortete Sparkplug fröhlich, schaltete das Wasser ab und trocknete sich ab, bevor er in die Unterwäsche schlüpfte.

Ulmer grummelte und gab Handzeichen.

»Schon verfraggt, wenn man nichts versteht, oder?«, fragte der Metamensch. »Du raffst wirklich nicht, was ich sage, du Wichser? Kinderschänder? Mutterf …«

»Ich darf doch sehr bitten.« Haake tauchte aus einem der Labors auf und zerrte Sparkplug in den Raum. »Ich wäre Ihnen dankbar, wenn Sie mein Personal nicht beschimpfen würden. Und jetzt hinein in die Röhre.«

Ein rundes Schott schwenkte summend auf und gab eine Öffnung so groß wie ein Abflussrohr frei. Mit einem kräftigen Ruck zog Ulmer die Liege heraus, auf der es sich der Rigger bequem machte.

»Die werden Sie hier nicht brauchen.« Der Wissenschaftler zog die Kameralinse heraus, und für Sparkplug wurde es dunkel. »Die Untersuchungen dauern länger als gewöhnlich, weil wir die CT kalibrieren müssen, sonst bringen die ganzen Metallteile die Messdaten durcheinander. Sie bekommen von uns eine Spritze, die sie völlig ruhig werden lässt. Sie werden sich nicht langweilen, und wir brauchen uns keine Sorgen zu machen, dass Sie einen Röhrenkollaps erleiden.« Es piekste im Oberarm. »Und als Belohnung dürfen Sie nächste Woche den TA.K.C. 3000 so ausprobieren, wie er eigentlich konzipiert wurde, inklusive des Satellitensystems.«

Ich werde eueren dämlichen Satelliten zu Schrott fliegen. Die Lider des Riggers wurden schwer, und der Schlaf meldete sich mit überwältigender Macht. »Ich will mit Twing reden, wenn ich wach werde«, flüsterte er. »Hey, Ulmer.« Der Mann drehte den Kopf. »Hämorridenarsch.«

Ulmer grinste.

Seattle, Redmond Barrens, 03. 08. 2057 AD, 00.12 Uhr

Jeroquee rannte durch die Kanalisation, wie sie in ihrem Leben noch nie zuvor gerannt war.

Um schneller zu sein, hatte sie alle Ausrüstungsgegenstände von sich geworfen und lief ziellos, allein mit der Ersatz Max-Power bewaffnet, auf den nächsten Ausgang zu, den sie finden konnte.

Zweimal stürzte sie, verlor die Taschenlampe und die Karte und versuchte auf gut Glück, zu einem Aufstieg zu gelangen.

Dabei hätte sie sich an den Einleitern orientieren müssen. Piers hatte ihr beigebracht, wie man Sprossen nach oben fand, falls man sich hier unten verlief.

Doch in ihrer Panik vergaß sie fast alles Erlernte.

In Gedanken war sie zudem bei ihrem Mentor, der von Demus seltsamerweise mit Black Sting angeredet worden war.

Die junge Frau kämpfte dagegen an, umzukehren

und ihrem Lehrer helfen zu wollen. Vermutlich wäre sie für diesen Killer, der Leute wie sie mit der linken Hand fertig machte, ein netter Happen für zwischendurch.

Jeroquee hielt keuchend vor Anstrengung an und lehnte sich erschöpft gegen die nasse, kalte Wand. Ihre Beinmuskeln zitterten. Sie war vollkommen ausgelaugt.

Scheiße, was mach ich nur? Die Angst vor dem übermächtigen Gegner, ihre Verletzung und die Dunkelheit wirkten auf sie. Sie rutschte an der Mauer hinab, legte die Arme um die Knie und schluchzte. *Das ist alles zu viel.*

Ihr Widerstandswille erlosch von einer Sekunde auf die nächste. Klappernd prallte die Waffe auf den Boden.

Wie ein verängstigtes Kind saß die junge Frau auf dem Steinsims und weinte. Sie fühlte sich allein gelassen ohne Piers, der ihr immer gute Ratschläge gegeben hatte.

Was mach ich nur?

Das kalte Wasser, das durch den ramponierten Schutzanzug drang, weckte sie aus ihrer Verzweiflung. *Lass dich nicht hängen,* feuerte sie sich selbst an. *Los, auf die Beine und nichts wie raus hier. Konzentriere dich.* Umständlich erhob sie sich, nahm die Pistole und ging weiter. *Immerhin, ich kann wieder einen halbwegs klaren Gedanken fassen.*

Nach einer Weile erkannte sie Sprossen in der Wand, die nach oben führten. Ein schwacher Lichtschein fiel beinahe überirdisch schön herein und beleuchtete die senkrecht angebrachten Metallstiegen.

Mit einem kleinen Freudenschrei steckte sie die Waffe ins Hüftholster, lief zu der Leiter und begann hinaufzuklettern. Die hellen Strahlen riefen die Lebensgeister in der jungen Frau zurück. *Wer sagt's denn.*

Jeroquee hatte erst vier der Eisensprossen bewältigt, als sich ein stahlharter, schmerzhafter Griff um ihren linken Knöchel schloss.

Sie schrie auf und trat mit dem anderen Fuß nach der fremden Hand, während sie nach der Waffe an ihrem Gürtel griff.

Die Zugkraft des Angreifers war so enorm, zumal es ihm gelungen war, den zweiten Fuß ebenfalls zu fassen und vehement nach unten zu ziehen, dass sich die junge Frau mit beiden Händen festhalten musste und die Max-Power geräuschvoll in der Tiefe unter ihr verschwand.

Der Gegner fluchte dumpf und riss heftig an ihren Fußgelenken.

Ihre Finger lösten sich, und schreiend fiel Jeroquee von der Sprossenleiter ins warme Abwasser, das gierig über ihr zusammenschlug. Sie ließ sich sinken. *Hoffentlich ertrinke ich, bevor Demus mich findet.*

Ihre Hoffnung wurde nicht erfüllt.

Unversehens zerrte sie jemand aus dem brackigen, stinkenden Wasser, mit dem sie des öfteren Bekanntschaft gemacht hatte.

Halb ohnmächtig hing sie in den kräftigen Armen des Mannes.

»Was'n los, Kleines?«, nuschelte es undeutlich vor ihrem Gesicht, und eine Ekel erregende Wolke schlechten Atems, der sogar den Gestank hier unten bei weitem übertraf, hüllte ihr Gesicht ein. »Warum rennst'n so und schmeißt deine Sach'n weg, hä? Sind 'n paar Ghule hinter dir her, oder was?«

In dem Moment wurde es hell um sie herum.

»Faxe! Mach's Licht aus, du Idiot! Die Kleine sieht ja nix, wenn du rumblendest wie doof.«

Jeroquee öffnete verblüfft die Augen. Sie hatte mit allem gerechnet, nur nicht damit, die Kanalarbeiter wiederzusehen. Und niemals zuvor empfand sie eine solche

Sympathie für Meta-Menschen wie in diesem Augenblick. Sie schloss die Arme um den Ork und lachte glücklich.

»Faxe! Komm her und nimm mir die mal ab. Ich glaub, die ist geistig hinüber.«

»Wer dich umarmt, muss geistig hinüber sein, du stinkender Orkzahn«, lästerte der Mann mit der tiefen Stimme. »Frag sie lieber, warum sie herumrennt, als ob der Teufel leibhaftig hinter ihr her wäre. Wenn du sie schon mal auf dem Arm hast ...«

Jeroquee strampelte ein bisschen, und der Ork setzte sie vorsichtig ab.

»Tut mir Leid wegen der Dusche, aber du hast mir vorhin ins Gesicht getreten, und da wollte ich mich beeilen, bevor du mir einen Zahn ausschlägst«, entschuldigte sich der Meta verlegen, als er die patschnasse Frau sah. »Gott, wie siehst du denn aus?«

Der Mann, an dessen Namen sich die Ghuljägerin dunkel erinnerte, drängte sich an dem Ork vorbei. »Also was jetzt, Lady? Krieg ich die Geschichte heute noch serviert?«

»Sie heißen Barkley, nicht wahr?«

»Kunststück, Süße. Steht doch auf meiner Uniform«, sagte der Vorarbeiter unwirsch und machte eine ungeduldige Handbewegung. »Seattle South Drains. Was liegt jetzt an?«

»Hier unten läuft ein Verrückter rum ...«

»Entschuldige mal, aber das ist falsch«, unterbrach sie der Ork mit der hohen Stimme und grinste unverschämt, »in Wirklichkeit sind es nämlich vier. Das sind wir, die irre genug sind, diesen Job für die lausigen Nuyen zu machen.«

Barkley drehte sich um und schenkte dem vorlauten Metamenschen einen langen Blick, der sich daraufhin duckte und die Scheinwerfer löschte.

Jeroquee schilderte die Vorkommnisse, so gut sie dazu imstande war.

Mitten in ihrer Erzählung gellte ein gequälter Schrei durch die Tunnel, der in einem schweren Seufzen endete und schließlich verebbte, dann folgte eine dumpfe Detonation. Hatte einer der Arbeiter bisher Zweifel an der Story der dunkelhaarigen Frau gehabt, verschwanden sie.

»Piers!«, schrie die junge Frau und krallte sich an Barkleys Uniformaufschlägen fest. »Wir müssen ihm helfen! Wer weiß, was Demus mit ihm anstellt. Bitte!«

Der Vorarbeiter befreite sich umständlich und schüttelte bedauernd den Kopf. »Sorry, aber das geht uns nichts an, Lady. Wir sind für die Instandhaltung zuständig und weder eine militärische Einheit noch das LoneStar-Response-Team. Ich bringe Sie hier raus und zur nächsten Wache. Denen können Sie von mir aus alles erzählen, und mit viel Glück reagieren die in den nächsten drei Jahren.« Er reichte ihr die verlorene Max-Power. »Tut mir echt Leid, Lady, aber das ist nicht mein Problem.«

Verdammt. Jeroquee betrachtete niedergeschlagen kleine Bläschen im Abwasser. *Piers, es tut mir so Leid.*

XI.

ADL, 30 Kilometer nördlich von Ingolstadt,
06. 08. 2057 AD, 11.21 Uhr

»Glauben Sie, er ahnt, was mit ihm geschieht?« Dr. Udo Kürten von DrakenSys schaute sich die Aufnahmen an, welche die Messungen der Magnetströme ergeben hatten, und hielt sie Haake hin, der anerkennend nickte. Das Gewebe des Elfen war nach dem Eingriff auf Hellmanns OP-Tisch einwandfrei zusammengewachsen.

»Die Medikamente sind sehr stark, und der Rigger wird nicht lange brauchen, um zu verstehen. Immerhin hat er ein Encephalon eingebaut.« Die Männer lachten. »Ich weiß, dass es gefährlich ist, den Elfen zu behalten, Herr Kollege.« Der Professor reichte die Bilder in die Runde der Wissenschaftler, die sich im Besprechungszimmer versammelt hatten. »Aber es ist für uns einfacher. Wir benötigen weniger Zeit, als wir gedacht haben, um hinter die Konstruktion zu kommen, die Hellmann zusammengebaut hat. Sie ist ebenso brillant wie einfach. Es ärgert mich nur, dass wir nicht selbst darauf gekommen sind. Die Testzeit wird bis Anfang nächsten Monats abgeschlossen sein. Dann können wir mit der vollständigen Indoktrination des Riggers beginnen.«

»Welche Methoden sind angebracht?« Kürten sah immer noch fasziniert auf die errechneten Bilder.

»Ich dachte an eine klassische Behandlungsweise, kombiniert mit einem gehörigen Schuss Magie. Ein Experte ist bereits auf dem Weg hierher, um unseren Gast sanft, aber bestimmt auf den Cyberdynamixweg zu führen. Die bisherigen Tests zeigen, dass dieser

Sparkplug ein perfekter Träger für den TA.K.C. 3000 ist. Also warum sich dann die Mühe machen und einen neuen Rigger suchen, der die gleichen Anforderungen mit sich bringt wie er, nicht wahr?«

»Können Sie das verantworten?«, meldete sich einer der Wissenschaftler zögerlich zu Wort. »Angenommen, das Projekt gerät durch einen unkontrollierbaren Zwischenfall in Gefahr, weil der Rigger seinen eigenen Willen plötzlich durchsetzen kann …«

Haake hob beschwichtigend die Hände. »Keine Angst, meine Herren. Ich trage dem Kon gegenüber die volle Verantwortung für etwaige Fehlschläge, die – das kann ich Ihnen allen versichern – nicht eintreten werden. Wir haben zu viel Arbeit in die Sache gesteckt. Die Indoktrinationsmöglichkeiten sind bei dem heutigen Stand der Wissenschaft mehr als sicher. Ich darf Sie daran erinnern, dass unser Fachmann mehr als 20 Mitglieder anderer Kons umgedreht hat, ohne auch nur einen Funken Magie anzuwenden. Mit Magie wird die Absicherung und die Übernahme von Sparkplug so leicht wie das Erhitzen von Wasser.«

Die Männer wirkten sichtlich entspannt. Trotzdem entstand eine leise, aber rege Diskussion untereinander.

»Welcher Trottel war das eben? Fällt mir in aller Öffentlichkeit in den Rücken«, sagte Haake leise zu Kürten.

»Tscherny«, kam es wie aus der Pistole geschossen. »Er ist Mitarbeiter auf Ebene I.«

»Ich werde den Idioten in ein auswärtiges Labor versetzen, wo Standardtests durchgeführt werden. Ich will ihn hier nicht mehr sehen.« Er hob die Stimme. »Wenn es keine weiteren Fragen mehr gibt, dann würde ich vorschlagen, dass wir zurück an unsere Arbeit gehen.«

Die Versammlung löste sich in wenigen Minuten auf. Der Raum war leer.

»Und wir beide bewundern jetzt Sparkplug, wie er

zum ersten Mal die komplette Bandbreite des TA.K.C. 3000 ausprobiert.« Haake wirkte erleichtert, die Meute los zu sein.

»Ich habe hier noch eine Meldung vom Sicherheitsdienst, Herr Kollege.« Er reichte ein kleines Pad herüber. »Wir hatten gestern Abend einen Zwischenfall an Tor 6. Ein Schattenläuferteam wollte sich Zugang verschaffen.«

Haake überflog den Bericht. »Aha. Ein weiterer Konkurrent streckt seine Fühler aus, um zu sehen, ob wir was Neues haben. Wenn ich den Schwachsinnigen aus der Konetage in die Finger bekomme, der die vollmundige Pressekonferenz über den TA.K.C gegeben hat, werde ich ihn eigenhändig vor einen Schweißlaser binden.« Das Pad knallte gegen die Wand und zerbarst. »Seit dieser bescheuerten Meldung hatten wir fünf Einstiegsversuche in das Datensystem und drei Angriffe durch Schattenläufer. Sind die Wachmannschaften verstärkt worden?«

»Aber, natürlich.« Kürten öffnete die Tür. »Und bei dem jetzigen Stand der Dinge bräuchte man eine kleine Armee, um hier reinzukommen.«

»Oder nur einen Mann, der sehr gut ist.«

»So gut ist keiner, Herr Kollege, wenn ich das mal so sagen darf«, wehrte Kürten ab. »An unserem Sicherheitsdienst kommt keiner vorbei. Aber schade, dass Sie das Pad kaputtgemacht haben. Es stand noch eine wichtige Information darauf.«

»Dann werden Sie es mir wohl so sagen müssen.«

»Wir haben einen der Schattenläufer geschnappt und zur näheren Beobachtung festgesetzt.«

»Und was ist daran so wichtig?« Der Professor schaute seinen Kollegen entnervt an. »Außerdem ist es Unsinn, diese Subjekte am Leben zu lassen. Das Einbunkern rentiert sich in den wenigsten Fällen. Im Endeffekt machen sie nur Schwierigkeiten.«

»Das kann schon sein, aber das hier bereitet unserer Forschungsabteilung bestimmt große Freude.«

Die beiden Männer schritten den Gang hinunter, die Gummisohlen quietschten leise.

Haakes Miene verfinsterte sich zusehends. »Hören Sie schon auf mit der Geheimnistuerei, und sagen Sie es mir einfach.«

Kürten genoss seinen Auftritt und lächelte. »Der Läufer war für die Wachelementare nicht sichtbar.«

Abrupt blieb der Professor stehen. »Sie meinen, er hat sich getarnt?«

»Ich meine, er ist ein Nega-Magier«, verbesserte der Wissenschaftler. »Genaues kann ich natürlich noch nicht sagen, ich bin nur militärischer Kybernetiker. Es trifft sich sehr gut, dass Sie einen Magieexperten erwarten.«

»Ich dachte immer, die Nega-Magier seien Hirngespinste oder Ergebnisse falscher Versuchsanordnungen.« Haake schlug Kürten begeistert auf die Schulter. »Da wird sich die Konetage aber mächtig freuen. Geben Sie dem Mann, der ihn gefangen hat, eine ordentliche Belohnung. Ich sage bei den zuständigen Leuten Bescheid. Bis dahin bleibt der Mann unser Gast. Und jetzt zu dem Rigger. Ich bin gespannt, was er zu seinen neuen Möglichkeiten sagt.«

»Vermutlich wechselt er freiwillig zu Cyberdynamix«, schätzte Kürten schmunzelnd.

»Das würde uns vieles erleichtern. Trotzdem würde ich mich auf das Wort alleine nicht verlassen.«

Sie betraten die Kontrollzentrale der Ebene, von der aus der anstehende Versuch überwacht wurde. Eine dicke Panzerglasscheibe gewährte Einblick in den benachbarten Raum, wo alles für den Elfen vorbereitet worden war.

»Schicken Sie Ulmer und den Rigger her«, befahl der Professor einem Mitarbeiter, der die Anweisung über Com an Sparkplugs Aufpasser weitergab.

Ulmer sprach in sein Armbandcom und deutete auf den Ausgang. »Go, Chummer.«

»Hoy, Ulmer.« Sparkplug schob sich den Rest Soyburger in den Mund. »Ist heute der große Augenblick, ja? Also gut, du Penner, dann mal los.« Er lief an dem Samurai vorbei und grinste. »Geh vor, Muskelsack. So hässlich wie du bist, hat deine Mama bestimmt mit einem Elch gevögelt. Mit einem wirklich ...«

Ohne Vorwarnung schoss die Faust des großen Mannes nach vorne und hämmerte dem Elf in den Bauch, dass er vom Boden abhob, bevor er keuchend auf die Knie fiel und sein Mittagessen wieder ausspuckte.

»Talentleitung und Englischchip«, sagte Ulmer lakonisch. Er packte den Elf im Genick und zog ihn auf die Beine. »Für jede Beleidigung gibt's in Zukunft einen Schlag in den Bauch, mein Junge. Leider darf ich dir nicht in die Fresse hauen. Anweisung vom Chef, damit der Prototyp keinen Schaden nimmt.«

Sparkplug spuckte aus. »Drek, verfraggter. Weißt du, wie ausgekotzte Pommes schmecken? Wie soll ich mich da auf meinen Job konzentrieren, hä?«

»Jetzt weißt du es, Kamerad. Vorwärts.« Er gab dem Rigger einen Stoß. »Und wenn wir zurück sind, darfst du den Kotzfleck wegwischen.«

Schweigend legten sie den Weg zum Labor zurück. Sparkplug lief gekrümmt und jammerte vor sich hin.

Als sie in das Zimmer traten, vergaß der Metamensch beim Anblick der elektronischen Kostbarkeiten alle Schmerzen. Hinter einer dicken Glasscheibe erkannte er Haake und Kürten, die ihm zunickten.

»Nehmen Sie Platz, Sparkplug. Sie haben das unbeschreibliche Vergnügen, die fortschrittlichste kybernetische Fernsteuereinrichtung der Welt global einsetzen zu dürfen«, kam die Stimme des Professors aus dem Lautsprecher. »Setzen Sie sich einfach an den Computer, und stecken Sie sich den Anschluss für das Satellitensystem in die kleinere Buchse. Die andere ist für das Fernsteuerdeck. Auf dem Bildschirm vor sich sehen Sie die Erde aus der Weltraumperspektive. Der heutige Tag dient dazu, dass Sie sich an das Satellitensystem gewöhnen. Die Ansicht von dort ist anders, als Sie es von Ihren Drohnen gewohnt sind. Wenn Sie bereit sind, stöpseln Sie sich ein.«

Sparkplug tastete nach dem Stecker, führte ihn zum Kopf und beförderte ihn nach einem kurzen Zögern in den Anschluss.

»Satellitenverbindung wird hergestellt«, lautete die Meldung, die ungefähr dreißig Sekunden aufblinkte. Dann wich die Dunkelheit der vergangenen Wochen, und vor ihm lag die Erde.

Wie in den Nachtprogrammen, wenn die Sender alte Aufnahmen von Shuttleflügen zeigten, breitete sich direkt unter ihm das wunderschöne Blau aus. Weiße Wolken trieben über die inselgleichen Landmassen. Den Umrissen nach zu urteilen, schaute er auf Afrika hinunter.

Für eine Schrecksekunde lang glaubte er ersticken zu müssen, bis er realisierte, dass er nicht körperlich im luftleeren Raum trieb, sondern mit den Kameraaugen eines Satelliten auf die Erde schaute.

Das Gefühl war seltsam, denn Schwerelosigkeit hatte er noch nie empfunden. Auch die größte Geschwindigkeit bedeutete nichts im Vergleich zum endlosen Schweben. Die Temperaturanzeigen ließen ihn frösteln.

»Das ist Wahnsinn«, flüsterte er. *Ich bin über der Erde. Verfraggter Drek, ist die schön.*

»Seien Sie so lieb, und wechseln Sie nach Nordamerika, UCAS«, hörte er Haake über das Comgerät. »Schauen Sie sich Seattle an.«

»Wie mache ich das?«, wollte der Rigger wissen und

vollführte mit der FSE einen Sprung, wie er es normalerweise bei den Drohnen machte.

Ohne genau zu wissen, wie es geschah, glitt er in einen anderen Satelliten und schaute auf einen Ausschnitt des amerikanischen Kontinents herab. »Ich glaube, ich bin hier richtig«, meldete er. »Ich sehe mir das mal näher an.«

Er vergrößerte die Zoomstufe und erkannte den Küstenstrich, an dem seine Heimatstadt lag.

Automatisch erfasste die Kamera das nächtliche Seattle und vergrößerte weiter, bis aus den leuchtenden Würfeln kleine Häuser und aus den hellen Strichen belebte Straßen wurden.

Aus der Vogelperspektive betrachtete Sparkplug das pulsierende Downtown, strich über die Barrens hinweg und segelte über die Aztec-Pyramide.

Er zoomte und zoomte, bis es nicht mehr größer ging, und konnte sogar die Schrift eines Buchs lesen, das ein Mann auf einer beleuchteten Dachterrasse in der Hand hielt.

»Das ist Wahnsinn! Das ist verfraggter, drekiger Wahnsinn«, jubelte der Elf, schaltete sich der Reihe nach um die halbe Welt, hüpfte nach China, in die ADL, Frankreich und Ägypten.

Sparkplug hätte mit Sicherheit nicht mehr aufgehört, doch Professor Haake meldete sich wieder.

»Faszinierend, nicht wahr? Die Technik ist schon seit ein paar Jahrzehnten bekannt, aber noch niemand hat sie so eingesetzt wie Cyberdynamix. Wir haben allerdings erst 50 kleinere Satelliten oben. Bis zu einer umfassenden Abdeckung des gesamten Erdballs müssen noch rund 30 dazukommen. Aber wir schaffen das schon. Vor 50 Jahren hätte man mehr als 200 Satelliten benötigt. Jetzt schalten Sie sich bitte wieder über die ADL. Suchen Sie die SOX, die Verseuchte Zone in Frankreich. Die genauen Daten erhalten Sie jetzt.«

Es dauerte exakt 2,7 Sekunden, bis der Rigger den Ort gefunden hatte, der aus der Vogelperspektive mehr als trostlos wirkte. Ein leises »Wow« konnte er nicht unterdrücken.

»So sieht es aus, wenn ein Kernkraftwerk in die Luft geht. Cattenom ist damals explodiert, obwohl der letzte Super-GAU gerade mal 50 Jahre her war«, kommentierte Haake den Anblick mit bitterem Humor. »Wir nutzen die unbewohnten Gebiete als Testgelände für unsere neuen Erfindungen, wie viele andere Kons auch. Und jetzt passen Sie bitte auf. Sie müssten gleich eine Kontaktbestätigung erhalten.«

In diesem Moment erschien auf dem Bildschirm die Meldung ›Dobermann-Drohne einsatzbereit, Signalverstärker aktiviert‹.

»Ich werd verrückt«, murmelte Sparkplug fassungslos und sprang in die Drohne.

Er ›spürte‹ weichen, sandigen Untergrund und eine Temperatur von 30 Grad; vor sich sah er eine zerstörte Dorfstraße mit etlichen verfallenen Häuserzeilen.

Vorsichtig setzte er sich in Bewegung, lenkte die Drohne in einen Seitenweg und beschleunigte.

Auch hier war das Gefühl anders. Er fühlte sich wie in Trance, während er das Fahrzeug steuerte. Die Reaktionsübertragung schien für seinen Geschmack nicht ganz optimiert.

Plötzlich aktivierte sich die Zielerfassung, als eine kleine, schwarze Gestalt über die Straße lief. Entfernung, Geschwindigkeit und Größe des Ziels erschienen sauber auf dem Display. »Es ist eine Katze«, verkündete der Elf.

»Versuchen Sie, die angegebenen Objekte auszuschalten«, befahl der Professor.

»In Ordnung.«

Der Dobermann spuckte eine Salve aus den beiden leichten Maschinengewehren und zerfetzte das Ziel.

Blut spritzte. Der taktische Chip hatte die wahrscheinlichste Bewegung des Tieres vorausberechnet und automatisch das Vorhalten übernommen.

»Das war nicht eines der angegebenen Objekte«, meldete sich Haake trocken. »Trotzdem war es nicht schlecht. Fahren Sie die Straße hinunter und achten Sie auf die Pappscheiben, die hochklappen. Wir wollen das Zielerfassungssystem optimieren.«

Gehorsam setzte sich die Drohne in Bewegung und steuerte eine leichte Anhöhe hinauf, als plötzlich mitten auf dem Weg etwas aus dem Boden hochschnellte.

Die Scheibe war noch nicht vollständig in der senkrechten Position, als die MGs losröhrten und die menschengroße Silhouette in der Mitte auseinander sägten.

Drek, war das schnell, freute sich der Elf, da katapultierte sich der nächste Pappkamerad unmittelbar hinter dem Dobermann aus seiner Deckung.

Auch diesmal war es kein Problem für die Drohne, die den simulierten Angreifer in Rekordzeit eliminierte.

Immer schneller tauchten nun die Ziele auf, doch die Elektronik funktionierte einwandfrei, bis die Meldung kam, dass der Dobermann außerhalb der Reichweite des Signalverstärkers käme.

Sparkplug gönnte sich einen letzten Rundumblick in der Verseuchten Zone, einen Ort, den er wohl niemals in Wirklichkeit betreten würde.

Das Bild wurde immer mehr von Störstreifen durchsetzt. Schnee und Griesel trübten die klare Sicht auf die zerstörten Gebäude des unbekannten Dorfes.

Und dann entdeckte er die Gestalt.

Eine weibliche Silhouette erhob sich auf einem der angrenzenden Hausdächer, ein weißer Mantel und lange, weiße Haare flatterten im Wind. In der rechten Hand hielt sie eine große automatische Waffe, die Mündung zeigte zu Boden.

Mit einem gewaltigen Sprung überwand die Gestalt die Distanz von fast zehn Metern zum nächsten Balkon, federte den Schwung mühelos ab und huschte durch ein zerstörtes Fenster ins Innere.

Was, bei allen verfraggten Geschlechtskrankheiten dieser Welt … Sparkplug wollte der Frau folgen, da riss die Verbindung zur Drohne abrupt ab.

Automatisch flog Sparkplug zurück in den Satelliten über der Verseuchten Zone, ohne ein Anzeichen von Schwindel zu spüren, wie es normalerweise passieren konnte. Die Feedbacksicherung hatte gehalten.

»Sie können aussteigen, Sparkplug. Wir wollen es am ersten Tag nicht übertreiben.«

Der Rigger gönnte sich noch einmal einen Weltraumblick auf die ADL. Dann stöpselte er sich aus.

Die Schwerkraft, so glaubte er zumindest, traf ihn wie ein Hammerschlag, und sein Kreislauf sackte in den Keller. *Oh, bitte nicht.* »Haben Sie die Gestalt gesehen? Diese Frau mit den platinblonden Haaren?«, fragte er ein wenig geschwächt.

Sofort waren Männer in weißen Kitteln um ihn herum und kümmerten sich um ihn. Haake und Kürten strahlten wie Glühbirnen.

»Das war phantastisch, Sparkplug. Sie sind ein wahres Naturtalent, wenn ich das so leger sagen darf«, lobte der Professor. »Ihren Kreislauf bekommen wir wieder hin, das ist nur die ungewohnte Perspektive und die Anstrengung.« Er brachte sein Gesicht ganz nah vor Sparkplugs. »Wissen Sie überhaupt, was Sie eben als erstes Lebewesen der Welt getan haben? Begreifen Sie die Möglichkeiten?«

Der Elf versuchte sich zu konzentrieren. »Man kann in Zukunft bei einem Lauf zu Hause bleiben?«

»Wir können in Kürze überall auf der Erde Drohnen einsetzen, ohne vorher das Gelände mit Aufklärern überprüfen zu müssen und damit die Aufmerksamkeit des Gegners zu erregen. Die Daten des Satelliten fließen direkt in den taktischen Computer und werden in die Zielerfassung integriert. Wir können den Satelliten zudem an eine Sammelbox anschließen und eine Doppelschaltung mit herkömmlichen Aufklärungsdrohnen koppeln.« Haake schloss die Fäuste, dass die Knöchel weiß hervortraten. »Wer einmal in den Fängen des TA.K.C. 3000 ist, wird nie wieder entkommen.«

»Geil«, flüsterte Sparkplug grinsend. »Sie sind besessen von dem Baby, was?«

»Genau wie Sie. Ihre Stresswerte sind enorm gestiegen, damit Sie es nur wissen. Deshalb lassen wir Sie ein paar Tage in Ruhe. Entspannen Sie sich in der Sauna oder im Whirlpool, dann besprechen wir die Auswertung des Testlaufs.« Er klopfte dem benommenen Rigger auf die Schulter.

»Aber was ist mit der Frau?«, versuchte es der Elf ein weiteres Mal. »Haben Sie denn nicht gesehen …«

Der Blick des Wissenschaftlers richtete sich kurz auf einen Monitor. Einer seiner Assistenten nickte bestätigend. »Wir haben etwas aufgezeichnet, aber wen interessiert das? Es kann auch ein Engel gewesen sein. Und er sollte dankbar sein, dass das Dobermannsignal abriss, sonst hätte er gegen die moderne Technik antreten dürfen.« Er lächelte und verließ mit Kürten den Raum.

Bescheuerte Kittelträger. Müde erhob sich der Elf und schaute per Leitung und Kamera auf den Computerbildschirm, auf dem die Erde zu sehen war. *Du bist vielleicht eine verfraggt ultrageile Maschine. Wo warst du all die Jahre, hm?*

Ulmer erschien an seiner Seite. »Zeit zum Ausruhen, Elf. Ab ins Bett.«

»Drek auf die Schnarchkiste. Ich will sofort wieder einsteigen.«

»Tut mir Leid, Kamerad, aber daraus wird nichts.

Der Professor hat dir einen Timeout verordnet, also gehen wir.«

»Von mir aus. Außerdem muss ich noch den Kotzfleck wegwischen.« Sparkplug ergab sich in sein Schicksal.

Dass er Twing anrufen wollte, vergaß er völlig. Die überwältigenden Erfahrungen beschäftigten ihn vollkommen und das Verlangen, seinen Geist mit den Satelliten zu verschmelzen. *Gott muss einen ähnlichen Blick auf die Erde haben.*

Gestützt von zwei Sanitätern, kehrte er unter den strengen Augen Ulmers in sein Zimmer zurück, wo eine Flasche Sekt auf ihn wartete.

Wenn ich mir alles recht überlegte, ist Cyberdynamix nicht schlecht. Der Gedanke, für immer hier zu bleiben, wuchs schon seit längerem in seinem Kopf. Deshalb hatte er sich vor kurzem geweigert, mit fremden Schattenläufern durchzubrennen. Dank der Erfahrung mit dem TA.K.C. 3000 erhielt die Idee neuen Nährboden. Riggen war eben das Größte.

So etwas kann mir keine Drohne der Welt und kein System bieten.

Er legte sich ins Bett und dämmerte beinahe sofort ein, nachdem er ein Glas Sekt getrunken hatte. *Vielleicht kann ich über eine Zusammenarbeit verhandeln. Kon-Testrigger.* Er zog sich die Decke über den Kopf. *Die ADL sind gar nicht so schlecht.*

An Twing dachte er nicht mehr.

XII.

ADL, Frankfurt a.M., 29. 09. 2057 AD, 13.45 Uhr

»Willkommen in Frankfurt. Vielen Dank, dass Sie mit der Lufthansa geflogen sind. Wir hoffen, Sie hatten eine angenehme Reise, und wünschen Ihnen für den weiteren Aufenthalt in den ADL viel Vergnügen. Vielen Dank und auf Wiedersehen.«

Die Stimme der Stewardess erstarb, und die ersten Reisenden erhoben sich von ihren Sitzen.

»Dann mal raus mit uns.« Hustle stand auf und ging Richtung Ausgang des Airbus 380, Cauldron und Twing im Schlepptau.

Alle hatten falsche SINs von Fuchi bekommen. Ihre Cyberware war mit einem Mal legal, dank der entsprechenden Ausweise, und keiner hatte Angst, von der Sicherheit angehalten zu werden. Poolitzer musste die Gesetzeshüter und Kontrollen nicht fürchten. Er war so legal wie ein Kaugummi.

»Wo bleibt denn unser Riesenbaby?« Der Ork drehte sich um und hielt Ausschau.

Ultra stand am Mittelgang, gestikulierte wild und verhandelte eindringlich mit der Flugbegleiterin.

Hustle ächzte. »Mädels, geht schon mal vor und sucht unser Gepäck. Ich kümmere mich um den Kleinen.«

Die beiden Frauen nickten und verschwanden nach draußen in den hellen Sonnenschein. Der Reporter folgte schweigend. Das ein oder andere Luftloch hatte ihm schwer zu schaffen gemacht.

»... Nein, Sir. Ich darf Ihnen das Cockpit nicht zeigen, auch wenn die Maschine gelandet ist. Die Piloten haben Anweisung, niemanden in die Kanzel zu lassen. Außerdem sind Sie zu ... muskulös, Sir.« Die Stewardess lächelte zwar immer noch, doch allmählich zeigte sich ein Hauch von Panik in ihrem hübschen Gesicht. »Bitte, verlassen Sie das Flugzeug, Sir.«

»Mein Gott, jetzt ist er so groß und immer noch nicht erwachsen«, murmelte Hustle und legte der Frau jovial die Hand auf die Schulter. »Ma'am, entschuldigen Sie bitte. Mein Freund ist ein wenig zu neugierig. Er will bestimmt keine Schwierigkeiten machen, nicht wahr, José?« Der Troll lugte zur Tür. »JOSÉ!«

Die Worte des Orks klangen wie ein Peitschenknall. Ultra zuckte zusammen und ließ die Schultern hängen.

»Ich wollt nur mal guck'n, wie so'n Stahlvogel fliegt und wie viele Hebel es da vorne gibt. Das ist nämlich bestimmt eine Frage bei ›Quizz It‹.« Er trottete davon.

»Danke, Sir«, atmete die Stewardess auf. »Es ist eben Vorschrift, dass keine Passagiere ins Cockpit dürfen. Bitte haben Sie dafür Verständnis.«

»Kein Problem, Ma'am. Mein Freund ist ein großes Kind, auch wenn er aussieht wie ein erwachsener Metamensch.«

Er verließ als Letzter die Maschine, passierte den Sicherheitsposten, der ihm die handschellenförmigen Cyberwarehemmer abnahm, und traf die anderen am Gepäckband, das so breit war wie eine Autobahn.

Hunderte von Koffern, Taschen und anderen Behältern sausten an den Wartenden vorüber, und Hustle fragte sich, wie ein Normalo ohne Reflexbooster schnell genug sein konnte, sich sein Gepäck herunterzuklauben.

»Und wie geht's weiter?« Ultra grabschte die Koffer der Schattenläufer und stellte sie neben sich auf den Boden. Jedem, der auch nur zufällig zu nahe an das Gepäck herankam, warf er einen bösen Blick zu. »Und wo is'n Poolitzer?«

»Kotzen«, feixte Twing. »Er verträgt das Fliegen nicht besonders.«

Der Samurai dachte einen Moment nach. »Hotwire zufolge hätte Hellmann gesagt, wir würden hier von einem Jeromin abgeholt. Hat jemand von euch einen Typen mit einem Schild gesehen, auf dem unsere Namen stehen?« Die anderen schüttelten den Kopf. »Dann schlage ich vor, wir gehen jetzt in das Flughafencafé und gönnen uns 'n Tässchen Soykaf, einverstanden?«

Sie schlenderten durch die riesige Halle, vorbei an Schaltern exotischer Fluggesellschaften, drängelten sich durch Touristenschwärme und grinsten in japanische Kameras, bis sie endlich in der mit schalldichtem Glas umgebenen Lounge des Cafés saßen und sich müde in die Sessel fallen ließen. Der Jetlag machte sich bemerkbar.

Ein echtes Gespräch kam nicht zustande, trotz der belebenden Wirkung des Soykafs, der irgendwie stärker schmeckte als in Seattle. Jeder hing seinen eigenen Gedanken nach. Twing fielen immer wieder die Augen zu.

Knapp einen Monat hatten die vier Freunde gebraucht, bis sie einigermaßen Deutsch verstanden. Das Sprechen bereitete allen außer Cauldron erhebliche Schwierigkeiten. Der Akzent war allerdings unüberhörbar breit und gedehnt. Der Reporter kam dank seiner Talentleitung besser davon und beherrschte durch den Chip die Sprache am besten.

Die neuen SINs waren äußerst gewöhnungsbedürftig. Vor allem Ultra ignorierte immer wieder, dass er in den ADL José Gonzales gerufen wurde. Hustle hieß Jim Montoya, Twing nannte sich Maria Espinosa, Cauldron hörte auf Carmen Peron. Nur Poolitzer hieß weiterhin Severin T. Gospini.

Aber nicht nur die Namen hatten sich geändert.

Die Ausstatter von Fuchi hatten sich alle Mühe gegeben, den Läufern eine sowohl unauffällige als auch einigermaßen gut aussehende Kleiderkollektion zusammenzustellen. Ein Beobachter hätte nichts Besonderes an ihnen gefunden, sehr zum Leidwesen von Cauldron, die nur mit großer Überredungskunst dazu zu bewegen war, ihre schwarzen Gruftiklamotten gegen etwas völlig Durchschnittliches einzutauschen.

Auch ihre auffälligen Haarfarben waren die Läufer los. Twing musste sogar auf die Tätowierungen verzichten.

Richtig zivilisiert, fast salonfähig sah der FNS-Mitarbeiter ohne die gefärbten Haare, den Bart und die Kontaktlinsen aus. Poolitzer hatte sich eine schlichte Kombination mit passendem Hut ausgesucht und wirkte damit wie ein Relikt aus den 50er Jahren des vorigen Jahrhunderts. Der helle Trenchcoat machte die Sache perfekt.

Hellmann war mit dem neuen Outfit, welches das Team wie eine Gruppe grauer Mäuse erscheinen ließ, sehr zufrieden gewesen.

Die Exec hatte sie immer wieder mit den neuesten Informationen versorgt, soweit man etwas aus Cyberdynamix-Kreisen erfahren konnte.

Zwar taten Bestechungsgelder, Matrixattacken und simple Industriespionage ihren Teil, aber Fuchi wollte es nicht übertreiben. Die Sicherheit des deutschen Kons wäre unzweifelhaft hellhörig geworden, wenn sich plötzlich zu viele gleichzeitig für die Vorgänge um den TA.K.C 3000 interessiert hätten.

Bekannt war lediglich, dass Sparkplug in einem Forschungslabor irgendwo in der Nähe von Ingolstadt festgehalten wurde. Alles Weitere sollte der deutsche Kontaktmann, von dem bisher jede Spur fehlte, mit den Schattenläufern klären.

»Also, was jetzt?« Cauldron wurde ungeduldig. »Wie lange sollen wir auf diesen Jeromin warten?«

Ein um die Nasenspitze bleicher Poolitzer steuerte auf die Läufer zu, den Hut forsch im Nacken, den

Mantel über dem Arm. »Danke, dass ihr auf mich gewartet habt. Es ist ja nicht so, dass man sich hier leicht aus den Augen verlieren kann.« Er ließ sich auf den harten Plastikstuhl fallen. »Gott, ist mir schlecht.«

Ultra schob den Memorychip seines Palmtops in ein Terminal und lud sich nach Bezahlung von ein paar Nuyen ein Update seines Quizprogramms herunter. »Hey, die haben speziell Fragen, die sich um die ADL drehen«, freute er sich. »Weiß jemand, was Dendrologie ist? Ich sage Zahnkunde.«

Seine Freunde überhörten ihn absichtlich.

»Dann eben nicht.« Er schnalzte mit der Zunge, als er die Antwort las. »Baumkunde? Is ja witzig.«

Hustle rührte im Soykaf und beobachtete den Strudel, der sich an der Oberfläche der schwarzen Flüssigkeit bildete. »Wir bleiben, bis der Typ da ist«, beantwortete er die Frage der Magierin. »Ich wüsste nicht, wohin wir gehen sollten. Du vielleicht?«

Cauldron schüttelte den Kopf. Sie öffnete ihre Handtasche und suchte die langen, schwarzen Zigarillos heraus, die sie sich vor ihrer Abreise am Flughafen gekauft hatte.

Sie steckte den Filter zwischen die Lippen, als wie aus dem Nichts eine Hand mit einem Feuerzeug vor ihrem Gesicht erschien.

»Erlauben Sie, gnädige Frau?« Die Stimme klang ölig und einschmeichelnd. Dann trat der Unbekannte vor.

Cauldron sah einen Geschäftsanzug von Boss, teure, dazu passende Schuhe und eine protzige Rollex.

Ihr Blick wanderte nach oben.

Die markanten Gesichtszüge des Mannes waren eine freundliche Maske, das Lächeln war erprobt, aber nicht echt, wie bei allen Geschäftsleuten, die sie bisher kennen gelernt hatte. Trotzdem ging von dem Mann etwas aus, das ihn interessant machte. Das Aftershave jedenfalls roch betörend gut. *Unverschämt gut.*

Beiläufig bemerkte die Magierin, wie auch Twing den Kopf hob und neugierig zu dem Unbekannten herübersah.

Der Reporter schloss die Augen und wechselte die Gesichtsfarbe. »Meine Güte, sind Sie in die Auslagen einer Parfümerie gefallen?«

Cauldron lächelte zurück. »Danke sehr.« Das Zigarilloende glühte auf. Sie legte den Kopf in den Nacken und blies eine Rauchwolke nach oben.

»Ich bin so frei«, sagte der Mann und setzte sich unaufgefordert zwischen die beiden Läuferinnen. Ultras und Hustles Muskeln spannten sich gefährlich.

Poolitzer wedelte demonstrativ in die Richtung des aufdringlichen Feuergebers. »Haben Sie irgendwo ein Schild gesehen, auf dem stand: ›Mach unbekannte Frauen an‹?«

»Bevor die Herren ihren Beschützerinstinkten freien Lauf lassen, mein Name ist Antonius Jeromin. Ich hoffe, das Wetter ist in Tichuana besser als in Ingolstadt?«

»Darauf können Sie einen lassen«, grunzte der Troll.

»Die richtige Antwort lautet: Wie immer ist es so und nicht anders«, seufzte Twing und vervollständigte damit das vereinbarte Codewort. »JOSÉ hat nicht so richtig mitbekommen, was vereinbart war, fürchte ich.«

Jeromin lachte leise. »Aber das macht doch nichts. Ich war mir ziemlich sicher, die Richtigen vor mir zu haben. Vor allem bei so hübschen jungen Frauen, wie Sie beide es sind.«

»Was hat er gesagt?«, erkundigte sich Ultra auf Englisch bei Hustle. »Er redet ein bisschen schnell.«

»Er verteilt Komplimente und hat für meinen empfindlichen Magen zu viel Rasierwasser an sich«, sagte Poolitzer und wandte sich um. »Wenn ich Sie gleich vollkotze, ist das nicht persönlich gemeint.«

»Wenn Sie mich nicht verstehen, kann ich natürlich

auch in Ihrer Heimatsprache reden, das sollte das kleinste Problem sein. Es ist allerdings etwas zu auffällig«, warf der Mann in breiter Seattler Stadtsprache ein und wechselte zurück ins Deutsche. »Ich habe das außerordentliche Vergnügen, dafür zu sorgen, dass Sie alle Informationen und Ausrüstungsgegenstände erhalten, die Sie beim Einsatz gegen Cyberdynamix benötigen. Ich habe für uns einen Wagen bereitstellen lassen, der uns direkt nach Ingolstadt befördert. Hatten Sie einen angenehmen Flug?«

»Es gab keinerlei Schwierigkeiten«, beeilte sich der Ork zu sagen, während sie sich erhoben.

»Nullos Problemos, Senor, wie wir in Mexiko sag'n«, griente Ultra, schnappte sich die Koffer und trabte hinterher.

»Es freut mich sehr, das zu hören.« Jeromin schlenderte durch die Halle, als hätte er alle Zeit der Welt. »Es wäre sehr bedauerlich, wenn Sie schon auf der Reise einen schlechten Eindruck von den ADL bekommen würden. War einer von den Herrschaften schon einmal hier?«

»Nein«, sprach Twing für alle. »Wie auch?«

»Ach, richtig, ich vergaß.« Jeromin tippte sich mit den Fingern an die Stirn. »Na, dann genießen Sie den Aufenthalt, auch wenn Sie leider nicht viel von unseren schönen Ländern sehen werden. Ich werde schauen, was ich für Sie an Kultur einrichten kann.«

»Mir würde ein Bett, das nicht hin und her schwankt, reichen. Keine Kultur, bis sich mein Magen beruhigt hat«, bat der Reporter und bog ohne Vorwarnung zur Toilette ab. »Ich komme gleich nach.«

»Ich hab gehört, die ADL hat super Brauerein«, sagte der Troll hoffnungsvoll. »Gibt's davon welche in der Nähe?«

»Oh, ich fürchte, ich muss Sie enttäuschen.« In Jeromins Worten klang ein Hauch Bedauern mit. »Da hätten Sie weiter in den Süden gemusst. Aber ich schaue, was ich für Sie arrangieren kann. Wir sollten warten, bis Ihr Freund wieder da ist, sonst verlieren wir ihn noch im Gedränge.«

Nach ein paar Minuten kehrte Poolitzer zurück. Sie setzten den Weg fort.

»Sie wissen doch bestimmt viel«, begann der Troll.

»Verschon ihn mit deinen nervigen Fragen«, fiel ihm die Magierin ins Wort.

»Aber, aber, ich helfe gerne«, beeilte sich Jeromin zu versichern. »Wie kann ich Ihnen weiterhelfen?«

»Also, vorhin im Flugzeug hab ich mich gefragt, wie viele Hebel in einem durchschnittlichen Cockpit zu finden sind.«

»Veranstaltet man Quiz an Bord, um die Reisezeit zu verkürzen?«, wunderte sich ihr Kontaktmann. »Na, ich werde es herausfinden lassen, wenn Ihnen so sehr daran liegt.«

»Cool«, freute sich Ultra.

Die Gruppe kam an einen Kleinbus, einen Eurocar Blitz II Transporter, der vor dem Ausgang stand.

»Stellen Sie die Koffer hinten ab. Ich lade sie sofort ein.« Der Verbindungsmann entriegelte per Fernbedienung die Türen und deaktivierte die Diebstahlsicherung. »Bitte sehr, die Damen.« Er öffnete die Tür und hielt sie offen, bis Twing und Cauldron eingestiegen waren. Dann ging er nach hinten, um das Gepäck einzuladen.

»Er is zwar nett, aber er is'n Schleimer«, meinte Ultra leise.

»Ein Schleimer mit Stil«, fügte die Magierin hinzu und nutzte die Gelegenheit, um sich Jeromin astral anzusehen.

Der Mann verfügte über ein wenig Cyberware und schien, wenn die Aussagekraft seiner Aura nicht log, in bester Stimmung zu sein.

In einiger Entfernung stand ein Elementar, vermutlich von der Flughafensicherheit, und beobachtete die Aktivität Cauldrons. Schnell wechselte die junge Frau in die normale Ansicht zurück.

»Was machen Sie beruflich?«, wollte Hustle wissen, als der Mann Platz genommen hatte und den Wagen in Bewegung setzte.

»Hey, hey! Fahren Sie bloß vorsichtig, sonst geschieht hier hinten ein Unglück«, fiel ihm der Reporter panisch ins Wort. Demonstrativ rückten die Damen ein Stück weg.

»Offiziell arbeite ich als Reiseführer und betreibe nebenher noch einen Escort-Service. So lernt man wichtige Leute kennen, die auch mal einen Tipp geben«, antwortete Jeromin lächelnd.

»Was is'n Escort-Service?«, fragte Ultra und spielte mit dem elektrischen Scheibenheber.

Dankbar lächelte Poolitzer, als ihm die frische Luft um die Nase wehte. Die Farbe kehrte zurück.

»Reiche Männer und Frauen suchen eine nette, charmante, gebildete und gut aussehende Begleitung für den Abend, ganz ohne Sex.« Souverän schaltete der Mann die hintere Scheibenheberautomatik aus und schloss das Fenster über die Hauptkontrollen. »Alle meine Mitarbeiter müssen über gutes Aussehen und Talentleitungen verfügen.«

»Raffiniert«, bemerkte Cauldron. »So kann man sich sicher sein, dass die Begleiter immer etwas zu erzählen haben.«

»Genau.« Jeromin steuerte auf den Autobahnzubringer. »Es gibt in dieser Branche nichts Schlimmeres als unqualifiziertes Geplapper bei einem Empfang oder im Theater. Das kann man auf diese Weise wunderbar verhindern.« Er drückte ein paar Tasten auf dem Armaturenbrett, und kleine Bildschirme in den Sitzen flackerten auf. »Sie können sich bereits ein wenig mit der Umgebung von Ingolstadt vertraut machen. Wir haben inzwischen herausgefunden, in welchem Labor Ihr Freund steckt. Es haben sich leider ein paar Probleme ergeben.«

»Und die wären?« Twing klang aggressiv. »Sagen Sie mir nicht, es wäre unmöglich hineinzukommen.«

»Zumindest wird es sehr schwer«, gab Jeromin zu. »Cyberdynamix hat eine Pressekonferenz gegeben, auf der der TA.K.C. 3000 sehr gelobt wurde. Verständlicherweise haben die anderen Kons auf diese Provokation reagiert und versuchen ihrerseits, an das Ding heranzukommen. In den letzten Wochen haben sich mehrere Schattenläufer blutige Nase geholt, und dementsprechend aufgekratzt ist die Sicherheit des Labors. Wir können von Glück sagen, wenn man Ihren Freund nicht heimlich, still und leise an einen anderen Ort gebracht hat.«

»Na, prima.« Ultra kratzte sich am Kinn und schaute aus dem Fenster. »Da könn'n wir uns auf was gefasst mach'n.«

»Trotzdem wird es nicht unmöglich sein.« Jeromin lächelte in den Rückspiegel. »Ich habe Kontakte zu jemandem aufgenommen, der die Anlage noch von früher kennt und unter Umständen einen weniger gut gesicherten Zugang weiß. Das Labor war vor rund hundert Jahren ein Bunker. Ich bin recht zuversichtlich.«

»Immerhin«, sagte Cauldron. »Das klingt schon besser, obwohl ich nicht viele Leute kenne, die so alt werden.«

»Elfen, Zwerge und ein paar andere Rassen, wenn ich mich richtig erinnere«, half ihr Kontaktmann. »Kennen Sie sich mit Elektronik aus?«

»Es wird schon gehen.« Die Mechanikerin gab sich zuversichtlich. »Ich baue euch jede elektronische Anlage auseinander, wenn es sein muss. Ich habe früher bei den Halloweeners auch Autos geknackt.«

»Wir reden hier von Sicherheitsanlagen, nicht von Getrieben und Einspritzelektroniken oder Hovertriebwerken«, warf Cauldron vorsichtig ein. »Bei aller Freundschaft, bist du sicher, dass du es schaffst?«

Twing nickte trotzig und schwieg.

Sie kam um vor Sorge um den Rigger, den sie in ihren Albträumen bereits seziert vor sich sah. Lachende Wissenschaftler hielten blutige Cyberware in ihren Händen, während Sparkplug sich sterbend auf dem OP-Tisch krümmte. *Lass uns nicht zu spät kommen.* Sie schüttelte sich.

»Im Notfall springe ich ein«, meldete sich der FNS-Reporter zu Wort. »Wenn mir Herr Jeromin den passenden Chip für die Talentleiter besorgen kann, öffne ich alles.«

»Ich werde versuchen, an die Chips und die Pläne des Bunkers zu kommen. Das hilft bestimmt«, versprach Jeromin. »Der Ablenkungsplan, der in Kraft tritt, sobald Sie in den Bunker einsteigen, steht. Ich habe ein paar Freunde eingeschaltet und erklärt, Cyberdynamix betreibe Tierversuche in widerlichstem Stil. Mit ein bisschen Geld und gutem Willen können wir eine Demonstration mit allem Drum und Dran vor dem Haupttor organisieren, die die Sicherheitskräfte auf Trab hält. Die Grünen Zellen und die Presse wissen schon Bescheid.«

»Ja, ja, die Macht der Medien.« Poolitzer nickte vielsagend. »Wir reiten die Kons so richtig in den Drek, wenn es sein muss.« *Und wenn nicht, auch.*

»Ich sehe, Sie sind bestens vorbereitet«, sagte Cauldron anerkennend zu dem Deutschen.

»Kleinigkeiten, gnädige Frau. Nichts im Vergleich zu Ihrer Arbeit, die sie alle mit dem Tod konfrontiert«, wiegelte Jeromin ab. »Ich habe höchste Achtung vor Leuten wie Ihnen. Immerhin machen Sie die eigentliche Drecksarbeit.«

»Sie klingen nicht wie einer, der überzeugt von Fuchi ist.« Twing runzelte die Stirn.

»Ich bin ein freier Mitarbeiter«, erklärte der Mann, »und somit ist es nicht meine Aufgabe, in Jubelrufe auszubrechen, wenn ich den Kon-Namen höre. Ich erledige meine Arbeit hundertprozentig, und das ist die beste Visitenkarte. So einfach ist das.«

ADL, Kreis Ingolstadt, Hofgut Werrle,
29. 09. 2057 AD, 15.00 Uhr

Eine Stunde später rollte der Wagen in den Innenhof eines kleinen Gehöfts, das zehn Kilometer vor Ingolstadt lag.

»Ich habe das Wochenenddomizil angemietet, damit Sie in aller Ruhe Ihre Vorbereitungen treffen können.« Jeromin sprang aus dem Fahrzeug und hielt den Frauen die Tür auf. »Normalerweise finden hier draußen Veranstaltungen statt. Ich habe hier hin und wieder eine Escortparty für meine besten Kunden. Deshalb bekomme ich das Anwesen ohne groß Formulare ausfüllen zu müssen. Folgen Sie mir einfach.«

Die Schattenläufer betraten das alte Bauernhaus, das innen auf rustikal und nostalgisch getrimmt worden war.

Der Reporter benötigte etwas länger, bis er zu ihnen stieß.

»Mann, das ist bestimmt hunderte Jahre alt«, staunte Cauldron. *Ich weiß gar nicht, ob es in Seattle ein so altes Gebäude gibt. Später werde ich doch eine astrale Reise unternehmen. Vielleicht finde ich einen freien Geist oder etwas in der Art.*

»Seien Sie bitte vorsichtig«, riet ihr Kontaktmann. »So viel ich weiß, wurden magische Barrieren um das Gebäude errichtet, um Lauscher und ungebetene Gäste fern zu halten.« Das Lächeln wirkte diesmal echt. »Ich möchte nicht, dass Ihnen etwas geschieht.«

»Ich drängle nur ungern, aber wo sind denn unsere Zimmer?« Hustle stand bereits halb auf der Treppe.

Ultra balancierte geschickt die Koffer und Taschen und schien das Gewicht überhaupt nicht zu spüren. »Ein Mittagsschläfchen käme mir gerade recht.«

»Und mir erst«, sagte der Reporter mit seligem Gesicht und nahm den Hut ab. »Danach ist hoffentlich auch der letzte Rest Übelkeit verschwunden.«

»Wie unaufmerksam von mir.« Jeromin lief die Stufen hinauf. »Kommen Sie, Herrschaften.«

Der Deutsche führte sie durch alle Zimmer. Die Verteilung übernahmen die Schattenläufer selbst.

»Wenn Sie mich suchen sollten, ich erwarte Sie unten in der Bibliothek und mache uns einen starken Kaffee, sobald Sie sich erholt haben. Jetlags sind sehr unangenehm.« Er verschwand nach unten.

»Hübsch hier«, meinte die Magierin und fuhr mit dem Finger über die Möbelstücke. »Und sauber ist es außerdem.«

»Ich find's 'n bisschen zu alt.« Ultra hatte es sich auf seinem Bett bequem gemacht, das bedrohlich unter dem Gewicht des Metamenschen ächzte. »Fehlt nur noch'n Gewitter, dann is die Gruselbaracke genau richtig für'n Horrortrip.«

»Wenn es hier freie Geister gibt, dann besteht die Möglichkeit, dass es rund gehen kann«, bestätigte Cauldron. »Besser, ich checke das gleich ab, bevor ein Unglück geschieht.«

»Meinst du, der Magier, der die Barriere installiert hat, würde einen freien Geist übersehen?«, warf Hustle ein. »Ich habe zwar keine Ahnung von Magie, aber das kann ich nicht glauben.«

»Egal. Wenn ihr mich sucht, ich bin nebenan.«

»Soll ich auf dich aufpassen?«, er bot sich der Reporter. Cauldron winkte dankend ab.

»Gegen den Fritz hast du keine Chance, Snoop. Der

sieht besser aus als du und riecht angenehmer. Ich lege mich jetzt auf's Ohr«, verkündete Ultra. »Hier ist es total langweilig. Wenn das Geballere nicht bald losgeht, fahr ich wieder nach Hause.«

»Sei froh, dass es noch nicht so weit ist, Chummer.« Der Ork erhob sich und ging mit Twing zur Tür. »Trotz aller Planung und guten Ideen wird es wohl eine ziemlich haarige Sache. Also erhol dich gut und träum was Schönes.«

Der Troll machte sich lang und begann fast augenblicklich zu schnarchen.

Poolitzer wartete, bis alle gegangen waren, dann streifte er durch das Haus und suchte sich mit seinem Koffer ein ruhiges Plätzchen.

Er nahm eine Steckverbindung und führte den einen Anschluss in eine versteckte Buchse dicht unterhalb der Ohres ein. Das andere Ende des Kabels versenkte er im tragbaren CD-Brenner und schloss die Augen.

Mit einem Keuchen fuhr Twing aus dem unruhigen Schlaf und schnellte hoch. Eine Hand presste sie auf den Mund, um den Schrei zu unterdrücken. Ein weiterer Albtraum, der ihr den Tod ihres Geliebten vorgaukelte.

Ein dumpfes Grollen verkündete ein Unwetter.

Tatsächlich hatte sich der Himmel mittlerweile verfinstert. Dunkle Gewitterwolken rollten heran und schickten grelle, bläulich weiße Blitze zur Erde. Ihr flackerndes Licht schuf bizarre Schatten im Zimmer der Mechanikerin.

Sie legte die Finger an die Stirn. Ihr Blick fiel auf den Spiegel gegenüber des Betts.

Befremdet betrachtete sie das Bild. Es dauerte im stroboskopartigen Licht eine Weile, bis sie verstand, dass sie sich selbst sah, wie sie mit freiem Oberkörper im Bett saß. Keine blauen Haare, keine Tätowierungen, kein Blaumann. *Keine Twing.*

Sie wandte sich von dem Spiegelbild ab und langte nach dem Glas Wasser, das auf dem Nachttisch bereitstand. Hastig stürzte sie die klare Flüssigkeit hinunter und ließ sich zurück ins Bett fallen.

Der Ring, den sie um den Hals trug, rutschte an ihren Hals, als wollte er sich in Erinnerung bringen. Kühl lag das Metall an ihrer Haut. Sie griff nach dem Ring und fixierte ihn.

Werde ich es jemals schaffen, ihm den Ring zu geben?, fragte sie sich bedrückt. *Und was mache ich, wenn wir zu spät kommen?* Das Metall leuchtete beim nächsten Blitz grell auf.

Twings Gedanken glitten in die Vergangenheit, hinüber zu den glücklichen Tagen in Seattle.

Ihr Alltag im Läuferteam, geprägt von der Suche nach Aufträgen, dem ständigen Reparieren von Fahrzeugen und dem Zusammenleben mit dem Elf, der seine Liebe auf ungewöhnliche Weise zu zeigen pflegte.

Nicht verbal, nein, so weit ging Sparkplug nicht.

Aber die Gesten, die kleinen Aufmerksamkeiten, die sie ebenso vermisste wie seine Nähe, seine Zärtlichkeiten. *Sogar sein ständiges Fluchen fehlt mir,* fiel ihr auf.

Der nächste Blitz, der aus den Wolken herabzuckte, durchbrach ihren Rückblick. Heftiges Donnern erschreckte sie und erinnerte die Mechanikerin an ihren Aufenthaltsort. Sie ließ den Ring los.

Cauldron hat es noch schwerer als ich. Sie betrachtete sie als die tapferste von ihnen allen. Die Magierin verarbeitete den Tod ihres Gefährten im Stillen, bewahrte sich den Hass gegen seinen Mörder auf.

Vermutlich zieht sie daraus ihre Kraft, schätzte die junge Frau, rollte sich zur Seite und zog die Beine an den Körper, um sie mit den Armen zu umschlingen. Sie hoffte inständig, dass sie niemals in die Lage der

Magierin kam und den Tod ihres Geliebten überwinden musste.

Die ganzen Verstrickungen der Konzerne interessierten sie nicht. Alles, was zählte, war das Leben des Riggers. *Die Kons können machen, was sie wollen.*

Kaum fielen ihr die Augen zu, kehrten die schrecklichen Bilder eines verstümmelten Sparkplugs zurück.

Twing erhob sich fahrig. An Schlaf war nicht mehr zu denken.

Sie warf sich einen leichten Bademantel über und durchstreifte die Gänge des Bauernhauses, was ihr wie eine Flucht vor der möglichen Wahrheit erschien.

Sie lauschte an den Türen, auf der Suche nach einem Gesprächspartner. Sie wollte nicht alleine sein, zumal das Gewitter ihre Unruhe steigerte.

»Cauldron?«, wisperte sie vor der Tür ihrer Freundin und drückte die Klinke herab.

Die Magierin war gerade dabei, einen Kreis auf die Holzdielen zu zeichnen und ihn mit magischen Zeichen zu versehen.

Sie war so in die Vorbereitungen zur Beschwörung von Elementaren vertieft, dass sie die Mechanikerin nicht bemerkte. Ständig vergewisserte sie sich mit einem raschen Blick auf den kleinen Bildschirm des Organizers, dass sie die Zeichen korrekt anbrachte und jeder noch so kleine Strich richtig ausgeführt war. Bei ihrer Vorliebe für Feuerelementare konnte der geringste Fehler einen Großbrand bedeuten, sollte der beschworene Geist sich gegen die Herbeirufung erfolgreich zu Wehr setzen.

Cauldron legte ein paar Kohletabletts in eine Waschschüssel und entfachte sie mit einem Feuerzeug. Knisternd flackerten die aus Kohlestaub gepressten Vierecke auf und glommen dunkelrot.

Eilig platzierte die Magierin das Gefäß in der Mitte des Kreises, stellte einen Eimer mit Wasser neben sich und setzte sich. Mit geschlossenen Augen begann sie die Beschwörungszeremonie, die mehrere Stunden in Anspruch nehmen würde.

Dann gehe ich wohl besser wieder. Stören würde Twing nun auf keinen Fall, aber sie wollte Jeromin Bescheid geben, damit er wenigstens wusste, warum sich der Hof möglicherweise in einen kokelnden Trümmerhaufen verwandelte.

Sie erinnerte sich, dass der Kontaktmann in der Bibliothek auf sie warten wollte, und machte sich an die Suche.

Die Mechanikerin kam am Zimmer von Hustle und Ultra vorbei, aus dem die Stimme eines Sportreporters schallte, der jeden Zug des Urbanbrawl-Freundschaftsspiels der ›St. Louis Slaughters‹ gegen die ›Mainzer Black Barons‹ kommentierte. Gelegentlich dröhnte das ungläubige Lachen des Trolls aus der Unterkunft, immer gefolgt von einem scharfen Zischen, mit dem Hustle versuchte, seinen Mitbewohner zum Schweigen zu bringen.

Das Spiel muss ja mitreißend sein. Twing grinste schwach. Dennoch stand ihr nicht der Sinn danach, zwischen einem grölenden Troll und einem schlecht gelaunten Ork zu sitzen.

Sie fand Jeromin tatsächlich in der Bibliothek, die Füße auf den Teakholztisch gelegt, einen Laptop auf den Beinen und eine eingehende Botschaft lesend.

Obwohl sie sich aus einem inneren Gefühl heraus zuerst anschleichen wollte, um die Nachricht auf dem Bildschirm mitzulesen, siegte die Höflichkeit. Die Mechanikerin räusperte sich.

Der Deutsche klappte augenblicklich, aber dennoch keineswegs überhastet, den tragbaren Computer zusammen und drehte sich zu dem unerwarteten Gast.

»Nanu, Miss Twing? Können Sie nicht schlafen?« Jeromin erhob sich, stellte den Laptop ab und kam ihr ein paar Schritte entgegen, um ihr einen Stuhl anzubieten.

»Ich weiß auch nicht«, antwortete sie unsicher und nahm Platz. *Was hat er wohl eben gemacht?* »Die ungewohnte Umgebung, der Lauf und …«

»Warten Sie einen Moment.« Jeromin lächelte sie gewinnend an und verschwand.

Twing biss sich auf die Unterlippe und kämpfte dagegen an, den Computer zu starten und einen Blick auf die Botschaft zu werfen.

Der Deutsche kehrte zurück, schenkte ihr ein Glas dampfende Milch ein und rieb ein wenig Gewürz darüber, bevor er ihr das Getränk reichte. »Das Rezept stammt von meiner Großmutter. Milch, etwas Honig und frischer Muskat. Ein besseres Mittel zum Einschlafen werden Sie nicht finden, verlassen Sie sich darauf.«

Dankbar nippte sie an der Milch und genoss den ungewohnten Geschmack. Sie bemerkte sein beinahe schon vertrautes Parfüm, fand den Mann von seiner ganzen Art nach wie vor sehr sympathisch. *Und hoffentlich verständnisvoll.*

Jeromin beobachtete sie. »Was haben Sie auf dem Herzen, Miss Twing?«

»Eigentlich bin ich gekommen, um Sie zu informieren, dass Cauldron Elementargeister beschwört, und Sie nur für alle Fälle nach einem Feuerlöscher schauen sollten.«

»Das ist sehr umsichtig von Ihnen, danke.« Jeromin nickte ihr zu. »Und uneigentlich?« Seine Pupillen schienen durch sie hindurchzusehen, ihre Gedanken erfassen zu können.

»Bitte?« Die Mechanikerin war irritiert.

»Sie sagten, Sie seien ›eigentlich‹ in die Bibliothek gekommen, um mich zu informieren. Oder suchten Sie jemanden, mit dem Sie sich ein wenig unterhalten können?« Er vermittelte in seiner ganzen Haltung den Eindruck, als sei er bereit, sich die Klagen der Welt anzuhören. »Was beunruhigt Sie? Sagen Sie es mir. Ich schätze, dass es vor einem Lauf nicht gut ist, wenn man etwas mit sich herumschleppt und niemanden hat, um sich, pardon, auszukotzen. Gehe ich recht in der Annahme?«

Soll ich ihm tatsächlich alles erzählen? Sie blickte in das Glas. Seufzend nahm sie Anlauf, um sich die Geschehnisse in Seattle, ihre Ängste und Bedenken von der Seele zu reden.

Nach einer halben Stunde Monolog, dem eine Flut von Tränen folgte, endete sie. »Danke, dass Sie mir zuhörten.« Twing kramte ein Taschentuch hervor und putzte sich die Nase.

»Ich bitte Sie«, schwächte Jeromin ab. »Es hilft mir, die ein oder andere Reaktion ihres Teams zu verstehen. Fuchi hat mich nicht über jede kleinste Einzelheit informiert, daher bin ich froh, dass Sie mich ins Vertrauen ziehen, Miss Twing.« Er schenkte sich von dem Mineralwasser ein, das auf dem Tisch stand, und wischte den Wasserring mit der Handfläche weg. »Wie ich bereits sagte, ich bewundere Schattenläufer, weil sie ständig mit dem Tod konfrontiert werden. Kein Leben für einen Luxusmenschen wie mich.« Er berührte sie sanft an der Schulter. »Sie werden es schaffen, Sparkplug zurückzuholen. Sie dürfen nur die Zuversicht nicht verlieren. Wenn Sie sich Ihren Optimismus bewahren, wird alles andere gelingen.«

»Brauchen wir dabei nicht Glück?«, warf sie ein.

»Wer sich auf die Fügung verlässt, wird auch nur zufällig gewinnen«, gab der Deutsche zurück. »Und das können und wollen wir uns nicht leisten.« Ernst schaute er in ihre Augen. »Verstehen Sie meine Frage bitte nicht falsch, aber glauben Sie, Ihre Freundin wird den Lauf diszipliniert über die Bühne bringen? Wenn ihr Wunsch nach Rache sie den Blick für das Wesentliche verlieren lässt, gerät nicht nur die Unternehmung, sondern auch Ihr eigenes Leben und das Ihres Freundes in Gefahr. Sagen Sie nur ein Wort, und ich lasse Ersatz beschaffen.«

In Twing entbrannte ein Kampf. »Ich kann es nicht sagen«, gestand sie nach einer Weile. »Aber sie ist eine professionelle Läuferin, die schon kniffligere Situationen durchgestanden hat.«

»Mit dieser emotionalen Voraussetzung?«, fügte Jeromin freundlich hinzu.

Zögerlich nickte die junge Frau und trank ihre Milch aus. »Ja«, sagte sie entschlossen. »Sie wird ebenso wenig Fehler machen wie ich.« Eine Müdigkeit überfiel sie.

»So gefallen Sie mir, Miss Twing.«

»Ich glaube, Ihre Großmutter wusste verdammt gut Bescheid«, gähnte sie den Deutschen an. »Ich werde mich hinlegen.« Sie stand auf. »Was war das für eine Nachricht, die Sie vorhin bekommen haben? Hat sich etwas am Plan geändert?«

Jeromin erhob sich ebenfalls. »Ach, das? Nein, das war nur eine Kontrollmitteilung von Fuchi. Alles ist in bester Ordnung. Ich soll Ihnen ausrichten, dass Miss Hellmann mit LoneStar Kontakt aufgenommen hat, um die Sache mit Sparkplug zu regeln. Sie sehen, Sie können unbehelligt in Ihre Heimatstadt zurückkehren.« Seine Hand ruhte für wenige Herzschläge auf ihrem Rücken, als er sie zur Tür begleitete. »Niemand wird sich mehr für den Rigger interessieren.«

Twing spürte die Wärme seiner Haut durch den dünnen Bademantel. Sie drehte sich zu ihm. Der Bademantel klaffte ein wenig auseinander und gab einen Teil ihres nackten Oberkörpers frei. Über sich selbst erschrocken, ertappte sie sich dabei, wie sie sich auch eine Berührung des Mannes an einer anderen Stelle ihres Körpers gefallen lassen könnte.

»Danke nochmals«, verabschiedete sie sich hastig, raffte den Mantel zusammen und fasste mit ihrer Rechten unbewusst nach dem Ring. *Mann, ich scheine allmählich den Verstand zu verlieren. Was hätte ich beinahe getan?* Sie hastete zurück in ihre Unterkunft.

»Aber immer wieder gerne«, sagte der Deutsche amüsiert.

Dann widmete er sich der Nachricht, die er noch nicht zu Ende gelesen hatte.

Das Aluminiumbriefchen mit den Resten des schwachen Schlafmittels, das er in die Milch gegeben hatte, landete zerknüllt im Müllkorb.

ADL, Kreis Ingolstadt, Hofgut Werrle,
29. 09. 2057 AD, 21.02 Uhr

Sie trafen sich bei tosendem Gewitter alle in der Küche.

Ultra grinste wie ein Honigkuchenpferd. »Hab ich's nicht gesagt, Chummers? Jetzt wird's wie im Gruseltrid!«

»Das glaube ich nicht«, beruhigte Jeromin, der dampfenden Kaffee in die bereitgestellten Tassen ausschenkte.

»Passen würd's schon«, murmelte Poolitzer. Seine Haare standen in alle Richtungen. Auch der Bart wirkte, als hätte er sich im Bett nur hin und her gewälzt, anstatt zu schlafen. »Ich werde FNS den Vorschlag machen, das Haus als Location für einen Splatterfilm zu nehmen.«

»Hm«, Cauldron schnupperte, »das riecht aber gut, gar nicht wie Soykaf.«

»Das ist echter Kaffee, gnädige Frau, aus dem Hochland Kolumbiens. Von dort kommen, wie man sieht, nicht nur Drogen.« Er reichte ihr die Tasse mit einem freundlichen Lächeln, was Ultra dazu veranlasste, Hustle feixend in die Seite zu rempeln.

»Das Gewitter ist nur noch ein paar Kilometer weg«, schätzte Twing und schlürfte an ihrer Tasse. Die junge Frau schloss genießerisch die Augen. »Das schmeckt göttlich.«

Verwundert stellte sie fest, dass die Attraktivität des Deutschen für sie nicht mehr in dem Maß vorhanden war wie vor wenigen Stunden, als sie beinahe bereit gewesen wäre, mehr als nur Händchen mit dem Mann zu halten. *Es wird das schlechte Gewissen sein.*

»Woha!«, rief der Reporter und setzte seine Tasse schwungvoll wieder ab. »Verdammt, wenn ich einen Herzinfarkt bekomme, ist das Gebräu hier schuld. Koffein pur. Aber sehr gut. Wie viel kostet das Pfund?«

»Das Pfund?« Jeromin schaute ihn mitleidig an. »Ich kaufe ihn grammweise. Und den Preis wollen Sie gar nicht wissen. Sagen wir einfach, manche haben das als Monatsgehalt.«

Der Backofen meldete sich mit einem Brummton. Der Verbindungsmann beförderte einen Teller dampfender Kekse auf den Tisch. Danach breitete er einen vergilbten, angerissenen Plan aus.

»Hier ist das gute Stück, Herrschaften. Tatsächlich handelt es sich um eine Bunkeranlage aus dem so genannten Zweiten Weltkrieg.«

»Ja, den haben wir gewonnen«, lachte der Troll. »Es gab im 20. Jahrhundert so einen Typen, Hilde oder so …« Er kramte den Organizer heraus. »Nee, Hitler hieß er. Und der hat …« Als er in die mörderisch funkelnden Augen der Magierin blickte, verstummte er und packte den Minicomputer schnell weg, bevor sie dem Stück etwas antun konnte. »'tschuldigung. Bin schon still.«

Jeromin deutete auf verschiedene Stellen auf der Zeichnung. »Wie Sie sehen können, haben Sie mehrere Optionen, wo Sie in das Labor einsteigen könnten, allerdings rechnen Sie besser mit verschütteten Gängen oder Sicherheitsanlagen. Welchen Weg Sie am besten wählen, kann ich Ihnen leider nicht verraten.«

»Liegen die Eingänge innerhalb einer Sicherheitszone?«, wollte Hustle wissen.

Jeromin schüttelte den Kopf. »Wir haben großes Glück. Es gibt drei Eingänge irgendwo in unbebautem Gelände in fünf Kilometern Entfernung zur eigentlichen Anlage. Die Breite ist unterschiedlich, wie Sie sehen können. Welchem Zweck sie gedient haben, wissen wir nicht.«

»Was die Nazis da wohl gemacht haben?«, sagte Poolitzer leise. »Man erfährt da so einiges, wenn man sich alte Bänder ansieht.«

»Darüber wissen wir leider nichts. Ich überlasse es Ihrer Phantasie.«

Die Schattenläufer hingen über dem historischen Plan, auf dem in einer Ecke sogar noch ein Hakenkreuz zu sehen war, und nippten an dem Kaffee. Ultra stopfte sich beiläufig die Kekse händeweise in den Mund und kaute geräuschvoll.

Ein Blitz zuckte herab und krachte ganz in der Nähe in den Boden. Der Donner war ohrenbetäubend.

»Knapp vorbei«, kommentierte Hustle, der wie alle anderen zusammengezuckt war. »Hat das Haus einen Blitzableiter?«

»Ich fürchte, nein.« Der Kontaktmann sah etwas besorgt aus. »Aber es wird schon nichts passieren.« Er hielt die letzten Kekse in die Runde. »Am besten, Sie schreiben auf, was Sie für Ihren Lauf benötigen, damit wir es schnell über die Bühne bringen, bevor eine andere Gruppe von den Plänen erfährt. Wenn wir Pech haben, sind es nicht die einzigen.«

»Wir geben Ihnen morgen die Liste, und in drei Tagen schlagen wir los«, meinte der Ork, und die anderen stimmten ihm zu. »Reicht das, um die Demo zu organisieren?«

»Ich kann die Demo sofort veranlassen, wenn es sein muss.« Jeromin biss in einen Keks und spülte ihn mit einem Schluck Kaffee hinunter. »Die Sache gefällt mir.«

»Hoffen wir, dass wir nicht zu spät dran sind«, murmelte Twing.

»Bestimmt nicht«, zeigte sich der Troll optimistisch. »Zu spät waren gestern diese andern Armleuchter, die ›St. Louis Slaughters‹. Mann, sind die gegen die ›Mainzer Black Barons‹ untergegangen. Es stimmt schon, die europäischen Brawler sind härter als unsere.« Traurig kratzte er den letzten Keks von der Platte. »Gibt's noch mehr davon, Chummer?«

»Ich könnte noch ein paar aufbacken, wenn Sie möchten.«

»Könnten wir zu wichtigen Dingen kommen? Ich würde gerne ein paar Elementare beschwören«, meldete sich Cauldron zu Wort. »Ich habe es bereits letzte Nacht versucht, aber die Barriere ist zu stark. Ich werde mich ein paar hundert Meter entfernen müssen, um Erfolg zu haben.«

»Ein Kilometer von hier steht eine alte Scheune, die Sie benutzen können«, bot ihr der Deutsche an. »Ich fahre Sie gerne.«

»Und wer backt mir meine Kekse?«, beschwerte sich Ultra.

»Weißt du was? Schau einfach unter ›Bäcker‹ in deinem Palmtop nach«, giftete die Magierin den Troll an. »Such dir eine Anleitung und mach's selbst, aber geh mir nicht auf die Nerven.«

Etwas Gleißendes schoss aus den Wolken und krachte auf dem Innenhof in den Wagen.

Funken sprühten um die Antenne, die Alarmanlage heulte los und die Birnen zerplatzten. In einer stinkenden Wolke zerschmolzen die vielen Plastikteile des Blitz II Transporters. Blubbernd tropfte die Masse zu Boden, wo sie eine dampfende Pfütze bildete.

»Aha, ein interessantes Beispiel, dass der Faradaykäfig bei Kunststoff nicht funktioniert. Ich schätze, ich fahre mit dem Taxi in die Stadt«, sagte Jeromin trocken und schenkte sich eine Tasse Kaffee ein. »Möchte noch jemand Kekse? Ich denke, dass ich nun etwas Zeit habe, bis das Taxi hier ist.«

»Pack den Ofen voll, Chummer!« Ultra klatschte in die Hände und warf der Magierin einen triumphierenden Blick zu. Heimlich aktivierte er seinen Palmtop, um nach Faraday zu schauen.

ADL, Ingolstadt Zentrum, 29. 09. 2057 AD, 23.34 Uhr

Das Taxi rollte in Ingolstadt ein.

Jeromin ließ sich vor sein Lieblingscafé ›Russia‹ fahren, setzte sich an seinen Stammplatz und bestellte bei Oleg, dem besten Kellner vor Ort, einen großen Cappuccino.

»Oleg, wenn du in nächster Zeit einen Transporter kaufen möchtest, lass die Finger von Blitz II«, sagte er laut, während er dem Mitarbeiter zusah, wie er das Getränk zubereitete.

»Ich weiß«, gab der russische Kellner über die Schulter zurück. »Hat Probleme bei Gewitter. Wenn echter Blitz in falschen Blitz einzappt, es macht bumm und Auto schmurgelt zu Pfütze.« Grinsend servierte er die italienische Spezialität. »Musst ab und zu lesen Testberichte. Mein Schwager hat Autohandel, und daher ich wissen.«

»Danke«, sagte Jeromin verdrießlich. »Ich werde dich in Zukunft fragen.« Er wartete, bis der Mann gegangen war, dann aktivierte er sein Armbandcomgerät.

»Es läuft alles nach Plan. Die Schattenläufer haben keine Ahnung, was ihnen bevorsteht. Die Sache soll in drei Tagen über die Bühne gehen. Bis dahin brauche ich die Demo, die Lkw mit der besprochenen Ausrüstung und eine ganze Horde von Pressevertretern, damit Cyberdynamix so richtig ins Schwitzen kommt. Die anderen Läufer sollen einen auf ›Grüne Zellen‹ machen.«

»In Ordnung, Jeromin. Passen Sie auf, dass unsere UCAS-Gäste genau das machen, was wir von ihnen wollen«, antwortete eine männliche Stimme. »Hat die Gegenseite bereits reagiert?«

»Ihre Idee hat eingeschlagen wie eine Atombombe. Die Gegenseite ist von unserer Aktion so überrascht, dass sie sich bislang nicht gerührt hat.«

»Umso besser für uns«, lachte der andere. »Haben die Läufer gesagt, was sie sonst noch vorhaben?«

»Sie wollten ein paar Cyberdynamix-Labors in die Luft jagen, aber ich konnte es ihnen ausreden«, erzählte Jeromin, während er mit der freien Hand Zucker in den Cappuccino streute. »Der Zeitplan lässt ihnen außerdem keine Freiräume. Sie lernen gerade die Karte mit den Tunnelsystemen auswendig.«

»Wie würden Sie die Chancen der Schattenläufer einstufen?«

»Nun, sie machen einen recht professionellen Eindruck, auch wenn ich nicht viel mit ihnen zu tun gehabt habe. Es sind einige emotionale Faktoren im Spiel, die eine gewisse Unberechenbarkeit zur Folge haben. Einer von ihnen ist Reporter, wie ich nebenbei erfahren habe. Das macht die Sache im Abschluss schwieriger«, gestand der Mann. »Aber sie haben sich bisher von mir übertölpeln lassen. Ich denke, die beiden Frauen habe ich im Griff. Der Troll ist nicht schlau genug, und der Ork, nun ja, er ist mental keine Herausforderung.«

»Auf Sie sind schon ganz andere Leute reingefallen, Jeromin. Warum sollte es denen besser gehen?« Wieder lachte der Mann am anderen Ende der Leitung. »Das Wichtigste ist der Rigger und dieser verfluchte Chip in seinem Kopf.«

»Soll ich die Läufer hinterher eliminieren?« Er kostete den Cappuccino und gab nachträglich Zucker hinzu.

Sein Gesprächspartner zögerte kurz. »Nein, jedenfalls nicht sofort. Vielleicht brauchen wir sie anschließend noch, und wenn auch nur als Sündenböcke. Dem Reporter werden wir falsche Informationen zuspielen, damit die Berichterstattung in unserem Sinne ausfällt.«

»In Ordnung. Vergessen Sie nicht die Demo und den Lkw.«

»Sie können sich auf mich verlassen, Jeromin. Viel Erfolg und passen Sie auf, dass die Magierin keinen Verdacht schöpft. Wenn sie Gedankenlesen oder einen ähnlichen Unsinn beherrscht, könnte es unangenehm werden.«

»Ich habe ihr schöne Augen gemacht. Ich denke nicht, dass sie auf dumme Gedanken kommt«, beruhigte der Mann. *Die Pheromondrüsen waren die beste Investition, die ich seit langem getätigt habe.*

»Sie sind ein raffinierter Hund. Haben Sie das Spiel gestern gesehen?«

»Sie meinen, die ›St. Louis Slaughters‹ gegen die ›Mainzer Black Barons‹? Nein, ich hatte keine Zeit. Aber wir haben gewonnen, wie ich gehört habe.«

»Und wie. Hoffen wir, dass Ihre Amerikaner fähiger als ihre Landsleute sind, die sich gestern platt machen ließen. Hat mir einen hübschen Batzen Geld eingebracht. Wenn Sie ein Autogramm von Tattoo haben wollen, sagen Sie Bescheid. Ich gehe mit der überragendsten Spielerin des Abends essen.«

»Dann können Sie vermutlich auf Ihre Leibwächter verzichten?«

Der Mann lachte. »Mit Sicherheit. Sie hatte zwei Kills. Bis dann, Jeromin.«

Die Leitung war tot.

»Auf die Schattenläufer«, sagte der Deutsche leise und hob die Tasse. *Ich hoffe, dass ihr besser seid als die anderen vor euch.*

XIII.

ADL, Kreis Ingolstadt, Tunnelsystem,
01. 10. 2057 AD, 20.45 Uhr

»Und wenn es wieder der falsche Tunnel ist?«, keuchte Twing und schob sich ein Stück weiter zwischen den Steintrümmern durch.

»Deshalb sollt ihr ja nachsehen, bevor ich mich da durchquetsche«, kam Ultras Stimme über Com. »Ich mach mir die Mühe nämlich nich einfach so.«

»Ich verstehe nicht, weshalb Cauldron nicht einfach den Gang astral untersucht.« Hustle zerrte an seinem H&K G9 A4z/i, das sich verheddert hatte. »Drek. Fehlt nur noch, dass das Ding losballert.«

»Weil ich nicht will, dass sich irgendein Watcher plötzlich für mich interessiert, weil ich magisch aktiv geworden bin«, erklärte die Magierin, die hinter Twing stand.

»Ich weiß schon, warum ich keine Magie mag«, murrte der Troll. »'s is einfach unfair. Da kannste so stark sein, wie du willst, ein Zauberfuzzi bläst dir mit 'nem Fingerschnipps das Gehirn aus der Birne.«

»Schwache Frauen brauchen eben etwas zur Verteidigung«, kommentierte Cauldron. Twing prustete.

»Könnt ihr euch wie Profis benehmen?«, knurrte Hustle und kroch über einen Trümmerhaufen. »Ah, das sieht gut aus. Ultra, beweg deinen Hintern her. Wir sind richtig. Und bring Poolitzer mit.«

Die Frauen schlossen auf und postierten sich zu beiden Seiten des Orks, der hinter einem größeren Betonbrocken kauerte und in den Gang spähte.

»Ich verstehe nicht, warum wir den Snoop mitgenommen haben«, grummelte die Magierin.

»Du meinst, er stellt ein zusätzliches Risiko dar?« Hustles Augen, die unter der Sturmhaube gerade noch zu erkennen waren, verrieten, dass auch er nicht ganz glücklich mit dem Reporter im Rücken war. »Immerhin hat er Talentleitungen.«

Cauldron schnaubte. »Und fast keine Chips, weil Jeromin nicht alle besorgen konnte. Wenigstens hat er eine Kamera dabei. Vermutlich zieht er damit das Feuer der Kon-Gardisten auf sich. Cyberdynamix kann sich keine schlechte Publicity leisten.« Sie lachte leise.

Dem Gerumpel hinter ihnen nach zu schließen, bahnte sich der Troll einen Weg durch die herabgestürzten Deckenteile. Irgendwo im Hintergrund fluchte Poolitzer.

Für den Einsatz hatten sie sich von Jeromin Teilrüstungen, schwarze Tarnanzüge, Helme und Sturmhauben besorgen lassen.

Twing und Cauldron benötigten außerdem Nacht- und Infrarotsichtgeräte, um sich in den unterirdischen Gängen zurechtzufinden. Die Gefahr, durch den Strahl einer Taschenlampe verraten zu werden, wollte die Gruppe nicht eingehen.

Ultra schleppte ein H&K Urban Combat, Granaten und tonnenweise Munition mit sich herum. Ein Ruhrmetall SF20 hing für die ›Grobarbeit‹ auf dem Rücken, während Hustle lieber auf ein H&K G9z/i mit integriertem Granatwerfer vertraute.

Twing hatte unter Protest eine Uzi III mitgenommen, weil sie keinen blassen Schimmer von Schusswaffen hatte.

»Wenn ein paar Ziele auftauchen, einfach in die Richtung halten und durchziehen«, riet der Ork, aber die Mechanikerin war nicht sehr überzeugt. In einem schlagfesten Köfferchen trug sie alle wichtigen Sachen, die sie zum Überbrücken von elektronischen Anlagen brauchte.

Cauldron sah am eindrucksvollsten aus und erinnerte den Ork an die Heldin von Tomb Raider 21 – nur die Oberweite war nicht ganz so enorm. Ihre langen schwarzen Haare hatte sie zu einem langen Zopf geflochten, der unter der Sturmhaube hervorhing. Rechts und links unter den Achseln steckten Walther Securas in den Schulterhalftern, nur für den Notfall, wie sie versicherte.

Der Reporter trug als Einziger keinen Helm. Auf seinem Kopf saß die Halterung der Fuchi VX 2200C Cybercam, die ihm FNS vor dem Abflug geliehen hatte, als der Sender von der Tragweite der Story erfuhr.

Kontrolliert wurde das Aufnahmegerät von einer Kamerabrille, Marke Zeemandt Luxor Monocular, ein Modell, das die Bilder der VX per Miniaturmonitor vor Poolitzers rechtes Auge projizierte.

Endlich arbeitete sich auch Ultra zu der restlichen Gruppe vor. »Muffige Luft hier. Und trocken wie 'ne Wüste.«

»Die Barrens sind Gold gegen die Kletterei in diesem Loch«, bemerkte Poolitzer, der über den Geröllhügel rutschte und auf den Füßen landete. Staubwolken umgaben den Reporter, der sich sofort an die Reinigung des Objektivs machte. »Der Schmutz ist Gift für technisch hochsensibles Gerät, Leute. Hoffentlich hält das die Kamera aus.«

Hoffentlich halten das unsere Nerven aus. Twing studierte den Plan. »Wir kommen genau neben einem der Stromgeneratoren raus. Wenn wir Glück haben, hat Cyberdynamix nichts geändert und die Energieversorgung dort gelassen. Das gäbe uns die Chance, unentdeckt einzusteigen.«

»Ich schätze mal, dass die Generatoren besonders bewacht werden«, widersprach Cauldron. »Ihr Ausfall würde alle elektronischen Abwehrsysteme zum Erliegen bringen, und das könnte sich eine solche Forschungsabteilung nicht erlauben.«

»Wir sollt'n 's einfach versuch'n«, meinte Ultra und spähte in die Dunkelheit. »Wir ham ja nix andres.«

Die Mechanikerin tippte auf den vergilbten Plan. »Hier ist eine Art Zusatzkammer eingezeichnet. Vielleicht haben wir von dort einen Zugang.« Sie drückte Ultra den Plan in die Hand. »Ich checke den Gang auf elektronische Späßchen, wie Lichtschranken oder Kameras. Ich bin gleich wieder zurück.« Die Frau verschwand.

»Wann geht die Demo los?«, fragte die Magierin.

»Wenn sich Jeromin und seine Freunde von den ›Grünen Zellen‹ an den Zeitplan halten, steigt der Tanz in genau drei Minuten. Die Lkw müssten vorgefahren sein, die Protestler warten in der Nähe. Jeromin gibt ein kurzes Funksignal, wenn sie starten.« Der Ork hielt sein G9 im Anschlag.

»Was sich Fuchi das alles kosten lässt.« Cauldron schüttelte den Kopf. »Eines ist klar. Ich werde nicht eher weggehen, bis ich Lugstetter erwischt habe.«

»Wir werden sehen«, wich der Samurai aus. »Je nach Lage der Dinge.«

»Es würde sich in der Dokumentation sehr gut machen«, unterstützte Poolitzer die Magierin. »Emotionen machen das Material gleich viel lebendiger als die bloße Ballerei.«

Cauldron warf ihm einen bösen Blick zu. »Ich warne dich eindringlich: Wenn du mich bei meiner Abrechnung filmst, werde ich einem Elementar befehlen, dir die Kamera vom Kopf zu reißen, haben wir uns verstanden?«

Poolitzer nickte zwar, aber jeder wusste, dass der Reporter letztendlich das Objektiv dort draufhalten würde, wo es ihm gefiel.

Twing tauchte wieder auf. Sie wirkte aufgeregt. »Ich habe den Zugang für diesen Raum gefunden. Das ist phantastisch, kommt mit. Und passt auf, hier liegen Schienen.«

»Schienen?«, blökte Ultra, seine Stimme hallte den Tunnel entlang.

»Ja, Schienen, wie bei einer Eisenbahn. Ich glaube, die hatten hier eine Abschussvorrichtung. Und plärr nicht so rum.«

Die Läufer folgten der Mechanikerin, die zielstrebig auf eine verrostete Eisentür zusteuerte.

»Seht euch das an. Ich verwette meine Schraubzwinge, dass Cyberdynamix noch nie in diesem Teil des Bunkers war, sonst hätten sie das alles nicht liegen lassen.«

Meterhoch stapelten sich die metallbeschlagenen Holzkisten, auf denen Hakenkreuze prangten. Einige waren Munitionsbehälter, andere sargähnliche Kisten dagegen erschienen zu groß.

Ultra öffnete eine davon mit Hilfe des MG-Kolbens und machte große Augen.

»Das sieht ja aus wie'n Stück Rakete. Kann einer von euch was lesen?«

Hustle entfernte den Staub vom Metall. »Nein. Nur zwei Buchstaben: V1.«

Poolitzer grinste, während er alles auf CD bannte. »Da sind andere. Hier steht ›V2‹. Hat jemand von euch in der Schule aufgepasst?«

»Das mit den Nazis ist hundert Jahre her. Außerdem ist es nicht mein Kontinent. Du bist der Mann mit den Talentleitungen, Poolitzer. Kein Geschichtschip dabei?« Twing öffnete den Koffer und nahm ein streichholzschachtelgroßes Stück C4 heraus, befestigte einen Fernzünder daran und legte es in eine geöffnete Munitionskiste, in dem Geschosse von größerem Kaliber aufbewahrt wurden. »Das lassen wir vorsichtshalber als Rückendeckung zurück. Wenn uns später jemand folgt, gibt es eine schöne Überraschung.«

»Ha!«, machte der Troll triumphierend. »Wenn ihr mich fragen würdet ...«

Poolitzer schwenkte herum. »Gut, Mister. Sagen Sie uns die richtige Antwort.«

Ultra schwoll sichtlich die Brust, als er mit seinem Wissen, das er aus seinem Minicomputer bezog, protzen durfte. »Das ›V‹ ist die Kurzbezeichnung für zwei während des 2. Weltkriegs entwickelte, neuartige Waffensysteme, die Hilde … Hitler als ›Vergeltungswaffen‹ einsetzen wollte.« Er tätschelte vorsichtig eine der Kisten. »Die V 1 ist ein unbemannter Flugkörper mit einem Gefechtskopf von rund 850 Kilogramm Sprengstoff, und die V 2 ist eine ballistische Flüssigkeitsrakete mit einer Tonne Pulver.«

»Regie, bitte einen kleinen Applaus«, sagte der Reporter. Der Troll strahlte.

»Na also. Funktioniert das Pulver noch, wird das Labor bis zum Mond gepustet«, sagte Hustle. »Die Vorstellung gefällt mir. Und jetzt weiter. Einen Zugang scheint es von hier aus nicht zu geben.«

Ultra stopfte sich ein paar Granaten in die Taschen. »Mann, sin' das Öschis. Die kann man bestimmt noch gebrauch'n.«

Das Com piepte kurz.

»Das war das Zeichen. Die Demo geht los. Wir beeilen uns jetzt besser, damit wir das Durcheinander ausnutzen«, befahl der Ork und setzte sich in Bewegung.

Die Schattenläufer tasteten sich zügig den Gang entlang.

ADL, Ingolstadt Zentrum, 01.10. 2057 AD, 21.00 Uhr

Jetzt wollen wir mal sehen, was geschieht. Jeromin bog schwungvoll in sein Lieblingscafé ein, nahm gut gelaunt Platz und bestellte per Handzeichen einen Cappuccino.

Heute würde sich entscheiden, ob es eine gute Idee war, die ausländische Gruppe für die eigenen Zwecke einzuspannen. Als beruhigend empfand er, dass sich die Gegenseite noch nicht gerührt hatte. *Offenbar sind die anderen zu überrascht, und das ist mehr als gut so.*

Er schaute auf die Uhr und hob den Kopf. »Könntest du mal den Nachrichtensender anschalten, Oleg?«, fragte er den Kellner.

»Kein Problem.«

Aus der Soap ›Lindenstraße‹ wurde DNK, der Deutsche Nachrichten Kanal. Der Bildschirm zeigte erste Aufnahmen von den Ereignissen vor dem Cyberdynamix-Tor.

Die Lkw mit den bunten Planen und Transparenten rollten vor und blockierten die Zufahrt zum Cyberdynamix-Gelände. Hinter dem Absperrzaun sah man nervöse Wachleute, die aufgeregt in ihre Comgeräte sprachen und auf ihre Befehle warteten.

»Lauter lustige Menschen.« Der russische Barkeeper prüfte die Sauberkeit des Glases. »Was haben die vor? Picknick?«

»Aber nicht doch. Sie setzen sich gegen die Ausbeutung wehrloser Geschöpfe ein, die unter unwürdigsten Bedingungen für fragwürdige Experimente missbraucht werden«, erklärte Jeromin.

»Aha. Also für Prostituierte?«

»Nicht ganz«, antwortete der Deutsche lächelnd.

Die rund 500 Protestler zogen johlend die Straße entlang, riefen Parolen und schwenkten Schilder, auf denen Schmähbotschaften gegen den Kon standen. Ein Mann mit langen Haaren und Brille schnappte sich ein Megafon und hetzte die Menge mit Tiraden gegen den Kon auf.

Es dauerte nicht lange, da flogen die ersten Eier und faules Obst in Richtung der Gardisten, die sich in den Schutz des Empfangshäuschens zurückzogen.

»Ist witzig. Woher hast du gewusst?« Oleg hielt mit dem Polieren der Gläser inne und schaute auf den

Schirm. »Wieder mal ein paar Spinner, die Kon an Karren fahren wollen.«

Aus einem der hinteren Gebäude der Forschungseinrichtung marschierten 50 Gepanzerte im Laufschritt zum Eingang und bezogen Stellung, Plexiglasschilde als Abwehr vor sich haltend.

Buhrufe schallten den Männern entgegen. Erste Mutige gingen an den Zaun und versuchten, mit den Kon-Gardisten ins Gespräch zu kommen, die keine Miene hinter den Visieren verzogen.

»Guck mal, Jero. Das sind Spaßvögel. Wollen reden mit Gehirnlosen«, kommentierte Oleg. »Wissen die, dass andere von Kon für Nichtdenken bezahlt werden?«

»Die Aktivisten sind noch ärmer dran. Sie leiden unter ›Idealismus‹, und das ist viel schlimmer«, gab Jeromin zur Antwort. »Du kriegst die Fresse voll und bist überzeugt davon, dass sich deshalb was ändern wird.«

»Ändern tut sich nur Zahl von Zähne in Mund.« Der Keeper tippte sich an die Stirn. »Sind bescheuert, ehrlich.« Er warf das Glas hoch in die Luft und fing es mit der anderen Hand, ohne hinzusehen, knapp vor dem Tresen auf.

Weitere Kameraleute tauchten auf, machten Interviews mit den Demonstranten und wollten eine Stellungnahme des Laborleiters.

Die Planen wurden von den Lkw entfernt, dicke Musikboxen sorgten für ohrenbetäubende Musik. Zwischen den Songs ergriff immer wieder einer der Anführer das Wort, forderte die sofortige Freilassung aller Tiere und verurteilte den Kon als rücksichtslosen Geldmacher.

»Was wollen die? Jeder braucht Geld.« Oleg schenkte sich ein. »Bin gespannt, was passiert.«

ADL, Kreis Ingolstadt, Tunnelsystem, 01. 10. 2057 AD, 21.19 Uhr

Ohne Schwierigkeiten kam das Läuferteam vorwärts. Weder Sicherheitssysteme noch eingestürzte Gänge machten dem Zeitplan einen Strich durch die Rechnung.

Glaubten alle fünf anfangs noch an Glück und Zufall, trauten sie inzwischen der Sache immer weniger. Wenn das Labor so einfach zu infiltrieren war, warum hatte dann bisher kein anderer den Weg gefunden?

Plötzlich drückte sich Ultra an die Felswand und bedeutete seinen Freunden, in Deckung zu gehen.

Mitten auf den Schienen stand ein seltsames Geschütz mit vier dicken Läufen, die in die Richtung der Läufer zielten.

»Da steht 'ne ganz dicke Kanone«, flüsterte der Troll. »Vier Läufe.«

Die Mechanikerin lugte nach vorne. »Na, jetzt wissen wir, wozu sie die Trasse gebraucht haben. Das Ding ist ja uralt.« Twing ging näher heran, inspizierte die großkalibrige Waffe und hüpfte auf den Sitz. »Wenn ihr mich fragt, ist das ein altes Flakgeschütz.« Sie lugte durch das tellergroße Visier, klopfte an die Rohre, zerrte an den Verschlüssen und überprüfte die Abzugsvorrichtung. »Gute Luft hier unten … die konserviert. Ein bisschen Rost und zu wenig geschmiert, aber die Flak scheint noch zu funktionieren.«

Ultra zerrte stolz eine Kiste aus einer Felsnische. »Hier is noch Munition.«

»Was wollt ihr denn damit?«, erkundigte sich Poolitzer. »Hier unten werden keine Flieger auftauchen. Dafür ist die Decke wirklich ein gutes Stück zu niedrig. Wir sollten weiter.«

»Ich baue uns schnell eine zweite Rückversicherung.« Die Mechanikerin war in ihrem Element. Sie wickelte ein Stück Draht ab und begann, ihn am Abzug festzumachen. »Dauert nur wenige Sekunden, ehrlich. Ihr könnt schon weitergehen.«

Nach knappen zehn Minuten endete der Gang vor einer verrosteten Eisentür mit dem obligatorischen Hakenkreuz darauf.

»Hoppla«, sagte Hustle leise. »Sieht das vielleicht aus wie unsere Eintrittskarte in die Kon-Geheimnisse?«

Twing kam angelaufen. »Alles vorbereitet. Denkt auf dem Rückweg daran, immer dicht an der Felswand langzugehen und an der Nische einen großen Schritt zu machen.«

Sie kniete sich hin und überprüfte das Schott auf Sicherheitsanlagen oder andere Fallen, konnte aber nichts entdecken.

»Mir ist die ganze Sache ein Rätsel.« Sie erhob sich und trat zurück. »Vermutlich habe ich die Kameras übersehen oder sonst was, aber das ist doch alles nicht normal. Wir wollen in eine Forschungsstation einbrechen und haben leichteres Spiel als an einem Kaugummiautomaten. Sind die Deutschen denn so blöd?«

Ultra schloss die Hände um die runden Drehgriffe der Tür und setzte die Räder in Bewegung.

Ächzend gab der seit einem Jahrhundert nicht mehr benutzte Mechanismus nach. Millimeter um Millimeter drehten sich die Zahnräder und schoben die Metallbolzen im inneren der Tür zurück.

Zähneknirschend hing der Troll in den Speichen, die Kunstmuskeln schwollen zu Gebirgen an. Schließlich hatte der schweißgebadete Metamensch es geschafft und zog die Tür auf.

»Drek«, schimpfte Twing und bückte sich nach ihrem Koffer, währen die anderen entsetzte Gesichter machten.

Hinter dem Eingang stand eine Mauer.

Prüfend kratzte die Mechanikerin mit einem Schraubenzieher am Material. »Scheint alt zu sein.« Der Mörtel bröckelt ab. »Wenn wir uns beeilen, haben wir sie schnell abtragen.« Sie schaute Ultra abwartend an. »Na los. Wer weiß, wie lange die Verwirrung da oben anhält.«

ADL, Kreis Ingolstadt/Ingolstadt Zentrum/Eingang Cyberdynamix-Labors, 01.10. 2057 AD, 22.04 Uhr

Bis kurz nach 22 Uhr verlief die Sache einigermaßen friedlich.

Aber das Unheil kündigte sich für geübte Zuschauer an.

Oleg war einer der geübten Zuschauer und nahm Wetten bei den Gästen des Cafés an, wie lange der Kon warten würde, bis er die Demonstranten aus dem Verkehr zog.

Das Haus setzte auf 22.30 Uhr, frühere Termine standen bei einer Quote von 1:5, alles danach bei 1:2. Wer den exakten Zeitpunkt getroffen hatte, bekam eine Flasche Sekt.

»Ich setze 200 EC auf 22.15 Uhr.« Jeromin hielt dem Keeper den Credstab hin.

»Willst mich arm machen, oder?« Oleg buchte den Einsatz ab. »Aber du wirst verlieren.«

»Das sehen wir dann.«

Immer mehr Sicherheit wurde am Eingang zusammengezogen. Zwei MAN BGS-TF3 mit Wasserwerfern stellten sich rechts und links vom Tor auf.

Die ersten Einheiten mit Höllenhunden erschienen und postierten sich vor dem Zaun. Die Tiere fletschten die Zähne, jaulten Furcht erregend und brachten die Demonstranten auf Abstand.

Weniger Mutige flüchteten bei den schauerlichen Klängen der Critters und ernteten den Spott ihrer Kollegen.

Dann erschien ein gut angezogener Mann mit einem Ausweis von Cyberdynamix aus einem der MAN BGS-TF3.

»Sie haben nicht das Recht, hier zu sein«, erklärte er ruhig. Ein Comgerät übertrug seine Stimme an die Außenlautsprecher am Wachhaus. »Wir haben uns bei der Polizei erkundigt. Sie wissen nichts von einer Demonstration. Diese Kundgebung entbehrt nicht nur jedweder Grundlage, sie ist außerdem widerrechtlich. Sie befinden sich auf Privatgelände, Herrschaften.«

Oleg sprang vor dem Fernseher hin und her. »Das gilt nicht. Er provoziert sie. Das senkt die Quoten. Geh weg, dummer Mann!«

»Sie bestreiten also die Vorwürfe der Demonstranten?« Ein Reporter schob sich durch die Menge, blieb aber angesichts der Höllenhunde etwas zurück.

»Cyberdynamix hat, und das sage ich in aller Deutlichkeit, niemals in der Vergangenheit Lebewesen als Versuchsobjekte benutzt, noch wird so etwas in der Zukunft geschehen«, verkündete er feierlich, wurde aber durch wütende ›Lügner‹-Rufe unterbrochen.

»Was habe ich gesagt? Dummer Mann hat sie gereizt. Die Quote liegt nur noch bei 1:3«, bestimmte der Keeper laut und kehrte hinter den Tresen zurück. »Mist, verdammter.«

Der Kon-Mann schaltete auf stur. »Wenn die Straße nicht binnen einer halben Stunde geräumt wird, haben wir von der Polizei die Erlaubnis erhalten, den Weg mit unseren eigenen Angestellten freizumachen. Wir erwarten Lieferungen und müssen …«

Ein fauler Apfel klatschte dem Mann an den Kopf und platzte. Sekunden darauf gellten Pfiffe. Die Luft war erfüllt von Wurfgeschossen aller Art.

Fluchtartig zog sich der Kon-Sprecher in den Mobmaster zurück. Die Sicherheit öffnete das Tor und rückte vor.

Minuten später eskalierte die Situation.

Eine Schar Demonstranten durchbrach die Blockade der Kon-Gardisten und stürmte an den Fahrzeugen vorbei in Richtung der Labors, gehetzt von den überrumpelten Sicherheitskräften.

Doch die jugendlichen Randalierer kamen nicht weit. Es gab ein kurzes Flimmern, dann blieben die ersten so abrupt stehen, als ob sie gegen eine Wand gelaufen wären. Die schnell errichtete Manabarriere hielt die Menschen zurück.

Am Tor prügelten sich die restlichen Wachmannschaften mit Demonstranten, die der Ausrüstung der Kon-Sicherheit nichts entgegenzusetzen hatte. Die Werfer der MAN sprühten mit Reizstoffen versetztes Wasser in die Menge, die sich schreiend zu den Lkw zurückzog.

Einer der Kundgebungswagen startete und rammte den Zaun. Plötzlich peitschten Schüsse. Mehrere Kon-Leute gingen zu Boden.

»Liebe Zuschauer, was eben noch wie eine friedliche Demonstration aussah, ist umgeschlagen in eine brutale Schlacht zwischen Sicherheitsangestellten und Tierversuchsgegnern. Militante haben Waffen mitgebracht und machen aus der Aktion ein Blutbad. Es wird nur noch eine Frage von Minuten sein, wann Cyberdynamix auf die schweren Attacken der Leute reagiert, und, liebe Zuschauer, ich will dann nicht in der Nähe der Versammlung sein«, haspelte ein blasser Reporter in die Kamera, während er sich hinter einen Lkw zurückzog.

Projektile sausten durch die Luft. Dann stieß jemand einen Schrei aus, und die Kamera begann zu wanken. »O Gott, mein Mitarbeiter wurde von einer Kugel ins Bein getroffen. Wir müssen uns zurückziehen.«

Im Hintergrund begann das Stakkato einer schweren Waffe. Das Mündungsfeuer erhellte die Szenerie wie ein Stroboskop und verwandelte die Schlägerei in eine bizarre Szenerie.

»Scheiße, gib mir die Kamera. Das wird der Quotenrenner.« Der Reporter nahm dem Verletzten das Gerät weg und wagte einen Schwenk über die tobende Menge.

Mit säuerlichem Gesicht zahlte derweil Oleg die Einsätze aus.

»Rechne es in Cappuccinos um«, sagte Jeromin und grinste.

»333«, kam es wie aus der Pistole geschossen, »ab jetzt.«

ADL, Kreis Ingolstadt, Cyberdynamix-Labors,
01. 10. 2057 AD, 22.12 Uhr

Die Mauer erwies sich stabiler als angenommen. Hustle und Ultra arbeiteten wie besessenen, um die Steine herauszubekommen.

Als ein kleines Loch entstand, entdeckten die Schattenläufer eingezogene Stahlplatten, die vermutlich die Wände eines dahinter liegenden Raumes oder Ganges verkleideten.

Twing hatte die vernietete Konstruktion in Minuten mit Hilfe ihres kleinen Schweißlasers so weit gelockert, dass man die ungefähr einen Quadratmeter großen Platten lösen konnte.

Ungewiss blieb nur, welche Überraschung sie auf der anderen Seite erwartete.

Die Mechanikerin hatte sich mit einem Stethoskop bewaffnet und lauschte angestrengt. Selbst Poolitzer hielt die Klappe.

»Ich kann nichts hören«, teilte sie mit.

»Vielleicht steh'n dort zehn Jungs, die Wummen im Anschlag, und warten nur darauf, dass sich was bewegt«, unkte Ultra, der inzwischen wie eine verschwitzte Fußballmannschaft roch.

»Ich werde jetzt astral nachsehen«, bestimmte Cauldron. »Wenn sie die ganze Zeit über mit Sicherheitsanlagen gegeizt haben, warum sollte es hier anders sein?« Sie setzte sich vor den Steinhaufen, den Rücken an die Backsteine gelehnt, und erschlaffte augenblicklich.

Nach bangen Sekunden öffnete sie wieder die Augen. »Alles klar. Es scheint eine leere Zelle zu sein. Hier unten ist im ganzen Stockwerk niemand. Weiter oben ist mehr los, aber die Sicherheit scheint sich auf das Tor zu konzentrieren. Von Magiern oder Astralwesen habe ich weit und breit nichts gesehen.«

»Jeromin scheint ganze Arbeit geleistet zu haben. Also los!« Hustle entfernte die erste Platte und warf sie hinter sich. Ultra half mit und beschleunigte den Vorgang. Innerhalb weniger Minuten war die Öffnung groß genug.

Der Troll brachte die Urban Combat in Anschlag, der Reporter startete die VX2200C.

Auch wenn Poolitzer schon mehrmals einen Lauf dokumentiert hatte, das hier erschien ihm als die größte Sache, bei der er jemals mitmachen durfte. Sein Nasenjucken war so penetrant, dass er sich alle paar Sekunden ein Mittelchen in die Nasenlöcher sprühen musste. *Das lasse ich mir von FNS teuer bezahlen. Mindestens ein neues Studio. Oder zwei.*

»Ich geh vor und sichere. Endlich geht's los.« Der riesige Troll quetschte sich durch das Loch und verschwand in der angrenzenden Zelle.

ADL, Kreis Ingolstadt/Ingolstadt Zentrum/Eingang Cyberdynamix-Labors, 01. 10. 2057 AD, 22.20 Uhr

Auf der Ladefläche des rechten Lkw stand eine Trollfrau in Teilrüstung und feuerte mit einem riesigen Mehrfachgranatwerfer auf die Sicherheitsfahrzeuge.

Der MAN versuchte noch, sich mit einem schnellen Rückzug zu retten, aber die Metamenschenfrau jagte eine Granate nach der anderen auf das Fahrzeug. Der vierte Treffer stanzte ein dickes Loch in die Seite.

Brüllend schickte die Trollfrau ein weiteres Geschoss auf die Reise und traf genau die schadhafte Stelle der Panzerung.

Es gab eine dumpfe Detonation, dann flogen alle Luken des MAN auf. Ein zerstörter Helm segelte nach draußen und blieb auf dem Asphalt liegen.

Die Kon-Gardisten zogen sich zurück, mehrere Demonstranten lagen verletzt oder tot am Boden. Auch die Sicherheit hatte einige wenige Verluste hinnehmen müssen. Währenddessen ging der Beschuss weiter.

Von den Labors rollten nun drei modifizierte Ruhrmetall II Wolf AFV heran, die Mini-Kanonen auf den Türmen montiert hatten.

Die restlichen Demonstranten, die bislang wie eine Herde verängstigter Schafe zwischen den Fronten standen, begannen zu rennen.

»Grüne Zellen!«, brüllte die Metamenschenfrau und schwenkte mit dem Granatwerfer auf die Panzer. »Grüne Zellen!«

Die Läufe der Mini-Guns begannen mit einem schrillen Kreischen zu rotieren. Dann eröffneten die Schützenpanzer das Feuer.

Zuerst sah es so aus, als ob ein dicker Lichtstrahl aus der Mündung kam, über die Lkw strich und überall, wo er auf Widerstand traf, Metall, Holz und Körper zerfetzte.

»Das ist doch was fürs Auge, oder, Oleg?« Jeromin deutete auf die Bilder, die über die Mattscheibe flimmerten. »Die Cyberdynamix-Jungs verwenden tatsächlich Leuchtspurmunition, als ob sie an die vielen Zuschauer gedacht hätten. Fast wie an Silvester.«

Es dauerte einige Zeit, bis auch der Reporter des DNK vor Ort begriff, was vor sich ging.

»Die Kon-Sicherheit reagiert, wie ich es Ihnen vorausgesagt habe, liebe Zuschauer, auf die Ereignisse der letzten Minuten. Und glauben Sie mir, ich wollte, ich wäre mindestens drei …«

Der Lkw neben dem Mann explodierte. Die Druckwelle beförderte den Reporter durch die Luft und ließ ihn ein paar Meter weiter zu Boden fallen.

Die Spähpanzer rollten vorwärts und bestrichen die Fahrzeuge der Demonstranten mit Dauerfeuer. Knapp dahinter folgten die Kon-Gardisten. Wie von Geisterhand schoben sich die Lkw zur Seite.

Wieder flimmerte die Luft, doch diesmal manifestierten sich drei Feuerelementare. Ihre Kräfte machten aus den Lkw lodernde Fackeln. Stand ein Demonstrant im Weg, kümmerte das die magischen Wesen auch nicht weiter.

Die Magier riefen die Kreaturen nicht zurück, sondern ließen sie wie Kampfhunde auf die Grüne Zellen-Kämpfer los. Auch die Höllenhunde hetzten durch die Menge und verbissen sich in Gliedmaßen.

Plötzlich erschienen zwei Wasserelementare und stürzten sich auf die Cyberdynamix-Wesen. Die brüllenden Widersacher verschwanden in einer zischenden Dampfwolke.

»Hilfe«, schrie der Reporter. »Hilfe!«

Groß erschienen wirbelnde Reifen vor der Linse. Das Dröhnen des 500 PS starken Motors übertönte alle anderen Geräusche. Der Fahrer des Wolf II AFV hatte die Auspuffrohre des Schützenpanzers nach unten gestellt, die mehrere hundert Grad heiße Abgase nach unten bliesen.

Der Nachrichtensender schaltete ab, bevor das alles zermalmende Hartgummi Matsch aus der Kamera und dem Reporter machte, und brachte stattdessen eine schön inszenierte Talkshow zum Thema ›Gewaltbereite Demonstranten‹.

»Das nenne ich eine Ablenkung«, griente Jeromin.

»Ablenkung?« Der Barmann sah sichtlich schockiert aus. »Das war verdammte Sauerei, was Cyberdynamix mit Leute hat gemacht. Und das sage ich nicht nur, weil ich habe verloren.«

»Oleg, Briderchen«, imitierte der Deutsche das rollende ›R‹ und den Akzent seines Gesprächspartners. »Wenn zu dir Gäste kommen würden, die du nicht eingeladen hast und die dir die ganze Inneneinrichtung zusammenschießen, was würdest du denn tun?«

Der Russe überlegte. »Eigentlich hätte ich verschissene Demonstranten viel früher platt gemacht.« Energisch polierte er das Glas weiter. »Das nächste Mal ändere ich Quoten früher.«

»Siehst du, ich wusste es.« Jeromin deutete auf den Whiskey. »Gib mir einen, und dann mach mir die Rechnung. Ich habe heute Abend noch was vor.«

ADL, Kreis Ingolstadt, Cyberdynamix-Labors,
01. 10. 2057 AD, 22.20 Uhr

»Ihr könnt nachkommen, die Luft ist rein«, gab Ultra über Com durch.

»Ist das auch wirklich sicher?«, fragte Poolitzer zurückhaltend. »Ich mache mir nur Sorgen um das Allgemeinwohl. Immerhin möchte ich, dass alle lebend hier rauskommen. Was wäre das ansonsten für ein Ende für meine Doku?«

Die Schattenläufer ignorierten den Mann, huschten kampfbereit einer nach dem anderen auf die andere Seite und sahen voller Verwunderung, dass der Troll auf einen Menschen in orangefarbenem Overall angelegt hatte.

Der Mann war Mitte zwanzig und trug die langen, schwarzen Haare in einem Zopf auf dem Rücken, die Seiten waren bis auf millimeterkurze Stummel abrasiert und silbern gefärbt. Die drei Piercings über der rechten Augenbraue fielen sofort auf, die grünbraunen Augen drückten eine gewisse Verwunderung über die seltsamen Gäste in der Zelle aus. Das Gesicht war schmal, die Wangenknochen standen hervor.

Richtig abgedreht sahen die doppelt ausrasierten Koteletten aus, die sich bis zum Unterkiefer zogen. Unter der Lippe wuchs ein fingerbreiter Bart bis zur Kinnspitze.

»Wer ist das? Wo kommt er so plötzlich her?«, fragte Hustle leise und sicherte die Tür, während Twing nach kurzem Blick auf den Unbekannten das Schloss der Zelle in die Mangel nahm.

»Er war schon drin, als ich rein bin«, verteidigte sich Ultra. »Du hättest'n doch sehen müssen, Cauldron.«

Das ist mehr als seltsam. Die Magierin war mindestens so verblüfft wie das restliche Team. »Ich versteh das nicht. Ich hätte ihn wirklich sehen müssen.«

Der Mann sagte etwas in einer Sprache, die entfernt nach Deutsch klang, aber keiner der Schattenläufer verstand.

»Der geheimnisvolle Gefangene«, verkündete der Reporter mit tiefer Stimme. »Der Graf von Monte Christo? Der Mann ohne eiserne Maske? Ein Versuchskaninchen?«

»Die Tür ist auf«, meldete die Mechanikerin. »Magschlösser sind gar nicht so schwer, wie ich gedacht habe, wenn man sich in die Technik hineinversetzt. Eigentlich ist eine Einspritzautomatik schwerer zu durchschauen.«

»Was machen wir mit dem?« Ultra bewegte den Lauf seiner Waffe keinen Zentimeter zur Seite. »Er könnte uns verraten.«

»Das würde ich bestimmt nicht«, widersprach der Mann in holprigem Englisch. »Ich würde gerne einfach durch das Loch verschwinden und keine Scherereien machen, wenn es geht.«

»Ah, er versteht uns.« Der Ork spähte auf den Gang. »Du hast nicht zufällig einen Rigger gesehen, der hier unten gefangen gehalten wird?«

Der Mann nickte. »Sparkplug ist normalerweise irgendwo hier unten, aber die Cyberdynamix-Freaks haben ihn vor einer Stunde abgeholt und nach oben gebracht, vermutlich ins Kontrollzentrum. Sollt ihr ihn rausholen?«

»Wie geht es ihm? Wurde an ihm herumexperimentiert?«, wollte Twing aufgeregt wissen. *Danke, große Riggermaschine, dass er am Leben ist.*

»O nein. Sie behandeln ihn wirklich sehr gut, den Herrn Elf.« Sein Mund verzog sich verächtlich. »Ich denke, dass ihr ihn kaum freiwillig mitnehmen könnt.«

»Doch«, warf Ultra ein. »Wir sind nämlich seine Chummers aus Amerika.«

»Das dachte ich mir, dass ihr nicht von hier seid. Ihr redet irgendwie seltsam.«

»Was sollte das eben mit der Behandlung?«, hakte Cauldron nach.

»Er arbeitet für Cyberdynamix, damit hat die ganze Scheiße doch angefangen«, erklärte der Unbekannte knapp. »Meine Leute und ich dachten, er würde hier festgehalten, aber als wir es geschafft haben, zu ihm zu kommen, hat er die Sicherheit gerufen und uns festsetzen lassen. War schon 'ne tolle Aktion.«

»Das ist ja interessant.« Poolitzer machte ein paar Großaufnahmen von dem Unbekannten. »Sollte der Rigger zum Überläufer geworden sein, liebe Zuschauer?«

»Nie im Leben«, protestierte die Mechanikerin. »Wenn er die Möglichkeit gehabt hätte zu flüchten, wäre er schon längst abgehauen.«

»Würde ich dann in dem Loch sitzen und euch die Geschichte eines verpfuschten Laufs erzählen?« Die Augen des fremden Läufers blitzten wütend auf. »Märchen denke ich mir bestimmt nicht aus.«

»Das werden wir sehen«, unterbrach ihn Cauldron. »Wenn du dich schon so gut auskennst, kannst du uns führen? Es würde schneller gehen, und wir nehmen dich anschließend mit raus. Mit uns sind deine Chancen größer.«

Sie versuchte, einen astralen Blick auf ihn zu werfen, aber magisch war der Unbekannte seltsamerweise nicht wahrnehmbar, was die junge Frau zutiefst verwirrte. *Wie, bei allen freien Elementaren, macht er das?*

Der Mann überlegte einen Augenblick. »Besser als hier herumzuhängen und zu warten ist es auf alle Fälle. Hat jemand eine Knarre für mich?«

Cauldron reichte ihm eine ihrer Securas.

Zufällig berührten sich ihre Fingerspitzen, und die Magierin glaubte, sie hätte in ein Vakuum gegriffen. Etwas zerrte und sog mit aller Gewalt an ihrer magischen Kraft.

Heftiger Schwindel breitete sich aus. Ihre Hand fühlte sich taub an. Keuchend stützte sie sich an der Wand ab.

»Was hast du?« Hustle schaute sie besorgt an. »Alles in Ordnung, oder kriegen wir Besuch von Kon-Magiern?«

»Nein, es geht schon wieder.« Sie holte tief Luft und warf dem Mann, der gleichgültig die Waffe überprüfte, einen verstörten Blick zu. Was immer sie auch erlebt hatte, dem Unbekannten schien nicht das Gleiche passiert zu sein.

»Wie heißt'n und was wolltst'n du hier, hm?« Ultra hatte den Schwächeanfall Cauldrons nicht bemerkt.

»Ich heiße Keimag und bin Läufer wie ihr. Ich sollte für einen Konkurrenz-Kon etwas überprüfen und bin leider in eine Falle geraten.« Hustle gab das Zeichen, das der Gang frei wäre, und der Mann trat hinaus. »Wir müssen dort lang. Gleich nach der Biegung kommen zwei Sicherheitskameras, die aber einen toten Winkel haben, wenn man sich geschickt anstellt.«

»Du wolltest demnächst ausbrechen, oder?«, bemerkte der Ork grinsend.

Keimag nickte. »Wenn man sich seine Umgebung einprägt, stehen die Chancen besser. Ich konnte mir leider keinen so schönen Tunnel graben wie ihr.« Er pirschte sich vor und winkte die anderen herbei. »Die Lifts werden normalerweise von einem Hausdecker überprüft, aber irgendwas ist heute anders als sonst.«

»Stimmt. Unsere Auftraggeber haben ein Ablenkungsmanöver gestartet«, verriet Twing. »Wir werden hoffentlich wenig Sicherheitsleute zu Gesicht bekommen.«

»Wollen wir den Lift nehmen oder lieber die Treppe? Beide werden von Kameras überwacht, aber wenn wir Glück haben, kümmert sich derzeit niemand um das untere Stockwerk.« Keimag schaute in die Runde.

»Lift«, entschied der Ork.

Nacheinander passierten sie die beiden Sicherheitskameras und verschwanden in der Fahrstuhlkabine, die gerade unten wartete.

Die Fahrt nach oben verlief reibungslos. Nach einiger Zeit blieb der Lift stehen. Die Türen öffneten sich und gaben den Weg in einen schwach beleuchteten Gang frei.

Keimag huschte aus dem Fahrstuhl, schaute sich kurz um und winkte die Gruppe zu sich. »Das ist die Gefechtsebene, wie sie von den Weißkitteln genannt wird. Hier befinden sich die Monitore, die das Außenterrain und die Innenräume des Labors überwachen.« Er zeigte auf eine Tür am Ende des Ganges. »So viel ich weiß, ist die Steuerung für die Verteidigungsanlagen da drin. Dort ist er bestimmt.«

»Versuchen wir unser Glück.« Hustle rückte vor.

»Moment, Moment. Ich überprüfe noch schnell die

Kamera«, kam es von Poolitzer, der mit der Teilrüstung schwer ins Schwitzen geraten war. Die Kopfhalterung für die Fuchi saß verrutscht auf dem Schädel. »Ich will gute Shots machen. Ohne gute Aufnahmen keine Kohle, kein neues Studio.«

»Mann, du kannst nerven.« Der Ork pirschte weiter.

»Ihr seid schon eine seltsame Truppe«, meinte der deutsche Läufer und musterte den Reporter. »Bekomme ich eine Beteiligung? Es gibt so etwas wie das Recht am eigenen Bild.«

Poolitzer machte eine obszöne Geste.

Ultra gab ihm Rückendeckung, bis er an der Tür angekommen war, um dann selbst folgen. Twing war die Nächste.

Keimag musterte Cauldron. »Du bist eine Magische, nicht wahr? Es gibt nur wenige Läufer, die ihre Knarren hergeben, und meistens haben sie einen guten Grund dafür. Du kannst eigentlich nur die Magierin sein.«

»Ich denke, jetzt ist der falsche Zeitpunkt für Unterhaltungen«, wehrte die junge Frau ab. »Wir können nachher reden.«

Sie schloss zu den anderen auf, während sie ihre magischen Fertigkeiten auf einen Einsatz vorbereitete. Sicherlich beherrschte sie ihre Sprüche im Schlaf, aber dennoch reagierte ein vorbereiteter Geist immer noch schneller als ein zerstreuter.

Hinter sich hörte sie die leisen Schritte des Deutschen, der ihr unheimlich war. Noch nie hatte sie ein so lähmendes Gefühl wie vorhin verspürt. *Oder habe ich mir das nur eingebildet?*

Die Mechanikerin hantierte bereits am elektronischen Schloss.

»Halb so wild«, murmelte sie, während ihre Finger Kabel anschlossen und seltsame Geräte zum Leben erweckten, an denen bunte Lämpchen zu flackern begannen. Sekunden vergingen, die sich nach dem Gefühl der Schattenläufer wie Stunden hinzogen. »Der Abendkurs in Sachen Schlossknacken hat sich anscheinend gelohnt.«

Endlich glühte die Lampe am Schloss grün auf. Etwas klickte innerhalb der Tür.

»Bitte sehr.« Twing trat zurück.

Cauldron ging in Gedanken die Namen ihrer Elementargeister durch, die sie im Notfall aus dem Astralraum zu holen gedachte, und atmete tief durch.

Der Orksamurai zählte leise von drei an rückwärts, dann stürmten sie in den Raum.

Das Zimmer war beinahe dunkel.

Als einzige Lichtquelle dienten die zahlreichen Monitore, die in der Wand vor einem großen Kontrollpult eingelassen worden waren.

Auf den Bildschirmen waren die unterschiedlichsten Bilder zu sehen, aber alle Aufnahmen schienen sich auf das Tor zu konzentrieren. Drei halbwegs intakte und ein zerstörter Lkw lagen umgestürzt neben der Zufahrt, ein brennender MAN stand neben der Einfahrt; mehrere Kon-Gardisten rückten aus allen Rohren feuernd im Schutz der Ruhrmetall Schützenpanzer vor.

Die Gegenwehr erfolgte nur noch sporadisch. Die Angreifer schienen weitgehend dezimiert zu sein. Der Ton war abgestellt. Lautlos flimmerten die Bilder über die Mattscheiben.

Mit dem Rücken zu den Läufern saß in einem bequemen Liegesessel eine dünne Gestalt, zu deren Kopf schräg hinter dem rechten Ohr zwei Kabel verliefen.

Flankiert wurde der Sessel von zwei Dobermann Wachdrohnen, die ihre Minitürme mit den leichten Maschinengewehren in Richtung der Läufer drehten.

»Drek. Was mach'n wir jetzt?«, flüsterte Ultra und wagte nicht, sich auch nur einen Millimeter zu bewegen.

Im gleichen Moment schwenkte der Sessel herum. Das Gesicht der Gestalt lag im Dunkeln. »Besuch? So unerwartet?«

»Sparkplug!«, jubelte Twing. »Du bescheuerter Elf, wir haben dich gefunden!« Sie wollte zu ihrem Geliebten laufen, aber die Hand des Orks auf ihrer Schulter hielt sie zurück.

»Warte«, raunte er.

Die Wachdrohnen rollten langsam nach vorne, die MGs ruckten hektisch hin und her.

»Ja, ihr habt mich gefunden. Und jetzt legt die Waffen hin und ergebt euch, oder meine Freunde werden eure Gehirne im Raum verteilen.«

»Das bedeutet wohl Komplikationen, oder?«, murmelte Poolitzer leise. »Ich hätte es mir denken können. Es lief viel zu glatt.«

»Sach ma, bist du verrückt geword'n?« Der Troll schaute ungläubig. »Hoy, Chummer, wir sind's. Deine Freunde aus Seattle sind gekomm'n, um ...«

»Um mir das auszubauen, was mir lieb und teuer ist, ich weiß«, vollendete der Rigger den Satz mit kalter Stimme. »Aber das werde ich nicht zulassen. Die Sicherheit ist bereits alarmiert. Ich weiß nicht, wie ihr hier hereingekommen seid, aber ihr werdet jedenfalls nicht mehr hinausgelangen.«

»Hatte ich Recht?«, sagte Keimag, der keine Anstalten machte seine Secura zu senken. Mit einem einzigen Schuss könnte er diesem größenwahnsinnigen Arschloch das Hirn und die Drähte rausblasen, aber er wusste nicht, ob das im Sinne seiner Freunde war. Also ließ er es lieber.

»Schatz, was haben sie mit dir gemacht?«, stammelte Twing fassungslos, schüttelte die Hand des Orks ab und machte einen Schritt nach vorne.

Die linke Dobermanndrohne zuckte herum und feuerte den Taser auf sie ab.

Zwar reichte der elektrische Schock nicht aus, um die Mechanikerin vollständig zu lähmen. Dennoch sackte sie in die Knie und hockte leicht benommen am Boden.

»Oh, oh«, kommentierte der Reporter und bewegte sich vorsichtig hinter Ultra. *Ob ich es schaffe, rechtzeitig zum Tunnel zu kommen?* Er schielte an der Hüfte des Trolls vorbei, um die Szene weiterhin zu filmen. *Aber dann verpasse ich das Ende der Story.*

»Ich habe dich gewarnt.« Sparkplug zeigte nicht die Spur von Bedauern. »Du hast Glück, dass wir einmal ein Paar waren, sonst hätte ich dich getötet.«

»Ein Paar WAREN?« Twing starrte ihn aus großen Augen an, eine Träne lief ihr die Wange hinab. »Was haben sie dir angetan?«

»Sie haben mir nichts angetan, sondern einen Weg gezeigt, wie ich als Rigger der Größte sein kann. Alles, was ich bin, verdanke ich Cyberdynamix.«

»Ohne Zweifel. Wir müssen verschwinden, wenn er die Sicherheit alarmiert hat«, mahnte Keimag.

»Nich ohne Sparkplug«, knurrte Ultra.

»Und nicht ohne Lugstetter«, fügte Cauldron hinzu.

»Und vor allem nicht ohne gute Aufnahmen«, setzte Poolitzer eins obendrauf.

»Dann sollten wir etwas unternehmen«, schlug Hustle vor und eröffnete ohne Vorwarnung das Feuer auf die rechte Drohne.

Die Garben der automatischen Waffe rissen die Panzerung des Fahrzeugs auseinander, und bevor der Autopilot reagieren konnte, gab der Dobermann mit einem Kurzschluss den elektronischen Geist auf.

Ultras Reflexbooster legten los. Er zog das Ruhrmetall MG mit einer fließenden, blitzartigen Bewegung aus dem Rückenhalfter und schlug es der Drohne vor ihm einfach über.

Auch dieser Autopilot war einen Tick zu langsam.

Der Kolben der 14 Kilogramm schweren Waffe krachte genau in das Mittelteil der Drohne und knackte die Panzerung wie ein Vorschlaghammer eine Haselnuss.

Funken zischten am Schulterstück entlang, und der Troll kicherte kurz.

»'tschuldigung. War der Strom. Der hat in den Fingern gekitzelt.«

»Na, das war doch gar nicht so schwer.« Der Ork ging zum Sessel und zuckte zusammen, als er das Gesicht seines Freundes erkannte. Hatte er insgeheim damit gerechnet, wieder die leeren Augenhöhlen zu sehen, traf ihn dieser Anblick noch mehr.

Anstelle der Augen saßen zwei kalt schimmernde Kameralinsen im Schädel, die ihn leblos anstarrten. Sparkplugs Gesicht war eingefallen und hager, die Haut spannte sich wie dreckiges Papier über die Knochen.

Die vertrockneten Lippen zeigten Risse und Sprünge, die nur schlecht verheilt waren, und für einen Moment dachte der Metamensch, er würde auf eine Mumie schauen. Er bemerkte nun den seltsam stickigen Geruch, der von dem Elf ausging.

»Zombiemäßig«, flüsterte der Reporter, der froh war, dass er die Kamera am Kopf befestigt hatte. *Bei dem Bild hätte ich sie mit Sicherheit vor Schreck sinken lassen.*

»Überrascht?« Sparkplug grinste. Die Zunge schnellte schlangenhaft aus dem Mund und leckte einen dünnen Blutfaden von der Unterlippe, die mit einem leisen Knirschen gesprungen war. »Ich lege keinen Wert mehr auf mein Äußeres. Der Körper ist eine vernachlässigbare Hülle und transportiert meinen Geist an den Ort, wo er hinmöchte. Mein Zuhause sind Satelliten. Ich bin überall, wenn ich möchte.«

»Chummer, du siehst beschissen aus.« Ultra schulterte das G9 und griff nach den Kabeln, die aus dem Kopf des Riggers ragten. »Wir ziehen jetzt die Stecker.

Du kommst mit nach Seattle. Fuchi wird dir den Drek ausbauen, und dann machen wir einen ganz normalen Läufer aus dir.«

»Ich werde hier bleiben«, antwortete Sparkplug ruhig und schloss die Augen.

Twing hatte sich einigermaßen gefasst und verstand, was der Rigger vorhatte. »Schnell, zieh das Kabel raus!«, schrie sie. »Er riggt sich irgendwo ein.«

Jetzt habe ich aber allmählich genug. Cauldron machte eine kleine Geste. Sparkplug sank im Sessel zusammen. »Keine Angst, ich habe ihn nur schlafen gelegt. Den Zirkus habe ich mir lange genug angesehen. Und jetzt raus hier.«

Ultra entfernte vorsichtig die Kabel aus den Buchsen und legte sich den Elf über die Schulter. *Wie leicht er ist.*

Keimag warf einen Blick durch die Tür. »Scheint so, als ob die Sicherheit nicht allzu schnell ist.«

»Die werden am Tor genug zu tun haben.« Hustle wechselte das Magazin und jagte alle Patronen in die Sicherheitsanlage. »Und jetzt gehen wir besser.«

»Ist in Ordnung. Ich habe alles im Kasten«, verkündete Poolitzer und setzte sich in Bewegung. »Das sieht sehr nach einem Happy End aus, wenn ihr mich fragt. Mein Drehbuch sieht es zumindest so vor.«

Als alle den Raum verlassen hatten, schob der Ork die Stahltür bis auf einen kleinen Spalt zu, durch den er den Lauf mit dem Granatwerfer schob, und feuerte eine Granate hindurch. Dann schloss er die Tür.

Das Läuferteam rannte den Gang entlang zum Aufzug und fuhr nach unten. Dumpf spürten sie die Detonation der Granate im Sicherheitsraum. Alarmsirenen gellten los, und der Aufzug blieb stehen.

»Ich mach das schon«, verkündete Twing und riss die Schalttafelabdeckung ab. Nachdem sie ein paar Kabel getrennt und neu verbunden hatte, setzte die Kabine ihren Weg fort.

»Alle aufs Dach«, kommandierte Hustle, der die Notausstiegsklappe geöffnet hatte. »Und du machst dich ganz klein, Ultra.« Der Troll nickte, auch wenn er nicht überzeugt aussah.

Als der Lift anhielt, hörten die Schattenläufer ein leises Knattern. Projektile schlugen durch die Türen und bohrten sich in die Kabinenwand.

Ultra erhielt einen Streifschuss ins Bein und grunzte böse.

Der wütende Troll antwortete dem Beschuss in seiner Spezies typischen Art. Er lud das schwere Maschinengewehr und leerte den halben Gurt durch die geschlossenen Lifttüren, die sich nach 50 Schuss Stahlgeschossen in ihre Bestandteile auflösten.

»Wenn ihr ein Duell möchtet, bitte sehr.« Der Troll lachte kurz und rückte wild ballernd weiter vor.

»Schauen wir nach, was unser Kleiner stehen gelassen hat«, sagte der Ork augenzwinkernd und sprang nach unten. Die anderen folgten.

Wieder berührten sich Keimag und Cauldron unbeabsichtigt, als sich beide gleichzeitig für den Sprung bereitmachen wollten und sich nach vorne lehnten.

Der Kontakt war diesmal großflächiger als beim ersten Mal und traf die junge Magierin wie eine Keule. *So muss sich ein Milchshake fühlen, wenn man es mit dem Strohhalm aufsaugt, oder Wasser, wenn es durch den Abfluss nach unten gezogen wird.*

Alle magische Konzentration war schlagartig wie weggewischt. Nicht nur, dass ihre Sicht verschwamm, sie rutschte ab, fiel nach unten und schlug hart auf dem Boden des Fahrstuhls auf. Keuchend entwich ihr die Luft aus den Lungen. *Dieses Mal habe ich es mir nicht eingebildet.*

Twing hatte den Sturz ihrer Freundin mitbekommen, die versuchte, auf die Beine zu kommen, und half ihr auf.

»Alles in Ordnung?« Keimag glitt nach unten. Die Mechanikerin nickte.

Der Deutsche rannte an den Frauen vorbei, um Hustle und Ultra beizustehen. Die beiden Läufer waren bereits um die Biegung verschwunden und lieferten sich ein Feuergefecht mit den Überlebenden, die Ultras Raserei entkommen waren. Auch Poolitzer befand sich irgendwo dort, wo es knallte.

»Mann, was ist denn mit dir los?« Die Mechanikerin stützte die Freundin. »Ist dir schlecht? Bist du schwanger?«

»Sehr witzig. Es liegt an Keimag«, sagte Cauldron leise und bemerkte voller Entsetzen, dass der Rubin, ihr Zauberfokus, der an einer Kette um ihren Hals gehangen hatte, gesprungen war. Der Spruch, mit dem sie Stunden verbracht hatte, um ihn auf den Edelstein zu binden, war zerstört. »Wie ist das möglich?«

»Darüber machen wir uns später Gedanken.« Twing zerrte sie vorwärts. »Jetzt nichts wie weg hier. Lugstetter schnappen wir uns ein andermal.«

Als ob sie gegen eine Mauer gelaufen wäre, blieb die Magierin stehen. »Verdammt, den hätte ich beinahe vergessen.«

»Und den wirst du auch ganz schnell vergessen, weil wir keine Zeit für solche Spielchen haben«, herrschte Twing sie an, die in Gedanken ihre Bemerkung verfluchte. *Das habe ich sauber hinbekommen.*

»Schnapp dir die anderen und verschwindet.« Cauldron bewegte ihre Hände, sagte etwas und war verschwunden.

Twing sah sich um, konnte aber keine Spur von ihrer Freundin entdecken. »Drek, komm zurück. Du wirst es alleine nicht schaffen.«

Leise schloss sich die durchlöcherte Fahrstuhltür.

XIV.

Unsichtbar huschte die Magierin durch die Gänge, fest entschlossen, nicht eher aus dem Forschungskomplex zu verschwinden, bis entweder sie oder Lugstetter tot war.

Ich werde Bullet rächen, egal, was mit mir geschieht. Die Trauer über den Verlust hatte sich in rücksichtslosen, leidenschaftlichen Hass gewandelt und lieferte ihr den Antrieb für ihr Vorhaben.

Die Gruppe würde es auch ohne ihre Hilfe schaffen, aus dem Forschungskomplex zu gelangen.

Bisher verlief alles reibungslos, aber trotzdem musste sie sich beeilen. Die Demonstration vor dem Tor war von den Kon-Gardisten und Magiern aufgelöst worden. Die Sicherheitskräfte hatten damit wieder Zeit, sich um die Eindringlinge zu kümmern.

Sie befand sich auf dem Weg nach oben, wo sie sich einen Hinweis auf den langhaarigen, deutschen Samurai erhoffte.

Einem Trupp Schwerbewaffneter war sie erfolgreich ausgewichen, indem sie sich einfach an die Wand gedrückt hatte.

Cauldron machte sich keine Illusionen. Es war nur eine Frage der Zeit, bis sie ein Elementar, ein Watcher oder ein Magier entdeckte. Sie beschloss, alles zu riskieren.

Als sie an einer Abstellkammer vorbeikam, hielt sie an, betrat den dunklen Raum und wechselte in die Astralebene, um nach Lugstetter zu suchen.

War sie vorher noch ziemlich alleine in der Etage gewesen, liefen inzwischen zahlreiche Menschen in den Korridoren entlang, überwiegend Wissenschaftler und hektische Wachleute, die die Fahrstühle sicherten und Stockwerk für Stockwerk durchsuchten.

Astral schoss sie durch das Gebäude, vorbei an kleineren Grünpflanzen und mitten durch Decken, Wände und Möbelstücke.

Nach endlosen Minuten fand sie den deutschen Samurai, der in der Kantine saß und sich in aller Ruhe die Videoaufnahmen der Demonstration ansah, als ob ihn das Durcheinander ringsumher nichts angehen würde. Lugstetter leuchtete inzwischen magisch.

Cauldron konnte einen aktivierten Fokus erkennen, der um seinen Hals baumelte.

Umso besser, dachte sie grimmig und machte sich für einen Zauberspruch bereit. *Das erleichtert mir vieles und erspart die Lauferei.*

Sie konnte Lugstetter zwar aus dem Astralraum nichts anhaben, aber sie wollte den Fokus als magischen Blitzableiter für einen Manaball benutzen, und der würde dem zweiten Mörder von Bullet endgültig das Lebenslicht ausblasen.

Doch zuerst wollte sie sich noch einen kleinen Spaß mit dem Mann erlauben.

Flimmernd manifestierte sich ihr Abbild vor Lugstetter.

Erschrocken zuckte der Mann herum, zog trotzdem geistesgegenwärtig seine Altmayr und feuerte dem magischen Hologramm zweimal mitten ins Gesicht.

Die Schrotladungen der Waffe fuhren durch die täuschend echte Illusion und zerfetzten den Colaautomat. Blubbernd ergoss sich die braune Zuckerbrühe in den Raum.

»Verdammt«, fluchte der Samurai. »Ein verdammter Trick, nichts weiter.«

»Genau.« Cauldron lächelte und warf einen Blick über die Schulter. »Guter Schuss. Das wird die Putzfrau aber nicht gerne sehen.«

Lugstetter senkte die wirkungslose Waffe. »Glückwunsch. Sie haben mehr zustande gebracht als Ihre zahlreichen Schattenläuferkollegen zuvor. Aber keine Angst. Selbst wenn Sie mit Sparkplug entkommen, werden Sie keine große Freude an dem Rigger haben, das verspreche ich Ihnen.«

Das Abbild machte einen drohenden Schritt vorwärts. »Sie schulden mir noch was, Lugstetter. Sie haben meinen Freund auf dem Gewissen, und deshalb werden Sie ins Gras beißen. Dafür sorge ich.«

»Wie schade, dass Sie mir nichts anhaben können, nicht wahr?« Der Mann grinste und trat zur Seite, um einem kleinen Colabach auszuweichen. »Abgesehen davon war es nicht ich, sondern Gercke, der diesen Läufer zu Hackfleisch verarbeitet hat. Aber ich will mich nicht rausreden. Ich hätte es genauso getan. Wo stecken Sie eigentlich? Sie können unmöglich bei Ihren Freunden sein, oder? Ich kann meine Männer losschicken, die Sie abholen, und dann dürfen Sie es gerne persönlich versuchen. Die Genugtuung wäre bestimmt größer für Sie.«

»Geben Sie sich keine Mühe. Ich weiß, dass Sie einen Fokus tragen, Lugstetter. Fühlen Sie sich bloß nicht zu sicher.« Die Magierin sah sich im Raum um. »Wo sind denn Ihre Freunde?«

»Die anderen sind vermutlich mit den letzten Überlebenden der Demonstration beschäftigt.« Der Samurai zuckte mit den Schultern. »Die Ablenkung war sehr gut geplant. Fuchi steckt dahinter, oder?«

»Sie glauben doch nicht allen Ernstes, dass ich den Auftraggeber verrate?«

»Da ich ohnehin gleich sterben werde, könnten Sie es mir verraten.«

»Kein Interesse.« Die Magierin machte ein gelangweiltes Gesicht. »Und nun entschuldigen Sie mich bitte. Ich muss Ihren Tod vorbereiten.«

Die junge Frau wechselte zurück auf die astrale Ebene und richtete einen Manaball auf den Fokus aus.

Eine Sekunde lang beobachtete sie Lugstetter, der sichtlich nervös wirkte und sich ständig in der Kantine umsah, ob sie noch einmal auftauchen würde. Schließlich setzte er sein Comgerät in Gang und sprach hinein.

In dem Moment, als die Magierin den Spruch loslassen wollte, der das Hirn des Samurais in alle Ecken des Zimmers spritzen lassen sollte, bekam sie einen gewaltigen Schwall heißer Luft in den Rücken.

Überrascht taumelte sie nach vorne, der Zauber ging verloren.

Triumphierend brüllte der Angreifer auf und kam näher.

Voller Entsetzen blickte Cauldron auf den gewaltigsten Feuerelementar, den sie in ihrer Karriere als Magiekundige gesehen hatte.

Um das humanoide Wesen spielte eine rot glühende Flammenaura. Kleine Feuereruptionen schossen aus dem Körper hervor und jagten der jungen Frau eine unerträgliche Hitzewelle entgegen. Der Elementar krümmte sich leicht zusammen und schob den Kopf vor.

Panisch zog Cauldron eine Magiebarriere hoch. Sekundenbruchteile darauf schoss aus dem riesigen Mund des Angreifers ein baumdicker Strahl grell orangenes Feuer, der sie mit Sicherheit in ein armseliges Häufchen Asche verbrannt hätte.

Zwar hielt der hastig beschworene Schutz das Gröbste ab, dennoch verschlug ihr die Hitze den Atem.

Hungrig zuckten die Flammen an der Barriere entlang und umschlossen die Magierin, die wie aus einer gläsernen Kugel auf den faszinierenden und zugleich tödlichen Angriff starrte. Dann erlosch das Feuer. Der Elementar richtete sich enttäuscht auf.

Drei kleinere, glühende Wesen zischten heran und stürzten sich kopfüber auf die Barriere, die jetzt bedrohlich flackerte. Aus den Augenwinkeln bemerkte Cauldron, wie ein Watcher herbeieilte und die Spur zu ihrem Körper aufnahm.

»Sparky, Fünkchen, Match«, rief sie ihre eigenen Elementare herbei, von denen sie wusste, dass sie dem größeren Kollegen weit unterlegen waren, aber es ging nicht anders.

Gehorsam erschienen die magischen Wesen und stellten sich dem Kampf mit dem übermächtigen Gegner.

In der Zwischenzeit bannte die junge Frau die anderen Feuerelementare, die nur zur Schwächung der Barriere eingesetzt wurden.

Dann entdeckte sie den Lohnmagier.

Eindrucksvoll schwebte er heran. Seine lange, schwarze und aufwendig verzierte Robe wirkte mittelalterlich, und für einen Moment glaubte Cauldron einen Inquisitor vor sich zu haben.

Forschend bohrten sich die dunklen Pupillen in ihren Kopf. Trotzig hob sie das Kinn und starrte feindselig zurück. Mehrere Sekunden sahen sie sich einfach nur an. Keiner senkte den Blick.

Langsam bewegte der Mann den Arm und deutete auf Match. Ein opalisierender Schimmer legte sich um den Elementar, der kreischend zerbarst.

Das sanfte Leuchten sprang auf Sparky über, der dem Bannspruch qualvolle Sekunden länger standhielt, bevor auch seine Energien vollständig absorbiert waren.

Die Magierin schickte dem Gegner einen Manablitz entgegen, aber der Strahl glitt wirkungslos an einer Barriere ab. »Geh, Fünkchen, du bist entlassen«, sagte sie halblaut. Der Elementar verschwand ohne Zögern.

»Mephisto«, flüsterte der Mann und nickte Cauldron zu. »Vernichte die junge Hexe.«

Brüllend kam der Feuergigant auf die Magierin zu, die Arme wie zur Begrüßung eines alten Freundes geöffnet.

»Sie hat sich abgesetzt? Jetzt? Mitten im Lauf?« Hustle warf das leere Magazin achtlos zu Boden und lud die H&K nach. Er mochte die Waffe, auch wenn ihm der Hexenhammer lieber gewesen wäre, aber den konnte Jeromin nicht besorgen.

Ultra sicherte den Gang, während Keimag und der Reporter schon in der Zelle mit dem Durchbruch in der Wand verschwunden waren.

»Sie will sich Lugstetter schnappen«, versuchte Twing zu erklären. »Und wir sollen ohne sie abhauen.«

»Und wer macht das von uns? Ihr ist doch klar, dass wir sie rausholen werden, egal, ob wir mit draufgehen oder nicht.« Der Ork schüttelte den Kopf. *Was hat sich Cauldron dabei gedacht?*

»Eigentlich ist es meine Schuld«, gestand die Mechanikerin. »Ich habe sie daran erinnert.«

»Toll«, grunzte Ultra. »Also zurück.«

»Drek, der Lauf wäre so schön über die Bühne gegangen«, fluchte Hustle. »Keimag, Poolitzer, klemmt euch Sparkplug unter den Arm und verschwindet durch den Tunnel, damit wenigstens ihr rauskommt.«

»Vergiss es«, kam es aus der Zelle. »Ihr könnt mich verdammt gut gebrauchen.« Der Deutsche tauchte auf. »Ich kenne mich hier aus, ihr hingegen nicht.«

Poolitzer, der sich inzwischen vorkam wie ein Kriegsberichterstatter, erschien an seiner Seite. »Ich lege rasch eine neue CD in die Kamera. Dann will ich auch den Rest des Laufs mitfilmen. Was wäre diese Story ohne einen grandiosen Abschluss?«

»Na schön«, stimmte der Ork grollend zu. »Suchen wir unsere Hexe, und dann kann die Kleine was erleben. Den Rigger legen wir in die Nachbarzelle unter die Pritsche. Dort werden sie am wenigsten suchen.«

Vorsichtig legten sie den Elf in sein Versteck, tasteten sich zum Aufzug zurück und standen vor dem ersten Problem.

»Wo soll'n wir sie denn such'n?«, murmelte der Troll ratlos und traf es genau auf den Punkt.

»Cauldron will Lugstetter, und der ist wohl ein bisschen höher in der Hierarchie als ein normaler Wissenschaftler«, überlegte Twing. »Eine Mischung aus Samurai und Möchtegern-Exec.«

»Dann fangen wir am besten in den oberen Etagen an, dort hängen die Execs meistens rum«, erinnerte sich Keimag. »Ich vermute mal, die haben sich einen guten Aussichtspunkt für die Demo gesucht und schlürfen Sekt, während ihre Streitkräfte die Menschen zerlegen. Ähnlich wie damals in Rom mit der Ehrentribüne für die Mächtigen.«

»Rome? Ich hab immer gedacht, das is in den UCAS«, meinte Ultra. »Ich hab's mal in einer Fernsehsendung gesehn, als der Präsident …«

»Vergiss es, Chummer«, winkte der deutsche Läufer ab. »Bei euch sagt man doch Chummer?«

»Also gibt's mehrere Roms?« Tatsächlich machte der Troll Anstalten, nach seinem Palmtop zu langen, um den neuen Suchbegriff einzugeben, ließ es dann aber bleiben. *Das mache ich besser hinterher.*

Keimag drückte auf der Schalttafel eine Tastenfolge in den Ziffernblock ein und betätigte den Knopf mit der Aufschrift ›Bellevue‹. »Wie gesagt, ich wollte demnächst ausbrechen. Da merkt man sich so was«, erklärte er den staunenden Läufern.

Ultra hielt den Lauf des schweren MGs auf die Kabinentüren gerichtet. Wer auch immer sich in den Weg stellen wollte, angesichts einer solchen Argumentationshilfe würde jeder das Feld räumen.

Die Kon-Gardisten, die vor dem Aufzug gewartet hatten, starrten auf die Mündung und ließen sich sofort überreden. Sie warfen ihre Waffen auf den Boden, als ob das Metall glühend heiß wäre.

Ein paar gezielte Kinnhaken später befanden sich die Wachen im Traumland. Den langen Aufenthalt garantierten die aufgedrückten Traumapflaster.

Hustle zerrte einen der Männer vor die Lichtschranke des Aufzugs, um die Türen zu blockieren.

»Los geht's«, befahl er. Die Läufertruppe rückte vor, den FNS-Reporter im Schlepptau.

Das Team durchsuchte Raum für Raum, aber sie fanden nur überraschte Wissenschaftler und Execs, die sie der Reihe nach niederschlugen.

Insgeheim klopfte sich der Metamensch dafür auf die Schulter, das interne Sicherheitssystem zerstört zu haben. *Wenn der Hauptkontrollraum noch besetzt gewesen wäre, säßen wir schon längst in der Falle. Glücklicherweise scheinen die Cyberdynamix-Leute immer noch genügend Schwierigkeiten zu haben.*

Poolitzer wurde immer vergnügter, je mehr Räume sie durchsuchten. »Das wird die Dokumentation des Jahrhunderts, wenn ich hier lebend rauskomme«, freute er sich. »So tief war noch kein Reporter bei irgendeinem Kon drin.«

»Nächstes Stockwerk.« Die Laune des Orksamurai war im Keller. Vermutlich wartete irgendwann eine ganze Abteilung von Kon-Messerklauen in Vollrüstung. *Und das alles nur, weil Miss Zauberin ihre Rache unbedingt in die Tat umsetzen will.*

»Die Zeit läuft uns davon«, mahnte Keimag. »Was wir bräuchten, wäre ein kleines Wunder.«

In diesem Moment schwang die Toilettentür auf.

Die vertraute Gestalt von Lugstetter trat auf den Gang, genau mitten zwischen Hustle und Ultra, ohne die beiden wahrzunehmen.

»Die Handtücher sind alle. Scheiß Service«, beschwerte er sich, ohne aufzusehen, während er die nassen Hände schüttelte. »Da gibt der Kon Milliarden für die Forschung aus, aber ...«

Der Exec bemerkte die Silhouetten, die um ihn herum standen, und hielt inne. Als Nächstes wanderte sein Blick langsam nach rechts, dann nach links.

Bevor er nur eine einzige Bewegung machen konnte, hielt ihm der Troll die Mündung des MGs an das rechte Nasenloch.

»Chummer, nur 'nen falsch'n Furz, und dein Riechkolben fliegt zusamm'n mit dein'm Gehirn nach Nirgendwo«, versprach der Troll.

»Da hast du dein Wunder, Keimag.« Der Ork untersuchte den Deutschen auf Waffen und steckte dessen Altmayr und zwei kleinere Holdout Pistolen ein. »Und jetzt zu dir. Wo ist Cauldron?«

»Wer soll das sein, Gentleman?«

Hart rammte Hustle den Deutschen gegen die Wand. Ein dünner Blutfaden sickerte aus der Nase und lief über die Lippen in den Kinnbart. »Ich frage nicht noch mal.«

»Sie sind die Schattenläufer aus Seattle, habe ich Recht?«, meinte der Mann ruhig. »Das ist aber eine sehr unangenehme Überraschung.«

»Hör bloß auf zu sülzen.« Hustle stieß ihm die H&K in die Rippen. »Beantworte einfach die Frage.«

»Das letzte Mal habe ich ihre astrale Projektion in der Kantine gesehen. Wo sie ihren Körper gelassen hat, kann ich Ihnen leider nicht sagen. Es würde mich aber sehr interessieren.«

Das Comgerät des Mannes piepte.

»Geh dran.« Ultra drückte ihm wieder das MG an die Nase. »Aber kein Wort zu viel!«

»Hier Lugstetter.«

»Hier Lescher«, meldete sich der unbekannte Gesprächspartner. »Der Watcher von Herrn Kerlinger hat den Körper der feindlichen Magierin ausgemacht. Wir sind auf dem Weg dorthin, dritte Etage, im ersten Korridor in der Besenkammer. Sollen wir sie sofort liquidieren?«

Lugstetters Nasenknorpel bog sich bedenklich zur Seite. »Nein! Nein, Lescher, ich komme zu Ihnen. Unternehmen Sie nichts, bevor ich da bin. Und pfeifen Sie den Magier zurück. Ich brauche die Frau lebend.«

Es entstand eine unangenehme Pause. »Dafür könnte es vielleicht zu spät sein. Ende.«

Lugstetters Nasenbein brach mit einem lauten Krachen, und der Mann heulte auf.

»Ich habe eine Idee«, rief Keimag. »Ich weiß, wie wir Cauldron helfen können.«

Cauldron fabrizierte einen Bannspruch nach dem anderen, aber das gegnerische Elementar trotzte den magischen Formeln mit Leichtigkeit.

Der Lohnhexer verfolgte das Duell mit zufriedenem Lächeln. Früher oder später würde die Abwehr der Magierin erlahmen, und dann hätte sein Mephisto einfaches Spiel mit der jungen Frau.

Versuchen wir mal einen anderen Trick. Sie konzentrierte sich stärker als zuvor.

Plötzlich stockte der Feuerelementar und ließ die Hände sinken. Unschlüssig drehte sich das Wesen hin und her.

Der Mann stieß einen Fluch aus. Offensichtlich versuchte die Frau gerade, seine Kreatur zu übernehmen.

»Ich habe dich unterschätzt, Hexe«, murmelte er und schickte einen knisternden Blitz reiner, magischer Energie auf die Reise.

Cauldron musste ihre Bemühungen abbrechen und sicherheitshalber eine Verteidigung hochziehen, um den Angriff abzublocken. Sie spürte, dass ihr Gegner nicht seine ganze Macht genutzt hatte, aber die Attacke erfüllte ihren Zweck. Die Übernahme war gescheitert.

Mephisto schüttelte den mächtigen, flammenumkrönten Kopf, als wolle er einen Schwarm Fliegen verscheuchen, und wandte sich der Magierin zu. Der Elementar war wütend. Tiefrot glühte seine Gestalt.

Für einen Moment überlegte die junge Frau, ob sie in die andere Ebene wechseln sollte, aber sie wusste, dass es ihr Problem nur kurzfristig beheben würde. Per Ferndienst wäre der Elementar in der Lage, ihr weiter zuzusetzen, und der Magier könnte ihre aktivierten Fokusse als Zündschnur für Sprüche verwenden. Wenn es mit ihr zu Ende gehen sollte, dann lieber stilecht im Astralraum.

Ihre Magiebarriere fiel zusammen wie ein leerer Ballon. Mephisto dagegen pumpte sich auf und bereitete einen weiteren Strahl aus magischem Feuer vor.

Cauldron wollte das Unvermeidliche nicht länger hinauszögern, ließ alle aufrechterhaltenen Sprüche fallen und schloss in Erwartung alles verglühender Hitze die Augen. *Wenigstens bin ich im Jenseits wieder mit dir zusammen, Bullet, auch wenn Lugstetter mit dem Leben davonkam. Ich hoffe, du verzeihst mir.*

Der Lohnmagier betrachtete die Frau, die sich tapfer zur Wehr gesetzt hatte und mit bleichem Gesicht auf den Tod wartete. Eine fast würdige Gegnerin, aber letztendlich zu schwach für seine Künste.

Ein heftiger Schmerz brannte unvermittelt in seiner Schulter. Als Nächstes fühlte er einen Stich im linken Auge. In Sekundenschnelle verstand er: Jemand machte sich rabiat an seinem Körper zu schaffen.

»Mephisto, komm mit.« Der Mann flog durch den Astralraum dorthin, wo er seine sterbliche Hülle zurückgelassen hatte. Um die Hexe würde er sich später kümmern.

Lugstetter, ein Taschentuch an die blutende Nase gedrückt, kam um die Ecke und winkte den gepanzerten

Spezialeinheiten zu, die sich sturmbereit vor der Besenkammer versammelt hatten.

»Meine Herren, Sie können abrücken. Die Sache hat sich erledigt, vielen Dank.« Unschlüssig sahen sich die Männer an. »Danke«, wiederholte der Samurai gedehnt und winkte. »Die anderen sind im Forschungsblock Beta, 3. Etage, lokalisiert worden. Los, los, los. Bewegung!«

Die Kon-Gardisten rückten ab.

»Das hat der Junge aber brav gemacht«, lobte Hustle, der für die Wachen unsichtbar im Gang gestanden hatte, und senkte seine H&K. »Und jetzt holen wir Cauldron ab.«

»Ich krieg keine Luft mehr«, beschwerte sich der Deutsche. »Die Nase schwillt völlig zu.«

»Chummer, damit kommste bei mir nich weit.« Ultra lachte und kniff ein Auge zu. »Fische saug'n ja auch Luft durch'n Mund, ich hab das genau überprüft. Also streng dich'n bisschen an.«

»Die saugen doch keine Luft«, meinte Poolitzer feixend. »Die ziehen sich Wasser durch die Kiemen und filtern den Sauerstoff raus.«

»Quatsch. Wenn das ein Mensch versucht, ertrinkt er«, meinte der Troll.

»Könnte es daran liegen, dass wir Lungen und keine Kiemen haben?«, schlug der FNS-Mitarbeiter vor. »Wale haben auch Lungen, weil sie Säugetiere sind.«

»Wale sind doch ...«

»Bitte, nicht schon wieder die Säugetierdiskussion!«, verlangte Twing ärgerlich. »Wie lange werden die Gardisten brauchen, bis sie merken, dass sie verarscht wurden?«

»Wenn das Sicherheitsteam per Funk eine Bestätigung einholt, dann sind sie sogar wieder auf dem Weg hierher«, schätzte Lugstetter, dessen Stimme zunehmend nasal klang. »Wie lange soll ich Sie eigentlich auf Ihrer aussichtslosen Flucht begleiten?«

Hustle schob den langhaarigen Exec vor sich her, bis sie vor der Tür angekommen waren. »Es wird keine aussichtslose Flucht werden. Wir haben ja Sie als Geisel dabei.«

»Glauben Sie mir, dem Kon ist es scheißegal, wer Sie begleitet. Cyberdynamix will den Rigger zurück, ganz gleich, wer dafür aus dem Weg geräumt werden muss.«

»Klasse, dann könn'n wir den Sack gleich hier abputzen«, freute sich Ultra und hob das MG an das rechte Ohr Lugstetters.

»Moment, ich zoome näher ran«, sagte Poolitzer gespannt. »Der passionierte Zuschauer erkennt den Unterschied zwischen Spezialeffekt und echtem Gemetzel.«

»Halt, halt! Andererseits«, beeilte sich der Samurai, »weiß man nie, wie viel ich dem Kon wert bin.«

Die Schattenläufer lachten hämisch.

Twing öffnete die Tür und sah auf Cauldron, die benommen zwischen Mopps, Putzeimern und Reinigungsmaschinen saß. Zwar hatte sie die Augen geöffnet, aber ihr Geist hatte sich noch nicht vollständig an die neue Umgebung gewöhnt.

»Hier Keimag«, kam es über Funk. »Den Magier habe ich außer Gefecht gesetzt, aber hier sind so ein paar schießgeile …«, er benutzte ein Wort, das keiner der UCAS-Läufer verstand, »aufgetaucht und haben mich eingekeilt. Ich brauche euch.«

»Drek.« Hustle packte Lugstetter im Genick und zog ihn mit. *Egal, wo man ist, man befindet sich immer am falschen Ort.* »Das ist die letzte Aktion für heute. Wenn wir unseren neuen Freund aus seiner misslichen Lage befreit haben, verschwinden wir, was auch passiert.«

Gott, ich lebe noch. Cauldron kam schwankend auf

die Beine. »Der Magier ist weg. Er und sein Elementar hätten mich beinahe erwischt, aber …«

»Das war Keimag«, sagte Twing. »Er hat sich nicht von seinem Plan abbringen lassen. Ich hätte nicht gedacht, dass er es schafft.«

»Auf alle Fälle müssen wir ihn rausholen, und zwar sofort«, verkündete der Ork.

Zügig arbeiteten sich die Läufer zu dem Raum vor, den Lugstetter ihnen beschrieben hatte. Schon von weitem hörten sie das Gewehrfeuer der H&Ks, mit dem die Sicherheitsgardisten den Läufer eindeckten.

Ultra schaute kurz um die Ecke, griente breit und entsicherte das schwere MG. »Die stehen da wie die Pins. Jetzt wird's 'n bisschen laut«, warnte er die anderen und schwang sich in den Korridor. »Lasst uns bowlen!«

Dröhnend ratterte das Ruhrmetall SF20 los. Nach kurzer Zeit herrschte Ruhe auf dem Gang.

»Feuer einstellen«, rief eine unbekannte Stimme. »Ich habe Ihren Freund bei mir.«

»Und jetzt?« Twing klammerte sich an ihre Maschinenpistole. *Hoffentlich haben sie Sparkplug nicht gefunden.*

»Sie könnten mich gegen Ihren Freund eintauschen«, meldete sich Lugstetter. »Sie wären mich los und könnten in aller Ruhe verschwinden.«

»Ich schlage vor, wir ziehen uns zurück und lassen den deutschen Samurai hier.« Cauldron funkelte den Cyberdynamixmann an. »Der da ist mir zu wichtig.«

Die anderen waren fassungslos.

Wow, das nenne ich eiskalt. Poolitzer schaute vorsichtig in die Runde und wartete auf eine Reaktion. *Bester Soap-Stoff.*

»Bist du verrückt? Keimag hat sein Leben riskiert, um deinen Grufti-Arsch zu retten, und du willst ihn

Cyberdynamix als Geschenk überlassen?« Die Mechanikerin war kurz davor, ihrer Freundin einen Kinnhaken zu verpassen. »Bist du so scharf auf deine Rache, dass du einen Kumpel dafür opfern würdest?«

»Miss Cauldron, haben Sie sich schon mal überlegt, für einen Konzern zu arbeiten?«, fragte Lugstetter amüsiert. »Ihre Einstellung gefällt mir.«

»Schnauze, sons' gibt's eins auf die Fressluke«, drohte Ultra.

»Was soll das?«, begehrte die Magierin auf. »Na schön, er hat uns geholfen, aber wir kennen ihn nicht richtig. Was würden wir also verlieren?«

»Die Achtung vor mir selbst«, murmelte Hustle, der den Vorschlag der Magierin ebenfalls nicht gutzuheißen schien. »Wir haben versprochen, ihn mitzunehmen. Deshalb werde ich da nicht mitziehen.« Er wandte sich Lugstetter zu. »Los, mach was.«

»Sind sich die Herrschaften einig?« Der Deutsche schaute abwartend von einem zum anderen.

Cauldron versuchte, ihn mit Blicken zu töten. Auch die übrigen Schattenläufer waren nicht begeistert, aber es regte sich kein Widerspruch.

»Dann will ich sie von meiner Anwesenheit erlösen.« Er räusperte sich. »Hier spricht Lugstetter. Die Eindringlinge schlagen einen Tausch vor. Mich gegen den Schattenläufer.«

»Ich weiß nicht, ob ich das darf«, kam die Antwort.

Cauldrons Lippen umspielte ein Lächeln. *Ich bekomme deinen Tod.*

Der Deutsche verdrehte die Augen. »Das kann doch wohl nicht wahr sein! Mann, wie heißen Sie?«

»Radtke.«

»Passen Sie mal auf, Radtke. Ich trete jetzt auf den Gang, damit Sie mich sehen können. Sie werden den Läufer in dem Moment losschicken, in dem ich meinen ersten Schritt gemacht habe, verstanden?«

»Ich werde erst in der Zentrale nachfragen«, widersprach Radtke unsicher.

»Wenn er das macht, verlierst du dein linkes Ei, Chummer.« Hustle hielt ihm das MG in den Schritt.

»Radtke! Radtke, die Leute wollen mich verstümmeln!« Lugstetter stellte sich mit erhobenen Armen in den Korridor. »Wenn Frau Berger von Ihrem Zögern hört, wird sie Sie als neues Versuchskaninchen benutzen.«

»Ich dachte, Cyberdynamix macht keine Tierversuche«, flüsterte Twing Ultra zu, der daraufhin kicherte.

»Na, schön.« Der Kon-Gardist schien angesichts der Drohung seine Standhaftigkeit verloren zu haben. »Der Schattenläufer geht gleich los.«

Hustle und Ultra traten hinter Lugstetter.

Auf der anderen Seite des Gangs tauchten Keimag und vier Gardisten auf. Die ersten beiden knieten nieder und visierten die Metamenschen an, während die anderen zwei auf ihre Geisel anlegten.

»Eine falsche Bewegung, und wir pusten euren Kon-Mann weg«, versprach Hustle. »Ich zähle bis drei, dann gehen Sie gleichzeitig vorwärts. Eins, zwei, drei.«

Der Gardist mit dem Namensschild Radtke auf der Vollrüstung versetzte Keimag einen Stoß. Der Ork trat Lugstetter in den Hintern.

Die Männer schritten langsam den Korridor hinunter. Die Zeit schien langsamer als sonst zu verstreichen.

Nervös leckte sich Ultra über die Lippen. *Ich wette gleich passiert eine Schweinerei.*

Lugstetter und Keimag kamen auf gleiche Höhe.

Der Schattenläufer taxierte den lächelnden Kon-Mann. Seiner Meinung nach machte der Samurai einen zu sicheren Eindruck, und mit einer versteckten Geste signalisierte er seinen neuen Freunden erhöhte Vorsicht.

»Macht sie fertig«, brüllte Lugstetter plötzlich und

warf sich nach rechts gegen eine der Bürotüren, die krachend zerbarst. Die Schusslinie auf die drei Schattenläufer war frei.

Einen Tick zu spät setzte das Ruhrmetall SF20 ein, um für eine schnelle Entscheidung zu sorgen. Die Kon-Sicherheitsleute eröffneten das Feuer zuerst und jagten Dutzende von Projektilen aus ihren Waffen.

Einige Kugeln schwirrten an den Köpfen von Hustle und Ultra vorbei. Dafür erhielten sie genügend Treffer in den restlichen Körper, um bei einem Metallsuchgerät für ein hektisches Dauerpiepen zu sorgen.

Keimag hatte sich geistesgegenwärtig fallen lassen und robbte in einer wahnsinnigen Geschwindigkeit um die Ecke, um aus dem Gefahrenbereich zu kommen. Ohne Panzerung konnte jeder Treffer tödlich für ihn sein.

Es gab mehrere kleine Schläge gegen den Oberkörper des Orks, als die 9-Millimeter-Munition auftraf, doch die Teilrüstung hielt stand. *Gute Ware.*

Auch bei dem Troll hatten die H&Ks keine gravierenden Auswirkungen. Nur aus seinem linken Arm quoll ein kleines Blutrinnsal. Dann röhrte das schwere MG mit seiner verheerenden Wirkung los.

Ganze Fetzen der Vollrüstungen flogen durch die Luft. Das Kevlarmaterial hatte dem tödlichen Hagel aus Vollmetallgeschossen nichts entgegenzusetzen. Nach der Salve stand kein einziger der Gardisten mehr.

»Weg hier«, befahl Hustle. »Geht's?«, wollte er von Ultra wissen, aber der grinste nur.

»Das is nur'n kleiner Kratzer, der wird schon wieder …«

Lugstetter tauchte unvermittelt aus dem Büro auf, schnappte sich eine der Waffen der Sicherheitsleute und schoss eine Salve in Richtung der Schattenläufer, bevor er in einem anderen Zimmer verschwand.

Ultra zuckte zusammen und hielt sich das linke

Knie. »Drek, der hat mich erwischt«, fluchte er ungläubig. »Da rotzen vier Mann auf dich los und nix passiert, nur bei dem natürlich.« Vorsichtig trat er auf. »Die Kniescheibe tut tierisch weh. Is bestimmt'n Loch drin.« Diesmal schoss mehr Blut aus der Wunde. Eine Ader im Oberschenkel musste getroffen worden sein.

»Lass mich mal.« Cauldron kniete sich nieder und murmelte ein paar Worte, während sie eine Hand aufs Knie legte. *Bitte, lass es mich dieses Mal schaffen.*

Nach Sekunden ließ die Blutung nach. Die Magierin schwankte ein wenig. »Ziemlich anstrengend bei so wenig Essenz. Ich glaub, ich muss mich unbedingt hinlegen.«

»Ich auch«, stöhnte Poolitzer mit grünem Gesicht. »So langsam wird mir das Blut echt zu viel, Leute. Ich reagiere allmählich empfindlich. Könnten wir …«

»Später.« Hustle sicherte den Gang zum Fahrstuhl. »Noch ist alles ruhig. Wir können abziehen, wenn wir uns beeilen.«

Die Schattenläufer verschwanden in der Kabine, die sich kurz darauf in Gang setzte und sie nach unten brachte.

Ein blasser Poolitzer wechselte für alle Fälle die CD, auch wenn noch genügend Platz für Daten war. *Sollte ich die Kamera verlieren, will ich wenigstens die bisher geschossenen Bilder mit nach Hause bringen.*

»Keimag, Ultra und ich gehen vor und beseitigen mögliche Gegner«, erläuterte der Ork seinen Plan. »So wie es aussieht, wissen sie immer noch nicht, wie wir überhaupt reingekommen sind. Das ist unser großer Vorteil. Wir rufen euch, wenn alles klar ist, und dann nichts wie raus hier, einverstanden?« Die Frauen nickten.

Cauldron vermied es, den deutschen Läufer anzusehen. Sie kam sich jetzt ziemlich schäbig wegen ihres

Vorschlages von vorhin vor. *Ich werde ihn später um Entschuldigung bitten.*

»Ich komme auch mit.« Der Reporter grinste schon wieder. »Ich will dort sein, wo die Musik spielt. Aber haut nicht zu sehr auf die Kacke, sonst muss ich wegen zu großer Brutalität schneiden. Und kotzen.«

Die Männer rückten vor und waren bald um die Ecke verschwunden.

»Macht euch bereit«, meinte Twing. Die Maschinenpistole baumelte am Gurt an ihrer Hüfte. »Mann, ich will nur noch nach Hause.«

»Was soll ich da sagen? Ich fühle mich ziemlich am Ende.« Die Magierin lockerte die Schultern. »Noch eine Schießerei mehr, und ich lege mich an Ort und Stelle aufs Ohr.«

»O nein«, flüsterte die Mechanikerin und drehte sich um, weil sie ein Geräusch gehört hatte. »Ich dachte, ich hätte ihn unbrauchbar gemacht.«

»Was denn?« Cauldron schaute sich um und erstarrte.

Der andere Fahrstuhl kam gerade unten an. Die Türen öffneten sich.

Na, prima. Geistesgegenwärtig murmelte Cauldron einen Spruch, während sie losrannten. Die sechs Kon-Gardisten, die aus der Kabine stürmten, eröffneten das Feuer.

Doch die Kugeln wurden immer langsamer, je näher sie den beiden Frauen kamen, bis sie sich wie in Zeitlupe bewegten und einen Meter von ihnen entfernt wirkungslos zu Boden fielen.

Die Luft flimmerte. Dann brach die Barriere der Magierin zusammen.

»Oh, verdammt«, schimpfte Cauldron, »sie haben einen Magier dabei.«

Etwas Glühendheißes schoss den Gang entlang und hüllte die Läuferinnen in ein Flammeninferno.

Twing schrie auf, als sie die sengende Hitze spürte, und schloss mit dem Leben ab.

Aber das Feuer erstarb urplötzlich.

Cauldron war weiß im Gesicht. Ihr Atem ging keuchend, und dicke Schweißperlen liefen ihr die Stirn hinab. Die Mechanikerin begriff, dass ihre Freundin ihnen gerade das Schlimmste erspart hatte.

»Das reicht. Fünkchen!« Lodernd erschien der Feuerelementar im Gang. Die Magierin zeigte um die Ecke in Richtung der Gardisten. »Mach sie fertig.« Innerlich gratulierte sie sich zu dem Entschluss, den Elementar nicht gegen diesen Mephisto verbraten zu haben.

Die beiden Frauen hörten nur, wie das magische Wesen unter den Wachmännern wütete, aber schon bald erstarben die Schreie.

Keimag, Ultra und Hustle kamen angelaufen, ihre Waffen im Anschlag.

Poolitzer folgte mit Verzögerung, um nicht mitten in eine gegnerische Kugel zu laufen. »Habe ich was verpasst?«

»Der Weg vor uns ist frei«, meinte der Deutsche und schaute besorgt auf die Magierin, die sich an Twing festklammerte.

»Der Weg hinter uns auch.« Cauldron grinste böse.

»Da muss ich widersprechen«, sagte eine fremde Stimme.

Hustle und Ultra wirbelten herum und feuerten, aber die Projektile kamen nicht bis zu dem Mann in Vollrüstung durch. Genau wie zuvor bei Cauldron bremsten die Geschosse ab und kullerten auf den Fußboden.

»Zwecklos«, kommentierte der Mann mit dem Halbmond auf dem Helm. Seine Hände formten ein abstruses Zeichen.

Twing griff sich an den Kopf und fiel der Länge nach

hin. Auch Hustle brach zusammen, bevor Cauldron einen Gegenzauber sprechen konnte.

Der FNS-Reporter sank auf die Knie, ohne das Bewusstsein zu verlieren. »Ich werde filmen, ich werde filmen«, grummelte er immer wieder und mobilisierte alle Kräfte. »Du versaust mir meinen Quotenhit nicht.«

Ultra ergriff die Initiative. Er machte einen Satz nach vorne, schwang den Lauf des MG wie ein Schwert und wollte zuschlagen, als er abrupt stehen blieb und sich hilflos gegen ein übermächtiges Hindernis stemmte.

»Ebenfalls zwecklos«, lachte der Lohnmagier.

Dann bin ich wohl an der Reihe. Keimag setzte sich in Bewegung und schritt geradewegs auf den Mann zu.

»Was hat er vor?«, wollte Poolitzer wissen, aber niemand konnte ihm eine Antwort geben.

Wieder machte der Gegner eine Geste, doch schien die Wirkung auf den deutschen Schattenläufer auszubleiben. Es gab ein leichtes Zischen, als er die Manabarriere passierte, die den Troll am Angriff gehindert hatte.

Der Mann runzelte die Stirn und zog sich einen Schritt zurück, während seine Hände ein anderes Zeichen formten.

Ein gleißender Energiestrahl schoss aus der rechten Hand und traf Keimag mitten auf die Brust.

Cauldron war sicher, dass der Manablitz jeden gewöhnlichen Menschen aus den Socken gehoben hätte, aber dem Deutschen schien es überhaupt nichts auszumachen.

»Cerberus«, schrie der Magier, und ein Feuerelementar erschien an seiner Seite. »Vernichte den Mann mit den langen Haaren!«

Der Elementar sah sich um. Die Blicke gingen durch Keimag hindurch. »Ich sehe keinen Mann mit langen Haaren. Nur einen Menschen mit kurzen Haaren, einen Troll, einen Elf, einen Ork und zwei Frauen.«

Der Magier streckte den Finger aus und deutete auf Keimag. »Den da! Den sollst du umbringen!« Seine Stimme überschlug sich vor Aufregung.

»Ich sehe keinen Mann mit langen Haaren«, wiederholte das magische Wesen stur. »Ich brauche ein anderes Ziel.«

Der Schattenläufer schnappte sich den ausgestreckten Finger, und der Magier zuckte zusammen, als wäre ihm die Hand abgehackt worden.

Der nächste verzweifelte und letzte Versuch folgte, den Angreifer außer Gefecht zu setzen. Ein bläuliches Funkenbündel schlug knisternd aus den Fingerspitzen des Lohnmagiers.

Die magischen Stromschläge leckten über den Körper Keimags, ohne etwas auszurichten, obwohl sie ihn wie ein tödlicher Käfig umgaben. Die Deckenlampen platzten, und ein Scherbenregen ging auf die beiden Kontrahenten nieder.

»Das kann nicht sein«, rief der Magier ungläubig, »das kann nicht sein!«

Groß erschien die Mündung der Secura vor seinem Visier.

»Tschüssi!«, grüßte Keimag und löste in schneller Folge hintereinander aus.

Nach dem vierten Schuss zersplitterte das Plexiglas. Blut spritzte aus dem Loch, und der Magier fiel zuckend hintenüber. Der Feuerelementar verschwand.

»Das war die abgefahrenste Sache, die ich jemals gesehen habe«, erklärte Poolitzer und wuchtete sich in die Höhe. »Wenn ich die CDs verkaufe, habe ich Nuyen für drei Studios. Ach was, für ein ganzes Studiogebäude.«

Ultra stand im Gang wie ein überraschter Ochse. »Was war'n das für'ne Show?«

»Erklär ich dir später.« Der Deutsche überprüfte den Puls der bewusstlosen Läufer und lächelte. »Okay, sie leben noch. Ultra, schnapp dir Hustle und Sparkplug, ich nehme Twing«, ordnete Keimag an. »Cauldron, glaubst du, du schaffst es? Poolitzer hilft dir.«

Die junge Frau nickte geistesabwesend und stemmte sich mechanisch in die Höhe.

Der Reporter umfasste ihre Hüfte und stützte sie. »Hey, jetzt kommen wir uns endlich mal näher, was?« Ihre Fingernägel krallten sich warnend in seinen Arm. »Okay, bleib locker. War nur ein Scherz.«

Sie mussten über ein paar tote Wachmänner steigen, die die anderen drei vorher erledigt hatten, dann liefen sie zurück in die Zelle und schoben sich durch das Loch in der Wand in den alten Gang.

Keimag keuchte schon bald unter seiner Last, Ultra hingegen schleppte die beiden Freunde und die Ausrüstung, als würde er das jeden Tag vor dem Mittagessen machen.

»Ich lasse mir auch Kunstmuskeln einbauen«, versprach der Deutsche leise, während er die Mechanikerin auf seiner Schulter zurechtrückte.

Cauldron und Poolitzer liefen zwischen den beiden. Der Reporter warf hin und wieder einen Blick zurück, um nach Verfolgern Ausschau zu halten.

Bislang blieb alles still.

Nach fünf Minuten kamen sie an der Felsnische vorbei.

»Wie lange noch?«, fragte Keimag und hielt kurz an, um zu Atem zu kommen. »Ich weiß nicht, ob ich den Dauerlauf noch lange durchhalte.«

»Dann geht es dir genauso wie mir«, stöhnte Poolitzer. »Scheiß Rüstung, die ist verdammt schwer.« Röchelnd rang er nach Luft.

»Noch vier Kilometer«, erklärte Ultra. »Das müsst ihr aber schaffen, Chummers.«

»Ich bin kein Leichtathlet«, protestierte der Reporter pfeifend.

»Dann wirst du jetzt zu einem werden«, sagte die Magierin müde. »Und nun lauf dicht an der Wand entlang. Ich will nicht, dass du unsere Überraschung auslöst.«

»Welche Überraschung?«, erkundigte sich Keimag.

»Das wirst du gleich sehen.« Die Mechanikerin deutete auf den Boden. »Pass auf deine Füße auf. Hier musst du einen großen Schritt machen.«

Gehorsam hob Keimag die Füße und stieg über die dünnen Drähte, die Twing auf dem Hinweg gespannt hatte. Als er das alte Flakgeschütz sah, pfiff er durch die Zähne. »Funktioniert das Ding noch?«

»Wir hoffen es einfach mal«, antwortete Poolitzer. »Wenn nicht, ist es auch nicht besonders schlimm.«

»Weiter«, drängte der Troll. »Sonst hauen unsere Leute am Tunnelende noch ab.«

Mit zusammengebissenen Zähnen stolperte Keimag durch die Dunkelheit, doch er konnte das Tempo von Cauldron, dem Reporter und Ultra halten.

Nach ein paar Minuten donnerte das Flakgeschütz hinter ihnen los. So musste eine Gewitterwolke klingen, die sich in die Kanalisation verirrt hatte.

»He, es hat doch funktioniert.« Der Deutsche lachte atemlos. »Das soll einer mal sagen, die deutsche Wertarbeit hätte erst nach 1945 eingesetzt.«

»Was?«, erkundigte sich Ultra.

»Vergiss es«, rief Keimag und wäre um ein Haar gestürzt. Erst im letzten Moment fing er sich ab.

Nach einer scheinbar endlos langen Zeit kamen sie an den Tunnelausgang.

Die Sterne schimmerten und tauchten die Umgebung in mildes, kühles Licht. Frische Luft blies ihnen um die Nase und brachte ein bisschen Leben zurück. Sie mobilisierten die letzten Kraftreserven.

Ein wenig abseits stand ein gewaltiger Ruhrmetall Behemoth C2 MBT und startete die Turbinen, als die Läufer hinaustraten.

Die Einstiegsluke wurde geöffnet. Ein Mann mit Helm und in Teilrüstung winkte das Team heran. Unentwegt zielte die 80mm Gauss-Kanone auf den Tunnelausgang, um im Falle einer Bedrohung ihre tödlichen Geschosse auf die Reise zu schicken.

»Glücklicherweise ist auf Fuchi Verlass«, freute sich Cauldron schwach.

»Kunststück«, murmelte der Troll. »Wir ham ja auch die Fracht.«

»Und was für eine.« Poolitzer atmete erleichtert auf. »Das war's. Wir haben es geschafft. Happy End, Kollegen. Wie ich gesagt habe.«

Kaum befand sich der Letzte der Gruppe im Inneren des Stahlungeheuers, schoss der Behemoth davon.

Der Pilot flog dicht über dem Boden, um einer Radarerfassung zu entgehen, und lenkte den Schweber seinem Ziel entgegen.

ADL, Kreis Ingolstadt, Tunnelsystem,
01. 10. 2057 AD, 23.09 Uhr

Lugstetter, die gebrochene Nase geschient, stand im Tunnel und konnte es nicht fassen. Das unrühmlichste Kapitel in der Geschichte Deutschlands und den ADL hatte nach mehr als 100 Jahren immer noch Auswirkungen auf die Gegenwart – und diesmal schon wieder mit verheerenden Folgen.

Schlimmer hätte es überhaupt nicht sein können, aber wenigstens war er nicht schuld an dem totalen Versagen der Sicherheit. Welcher Feindkonzern auch immer sich das Ganze ausgedacht hatte, es war ein genialer Schachzug gewesen.

»Welches Arschloch hat das Labor geplant?«, schrie er einen Wachmann an, der erschrocken Habtachtstellung annahm. »Wie konnte man so einen Gang vergessen? Wie?«

»Tut mir Leid, aber das weiß ich nicht«, antwortete der Mann aufrichtig.

»Das war eine rhetorische Frage.« Lugstetter fuhr sich durch die Haare und überlegte, wie er einen Bericht abfassen konnte, der ihn positiv dastehen ließ.

An seiner Seite tauchte Professor Haake auf, der staunend den breiten Gang betrat. »Aha. Interessant.«

»›Interessant‹ ist nicht das richtige Wort, mit dem unsere verehrte und gefürchtete Geschäftsführerin Annegret Berger diesen Vorfall bezeichnen wird, Professor.« Der Kon-Mann konnte sich eine solche Bemerkung einfach nicht verkneifen. »Ich denke, sie wird etwas Ordinäres, Vulgäres, Hässliches sagen. Und als Nächstes Ihr Entlassungsschreiben unterzeichnen.«

»Dafür bin ich zu wertvoll, Herr Lugstetter«, winkte Haake müde ab. »Aber im Grunde haben Sie Recht. Die Sache ist mehr als ärgerlich, weil wir nicht nur den Prototypen, sondern auch noch den besten Rigger verloren haben, den ich mir für den Test des TA.K.C. 3000 wünschen konnte.«

»Nicht zu vergessen die Kleinigkeit der zerstörten Sicherheitsanlage«, ergänzte Lugstetter freundlich. »Alleine den Schaden zu reparieren wird mindestens ein paar Wochen in Anspruch nehmen, ganz zu schweigen von den Kosten, nicht wahr? Und dann war da noch der Idiot mit der Kamera, der durch die Korridore spazierte.«

»Mein Gott, sind Sie gehässig.« Haake betrachtete den Mann voller Abscheu. »Sie sind sehr destruktiv, wissen Sie das?«

»Das liegt an meinem Job, Professor«, antwortete er grinsend.

Sie gingen an der zerstörten Flugabwehrkanone vorbei, vor der sich ein kleiner Blutsee gebildet hatte, und betraten den Lagerraum.

»Na, sehen Sie.« Der Wissenschaftler deutete auf

die langen Kisten. »Hier wurde früher schon Forschung betrieben: V1 und V2. Mit der Wunderrakete wollte dieser Größenwahnsinnige England mürbe schießen. Für die damalige Zeit eine sehr innovative Erfindung.«

»Wenn es um Größenwahn geht, entdecke ich manchmal Parallelen zwischen einigen Execs und dem durchgeknallten … war er nicht Österreicher?«, meinte Lugstetter und schob einen Deckel zur Seite, der merkwürdigerweise ein Stück offen stand.

»Professor, gab es 1944 schon elektronische Digitalanzeigen?«

Haake runzelte die Stirn. »Was für eine dämliche Frage. Natürlich nicht. Wieso?«

»Scheiße, verdammte!« Er klappte sein Comgerät auf. »Ich brauche sofort einen Sprengstoffexperten hier unten. Und räumt das Labor.«

»Das geht nicht«, widersprach der Wissenschaftler. »Wissen Sie, wie viel Arbeiten und Experimente in den Stockwerken lagern?«

»Keine mehr, wenn das Zeug hier hochgeht.« Lugstetter zeigte auf den C4-Klotz, die Munitionskisten und die Raketenköpfe.

»Mein Gott. Die ganzen Aufzeichnungen und Testergebnisse des TA.K.C. 3000 sind hier.« Haake klang verzweifelt. »Ich werde sofort Alarm geben.«

ADL, Kreis Ingolstadt, Nähe Hofgut Werrle,
01. 10. 2057 AD, 23.13 Uhr

Der Behemoth rauschte durch die Nacht und gewann an Höhe. Sie hatten den Radarbereich des Labors verlassen.

Twing, Hustle und Sparkplug waren auf Liegen festgezurrt, während die anderen vier im Transportraum saßen, sich einen Schluck echten Kaffees gönnten und auf Fuchi anstießen. Die Sturmhauben lagen auf dem Boden verstreut.

»Was bist'n du für einer?«, fragte Ultra und schob sich eine Hand voll Kekse in den Mund.

Seine Verletzungen waren vom mitgekommenen Mediziner verarztet worden, der lediglich ein paar Streifschüsse feststellen konnte. Die Oberschenkelwunden waren dank der magischen Schnellheilung nicht schlimmer geworden. Der Blutverlust hätte ihn innerhalb weniger Minuten umgebracht.

Keimag lächelte müde. »Ich weiß nicht, wie man es nennt. An mir wirkt keinerlei Magie. Keine Illusionssprüche, keine Angriffssprüche. Und leider keine Heilzauber. Ich bin immun gegen solche Sachen. Dabei hatte ich vorhin ziemliches Glück.« Er tippte auf seine Kleider. »Wenn er einen Feuerball auf mich geschleudert hätte, dann hätten meine Klamotten bestimmt Feuer gefangen.«

»Ein Nega-Magier«, rief Cauldron und schlug sich an die Stirn. »Natürlich. Ich hätte nie geglaubt, dass es sie wirklich gibt.«

»Endlich gibt's für euch Magiefuzzis das richtige Gegenmittel«, griente der Troll und legte ein paar Kekse nach. »Das is mehr als gerecht. Chummer, ich kann dich echt gut leiden.«

»Ich weiß nicht, warum es ausgerechnet bei mir so ist, aber es war doch ganz hilfreich.« Er nahm einen Schluck Kaffee und wandte sich der Magierin zu. »Es tut mir Leid, wenn ich dir vorhin wehgetan habe, aber ich kann meine Veranlagung nicht ausschalten. Sie ist immer da.«

Die junge Frau schauderte. »Es war furchtbar. Ich habe etwas Derartiges noch nie erlebt. Es ist, als würde einem alle Kraft mit einer riesigen Unterdruckpumpe rausgerissen.« Sie nahm den zerstörten Rubin ab. »Und mein Fokus ist auch kaputt.«

»Scheiße«, meinte Keimag schuldbewusst. »Wie teuer war er? Ich bezahle ihn natürlich.«

Sie winkte ab. »Du hast es nicht mit Absicht getan. Aber eine kleine Warnung wäre hilfreich gewesen.« Cauldron zögerte. Sie rang mit sich. »Außerdem habe ich es verdient. Ich war vorhin ein ziemlich egoistisches Arschloch. Tut mir Leid, dass ich dich sitzen lassen wollte.«

»Ihr habt mich rausgeholt, das zählt für mich.« Der Nega-Magier machte deutlich, dass das Thema für ihn erledigt war. Er streckte die Hand aus. »Freundschaft?«

Cauldron schaute ein wenig skeptisch auf. »Äh, gut. Aber die Hand werde ich dir nicht geben. Ist mir zu gefährlich.«

»Wie blöd von mir.« Keimag schüttelte den Kopf.

Poolitzer kniff den Mund zusammen. »Könnt ihr das bitte noch mal sagen? Ich hatte die Kamera gerade nicht zur Hand. Es würde sich als Schlussbild sehr gut machen.«

»Du kannst mich mal, Snoop.« Die Magierin lächelte hinreißend.

Einer der Piloten kam nach hinten. »Wir fliegen nicht zum Hofgut zurück, sondern direkt zum Kon-Krankenhaus. Es ist besser für die drei. Anordnung vom Mediziner.«

»Einverstanden«, sagte Ultra und schenkte sich Kaffee nach. »Mann, hoffentlich sind sie bald wieder auf'n Beinen.«

»Um Twing und Hustle würde ich mir keine Sorgen machen. Die sind zäh, schätze ich. Aber der Elf sieht echt hyperultrascheiße aus«, tat Keimag seine Meinung kund. »Kann der ohne seine Riggerei überhaupt noch leben?«

»Ich verstehe es nur zum Teil«, gab Cauldron zu. »Sie haben ihn magisch beeinflusst. Soweit ich astral sehen konnte, haben sie ihm einen Fokus angehängt. Jedenfalls leuchtet das Ding astral ganz ordentlich, etwa auf Brusthöhe.«

»Nichts leichter als das.« Keimag stand auf und wollte zur Liege des Elfs gehen, als er auf eine Sturmhaube trat, ausrutschte und genau auf Twings Koffer fiel. Etwas knirschte gewaltig. »Hab ich was kaputtgemacht?«

»'s klang so«, stimmte Ultra ironisch zu. »Gut gemacht.«

Der Deutsche hob den Behälter auf und kramte herum, bis er eine zerbrochene Fernzündervorrichtung hervorholte.

»Ups.« Der FNS-Reporter hielt die Fuchi auf das Gerät und zoomte die Kabel heran. »Was hat das zu bedeuten?«

»Die hatte ich glatt vergessen.« Cauldron wischte sich eine Strähne aus dem Blickfeld. »Dann wird wohl nichts aus unserem Abschlussfeuerwerk.«

»Du hast's echt drauf, Keimag«, lobte der Troll. »Zuerst den Funkelstein, dann das Ding. Du solltest dir 'n neuen Namen geben wie Destroyer oder so.«

»Ach, Scheiße.« Ärgerlich warf Keimag den Fernzünder weg.

Wild wirbelte das Gerät durch die Luft, prallte auf eine Ecke, hüpfte noch einmal in die Höhe und landete genau auf dem Druckknopf.

Während der Nega-Magier Sparkplugs Körper abtastete, bis er den Fokus gefunden und durch die Berührung zerstört hatte, flackerte unbemerkt von allen das grüne Lämpchen am Fernzünder schwach auf.

ADL, Kreis Ingolstadt, Tunnelsystem,
01. 10. 2057 AD, 23.14 Uhr

Lugstetter stand vor dem Spiegel in der Herrentoilette, ordnete seinen Pferdeschwanz und achtete wie immer darauf, dass die drei Strähnen symmetrisch angeordnet lagen. Als ärgerlich empfand er die weiße Schiene, die seine Nase verdeckte und den Blick des Betrachters auf sich zog. *Vermutlich wird Berger beim anstehenden Gespräch nur darauf starren und schadenfroh lächeln.*

Der Kon-Samurai überprüfte den Sitz seines Anzugs und trat in den Gang, in dem aufgeregte Wissenschaftler mit Unterlagen und tragbaren Computern, ausgebauten Festplatten und anderen Datenträgern hin und her rannten. Die Evakuierung lief auf Hochtouren.

Zeit, mich ebenfalls in Sicherheit zu bringen, dachte er und steuerte zum Fahrstuhl, der ihn zum Ausgang bringen sollte. Zusammen mit acht anderen Cyberdynamix-Mitarbeitern stand er in der Kabine, als sie sich in Bewegung setzte.

Irgendwo tief unter ihnen grollte es.

Der Fahrstuhl begann zu rütteln, rutschte ein Stück nach unten und hielt an.

Alles schien in Bewegung zu sein. Die Wände, die Decke, sogar seine Mitfahrer zitterten.

Lugstetter schloss für eine Sekunde die Augen, weil er genau wusste, was das zu bedeuten hatte. Der Sprengstoff, den die Läufer hinterlassen hatten, war detoniert. *Es ist einfach nicht mein Tag.*

Die Männer in den weißen Kitteln versuchten, sich an irgendetwas festzuhalten. Unbezahlbare Dokumente und wertvolle Chips verteilten sich am Boden und wurden ohne Rücksicht zertrampelt.

Der Samurai zog seine Pistole und zerschoss die Verriegelung der Wartungsklappe.

Ein kurzer Klimmzug, und er stand auf dem Dach des Fahrstuhls, während unter ihm die Wissenschaftler versuchten, ebenfalls aus der Falle zu entkommen.

Noch immer schwankten und wackelten die Wände. Die metallenen Schachtwände knirschten und knacksten bedrohlich.

Zum Glück ist meine Fitness einwandfrei. Ohne zu zögern packte Lugstetter eines der Kabel, an dem die Kabine hing, und hangelte sich nach oben, um im darüber liegenden Stockwerk die Röhre verlassen zu können.

Doch dazu kam es nicht.

Knallend zerrissen die Stahlseile und schnellten in die Höhe, mit ihnen der Samurai, der wie eine Puppe herumgeschleudert wurde.

Festhalten, konzentrierte er sich mit zusammengebissenen Zähnen, obwohl er meinte, die Gelenke würden ihm durch den Ruck aus den Schultern gerissen.

Pfeifend verschwand die Kabine in der Dunkelheit unter ihm. Die entsetzten Schreie der Wissenschaftler gellten immer leiser werdend durch den Schacht.

Eisenhart schlossen sich Lugstetters Hände um das Kabel, während er rechts und links an die Wände prallte. *Wenn ich das gewusst hätte, hätte ich mir die Mühe mit den Haaren sparen können.*

Seine Fahrt nach oben endete. Das Pendeln ließ nach, und Lugstetter schwang sich zu einer Tür, die er nach mehreren Versuchen mit einer Hand aufstemmen konnte.

Wieder grollte es.

Am Ende des Schachts wurde es taghell. Funkensprühend tauchten die Überreste des Fahrstuhls wie ein böser Dämon auf, umgeben von hellrot leuchtenden Flammen.

Seine Flucht gelang nicht mehr. Die scharfen Metallkanten der zerfetzten rechten Kabinenwand bohrten sich in seine Beine und spießten ihn auf wie einen Torero, der von einem wütenden Stier auf die Hörner genommen wird.

Samt den Fahrstuhlüberresten und in loderndes Feuer gehüllt, katapultierte der Druck der Explosion ihn Etage um Etage der Spitze des Gebäudes entgegen. Hätte ihn ein abergläubischer Mensch bei seinem mörderischen Ritt beobachtet, hätte er wohl angenommen, der leibhaftige Teufel steige im Eiltempo aus seinem Reich, um Cyberdynamix in die Hölle zu schicken.

Lugstetter krachte gegen Kabelrollen und krallte sich instinktiv fest. Mit letzter Kraft gelang es ihm, die Wartungsluke zu öffnen und sich auf das Dach des Gebäudes zu schleppen, wo er liegen blieb und ohnmächtig wurde.

Unter ihm herrschte das Chaos.

Die Explosion der Naziraketen kombiniert mit den Labors von Cyberdynamix hatte den Großteil des Berges weggerissen.

Überall brannte es, die Flammen loderten in den nächtlichen Himmel. Immer wieder erschütterten Detonationen das Gelände und brachten Gebäudeteile zum Einsturz.

Wie ein Monolith erhob sich über der Weltkriegsszenerie das verglaste Hochhaus, auf dessen Dach Lugstetter lag und im Sekundentakt verblutete.

Dann, ganz langsam, neigte sich das letzte Gebäude zur Seite.

XV.

ADL, Kreis Düsseldorf, Kon-Krankenhaus,
02. 10. 2057 AD, 01.56 Uhr

Jeromin sah auf das Flugfeld und beobachtete, wie der gepanzerte Behemoth elegant aufsetzte.

In Windeseile wurden die Läufer in Autos verfrachtet und ins Innere des Gebäudes gefahren.

Auf den Elf wartete bereits die Intensivstation. Die beiden anderen Verletzten erhielten magisch-schulmedizinische Betreuung vom Feinsten, um die Wunden und Schäden so schnell wie möglich zu kurieren.

»Bringen Sie die Übrigen in den Aufenthaltsraum. Versorgen Sie sie«, befahl er über sein Com. »Ich werde in wenigen Minuten dort sein.«

Pfeifend legte er den Weg zum Treffpunkt zurück und gratulierte sich zu dem Entschluss, die UCAS-Läufer eingesetzt zu haben. Alles war blendend gelaufen.

Mit Elan betrat er den Aufenthaltsraum und erstarrte.

Neben der Magierin, dem Reporter und dem Troll saß eine ihm allzu vertraute Gestalt. *Eigentlich dachte ich, er sei tot.* Seine gute Laune war zum Teufel.

»Scheiße, Jeromin«, entfuhr es dem anderen. »Was machen Sie denn hier? Haben Sie den Kon gewechselt?«

Ein eisiger Schauer rann dem Mann über den Rücken, doch er hatte sich sofort wieder im Griff. *Nur die Ruhe bewahren.* Für Außenstehende war die kurze Gefühlsentgleisung nicht zu bemerken gewesen. »Nein, warum sollte ich? Renraku bezahlt immer noch Spitzenpreise«, erwiderte er locker.

Cauldron fiel die Tasse zu Boden. »Renraku?«

»Natürlich Renraku.« Keimag zeigte auf Jeromin. »Der hat mich und meine Jungs angeheuert, um Sparkplug rauszuholen. Aber du hast doch vorhin im Schweber gesagt, ihr würdet für Fuchi arbeiten, oder nicht?«

»Tun wir auch«, flüsterte sie entgeistert. *Eigentlich.*

»Na, super.« Poolitzer erwachte aus seiner Fassungslosigkeit. »Nicht nur, dass mir Ihre Sicherheitsgorillas die Kamera inklusive der Aufnahmen abgenommen haben, nein, jetzt sind wir auch noch verarscht worden. Und das mir!«

»Herrschaften«, sagte Jeromin beschwichtigend und breitete die Arme aus. »Dürfte ich es Ihnen erklären?«

»Du hast uns reingelegt, du Arsch.« Ultra suchte verzweifelt nach einem Gegenstand, mit dem er auf den Mann losgehen konnte, fand aber nichts. Die Waffen hatten sie beim Eintreten in das Krankenhaus abgeben müssen.

»Beruhigen Sie sich bitte.« Jeromin jagte einen Schwall Pheromone aus den Drüsen. »Ich sagte doch, ich werde Ihnen alles erklären.«

»Ich werd dich auch gleich beruhigen«, grollte der Troll und machte einen drohenden Schritt vorwärts. »Und das nur mit einer Hand, Chummer.«

»Das war's«, seufzte die Magierin und sank in sich zusammen. »Wir sind tot, sobald wir nur einen Fuß auf den Boden von Seattle setzen. Fuchi wird uns die Haut abziehen und sie als Fähnchen benutzen.«

»Sie sind ein ganz schön raffinierter Hund.« Keimag schüttelte den Kopf. »Wie haben Sie das nur geschafft?«

»Das mit dem ›raffiniert‹ habe ich schon mal gehört, danke. Ich hatte ein bisschen Hilfe von einem Ihrer Freunde«, erklärte der Renraku-Mann und setzte sich vorsichtig. Noch immer rechnete er mit einem

Angriff von Ultra. »Ein gewisser Hotwire hat uns kontaktiert …«

»Die Sau mach ich platt«, brüllte der Troll und schlug auf den Tisch. »Dieser stinkige Zwerg!«

»… und uns mitgeteilt, dass er noch eine Rechnung mit Fuchi wegen seiner gegrillten Freunde offen hätte, was auch immer das bedeutete. Er sagte uns, wo und wann Sie ankommen würden. In einer Überraschungsaktion haben wir den Mann von Fuchi in Frankfurt ausgeschaltet«, fuhr Jeromin ungerührt fort. »Seien Sie froh, dass Sie unseren Plan hatten. Ich schätze, von Fuchi wären sie verheizt worden.«

»Wie meine Kumpels und ich, was?«, warf Keimag verbittert ein.

»Tut mir Leid, aber zu dem Zeitpunkt waren wir noch nicht im Besitz des Bunkerplans.« Der Mann zuckte mit den Schultern und zeigte damit offensichtlich, dass es ihm herzlich egal war.

»Wann kriege ich meine Kamera und die Aufnahmen zurück?«, meldete sich der Reporter zu Wort. »Und das Gespräch eben hätte ich auch gerne aufgezeichnet. Das ist alles sehr aufschlussreich.«

»Bald, Herr Poolitzer, bald. Das Material wird gerade gesichtet, die Qualität überprüft und die ein oder andere Schlussszene, insbesondere Details vom Anflug auf die Klinik, überarbeitet.« Jeromin versuchte ein gewinnendes Lächeln.

»Was passiert mit Sparkplug?« Cauldron hatte resigniert.

»Ihr Freund liegt auf unserer Intensivstation. In einer Woche kommt er unters Messer und bekommt den TA.K.C. 3000 entfernt. Herr Hotwire war so frei, uns die ganzen Informationen zu überspielen, die er über das Projekt gesammelt hatte. Wir haben uns ein paar Sachen zusammengereimt und hoffen, dass alles glatt geht. An die Originaldaten in Ingolstadt heranzukommen war uns leider nicht möglich.«

»Sehr tröstlich.« Die Magierin gab einer Scherbe einen Tritt. »Und wie geht es anschließend weiter?«

»Oh, das ist einfach.« Jeromin analysierte die Reaktionen der Läufer, wusste, dass er gewonnen hatte, und wagte ein noch breiteres Lächeln. »Sie erhalten jeder 50 000 Nuyen für Ihre Mühe und die Freude, die Sie uns mit der Zerstörung eines Großteils des Cyberdynamix-Labors gemacht haben. Es gab ein mächtiges Feuerwerk. Was haben die in den alten Gängen gelagert? Nitro?« Er machte eine kleine Pause. »Na ja, vielleicht zahlt Ihnen Fuchi dafür auch noch etwas.« Cauldron stieß ein ungläubiges Lachen aus. »Sobald alle wieder auf dem Damm sind, bringen wir Sie zurück nach Seattle, wo Sie hingehören. Das kann ich Ihnen nur empfehlen. Ihr Freund erhält außerdem eine 2er-FSE und neue Augen. Ende der Geschichte.«

»Wenigstens etwas.« Ultra klatschte kurz.

»Das hat aber in meinem Drehbuch ganz anders gestanden«, ärgerte sich der Reporter.

»Ich gehe auch mit«, sagte Keimag. »Ich habe keine Lust, auf die Todesliste von Cyberdynamix gesetzt zu werden.« Er warf Cauldron einen schnellen Blick zu. »Vielleicht könnt ihr mich in eurem Team brauchen?«

»Das müssen alle entscheiden, aber ich bin dafür«, versicherte sie ihm. Ultra stimmte auch zu.

»Dann ist ja alles in bester Ordnung«, schloss der Renraku-Mann strahlend und erhob sich. »Ich zeige Ihnen dann, wo Sie die nächsten Wochen unterkommen, bis der Rigger vollständig genesen ist. Sie haben Renraku einen großen Dienst erwiesen.«

»Erinnern Sie mich bloß nicht daran«, stöhnte die Magierin. »Könnten Sie uns vielleicht so etwas wie eine Entschuldigung für Fuchi ausstellen, damit die wissen, dass wir sie nicht absichtlich gelinkt haben?«

»Das machen wir grundsätzlich nicht«, lehnte Jeromin ab. »Wir haben offiziell mit den ganzen Vorkommnissen nichts zu tun, verstehen Sie?« Er ging zur Tür. »Kommen Sie, bitte? Es sind sehr schöne Zimmer, und Sie sehen aus, als ob sie Ruhe bräuchten.«

»So lange es nicht die ewige Ruhe ist, habe ich nichts dagegen«, bestätigte Poolitzer. »Und wehe, das Material ist hinterher nicht mehr brauchbar.«

ADL, Kreis Düsseldorf, Kon-Krankenhaus,
07. 11. 2057 AD, 10.00 Uhr

»Heute wird das künstliche Koma aufgehoben«, erinnerte Hustle die anderen, die mit ihm im Aufenthaltsraum saßen. »Hoffen wir, dass alles so gelaufen ist, wie sich es das Ärzteteam vorgestellt hat.«

»Ich wäre dir dankbar, wenn du die taktvollen Kommentare für dich behältst, sobald Twing hier ist.« Cauldrons Stimme klang ätzend.

»Sagt wer? Miss Gute-Laune mit der spitzen Zunge«, konterte der Ork.

Ultra spielte einmal mehr den Schlichter. »Latscht auf die Bremse, ihr beid'n. Kriegt euch wieder ein und freut euch lieber, dass unser Chummer wieder gesund is.«

»Hoffentlich haben sie auch seinen Verstand wieder hinbekommen.« Hustle ging zum Fernseher und schaltete den Musikkanal aus. »Cyberdynamix hat wirklich alles an ihm ausprobiert, um ihn auf die eigene Seite zu ziehen. Hat einer der Ärzte nicht etwas von Hirnschäden gesagt?«

»Er hat gesagt: im schlimmsten Fall«, korrigierte die Magierin und sah auf die Uhr. »Wir sollten losgehen. In einer halben Stunde ist es so weit. Ich suche Keimag und komme nach.«

Hustle und Ultra warfen sich einen schnellen Blick zu und verließen das Zimmer.

Sie schritten den langen, sterilen Gang entlang und standen vor Sparkplugs Zimmer. Nach einem kurzen Klopfen traten die Läufer vorsichtig ein.

Der Elf lag im Bett, angeschlossen an die unterschiedlichsten Maschinen. Seine Brust hob und senkte sich ruhig und regelmäßig.

Mehrere Ärzte standen um den Rigger und checkten medizinische Anzeigen auf den Monitoren, während sie sich leise berieten. An Sparkplugs Seite saß Twing und hielt seine Hand.

Poolitzer trat leise ein. Die Kamera hatte er diesmal nicht dabei. Anscheinend besaß der FNS-Reporter hin und wieder doch ein Gespür für Anstand oder Takt.

Hustle war erstaunt, welche Künste die Mediziner und die Magier an dem Metamenschen vollbracht hatten.

An sich sah der Rigger wieder so gesund aus wie vor zwei Monaten, bevor alles angefangen hatte. Selbst die mechanischen Kameralinsen waren entfernt worden. *Ich bin gespannt, welche Augenfarbe er nun hat.*

Die Weißkittel machten sich für den großen Augenblick bereit. Oberarzt Kettner beugte sich zu Twing hinunter.

»Wir wollen in wenigen Minuten beginnen. Wir wissen, dass er auf alle Fälle leben wird. Sein Gehirn wurde durch die Entfernung des TA.K.C. 3000 nicht verletzt. Die neue FSE arbeitet, gemessen an den Werten, innerhalb der normalen Parameter.« Der Mann legte ihr die Hand auf die Schulter. »Aber wir wissen nicht, ob wir die Auswirkungen der Gehirnwäsche rückgängig machen konnten. Cyberdynamix hat kombinierte Präparate zusammen mit Hypnose und Magie angewandt, sodass es mit dem vollständigen Blutaustausch nicht getan war. Wir hoffen, dass es keine Wirkstoffe waren, die sich langfristig abgelagert haben. Wie auch immer, Sie werden Geduld mit ihm haben müssen.«

Die Mechanikerin nickte stumm.

Keimag und Cauldron kamen herein und blieben an der Tür stehen. Poolitzer machte Platz für die beiden.

Kettner nickte seinen Assistenten zu. Das Mittel zur Aufhebung des Heilschlafs wurde injiziert.

Puls und Herzfrequenz des Riggers erhöhten sich. Seine Lider flatterten. Langsam öffnete er die Augen. Sein Blick fiel auf Twing, und er lächelte schwach.

»Hoy, Schönheit. Lange nicht mehr gesehen«, flüsterte er und streckte die Hand nach ihrem Gesicht aus. Sie umfasste sie und drückte sie an die Wange. Eine Träne rann aus dem Augenwinkel und fiel auf den Arm des Riggers.

»Wie kommt es, dass du jedes Mal, wenn ich aufwache, zu weinen anfängst?«, fragte er schwach. »Du solltest froh sein, dass ich noch lebe.« Twing schluchzte und umarmte Sparkplug.

Ultra riss freudig den überraschten Hustle an sich und quetschte ihm die Luft aus den Lungen. »Mein Chummer is wie früher, mein Chummer is wie früher«, jubelte er und hüpfte mit dem bewegungslosen Straßensamurai durch das Krankenzimmer. Keimag und Cauldron sahen sich an und lächelten.

»Drek, ich hätte die Kamera doch mitnehmen sollen«, bemerkte Poolitzer grinsend. »Lauter einwandfreie Happy Ends, die mir durch die Lappen gehen.«

Twing gab ihm einen zärtlichen Kuss auf die Stirn. »Du hast deine schönen Augen wieder.«

»Und ich sehe so verfraggt gut wie immer.« Er schloss die Lider, seine Züge wurden härter. »Was haben die Ärzte gemacht? Es hat sich etwas verändert.«

»Wir haben die medizinischen Präparate aus Ihrem

Organismus entfernt. Das könnte das Gefühl auslösen«, half Kettner. »Und das Blut wurde komplett ausgetauscht.«

»Nein, das ist es nicht.« Sparkplug tastete nach den Buchsen hinter dem Ohr. *Es ist nur noch eine Buchse.* Der Herzschlag stieg an. »Verfraggter Drek! Ihr habt mir den TA.K.C. 3000 ausgebaut!« Er packte den Oberarzt am Kragen. »Ihr habt mir mein Ein und Alles genommen!«

»Es war das Beste für dich«, versuchte die Mechanikerin zu beruhigen und löste seine Hände behutsam vom Kittel. »Cyberdynamix hätte dich damit umgebracht, versteh doch.«

»Ihr habt alle keine Ahnung«, tobte der Rigger. »Sie hätten mich nicht umgebracht. Der Kon war immer gut zu mir.«

Kettner beförderte mit einem gezielten Stich die Nadel der eilig aufgezogenen Spritze in den Oberarm.

»Frag, da seht ihr's!« Sparkplug schlug nach dem Arzt, der rechtzeitig ausweichen konnte. »Ich will sofort zurück zu Cyberdynamix, hört ihr! Sofort!« Er sank nach hinten und schloss die Augen. Die Monitore zeigten einen gesenkten Puls.

»Ich habe ihm ein Beruhigungsmittel gegeben«, erklärte Kettner. »Eine Überlastung des Kreislaufs ist nicht ratsam. Vor allem sein Kopf muss geschont werden.« Er sah zuerst die Gruppe, dann Twing an. »Die Einzigen, die etwas für ihn tun können, sind Sie. Vom medizinischen Standpunkt aus haben wir alles getan. Wir behalten ihn noch eine Woche zur Beobachtung hier, danach wird er mit Ihnen nach Seattle gebracht. Es tut mir Leid, dass nicht mehr in unserer Macht stand.« Er verließ den Raum.

Twing weinte hemmungslos. Cauldron nahm sie tröstend in den Arm.

»Wir kriegen das schon wieder hin«, meinte Hustle mit aufmunterndem Gesicht.

»Wir werden einen Hypnotiseur aufsuchen. Vielleicht kann der was machen«, schlug Keimag vor. »Eine andere Möglichkeit fällt mir nicht ein. Die Magie um ihn herum wurde zerstört. Höchstens ein paar Chemikalien könnten sich noch im Gewebe befinden.«

»Ich kenne da ein paar Typen, über die ich mal ein Feature gemacht habe«, steuerte Poolitzer zuversichtlich bei. »Die biegen das wieder hin.«

»Wir werden es schaffen«, betonte die Magierin und sah ihrer Freundin fest in die Augen. »Es reicht, dass wir Bullet verloren haben. Er wird wieder normal werden, versprochen.«

Twing nickte und kramte ein Taschentuch heraus. »Ich bin froh, dass er wenigstens lebt. Ich habe Motoren wieder hingekriegt, die in einem schlimmeren Zustand waren als sein Verstand. Da werde ich doch nicht kapitulieren.«

»So isses richtig.« Ultra fuhr ihr über den Kopf und sah aus wie der große Bär, der sein Junges streichelt. »Wenn wir erst wieder in Seattle sind, geht das von ganz alleine, wirst sehn. Wir besuch'n seine Kumpels.«

»Das erinnert mich an was«, unterbrach Cauldron und ihre Augen blitzten wütend auf. »Kommt mit auf den Gang.«

Sie verließen das Krankenzimmer und schlenderten zum Aufenthaltsraum.

»Ich schlage vor, wir erteilen Hotwire eine ordentliche Abreibung. Immerhin haben wir dem Zwerg zu verdanken, dass wir im Drek sitzen«, begann die Magierin. »Normalerweise hätten wir den Lauf für Fuchi durchgezogen, und alles wäre wunderbar abgelaufen. Und jetzt? Was glaubt ihr, was passiert, wenn wir in Seattle landen?«

Die anderen schwiegen.

»Die Antwort möchte, glaube ich, keiner gerne hören«, meinte Poolitzer. »Sind Kons wirklich so nachtragend?« In Gedanken gab er sich die nahe liegende Antwort selbst.

»Unsere Chance ist Ehrlichkeit«, sagte der Ork nach einer Weile. »Wir erklären Hellmann, dass uns Renraku gelinkt hat und es uns sehr Leid tut.«

»Das kannst du bei der Heilsarmee versuchen«, warf Cauldron ein. »Da bekommst du noch den Segen dafür, dass du die Wahrheit gesagt hast. Aber wir sprechen hier von einem milliardenschweren Kon, der den Verlust eines solchen Prototyps überhaupt nicht lustig findet, zumal sie selbst einen Spitzenwissenschaftler verloren haben.«

»Aber Cyberdynamix ist auch alles los«, gab Hustle zu bedenken.

»Toll. Dafür freut sich Renraku über den TA.K.C. 3000. Das ist für Fuchi wahrscheinlich noch schlimmer.« Die junge Frau nestelte an ihren Haaren. »Kommt schon, Leute. Werdet wach. Wir sind lange genug im Geschäft und wissen doch, dass Kons nicht für ihre Großherzigkeit bekannt sind.«

»Das ist die Antwort, die keiner hören wollte.« Der Reporter schüttelte den Kopf und machte ein schmerzverzerrtes Gesicht. »Das wird euch bestimmt sehr wehtun.«

»Mitgefangen, mitgehangen, Poolitzer. Du bist genauso fällig wie wir auch.« Hustle sah die Magierin an. »Was willst du tun? Auf eine Insel ziehen?«

»Nein. Ich will auch zurück, aber ich möchte, dass wir das sorgfältig planen.« Sie klang versöhnlich. »Sobald wir ankommen, sollten wir abtauchen, am besten getrennt und ohne dass die anderen wissen, wohin jeder von uns verschwunden ist. Wenn wir das ein paar Wochen lang überstanden haben, ist das Schlimmste vermutlich vorüber. Und von mir aus kannst du dich bei Hellmann im Namen der Gruppe entschuldigen, Hustle. Ich befürchte aber eher, dass du damit Öl ins Feuer gießt.«

»Wieso?« Der Orksamurai ging nicht von seiner Meinung ab. »Ich denke, wir sind es ihr schuldig.«

Ultra nickte eifrig, und auch Keimag schien überzeugt zu sein.

»Zusammen mit meinem Bericht und den ganzen Aufnahmen wirkt es vielleicht auch glaubwürdig, obwohl sie mein Material ganz schön zusammengeschnitten haben. Aber ich habe noch einen Joker in der Hinterhand«, murmelte Poolitzer geheimnisvoll.

»Von mir aus«, seufzte Cauldron. »Aber beschwer dich nicht, wenn ein Team vor deiner Tür steht.«

»Und was mach'n wir mit Hotwire?«, wollte der Troll wissen.

Die Magierin lächelte böse.

Seattle, Redmond-Barrens, 17. 01. 2058 AD, 12.00 Uhr

Hotwire streckte die Füße aus und sah auf den leeren Teller, auf dem nicht der kleinste Rest Sushipizza zu sehen war.

Der Decker nahm einen Schluck Bier, rülpste und wartete auf den Kellner, der inzwischen begriffen hatte, was dieser Laut zu bedeuten hatte.

Nach wenigen Sekunden erschien Choa Li, ein immer höflich lächelnder Chinese, der im *Hioto* des Ambientes wegen immer Japanisch sprach. »Hat geschmeckt?«

»Es war in Ordnung«, der Zwerg nickte huldvoll. »Hättet ihr irgendwo in der Küche noch ein Dessert? Vielleicht ein Glas heißen Pflaumenwein? Natürlich, wie immer, auf Kosten von Ultra.« Der Mann verbeugte sich und verschwand mit dem leeren Teller.

Die Idee mit dem kostenlosen Essen im *Hioto* als zusätzliche Bezahlung war einmalig gewesen, auch wenn Ultra bestimmt nur an eine Mahlzeit gedacht hatte.

Seit der Troll und seine Chummer in Europa waren, ging Hotwire jeden Tag hierher und schaufelte Pasta, Pizza und andere italienisch-japanische Köstlichkeiten in sich hinein, ohne einen müden Nuyen zu bezahlen.

Und die Idee, die Aufmerksamkeit Renrakus auf das Schattenläuferteam zu lenken, war ebenfalls genial gewesen. So hatte er jede Menge Kohle vom Kon erhalten und gleichzeitig Fuchi ordentlich eins zwischen die Beine gegeben.

Ob Ultra und die anderen jetzt für Renraku oder Fuchi arbeiteten, war nach Ansicht des Deckers ziemlich egal. Ihm war Renraku derzeit sympathischer.

Choa Li brachte das Glas mit der dampfenden Flüssigkeit und stellte es vor dem Zwerg ab. Dann hielt er ihm einen Zettel hin.

»Was ist das denn?« Hotwire schnappte den Wisch. Seine Augen wurden groß. »1800 Nuyen? Das wird Ultra aber nicht glücklich machen. Und was soll ich damit?«

Der Kellner schüttelte den Kopf. »Nix Ultla.« Der Zeigefinger schoss nach vorne. »Du!«

»Nie im Leben. Ich habe mit dem Troll ausgemacht, dass ich freies Essen habe«, protestierte der Decker.

»Iye«, sagte der Mann freundlich. »Haben nul ein Essen, Hotwile-san, nicht viele und viele und viele. Bezahlen.« Er hob die Stimme. »Ima!«

Der Zwerg wunderte sich, wie der Japaner dabei immer noch freundlich bleiben konnte. Verzweifelt suchte er nach einer Ausrede.

»Das ist ein Missverständnis, wirklich.« Er stand auf und langte nach seinem Deck. Notfalls würde er die Flucht durch die Vordertür antreten, denn so viel Geld für Essen wollte er nicht ausgeben.

»Gomen nasai, Hotwile-san.« Choa Li verbeugte sich. »Müssen elst zahlen. Matsu am Ende.«

Er rief etwas auf Japanisch nach hinten, und drei Männer in Geschäftsanzügen kamen in das Restaurant. Alle waren Asiaten, und Hotwire glaubte, am Hals des einen den Ansatz einer Tätowierung zu erkennen.

Drek. Yaks. Allmählich wurde es ernst. *Wer konnte auch ahnen, dass das beschauliche* Hioto *eine Hochburg der Japsmafia ist?*

Die Schläger kreisten ihn ein und zogen fernöstliche Kampfsportgeräte, die der Decker aus Trids kannte. Wenn diese Dinger auch in der Realität solche verheerenden Wirkungen erzielten, dann musste er etwas tun. *Auf die Knie fallen und wimmern?*

»Wollen jetzt zahlen?«, fragte Choa Li höflich. »Odel liebel leden mit Fleunden hiel?«

Hotwire beschloss, das Ganze diplomatisch zu regeln. »Oh, Mann. Tut mir echt Leid, aber ich habe das Geld nicht dabei. Wie wär's, ich komme morgen wieder vorbei und gebe dir die Nuyen plus zehn Prozent, einverstanden?«

Der Kellner legte den Kopf schief. »Iye.« Wieder schoss der Zeigefinger vor. »Aber wenn du geben mil Deck als Sichelheit, dann hai.«

Der Metamensch dachte, ein Truck hätte ihn angefahren. »Wohl bescheuert? Das Deck kostet mindestens 300 000 Nuyen.« Er tippte sich an die Stirn. »Rad ab, oder was?«

»Umso besser, Hotwile-san. Ich mil sichel, dass du Geld blingen.« Der Japaner streckte die Hand aus. »Helgeben. Ima!«

»Nix.« Hotwire presste den Hartschalenkoffer an sich, als ob es etwas Lebendiges wäre.

»Ima!«

Die Schläger rückten näher und begannen mit dem üblichen Waffenposing. Wirbelnde Klingen, Ketten und seltsame Schlagwerkzeuge sausten dem Decker um die Locken und verfehlten wichtige Körperteile nur um Millimeter.

»Schon gut, schon gut«, schrie der Zwerg und reichte dem Kellner widerwillig den Koffer. »Und jetzt hört auf, mir eure Spielsachen um die Ohren zu wedeln.«

Schlagartig wurde ihm einmal mehr klar, dass er nur in der Matrix ein kleiner König war. Sobald er in der Realität vor Auseinandersetzungen stand, versagte er vollkommen. Warum konnte er das Angriffsprogramm nicht in sein Memory als Talentsoft einspielen? Dann würde er die ganzen Stinker hier locker an die Wand klatschen.

»Du blingen Geld in dlei Stunden, odel Deck gehölen mil«, verkündete Choa Li, während er auf das Glas mit dem Pflaumenwein deutete. »Gehen auf Kosten von Haus.«

»Drei Stunden?« Hotwire kippte den Alkohol hinunter. »Dann beeile ich mich besser.«

»Hai«, verbeugte sich der Kellner. »Sajonara.« Die Schläger traten zur Seite.

Fluchtartig verließ der Zwerg das *Hioto.*

Nach zweieinhalb Stunden war sich der Metamensch sicher, das Opfer eines Fluchs geworden zu sein.

Irgendein Arsch hatte sich in sein System eingedeckt und sein Bankguthaben abgebucht.

Ohne das modifizierte Fuchi Cyber-8 war er nicht in der Lage, etwas gegen den Eindringling zu unternehmen, der über eine verdammt gute Software verfügen musste.

Zwar hatte Hotwire noch ein Ersatzdeck, aber das richtete nichts gegen den Unbekannten aus, der mit unglaublicher Schnelligkeit seine sauer ersparten 81.796 Nuyen als Spende an die Seattler Krankenhäuser überwiesen hatte.

Seine Barschaft belief sich somit auf unglaubliche 500 Mücken, und alle seine Chummer, die er verzweifelt anrief, waren entweder nicht zu Hause oder selbst knapp bei Kasse. Mit hängenden Schultern ging er ins *Hioto* zurück.

Der Koffer stand auf einem Tisch. Um ihn herum hatten sich die Schläger postiert und wachten mit Argusaugen über das gute Stück.

Choa Li kam lächelnd um die Theke herum, und der Zwerg hätte ihm am liebsten in die Fresse geschlagen.

»Haben Geld, Hotwile-san? Nach Geld wiedel alles in Oldnung und wil wiedel Fleunde, hai?«

»Drek, Choa Li, hör zu.« Wie ein Häufchen Elend stand der Decker vor dem Japaner. »Ich weiß nicht, was los ist, aber alles hat sich gegen mich verschworen. Ich komme nicht an mein Geld.« Er hielt ihm den Credstab rüber. »Das sind 500 Nuyen als Anzahlung. Den Rest bekommst du später, ehrlich.«

»Das nicht gut.« Der Mann klopfte auf den Deckel. »Ist stabil? Wollen hoffen fül Deck.«

Einer der Schläger zuckte herum und hämmerte seinen Klickstock auf den Behälter. Mit einem leisen Knirschen bildete sich ein zentimeterlanger Riss auf der Plastikoberfläche.

Hotwire kreischte auf und warf sich schützend über den Koffer. »Das könnt ihr meinem Baby nicht antun. Das war teuer!«

»Du holen Geld, du bekommen Säugling zulück«, meinte Choa Li lakonisch und vergaß nicht zu lächeln.

»Aber ich habe das Geld nicht«, jammerte der Zwerg.

Der Kellner nickte den beiden anderen Muskeln zu, die den Metamenschen vom Koffer trennten und festhielten.

»Ich nicht Unmensch«, sagte Choa Li und öffnete den Behälter. Sorgsam nahm er das Cyber-8 heraus.

»Du haben 500 dabei, ich schneiden lestlichen 1300 einfach hielvon ab.«

Hotwire begann zu toben. Er trat und spuckte nach den Schlägern. Die schwarzen Locken flogen hin und her, aber die Männer hielten ihn mit eisernem Griff fest.

Der Kellner zog ein Küchenbeil aus dem Gürtel und zielte. »Müssten ungefähl 1300 welt sein. Wenn zu viel weg, ich gebe laus.«

Mit Wucht sauste die Klinge herab und trennte ein zigarettenschachtelgroßes Stück aus dem Plastikgehäuse.

Mikrochipteile flogen durch die Gegend, Tastaturtrümmer zerstreuten sich auf dem Boden. Ein Anschluss baumelte herunter wie ein totes Auge aus dem Schädel.

»Habe velgessen zehn Plozent fül Tlinkgeld.« Wieder trennte das Beil einen Teil des Decks ab. Noch mehr Bruchstücke segelten durch die Luft. »Sein jetzt in Oldnung.«

Die Japaner ließen den lethargischen Hotwire los.

Choa Li warf ihm das zerstörte Deck hin. »Schulden nun bezahlt, Hotwile-san. Können kommen essen immel wiedel. Müssen abel gleich bezahlen. Sajonara.«

Der Decker starrte auf das, was einmal sein Fuchi Cyber-8 gewesen war.

»Du verfraggter, drekiger, chinesischer Hundefresser!«, schrie er, und schon hatte er eine starke Hand im Nacken, die ihn durchschüttelte und unsanft zur Tür zerrte.

Schwungvoll flog er auf die Straße, rollte ein paarmal um die eigene Achse und rappelte sich mühsam auf.

Das Deck lag einen Meter weiter.

Vielleicht kann man noch was flicken. Er bückte sich gerade danach, als das Dröhnen einer Drucklufthupe ihn erschrocken zusammenzucken ließ. Mit großen Augen glotzte er wie ein Reh in die hellen Scheinwerfer, die immer näher kamen.

Jemand zerrte ihn von der Fahrbahn, dann schoss der Transporter knapp an ihm vorbei.

Die schweren Räder rollten über das Cyber-8 und machten gepressten Elektronikschrott aus dem 300 000 Nuyen teuren Deck.

»Das hätte ins Auge gehen können, Chummer«, sagte Ultra gutmütig zu Hotwire, der sich erst jetzt vom grauenvollen Anblick der Einzelteile losreißen konnte. »Was machst'n hier, mitten auf der Straße?«

»Hoy, Chummer. Wieder zurück?« Der Zwerg blickte den Troll wie in Trance an. Die Stimme war tonlos. »Ich geh nach Hause, mich zusaufen.« Hotwire drehte sich um und stakste den Bürgersteig entlang.

Verräterisch zuckte es um Ultras Mundwinkel. Dann lief er ins *Hioto,* wo er seinem röhrenden Lachanfall freien Lauf ließ.

Aus dem Hinterzimmer kamen Cauldron, Keimag, Twing, Hustle und Sparkplug, die ebenfalls Lachtränen in den Augen hatten.

»Deine Vorstellung war oberfraggig gut, Choa Li«, sagte der Troll und klopfte dem Japaner auf die Schulter.

»Domo«, verbeugte sich der Kellner mehrmals und grinste breit. Auch die vermeintlichen Schläger konnten sich ein Lachen nicht länger verbeißen. »Domo arigato. Meine Cousins auch haben viel Spaß als Kobun. Wasselfalbentätowielung gut. Haben Wulf nach dlaußen nul bisschen übeltlieben.«

»Das macht nichts«, schwächte die Magierin ab. »Das hat er verdient, und er steht in unserer Schuld, weil Ultra ihm das Leben gerettet hat.«

Sie setzten sich an einen Tisch und studierten die Speisekarte.

»Er hat mir zum Schluss beinahe Leid getan.« Twing blätterte um.

»Einer musste das ja sagen«, kommentierte Hustle. »Es war Pech, dass der Lkw über sein Deck gefahren ist. Dafür konnten wir nichts. Ansonsten hätte er es vielleicht noch reparieren können.«

Keimag nickte bestätigend. »Es war sein Schicksal. Karma. Verrat zahlt sich nicht aus.«

Sie bestellten der Reihe nach bei dem grinsenden Choa Li, dem seine Rolle als böser Restaurantbesitzer großen Spaß gemacht hatte.

»Es scheint so, als ob wir den Sturm überstanden hätten«, meinte die Magierin und schaute in die Runde der Schattenläufer, die sich nach langer Zeit endlich wiedersahen. »Fuchi hat sich still verhalten.«

»Ich habe mit Hellmann telefoniert«, verriet der Ork, »und ihr die ganze Sache erklärt. Sie wusste allerdings schon einen Teil, den anderen hat sie sich dank des Filmmaterials von Poolitzer zusammengereimt. Fuchi ist zwar mächtig sauer, aber glücklicherweise nicht auf uns. Die Fehler wurden woanders gemacht.«

»Das musste aber erklär'n«, verlangte Ultra und schabte an seiner goldenen Mickymaus-Zahnveredlung.

»Na ja, die Pannenserie begann für den Kon, als wir in den ADL ankamen. Renraku wusste dank Hotwire Bescheid und hat alle Kontakte von Fuchi in Frankfurt ausgeschlachtet, damit Jeromin uns in aller Ruhe abfangen konnte. Und nachdem wir von Renraku einkassiert wurden, waren wir für Fuchi wie vom Erdboden verschluckt.«

»Schlauerweise haben wir ja Kontaktverbot erhalten«, warf Twing ein. »Ein einziger Anruf hätte genügt, und wir hätten gewusst, was läuft.«

»Trotzdem war es gut, dass wir die Köpfe unten gehalten haben«, erzählte Hustle weiter. »Nicht alle in der Konetage dachten so wie die Elfin. Gut angekommen ist jedoch die Zerstörung des Cyberdynamix-Labors. Zwei Drittel der Anlage sind in die Luft geflogen, inklusive Lugstetter.«

Cauldrons Blick verfinsterte sich. »Ich hätte mir einen qualvolleren Tod für den Dreksack gewünscht.«

»Wir können froh sein, dass es ihn überhaupt erwischt hat«, bemerkte der Troll. »Besser so als gar nich.«

»Das stimmt auch wieder«, meinte die Magierin und stieß mit den anderen an. »Auf die Vergeltung. Und auf Bullet.« Schweigend warteten sie anschließend auf das Essen.

Verstohlen musterte Keimag den Rigger, den er vor rund zwei Monaten das letzte Mal gesehen hatte.

Er wirkte äußerlich in Topform, es blieb nur die Frage, ob er geistig wieder gesund war. Wenn der Rigger während eines Laufs die Fronten wechselte oder plötzlich ausrastete, war die Gruppe verloren.

Mit Schaudern dachte der Nega-Magier an die vielen Drohnen und Fahrzeuge, die sich unter Umständen gegen sie wenden könnten. *Was kann man gegen MG-Salven schon ausrichten?*

Seine Bedenken hatte er auch Cauldron mitgeteilt, die die Sache ähnlich sah. Keiner konnte für die vollkommene geistige Gesundung des Elfs garantierten.

Als ob Sparkplug seine Gedanken erraten hätte, sah er zu dem neuen Gruppenmitglied hinüber. »Du machst dir Sorgen wegen mir, richtig?«

»Wir alle machen uns Sorgen«, sprang die Magierin ein. »Zunächst aber um dich und dann um uns.«

»Ich kann es verstehen.« Der Rigger senkte den Kopf. »Ich verstehe mich manchmal selbst nicht. Dieses Sympathiegefühl, diese Loyalität für Cyberdynamix sitzt immer noch in mir, aber es ist schwächer geworden. Das Einzige, was mir wirklich fehlt, ist das Riggen mit dem TA.K.C.« Er blickte aus dem Fenster in den grauen Himmel. »Ich war überall, ich habe alles gesehen. Die Muster auf der Kuppel des Kreml, die Pyramiden, alles habe ich bestaunt.« Eine tiefe Traurigkeit spiegelte sich auf seinem Gesicht. »Ich habe sogar den Weltraum gespürt und die Erde von dort betrachtet. Sie sieht aus wie eine blaue, wunderschöne Murmel. Das Bild werde ich nie wieder vergessen.« Twing legte die Hand auf seine und drückte sie. »Aber es ist vorbei. Ich bin wieder ein ganz normaler Rigger, aber mit den besten Chummers, die man haben kann. Ich habe mich noch gar nicht für eure Hilfe bedankt und weiß auch ehrlich gesagt nicht, wie ich es gutmachen soll.«

»Das musst du nicht«, sagte Hustle. »Sei einfach da, wenn wir dich brauchen.« Der Ork gab ihm einen Klaps auf den Rücken. »Schön, den alten Sparkplug wiederzuhaben.«

Choa Li karrte das Essen an. »Haben hoffentlich gloßen Appetit. Viel gekocht, zul Feiel von Tag.« Der Chinese wuchtete Ultras Teller auf den Tisch. »*Hioto* haben jetzt sogal Pizzaofen fül Tlollhungel.« Die Schattenläufer machten sich über ihr Essen her.

Der Rigger hielt plötzlich inne. »Sag mal, Twing, habe ich das vorhin falsch gespürt, oder hat Cynthia noch immer keine neuen Fahrstabilisatoren?«

Die Mechanikerin schüttelte den Kopf. »Keine Zeit.«

»Keine Zeit?«, rief Sparkplug entrüstet. Die Portion auf seiner Gabel geriet ins Wanken. »Und wenn die Kiste in eine schwierige Situation gerät, was dann?«

»Jetzt bin ich wirklich überzeugt, dass es der alte Nörgler ist, wie ich ihn kenne«, erwiderte Cauldron lachend. Die anderen stimmten mit ein, während der Rigger sich über das Gelächter empörte und einen Vortrag über die Empfindsamkeit von Autopiloten und Fahrzeugen hielt.

»Bevor ich es vergesse.« Keimag schaute in die

Runde. »Poolitzer meinte, wir sollten uns heute seinen ›Barrens-Talk‹ ansehen. Es wäre interessant.« Er nickte dem Restaurantbesitzer zu.

Choa Li schaltete den Fernseher an und stellte FNS ein.

Das Gesicht des Reporters erschien, der wieder seine alte schwarz-weiße Frisur trug.

»… und habe das große Vergnügen, exklusive Aufnahmen aus den Tiefen der ADL erstmals zu präsentieren. Seid dabei, wenn Cyberdynamix in Schutt und Asche versinkt.«

Nach einem kurzen Intro begann der dokumentarisch aufgemachte Beitrag Poolitzers.

Auch wenn die Läufer die Aufnahmen schon gesehen hatten, etwas war an den Szenen anders als sonst.

Plötzlich war Jeromin wieder im Bild, obwohl Renraku die Sequenz herausgeschnitten hatte. Sogar das Geständnis des Kon-Mannes, Fuchi an der Nase herumgeführt zu haben, klang aus den Boxen des TV-Geräts.

Keimag schlug sich an die Stirn und begann zu lachen, ohne sich wieder zu beruhigen. Nach und nach stimmten die anderen ein.

Es war ein befreiendes Gelächter, denn in aller Öffentlichkeit flimmerte der Beweis ihrer Unschuld über den Bildschirm. Ihre Reputation war wiederhergestellt.

»Er hatte eine Kamera eingebaut.« Erschöpft vom Lachen holte der Nega-Magier Luft. »Er hat die ganze Zeit über doppelt gefilmt, und keiner hat Verdacht geschöpft!«

»Warum auch? Wenn einer eine Kamera mit sich herumschleppt, muss man ihn nicht unbedingt auf Cyberware untersuchen«, sagte Hustle. »Ich werd verrückt. Der alte Poolitzer hat es den Kons richtig gezeigt.«

»Auf die Journalisten und ihre allsehenden Linsen«,

hob Twing ihr Glas. »Und dass mir keiner ein böses Wort mehr über unseren Freund bei FNS verliert.«

»Wenn wir schon am Feiern sind«, gluckste der Troll und zog einen Wisch aus der Tasche, den er umständlich auf den Tisch legte. »Das ist eine Einladung für euch.«

»Das sind Eintrittskarten«, staunte Keimag und betrachtete die bedruckten Zettel. »Was ist ›Quizz It‹?«

»Ich wird verrückt«, brach es aus dem Ork heraus. »Du bist bei dieser Quizshow wirklich dabei?«

»Genau. Ich bin bei der Kandidatenhotline durchgekommen«, sagte Ultra und nickte stolz. »Und der Sender hat mir die Karten für euch mitgeschickt. Ihr müsst mich nach Kräften anfeuern, ja?«

»Aber sicher machen wir das«, versprach die Magierin sofort. »Ich mache alles, wenn du endlich aufhörst, ständig Sachen nachzuschlagen.« *Dann hat diese Nerverei endlich ein Ende.*

Nach und nach verließen die Läufer das *Hioto,* bis nur noch der Deutsche und die Magierin übrig geblieben waren.

»Meinst du, die anderen haben etwas bemerkt?« Keimag zog sich Handschuhe über und legte seine Hand vorsichtig auf Cauldrons. »Ich werde unsere langen Unterhaltungen und Spaziergänge bestimmt vermissen«, sagte er leise und schluckte.

Die junge Frau lächelte zurückhaltend. »Wir sind uns schon näher gekommen, was?« Sie holte tief Luft. »Keimag, ich ...«

»Keine Angst, ich weiß, du hängst noch zu sehr an Bullet«, fiel er ihr ins Wort. »Außerdem hätte unsere Beziehung keine gute Ausgangslage. Ich würde dich mit meinen Berührungen umbringen, wenn ich nicht aufpasse.«

»Und nun?«

»Ich werde bald wieder in die ADL zurückkehren«,

verkündete er seinen Entschluss. »Die Lage hat sich inzwischen entspannt, und Seattle gefällt mir nicht wirklich, auch wenn ihr ein netter Haufen seid. Ich werde mir den Auftritt von Ultra noch ansehen, und dann fliege ich über den Teich zurück.«

Cauldron konnte nichts sagen. Diese Eröffnung erfolgte zu unerwartet.

»Du wirst mir sehr fehlen«, meinte sie nach einer Weile. »Um ehrlich zu sein, unter anderen Umständen hätte ich dich nicht mehr gehen lassen«, gestand sie, etwas erschrocken über ihre Kühnheit. »Wenn mir jemand gesagt hätte, dass ich nach Bullets Tod Gefühle für einen anderen entwickeln könnte, ich hätte ihn ausgelacht. Aber bei dir wäre es vielleicht möglich gewesen.«

»Ich fühle mich mehr als geschmeichelt«, entgegnete der Deutsche ohne jeden ironischen Unterton in der Stimme. »Die Trennung tut uns beiden gut. Ich hasse es, Unmöglichem nachzujagen.« Er zog seine Hand zurück. »Aber für den Fall, dass ihr mal dringend einen wie mich braucht, lasse ich dir meine Telefonnummer da.« Die Mundwinkel wanderten in die Höhe. »Ich warne dich, ich bin nicht billig. Es würde euch eine Stange Nuyen kosten.«

»Du bist es wert«, gab sie ein wenig traurig zurück. *Das Glück scheint mich zu meiden.*

»Wolltest du mir nicht deinen Club zeigen?«, versuchte er die Magierin abzulenken.

»Einverstanden«, willigte sie ein und erhob sich. »Ich mache dich mit den hübschesten Gruftis der Stadt bekannt.« Sie wandte sich abrupt um. »Aber fass um Himmels willen nichts und niemanden an, bevor ich dir das Zeichen dazu gebe. Nicht, dass du mir die magische Elite ausrottest oder die wertvollsten Foki in Staub verwandelst.«

Demonstrativ steckte Keimag die Hände in die Hosentaschen. »Die Gefahr ist schon gebannt.«

XVI.

Seattle, Redmond-Barrens, 19. 01. 2058 AD, 01. 31 Uhr

Ich hab's geschafft. Poolitzer verschränkte die Arme hinter dem Kopf und lehnte sich zurück. Der Chefsessel fing den Schwung federnd ab, verlagerte sich ein wenig nach hinten und sorgte für eine leicht schräge Position, aus der heraus der Reporter sein neues Studio betrachtete. Technik vom Feinsten, kostenlos bereitgestellt vom Sender, blinkte ihn an. *Ich bin der FNS-Held.*

Am meisten freute ihn, dass er den Beitrag ungekürzt gesendet hatte, was auch für das Broadcasting-Unternehmen eine Überraschung gewesen sein dürfte. *Aber die Leute haben ein Recht auf die Wahrheit.* Er rollte durch den Raum und drehte sich dabei immer wieder übermütig auf dem Stuhl um die eigene Achse, bis ihm schlecht wurde. *Alles meins.*

Poolitzer stand auf und schob taumelnd den Stuhl zurück an seinen Tisch, goss sich immer noch leicht schwindelig Soykaf ein. Danach blätterte er seine Notizen durch. Einer Story wollte er sich nun mit aller Kraft widmen. Die verschwundenen Magier wären der nächste Renner, der nächste ›Big hit‹ bei FNS.

Und das Feature über Piers und Jeroquee nicht zu vergessen. Da werde ich noch ein paar Szenen benötigen.

Er wählte Piers' Nummer und ließ verwundert den Hörer sinken. Das Signal für einen nicht mehr existenten Anschluss ertönte.

Verflucht, es wird ihm doch nichts passiert sein? Hastig durchforstete er seine Zettelstapel nach der Nummer der jungen Frau, bis er sie endlich in dem Durcheinander gefunden hatte.

»Ja?«, fragte eine männliche Stimme.

»Oh, hoy, Chummer, ich möchte Jeroquee sprechen.«

»Die ist unten – im Kanal.«

»Mit Piers?«

Es entstand eine kurze Pause. »Wer ist denn da?«

»Ich bin Poolitzer. Sie werden mich schon im Fernsehen gesehen haben«, antwortete der Reporter ein wenig eitel.

»Nee, ich schau kein Fernsehen mehr. Alles nur gefälschte Berichte und Lügen.« Der Mann musste husten. »Piers ist tot, hat sie gesagt.«

Oh, shit. »Wie ist das passiert?«

»Ich bin nicht die Auskunft, okay?«, meinte der andere ungehalten. »Lass es dir von Jeroquee erklären, und nerv mich nicht weiter.«

»Wo finde ich sie?«, wollte Poolitzer schnell wissen, bevor der Gesprächspartner einhängen konnte.

»Nach der Arbeit ist sie meistens im *Slum's* und trinkt noch einen.« Die Verbindung wurde unterbrochen.

Nettes Kerlchen. Muss der BTL-Junkee gewesen sein, vermutete der Reporter, schnappte sich seine nagelneue Fuchi VX 2200C Cybercam und machte sich auf den Weg in die Tiefgarage von FNS, wo sein neuer Americar stand. Der Sender war äußerst spendabel gewesen. *Ich hoffe, die Kleine ist nicht zu deprimiert.*

Er stieg in sein Auto, aktivierte den Autopilot und wies Gonzales telefonisch an, Infos über den Tod von Piers und das Verschwinden der Magier zu besorgen.

Seine anderen Kontakte, die er während der Fahrt zum *Slum's* über Com nervte, hatten nur Gerüchte gehört.

Grübelnd stieg er vor der mittelschäbigen Kneipe am Rand der Puyallab-Barrens aus und schaltete die Diebstahlsicherung ein. Ein kurzes elektrisches Knistern ertönte.

Noch mal bekommt keiner meine Karre. Grinsend rückte er die kugelsichere Weste zurecht und marschierte in das Gebäude.

Es hatte den Effekt, den er aus den Western kannte. *Der Neue betritt die Bar,* durchzuckte es ihn.

Alle Gesichter wandten sich ihm zu. Er sah Orks, eine Hand voll Menschen und eine gestylte Schabracke hinter dem Tresen, die vielleicht hübsch gewesen wäre, wenn sie das Kilo Schminke aus dem Gesicht gelassen hätte.

Jeroquee entdeckte er nirgends, dafür aber ein Bild des Ghuljägers, über dem ein schwarzer Schleier hing. *Mist, dann stimmt es also tatsächlich.*

»Was darf's sein, Fremder?«, fragte ihn die Frau prompt.

»Das Übliche«, konterte Poolitzer die wenig einfallsreiche Anrede. Mit einem unschuldigen Engelsgesicht stützte er beide Hände auf den Tresen und beobachtete die Keeperin. *Jetzt bin ich gespannt, was sie macht.* »On the rocks, natürlich.«

Sie langte nach einer unbeschrifteten Flasche, stutzte, zog die Nase hoch. Dann bleckte sie die Zähne und wischte sich das Spülwasser vom Dekolleté.

»Du bist ein ganz Schlauer, was?« Sie knallte ihm ein Gläschen hin. »Ich bin Mona, und der erste Drink geht für die Antwort aufs Haus.« Eine pinkfarbene Flüssigkeit aus einer anderen Flasche ergoss sich blubbernd in das kleine Glas.

»Wohlsein!«, prostete Poolitzer zu Mona. Danach wandte er sich zu dem Foto des toten Ghuljägers. »Auf dich, Piers.«

Die Barkeeperin musterte ihn mit zusammengekniffenen Augen. »Du kanntest Piers?«

»Ich hab mal ein Feature über ihn und seine Schülerin gemacht«, erklärte er knapp. »Für FNS. Eigentlich wollte ich noch ein paar Szenen mit den beiden drehen, aber wie es scheint, ist es dafür zu spät. Schade, er war ein netter Kerl. Bisschen rau, aber nett.«

Ohne Erklärung goss Mona nach und füllte sich

selbst ein. Zusammen stießen sie auf Piers an. »Er war einer meiner besten Stammgäste, kam immer hierher …«

»Moment, schöne Frau«, bremste der Reporter und machte die Fuchi aufnahmebereit. *Improvisation ist eben nach wie vor alles.* »Aktion.« Die Kamera zeichnete auf. »Noch mal, Mona.«

Die Keeperin runzelte die Stirn, und Poolitzer fürchtete beinahe, dass die Schminke ins Spülbecken bröckeln würde. Aber die Kosmetik blieb, wo sie war. *Muss gute Spachtelmasse sein,* dachte er.

Mona fuhr sich durch die Haare und redete sichtlich aufgeregt weiter. »Piers war mein bester Stammgast, kam immer hierher, wenn er mit der Jagd fertig war. Wir können es alle noch nicht fassen, dass es ihn nicht mehr geben soll.« Sie kramte eine Serviette heraus und tupfte sich soaptauglich die Tränen aus den Augenwinkeln. »Und nun macht das Mädchen alleine Jagd auf seine Mörder.«

»Es war vermutlich so etwas wie ein Arbeitsunfall?«, erkundigte sich Poolitzer mit sanfter Stimme. »Die Ghule haben ihn erwischt?« Mona schüttelte den Kopf, schnäuzte sich und nahm einen Schluck aus der Flasche. *Mann, ich hoffe, sie hat das vorher nicht auch schon gemacht.*

»Die Kleine hat gesagt, es war irgendso ein anderer Arsch, Dämon oder so ähnlich …«, erzählte die Frau weiter.

»Demus«, erklang es im Rücken des Reporters. Jeroquee war unbemerkt ins *Slum's* gekommen und stapfte auf die Theke zu.

Sie trug eine Synthlederkombi mit passenden schweren Armystiefeln, unter der linken Achsel und an der rechten Hüfte baumelten Holster mit Browning Max-Powers.

Die junge Ghuljägerin sah müde aus. Ihr Gesicht

wirkte gealtert und blasser als beim letzten Mal. Selbst ihre Lockenpracht hing ohne Spannung herab.

»Sag jetzt bloß nicht, dass ich scheiße aussehe, Snoop. Ich bin bewaffnet«, begrüßte sie ihn unwirsch. »Und ich weiß es selbst.« Sie schwang sich auf einen Hocker und stützte sich mit den Ellbogen auf den Tresen, als wöge ihr Körper Tonnen. Der Geruch der Kanalisation lag in der Luft.

»Tut mir Leid, was mit Piers passiert ist«, sprach er sein Beileid aus. »Äh, was ist eigentlich genau geschehen?«

»Immer auf der Suche nach etwas, das Zuschauer bringt?« Jeroquee wandte sich langsam zu dem FNS-Mitarbeiter um. »Ich mach dir einen Vorschlag, Snoop. Ich gebe dir die Story exklusiv, dafür hilfst du mir, seinen Mörder zur Strecke zu bringen. Ich habe nämlich nicht die Nuyen, um mir Leute anheuern zu können.«

Sie hielt ihm ihre Hand hin, und ohne zu zögern schlug der Mann ein. Seine Nase juckte ununterbrochen.

Dann begann die Ghuljägerin, die Geschehnisse genau wiederzugeben, schilderte jede Einzelheit, wie sie den Gegner erlebt hatte. Und sie erzählte von der Vergangenheit ihres Mentors.

Poolitzer benötigte nicht eine Sekunde, um die Zusammenhänge herzustellen. Er war auf Umwegen bei der Story mit den verschwundenen Magiern gelandet, und diese Verknüpfung gefiel ihm sogar noch besser als jedes Skript, das er sich hätte ausdenken können. Nichtsdestotrotz blieb die Sache gefährlich.

»Ich habe mich zwei Tage nicht in die Kanalisation getraut«, endete sie. »Aber ich musste erfahren, was mit Piers geschehen war. Also bin ich noch einmal runter, aber die Luke zu diesem Raum war nicht mehr zu öffnen. Seitdem versuche ich, über andere Wege an den Ort zu gelangen. Ich will wenigstens seine Leiche beerdigen und sie nicht einfach verfaulen oder den Ghulen lassen.«

Sie langte nach ihrem Bier, das Moona vor sie stellte. Ihre Hand zitterte, der synthetisierte Gerstensaft lief über ihre Finger. Mit einem Fluch setzte sie das Glas ab und bedeckte mit der anderen Hand die Augen.

»Ich werde meine Quellen anzapfen. Mal sehen, was sie über Nicodemus Seg herausfinden«, sagte er nach einer Pause, in der sich Jeroquee sammelte, um den seelischen Schmerz zurückzudrängen. »Wenn er wirklich so schwer im Geschäft war, hat er irgendwo Spuren hinterlassen. LoneStar wird ihn sicherlich registriert haben. Aber irgendwie hege ich da meine Zweifel, dass es ein alter Knacker immer noch so bringt.« *Soll ich oder soll ich nicht?* Zögernd legte er ihr die Hand auf die Schulter. »Hey, wir kriegen den irren Ninja, Partner.«

Jeroquee lächelte schwach. »Ein Snoop mit Heldenmut.«

»Das gehört zu meinem Job«, winkte er ab. »Wenn du meinen Bericht über die ADL gesehen hast, weißt du, was ich mitgemacht habe. Und mit etwas Glück bekomme ich ein paar Leute, die uns kostenlos dabei zur Hand gehen, Demus zu erledigen.«

»Ach?«

»Jep«, bestätigte Poolitzer. »Ich kenne da einen Club, in dem alle nur darauf warten, dass man ihnen sagt, wo man den Magierkiller aufstöbern kann.« Er stand auf. »Ich bringe morgen eine Bekannte mit, und dann sehen wir uns die Sache näher an.« Der Reporter verließ das *Slum's*.

Die junge Ghuljägerin richtete ihre Blicke zu dem Foto ihres Lehrmeisters. *Du bekommst deine Rache, Piers.*

Seattle, Redmond-Barrens, 19. 01. 2058 AD, 15.30 Uhr

»Mein Watcher sagt, dass der Schacht hinter der Luke mit einer harten Substanz ausgegossen wurde.« Cauldron schaute zu Poolitzer, der sich wieder in seine Anglerhose geworfen hatte. Auf dem Rücken trug er eine Mossberg-Schrotflinte mit Vollmantelpatronen, die ihm Gonzales mit den Worten »Was einen Motorblock durchschlägt, macht auch ein Loch in den dicksten Mensch« empfohlen hatte.

»War's das?« Laut hallte ihre Frage in dem leeren Überlaufbecken nach.

Jeroquee, gekleidet in den üblichen Jägerdress, hob die Augenbrauen und blickte den Reporter ebenfalls an. »Dafür hätte ich keine Magierin gebraucht.«

»Hey, Löckchen, nur nicht so voreilig, ja?« entgegnete die hermetische Magierin schnippisch. »Ich habe Poolitzer versprochen, dass ich ihm ein wenig zur Hand gehe.«

»Hast du einen Elementargeist beschworen, nur für alle Fälle?«, wollte der Reporter wissen.

»Habe ich, Poolitzer, nun reg dich wieder ab. Die Ghule werden schon nicht an uns knabbern.« Cauldron sah abschätzend zu der Luke. »Nun möchtest du wohl, dass ich euch den Weg frei mache?«

»Wenn du dazu in der Lage bist, mache ich sogar eine Großaufnahme von dir und lobe deine Selbstlosigkeit in den Himmel«, bot Poolitzer gestenreich an. »Das bringt dir die ein oder andere verlorene Sympathie bei den Zuschauern zurück, wenn sie sehen, wie du die gute Sache unterstützt.«

»Ich stelle dir die Kosten für die Materialien, die ich gebraucht habe, in Rechnung«, erwiderte die Frau mit den Flammenhaaren sein Angebot. »Aber weil wir uns so gut kennen, lasse ich den Stundenlohn einfach weg.« Sie nickte nach oben. »Jetzt filme lieber.«

Die Metallplatte wurde von unsichtbaren Kräften aus der Verankerung gerissen und knallte krachend auf den Boden des Bassins.

Die graue Substanz dahinter, die schwer nach Duplex Granitbauschaum aussah, löste sich Stück für Stück auf. Brocken prasselten herunter, und eine riesige Staubwolke entstand. Das Material widerstand den Energien des Elementargeists nicht lange, der sich wie eine Fräse durch die Blockade arbeitete. Das Zeug schmorte und verflüssigte sich, brennende Tropfen klatschten herunter.

»Kannst du ihm nicht befehlen, sich zu zeigen?«, wollte der Reporter wissen. »Ich meine, es sieht schon beeindruckend aus, aber die Zuschauer hätten gern etwas fürs Auge, wenn du verstehst, was ich meine.«

»Sie zeigen sich nicht gerne auf dieser Ebene«, schmetterte die Magierin sein Anliegen ab. »Ich will ihn nicht unnötig verärgern. Die Beschwörung gestaltete sich schon schwierig genug.«

Als die Arbeit beendet war, schickte Cauldron den nächsten Watcher auf die Reise, um herauszufinden, ob die Kammer mit den Foki und Fetischen noch existierte.

»Nur eine lange Kammer«, gab sie die Meldung ihres Wesens weiter. »Und eine Leiche.«

»Piers«, entschlüpfte es Jeroquee, die sich das mitgebrachte Tau von der Schulter nahm und das Ende mit der Spitze des Kletterhakengewehrs verband. Sie trabte unter die Luke, visierte kurz und feuerte.

Mit einem metallischen Geräusch bohrten sich die Dornen des Aufsatzes irgendwo über ihnen fest.

Die junge Frau überprüfte den Halt und begann sich hinaufzuhangeln.

»Wenn du nichts dagegen hast, warte ich im Club, bis ihr zurück seid«, verabschiedete sich Cauldron mit einem schnellen Blick auf die Uhr. »Hier unten stinkt's mir zu sehr. Wenn ihr Hinweise auf den Irren entdeckt, bringt sie mit. Ein Haar würde schon ausreichen, um ihn zu finden. Wir Magischen haben da ein paar Tricks auf Lager.«

»Ist recht«, meinte der Reporter ein wenig unglücklich. »Könntest du nicht doch mitkommen?«

»Nein, ich muss mit den anderen noch ein paar Dinge klären. Uns steht demnächst ein großer Lauf ins Haus.«

»Ich dachte, du wolltest aufhören?«, wunderte sich Poolitzer.

Die Magierin zuckte mit den Achseln. »Wieso? Ich habe keinen Grund mehr, mich nicht in Gefahr zu begeben.« Sie verzog angeekelt das Gesicht. »Es sei denn, es stinkt so sehr, dass ich gleich kotze. Wir sehen uns später.«

»Wenn keiner von uns beiden blind wird«, rief er ihr hinterher. *Oder das Opfer eines Methusalem-Ninjas wird.*

Dann folgte er Jeroquee, deren Beine in diesem Moment im Schacht verschwanden.

Die Mossberg baumelte ihm auf dem Rücken hin und her. Zweimal schlug ihm der Griff gegen den Helm, und als er sich durch den Schacht zwängte, verhakte sich die Waffe sogar.

Jeroquee grinste. »Das ist der Grund, warum ich nur noch Pistolen benutze. Ich bin beinahe mal wegen einer Schrotflinte in einem Abwasserrohr ersoffen.«

»Das sind ja bezaubernde Aussichten«, fluchte der Reporter und klappte die Schulterstütze um. *Darauf hätte ich auch früher kommen können.*

Was in den letzten Jahren selten vorgekommen war, geschah. Poolitzer empfand Skrupel, einen Moment tiefster menschlicher Emotion einzufangen.

Sie fanden die Leiche von Piers.

Die Explosion einer Granate hatte ihn getötet, die

Splitter steckten stellenweise noch im Schutzanzug. Unterleib und Schenkel waren gespickt mit den Metallresten. Wie durch ein Wunder war das Gesicht des Ghuljägers von den Schrapnellen verschont geblieben. Piers schien beinahe zu lächeln.

Der Reporter hatte den Aufnahmebefehl bereits gegeben, als Jeroquee neben ihrem Mentor weinend zusammenbrach. *Scheiß auf die Quote.* Ohne nachzudenken, schaltete er die VX 2200C aus und löschte das bisherige Material.

Danach half er ihr, die sterblichen Überreste in einen Plastiksack zu verpacken. Der Blick, den ihm die Ghuljägerin dabei zuwarf, drückte alles an Dankbarkeit aus, was Worte nicht zu fassen vermocht hätten.

»Wir sollten die Kammer näher untersuchen«, schlug er nach einer kurzen Pause vor. Jeroquee nickte.

Im Schein der riesigen Handstrahler, die mit Batterien aus ihren Rucksäcken gespeist wurden, durchforsteten sie das Überlaufbecken, bis die junge Frau getrocknetes Blut entdeckte, das zur Sprossenleiter führte. Ein Blick auf die Stiegen verriet, dass Demus sich verletzt nach oben zurückgezogen hatte. *Hoffentlich ist er daran verreckt.*

Poolitzer kratzte mit seinem Taschenmesser etwas von der Substanz in ein mitgebrachtes Plastikbeutelchen, auf dem ›Beweisstück‹ und das Zeichen von LoneStar aufgedruckt waren.

»Ich bin sehr gespannt, ob diese Magier etwas damit anfangen können.« Er betrachtete das dunkle Pulver im Schein der Lampe. »Es ist schon beunruhigend, was die Hermetischen so alles können, wenn sie wollen.« Der Reporter wandte sich zum Ausgang. »Ich schlage vor, wir nehmen ihn mit und überlassen alles andere meinen Freunden.«

Jeroquee stand bereits auf dem eisernen Umlauf, der zu der Tür führte, durch die Demus gekommen war.

»Für mich ist es noch nicht zu Ende«, verkündete sie und schritt auf das massive Schott zu.

»Einen Augenblick«, versuchte der Reporter zu protestieren. »Abgemacht war, dass wir seine Leiche suchen und mit Hilfe der Magier ...«

Die junge Frau hatte die Finger um das Handrad geschlossen und begann, es unter Aufbietung all ihrer Kräfte zu drehen. Millimeter für Millimeter gab der Schließmechanismus nach. »Hilf mir oder geh«, sagte sie angestrengt.

Drek. Poolitzer aktivierte die Kamera, bevor er sich die Leiter hinaufarbeitete und den Umlauf erklomm.

Zu zweit gelang es ihnen, die Kurbel schneller zu drehen, bis irgendwo in der Wand etwas summte.

Hastig nahm er die Mossberg aus der Rückenhalterung und lud sie durch. *Bitte, lass es nur eine Kanalratte sein!*

Klackend rasteten die Bolzen aus. Die ölgelagerte, runde Tür schwang ihnen entgegen.

Voller Anspannung spähten die beiden in den dahinterliegenden Raum.

»Verehrte Zuschauer, FNS ist in die Tiefen der Seattler Kanalisation vorgedrungen, um dem Rätsel der verschwundenen Magier auf den Grund zu gehen«, flüsterte Poolitzer heiser. »Ich werde nun mit meiner Partnerin ...«

Jeroquee trat ihm in den Hintern und bedeutete ihm, den Mund zu halten. »Vorwärts, Heldensnoop«, sagte sie und huschte hinein.

Die Luft im Schacht roch frisch, keineswegs muffig oder nach Kloake. Ihr Weg endete nach ein paar Metern vor einem weiteren Schott, das sich ebenfalls mit viel Mühe öffnen ließ.

»Ich werd verrückt, eine alte Kontrollstation«, murmelte der Reporter und ließ den grellen Kegel seines Handscheinwerfers über die alten Apparaturen zucken. »Von hier aus haben sie früher die Einleitungen überprüft, bevor die Schaltzentralen eingerichtet wurden.« Er blies etwas Staub zur Seite und deutete auf den Aufkleber. »Jedenfalls war das so bei ›Zed's Sewage Systems‹. Die haben vor vier Jahren Pleite gemacht.«

Über dem Fahrstuhlschacht an der linken Wand leuchtete der nach unten zeigende Pfeil auf.

Jeroquee bemerkte das Signal aus den Augenwinkeln und bedeutete dem Reporter, sich eine Deckung zu suchen.

Aufgeregt tauchte er hinter einem Pult ab und entsicherte die Mossberg. *Shit. Ich habe etwas vergessen.*

Mit hektischen Bewegungen klopfte er alle Taschen ab, zog eine kleine Schachtel mit Chips hervor und versenkte einen Zylinder in einer seiner Chipbuchsen. Die Aktionssoft ›Handfeuerwaffen, Gewehre‹, die er sich eigens für diese Unternehmung zugelegt hatte, aktivierte er pünktlich zum Öffnen der Kabinentüren.

Kaum ertönten ein leises akustisches Signal und das charakteristische leise Rumpeln, das Fahrstuhltüren von sich geben, bellten die beiden Browning Max-Power der Ghuljägerin in schnellem Dauerfeuer abwechselnd auf.

Ich bin unbesiegbar, ich bin unverwundbar, alle TV-Engel stehen mir bei.

Mit einem Aufschrei schnellte Poolitzer hoch und legte mit seiner Schrotflinte los, die Mündung auf die Gestalt im schwarzen, eng anliegenden Dress gerichtet.

Bereits der Rückschlag des ersten Schusses brachte ihn aus dem Gleichgewicht. Die Kugel zerfetzte die Signalpfeile über der Kabine und hinterließ ein dickes Loch in der Wand.

Im Reflex der Aktionssoftware lud er nach und drückte ein weiteres Mal ab, ohne sich bewusst zu sein, was er tat.

Die Wucht des zurückschnellenden Kolbens warf ihn gegen ein Kontrollpult. Die Kopfhalterung der Fuchi, die er am Helm befestigt hatte, gab den Geist auf. *Nicht schon wieder Kameraschrott.* Er ließ die Mossberg fallen und fing die wertvolle VX auf, mit der er zu Boden ging.

Dann herrschte Stille in der alten Kontrollzentrale.

»Poolitzer?«, fragte Jeroquee alarmiert.

»Alles in Ordnung«, versicherte der Reporter ächzend und stemmte sich in die Höhe, um ein paar gute Aufnahmen zu machen.

Der Unterleib des Schattenkriegers lag im Raum, der durchlöcherte Oberkörper in der Kabine. Die Fahrstuhltür prallte unablässig gegen die Hüfte des Regungslosen und versuchte zu schließen. Doch das Hindernis machte es unmöglich.

Vorsichtig zoomte Poolitzer heran und betrachtete die Einschüsse. »Lebt er noch?«

»Ich hoffe nicht«, erwiderte die Ghuljägerin gleichgültig und wechselte die Magazine ihrer Max-Powers, bevor sie sich näher an den Maskierten heranwagte.

Die Mündungen der halbautomatischen Pistolen zielten unentwegt auf den Kopf des Gegners, dem bei dem Feuerüberfall nicht einmal die Gelegenheit geblieben war, eine Waffe zu zücken. Die Ares Predator steckte unangetastet im Holster am Oberschenkel.

»Hui«, meinte Poolitzer beeindruckt. »15 Einschläge, wenn ich mich nicht verzählt habe.«

»20 wären möglich gewesen.« Die junge Frau trat gegen Demus' Fuß. *Das war viel zu leicht.* »Gib mir Deckung.«

Der Reporter klemmte sich die Kamera an den Helm und legte die Mossberg auf den Liegenden an. *Lass sie bloß nicht bemerken, dass er keine Treffer von mir abbekommen hat.*

Jeroquee verstaute eine Browning im Achselhalfter,

die andere drückte sie an den verhüllten Kopf, während sie nach dem Puls tastete. »Nichts«, sagte sie erleichtert. »Der ist hin.«

Mit einem Ruck entfernte sie die Maske von Demus' Gesicht.

»Der ist nicht nur gut im Training, er hat auch noch einen ausgezeichneten Schönheitschirurgen«, kommentierte der Reporter den Anblick. »So will ich auch mal mit 50 Jahren aussehen.«

Sie blickten in das völlig erstaunte Gesicht eines jungen Mannes mit halbasiatischen Zügen, der kaum älter als die Ghuljägerin gewesen war. Blut sickerte unvermittelt aus dem Mundwinkel.

»Ich hatte Recht«, sagte sie und betrachtete den Gegner teilnahmslos. »Ich habe Piers gesagt, dass es sich um einen Nachahmer handelt. Aber er wollte mir nicht glauben.« Die Frau stand auf und trat den Toten. »Piers wurde von einem verdammten Demus-Fan gekillt. Drek, das ist bitter.«

»Macht sich trotzdem gut für die Story. Der Kampf der Todfeinde, verlagert in die nächste Generation der Schüler.« Poolitzer filmte sie und wurde sich seiner Taktlosigkeit bewusst. »Vergiss es, ich habe nur laut gedacht. Was machen wir mit ihm?«

»Liegen lassen.« Jeroquee steckte die zweite Pistole ein und marschierte in Richtung Ausgang. »Sollen ihn die Ghule fressen.«

Der Reporter schaute in den Lift, in dem sich ein See aus Blut gebildet hatte. »Sollten wir nicht nachschauen, wohin der Aufzug fährt?«

»Wozu?«, kam es aus dem anderen Raum. »Was soll ich in einer alten Lagerhalle? Piers ist gerächt.«

»Moment.« In aller Eile durchsuchte Poolitzer den Toten, wobei er sich trotz aller Sorgsamkeit mit Blut versaute, fand jedoch nur eine Schlüsselkarte für eine Wohnung. *Na, immerhin. Damit lässt sich herausfinden, wo der Irre gewohnt hat.* Schnell rannte er der Ghuljägerin hinterher. »Lass mich bloß nicht alleine.«

Der Rückweg gestaltete sich schwierig, weil sie die Überreste von Piers mit sich trugen. Allzu pietätlos wollten sie damit nicht umgehen, was den Transport nicht eben erleichterte.

Schließlich machten sie ein Seil an einer Öse des Sacks fest und zogen den Toten hinter sich her oder ließen ihn vorsichtig aus Schächten herab.

Nach drei Stunden wateten sie durch eine der letzten Röhren, die sie noch passieren mussten, ehe sie an die frische Luft kamen. Jeroquee trug den Körper ihres Mentors selbst.

»Du bist kein guter Schütze?«, erkundigte sich die junge Jägerin.

Poolitzer wurde knallrot. »Mein Schieber hat mir Datasofts anstelle von Aktionssofts verscheuert, der Idiot«, versuchte er sich für die miserable Leistung herauszureden. »Aber der dritte Schuss hätte gesessen, ehrlich.« Er filmte sie im Gehen. »Was hast du nun vor, Jeroquee?«

»Ich mache weiter«, sagte sie entschlossen. »Seine Ausbildung muss sich doch gelohnt haben. Und wenn sonst keiner Kammerjäger spielen will, mache ich es eben.« Sie blickte den Reporter ernst an. »Ich bin es ihm einfach schuldig.«

»Suchst du dir einen Partner?«

Sie schüttelte ihren Lockenkopf. »Nein, ich bleibe vorerst alleine.«

Gleichzeitig hörten sie mehrere Personen auf sie zukommen. Die Lichtkegel ihrer Lampen wanderten über die Wände. Die Unterhaltung der Unbekannten war überlaut.

Poolitzer fluchte und fischte bereits nach seiner Waffe, aber Jeroquee beruhigte ihn.

»Keine Gefahr, Heldensnoop. Das sind die Putzfrauen.«

»Putzfrauen?«

»Wart's ab.«

Barkley und sein Kanalteam von ›South Seattle Drains‹ schlossen zu ihnen auf. Kurz entschlossen begleiteten sie die beiden Erschöpften ein Stück und wollten natürlich wissen, was aus der Sache von damals geworden war.

Jeroquee wechselte kein Wort mit den Männern, weil sie sich noch sehr genau an die Ablehnung ihres Hilfegesuchs erinnern konnte. *Andererseits, was hätten sie gegen Demus ausrichten können? Ohne das Überraschungsmoment nichts.*

Poolitzer dagegen nutzte die Gelegenheit, um schon mal vorab Werbung für seinen Bericht zu machen. Er zeigte dem Team exklusiv ein paar Szenen des Materials, als sie an ihrem Einstieg angelangt waren.

Als würde der Vorarbeiter ihre Gedanken lesen können, kam er an ihre Seite, während die anderen der Truppe den Reporter umlagerten, um vor seinem Aufstieg noch ein paar Sequenzen sehen zu dürfen.

»Okay, Lady, ich verstehe, wenn Sie sauer sind, dass wir Ihnen damals nicht geholfen haben, aber Sie werden einsehen müssen, dass wir keine Experten mit den Schießeisen sind«, versuchte er sich nachträglich zu entschuldigen. »Wir sind Kanalreiniger, die gelegentlich auf Ghuls schießen.« Er betrachtete den Leichensack. »Vermutlich wären wir alle in so einem Ding abtransportiert worden.«

»Vermutlich.« Jeroquee schnaubte. »Was mich gestört hat, war die Formulierung.«

»Was meinen Sie damit?«

»Sie sagten, es wäre nicht Ihr Problem. Das klang einfach scheiße.«

Mitten in der Vorführung klingelte Poolitzers Comgerät. »Hoy, Gonzales, altes Streifenhörnchen«, rief er laut in das Mikrofon. »Die Verbindung ist ganz schlecht. Bin in den Kanälen. Warte mal.« Er drückte einem der Arbeiter die Fuchi in die Hand, erklomm ein paar Stiegen, um für einen besseren Empfang zu sorgen, und lauschte. »Ja, deshalb hast du mich vorher nicht erreicht. Du hast was über wen? Nicodemus Seg?« Poolitzer lachte. »Kannste streichen, Gonzo. Den gibt es nicht ...« Er stockte, sein Gesicht wurde aufmerksamer. Mit dem Arm umklammerte er die Leiter, einen Finger steckte er in das andere Ohr, um den Cop besser verstehen zu können. »Wie, nichts? Aber einen Sakagi Seg? 25 Jahre?« Er wechselte einen schnellen Blick mit der Ghuljägerin und hob den Daumen. »Vorbestraft wegen Körperverletzung, aha. Psychiatrische Betreuung, so, so.«

»Wird das heute noch was?«, meinte die Frau. »Klettere endlich rauf.«

Poolitzer bekam einen abwesenden Blick, weil er sich auf die Worte des Polizisten konzentrierte, und betrachtete gedankenverloren einen Strömungswirbel, der sich den Beinen des hintersten Orks näherte.

Und irgendetwas störte ihn daran.

Was verursacht denn ... Der junge Mann wollte den Kanalarbeiter gerade darauf aufmerksam machen, als die Wasseroberfläche zu explodieren schien.

Schwungvoll schoss die schwarz gekleidete Gestalt aus der trüben Flüssigkeit, landete im Rücken des überraschten Orks und trennte mit einem beidhändig geführten, gewaltigen Hieb seines Ninjatos den Kopf vom Rumpf des Kanalarbeiters.

Der leblose Torso kippte nach vorne, zuckte ein wenig und blieb still liegen.

»Jetzt dürfte es doch Ihr Problem sein, Barkley!«, rief Jeroquee, ließ Piers Leiche zu Boden gleiten und legte die Halbautomatik auf den Schattenkrieger an.

Die Orks mochten vielleicht Chancen gegen die Ghuls haben, doch einem Gegner von diesem Format war keiner des Kanalteams gewachsen.

Der hochgradig vercyberte Mann arbeitete sich durch ihre Reihen, als wäre es ein Kinderspiel. Er machte nicht einmal von der Predator Gebrauch, die an seiner Seite hing, sondern tötete die Metamenschen allein mit der Klinge seines Ninjatos.

Die Schläge des Kurzschwerts kamen derart schnell und präzise, dass den Orks nicht die Spur einer Chance blieb. Sie starben, wo sie standen.

Nacheinander erloschen ihre Lampen. Die Lichtkegel zeigten sinnlos gegen die Decke. Mit einem dumpfen Geräusch fiel die Kamera in die braunen Fluten und versank.

»Nein!«, rief Poolitzer von der Leiter aus und hielt sich schnell den Mund zu, um den übermächtigen Feind nicht auf sich aufmerksam zu machen. *Drek, Hilfe!* Beim Versuch, die Mossberg aus dem Rückenhalfter zu zerren, verlor er den Halt auf den rutschigen Sprossen und stürzte in die Tiefe, um im Abwasser einzuschlagen.

Barkley zog seine Uzi III mit einer fließenden Bewegung aus dem Hüfthalfter, erfasste den Brustkorb des Gegners mit der integrierten Laserzielhilfe der MP und schickte eine Garbe in dessen Richtung.

Der muskulöse Schattenkrieger machte einen Schritt rückwärts und knickte durch den Aufprall der Kugeln ein, doch die Dermalpanzerung fing die Projektile auf.

Kraftvoll stieß er sich ab, machte einen Salto vorwärts, der ihn genau vor die Füße des verblüfften Barkley brachte, und rammte dem Mann die Schneide bis zum Heft in den Unterleib.

Mit diabolischem Lächeln zog er die Klinge ruckartig bis zum Halsansatz hoch, riss sie heraus und spaltete dem Vorarbeiter den Kopf samt Stahlhelm.

Er hat keine Einschüsse, bemerkte die Ghuljägerin. *Es müssen zwei sein.* Ehe sie zum Schuss kam, blitzte es grell in dem düsteren Tunnel auf.

Geblendet feuerte sie ihre Max-Powers in die Richtung, in der sie den Angreifer eben noch gesehen hatte. Dann hagelte eine gewaltige Faustschlagkombination auf ihr Gesicht und ihren Oberkörper nieder.

Die Waffen wurden ihr aus den Händen geschlagen. Benommen taumelte sie zurück, stolperte über Piers' Leiche und fiel gegen die Wand. Noch immer sah sie nur funkelnde Sternchen. Die Blendgranate hatte ganze Arbeit geleistet.

Zufrieden wandte er sich Jeroquee zu. Die Augen hinter der schwarzen Maske glitzerten hasserfüllt.

»Wie konntet ihr es wagen, meinen Sohn zu töten? Er war noch nicht so weit.« Er umfasste den Griff des Ninjatos mit beiden Händen und hob die Waffe in senkrechter Haltung bis auf die Höhe der linken Schulter. »Aber du wirst dein Leben wie die anderen verlieren. Black Sting hat dir nicht genug beigebracht. Ihr werdet euch gut verstehen, Sunrain und du.«

Allmählich ließ die Blendwirkung nach. Jeroquee erkannte wenigstens Umrisse des Gegners. Hektisch tastete sie nach einer Waffe.

»Ich hab sie!« Poolitzer tauchte prustend aus dem Abwasserlauf und hielt seine VX in die Höhe. Von seinem Kopf hing ein Stück langes Toilettenpapier herunter.

Demus zuckte herum, um sich dem neuen Angreifer zu stellen.

»Bin schon wieder weg.« Wie der Blitz tauchte der Reporter unter.

Jeroquees Hand schloss sich um den Griff der Browning und zielte auf den Rücken des Schattenkriegers. *Fahr zur Hölle.*

Demus schaute über die Schulter und täuschte einen Sprung an.

Die immer noch geblendete Ghuljägerin fiel auf sein Manöver herein und schoss nach oben in die Kanaldecke.

Der Mann stieß ihr mit der Fußspitze in den Bauch und ließ einen knallharten Seitentritt gegen ihren Lockenkopf folgen, der Jeroquee gegen die Wand beförderte.

Sie sah nun alles doppelt und dreifach. Zudem lief ihr Blut aus einer Platzwunde von der Stirn in die Augen und trübte die Sicht noch mehr.

Kraftlos hob sie Waffe, die ihr daraufhin lachend aus den Händen geschlagen wurde.

»Es hat keinen Sinn mehr. Bereite dich auf deinen Tod vor.«

»Leck mich, du wahnsinniger Pseudojapse.« Jeroquee wischte sich das Blut von den Cyberaugen. Den Moment wollte der Angreifer nutzen und hieb zu.

Die Ghuljägerin erahnte die kommende Klinge mehr, als dass sie sie erkennen konnte.

Geistesgegenwärtig ließ sie sich fallen, erhielt einen tiefen Schnitt in die Schulter und hechtete an Demus vorbei.

Der Ninja drehte sich mit einem wütenden Schrei um die eigene Achse und schlug aus der Drehung zu.

Obwohl er schlecht gezielt hatte, bohrte sich die Spitze des Schwerts tief in ihren Oberschenkel und durchtrennte äußerst schmerzhaft einige Muskeln.

Der Lauf einer Schrotflinte bewegte sich plötzlich Zentimeter für Zentimeter aus der trüben Kloake. »Ich hab die Mossberg und meinen Heldenmut wiedergefunden«, sagte der triefende Reporter und versuchte, einschüchternd auszusehen.

»Gib her, du triffst sowieso nichts.« Jeroquee schnappte die Waffe im Liegen aus den Händen des überraschten Poolitzers und wälzte sich auf den Rücken. *Für Piers, Sunrain und all die anderen.*

Schuss um Schuss traf den erneut ausholenden Gegner.

Demus ging erst beim dritten Treffer der Vollgeschosse in die Knie, fiel klatschend in den Abwasserkanal und wurde weggespült.

»Gott, wir haben ihn!«, jubelte Poolitzer und filmte dem abtreibenden Kadaver hinterher. »Mist, ich hätte so gerne sein Gesicht gesehen.«

»Wie schön«, sagte Jeroquee gepresst und aktivierte das DocWagon-Armband.

»Shit.« Der Reporter senkte die Kamera und stieg aus dem Kanal, um neben der verletzten Jägerin niederzuknien. »Mach bloß nicht schlapp, okay? Ich will ein gottverdammtes Happy End. Die Zuschauer verlangen so etwas.«

»Ich bemühe mich«, keuchte die junge Frau und lächelte schwach.

»Gib mir das Armband. Ich gehe nach oben und stelle mich auf die Straße, dort ist der Empfang besser.« Schon nestelte er an ihrem Handgelenk, um den Signalgeber zu entfernen. »Die sind gleich da.« Anerkennend verzog er den Mund. »Hm, Goldservice. Da musst du dir keine Sorgen machen. Eine Wiederbelebung ist inklusive«, zwinkert er ihr zu, bevor er die Leiter erklomm.

Sie zeigte ihm den Mittelfinger. Nachdenklich betrachtete sie das blutverschmierte Ninjato, das am Rand des Steinsimses lag, und beförderte es mit dem letzten Schuss des Gewehrs in das Schmutzwasser.

Piers, du hättest mich sehen sollen. Ich habe eine Menge bei dir gelernt. Die Sirenen des DocWagon-Transporters drangen an ihr Ohr, und sie entspannte sich. *Morgen gebe ich diesen Scheißjob auf und werde was Einfaches machen. Banküberfälle oder Spaziergänger im Park ausrauben,* dachte Jeroquee grimmig lächelnd und gab sich den Schmerzen in ihrem Körper hin.

Noch bevor der erste Mediziner einen Fuß auf die Eisensprosse gesetzt hatte, war die junge Ghuljägerin ohnmächtig.

XVII.

Seattle, Redmond-Barrens, 20. 01. 2058 AD, 20.00 Uhr

Pauken und Trompeten ertönten. Scheinwerfer tauchten die unzähligen Kandidaten in grelles Licht, die dicht gedrängt auf ihren Plätzen saßen und hofften, dass der Spot auf ihnen zum Stillstand kam.

Die Beleuchtung erlosch. Ein einsamer, heller Strahl richtete sich auf einen eindrucksvollen Troll mit knallgelben langen Haaren. Den Finger in der Nase und anscheinend schwer mit Popeln beschäftigt, bemerkte er zuerst nicht, dass die Wahl des Zufallscomputers auf ihn gefallen war.

»Meine Güte«, stöhnte Twing auf und presste die Finger des Riggers zusammen.

»Keine Panik«, beruhigte sie der Elf, während er selbst sein Herz bis zum Hals schlagen hörte. »Er wird mindestens ein paar hundert Nuyen abräumen und eine ordentliche Party schmeißen.«

»Für all die nervige Fragerei wäre es jedenfalls eine nette Entschädigung«, meinte Cauldron. Unwillkürlich drückte sie dem Troll die Daumen. »Mach sie fertig, Superhirn!«, rief sie.

Ultra grinste, und die goldene Mickymaus auf seinem linken Stoßzahn blinkte auf. Er winkte zu den Zuschauertribünen und bahnte sich einen Weg in die ›Quizz It‹-Arena, wo der Moderator Max Millionmaker bereits wartete.

»Ich setze 20 auf Ultra«, sagte Hustle zu Keimag. Der Deutsche schlug ein.

Techniker liefen herbei, befestigten ein kleines Mikrofon an dem Jackettaufschlag und stoben wie die Ameisen nach allen Seiten davon, als hätten sie Angst, unter die mächtigen Sohlen des Metamenschen zu kommen.

»Sie sind Ultra«, begrüßte ihn Max mit einem schmierigen Grinsen. »Hatten wir nicht schon mal das Vergnügen? Der Name kommt mir irgendwie bekannt vor.«

»Nö, Chummer«, beeilte sich der Troll zu versichern. Wenn auch nur einer in den Archiven die peinliche Antwort ›Mathilda‹ herausfinden sollte, wäre er vor Scham gestorben. »Ich bin zum ersten Mal dabei.« Er wuchtete sich in den Spezialstuhl, der unter seinem Gewicht ächzte. »Schieß los, Max.« Die Ringe in den Ohren schlugen klingelnd aneinander.

»Sieh dir unseren Dicken an.« Die Mechanikerin rempelte Sparkplug an. »Dem geht das tierisch ab.«

»Okay, Ultra. Ich darf doch du sagen?«

»Klar, Max. Und jetzt fang an.«

»Du bist ein ganz schneller. Es geht los. Du weißt, wir haben ein bisschen was geändert. Zehn Fragen, drei Runden. Du selbst bestimmst die Geschwindigkeit. Je schneller du antwortest, umso mehr Geld bekommst du. Der Gewinn am Ende der ersten und zweiten Runde wandert in dein Depot. Eine falsche Antwort, und du bist raus. Du kannst aber jederzeit aufhören, wenn du eine Ausstiegsfrage richtig beantwortest. Dann nimmst du das Depot mit nach Hause.«

»Max, fang endlich an.« Demonstrativ legte er seinen Finger auf den Antwort-Knopf.

Die Zuschauer lachten leise angesichts der beinahe schon unverschämten Art, wie der Troll mit dem Moderator umsprang.

Theatralische Musik setzte ein. Auf dem großen Bildschirm wurde die erste Frage eingeblendet. Sofort brummte der Antwort-Summer. »Die Geschwindigkeit des Lichts im Vakuum beträgt 300000 Kilometer pro Sekunde.«

Die grüne Lampe leuchtete auf. Die Studiobesucher klatschten.

Max Millionmaker lächelte gequält. »Normalerweise lese ich die Frage noch vor, Ultra.«

»Warum?«, wollte der Troll unschuldig wissen. »Ich will Geld verdienen, also drücke ich, wenn ich die Antwort weiß.«

Die nächste Frage erschien. Einen Sekundenbruchteil darauf ertönte ein Signal, und Ultra gab richtig zur Antwort, dass Mollusken wirbellose Weichtiere seien.

»Äh«, sagte der Moderator ein wenig unglücklich.

Der Regisseur machte sich einen Spaß daraus, die Fragen schnell hintereinander einzublenden, und genauso schnell schossen die Lösungen aus dem Mund des Trolls.

Max Millionmaker schaute immer nur abwechselnd zur Monitorwand und zu seinem Kandidaten, bis die erste Runde innerhalb von 15 Sekunden vorüber war. Auf dem Depotanzeiger leuchtete die Summe von 20000 Nuyen und ›Rekord‹.

Die Zuschauer klatschten wie wild, johlten und feuerten Ultra an, während der Sender in die Werbepause ging.

»Chummer!«, brüllte Sparkplug und sprang von seinem Sitz auf, die Daumen in die Höhe gereckt. »Mach sie arm!«

»Setz dich wieder hin.« Twing zerrte den begeisterten Rigger an seinem zu weiten Sakko wieder zurück. »Sonst fliegst du noch raus.«

Die Magierin feixte. »Na, bis jetzt hat sich das Lernen gelohnt. Er sollte besser aussteigen.«

»Verrückt geworden?«, protestierte der Elf.

»Sie werden ihn fertig machen und eine Frage stellen, die nicht einmal ein Professor mit eingebauter Riesenfestplatte beantworten kann«, schätzte Cauldron.

»Ruhe«, leuchtete auf dem Bildschirm auf. Ein

Countdown verkündete, dass man gleich wieder auf Sendung sei.

Der Troll, das Gesicht eine Maske der Konzentration, legte bereits seinen Finger auf den Antwortschalter. »Max, fang an.«

Nach 14 Sekunden hatte sich Ultra 200 000 Nuyen erspielt. Die Lippen des Moderators bebten.

Das Aufnahmestudio verwandelte sich in einen brodelnden Hexenkessel. Die Menge skandierte den Namen des Trolls, der sich entspannt zurücklehnte und in der Nase bohrte.

»Ich weiß zwar nicht, wie du das machst, aber ich denke, du betrügst«, sagte Max Millionmaker leise.

»Nee, so nicht, Max. Damit kommst du bei mir nicht durch.« Ultra hob die Stimme. »Hoy, Regie. Ich will auf der Stelle gecheckt werden. Max denkt, ich bescheiße.«

»Pfui, Max!«, brüllte Cauldron und warf ihren Schokoriegel nach dem Moderator. Schon hagelte es Snacks auf den Mann nieder, der hinter seinem Sessel in Deckung ging. »Ich hoffe sehr, sie feuern diesen Idioten«, sagte die Magierin und blickte in die verblüfften Gesichter ihrer Freunde. »Was? Ich will nur, dass Ultra gewinnt. Sonst übt er bis zum Ende aller Tage diesen Quiz-Müll, und ich werde meines Lebens nicht mehr froh«, erklärte sie und beobachtete zufrieden, wie der Aufnahmeleiter erschien, um die Gemüter zu beruhigen.

Der Sender machte eine riesige Schau aus dem Check.

Mit einem tragbaren Cyberware-Scanner durchleuchtete man Ultra, fand aber nichts, was auf einen Betrug hindeutete. Der hauseigene Magier entdeckte ebenfalls keine unerlaubten Hilfsmittel an dem Metamenschen, der gut gelaunt alle Prüfungen über sich ergehen ließ.

Zähneknirschend musste sich der Moderator vor

laufenden Kameras bei dem Kandidaten entschuldigen. Dann folgte ein Werbeblock, in dem Max in der Garderobe verschwand, um seine beschmutzte Kleidung gegen frische auszutauschen.

»Okay, Leute«, verkündete Ultra den Leuten im Saal. »Wenn ich alles gewinne, gehen wir später ins *Hioto* und fressen denen auf meine Kosten die Bude leer.«

Der Aufnahmeleiter wechselte ein paar Worte mit dem Troll, bevor er sich dem vor Begeisterung tobenden Publikum zuwandte.

»Hört kurz zu. Wir machen das so, dass die dritte Runde ohne Zeitlimit läuft, um mehr Spannung aufzubauen. Millionmaker wird die Fragen vorlesen und Ultra hat jeweils 15 Sekunden, um zu antworten. Ansonsten bleibt alles beim Alten.«

Max kehrte zehn Sekunden vor Beginn der Finalrunde zurück. Er roch nach Alkohol. »Gut, Ultra. Bereit?«

»Fang an, Max!«, riefen die Zuschauer anstelle des Trolls.

Die Lippen des Moderators formten einen lautlosen Fluch, ehe er sich im Griff hatte. »Was sind Omnivoren?«

»Allesfresser.«

»Nenne drei amerikanische Schriftsteller.«

»Poe, Hemingway, Steinbeck.«

»Wie heißt der Erfinder der Luftpumpe?«

»Hä?«, machte Ultra verunsichert.

»Na bitte.« Millionmaker strahlte plötzlich. »Ich meine, das ist doch ganz einfach. Der Erfinder der Luftpumpe war wer?

»O nein, o nein«, jammerte Twing und hielt sich die Augen zu.

»Gib dir ein bisschen Mühe«, grummelte Hustle und öffnete eine Bierflasche. »Los, Ultra.«

Ultra sah verzweifelt aus. Dann veränderte sich sein

Gesichtsausdruck, und er schlug sich lachend auf die Schenkel. »Nee, war nur ein Witz, Max. Der Erfinder der Luftpumpe hieß Otto von Guericke. Ich wollt's nur ein bisschen spannend machen, Alter.«

»Danke«, fauchte der Moderator beleidigt. »Welches Sternbild ist nach dem Jäger der griechischen Sage benannt?«

»Orion«, gluckste der Troll. »Wie so'n Verlag, der in den ADL Schweinskram vercheckt.«

»Welche Flagge hat ein weißes Schwert auf grünem Grund?«

»Saudi-Arabien.«

»Wie viele Sätze hat eine Sinfonie normalerweise?«

»Vier.«

»Welches ist das lauteste Insekt?«

»Die männliche Zikade, vernehmbar auf 1,6 Kilometer Entfernung.« Beiläufig schaute Ultra auf den Stand seines Depots. »Hey, Max. Gleich haben wir's.«

»Was ist ein Sabre?«

»Hm.« Der Troll nahm ein Schluck Wasser. »Ich glaube, da muss ich überlegen, Max.« Dieses Mal sah es ernst aus. Ultra begann zu schwitzen.

»Was soll das denn sein?«, raunte Keimag. »Meint der Säbel?«

»Ich habe doch gesagt, sie werden unseren Dicken kicken«, gab Cauldron ihren Senf dazu. »Aber die Leute werden dem Sender wenigstens die Bude nach Strich und Faden zerlegen.«

»Ich hab's! Ein in Israel geborenes Kind jüdischer Einwanderer.«

Die grüne Lampe leuchtete auf.

»Ich bekomme gleich einen Herzinfarkt«, raunte Twing dem Elf zu.

»Baby, schone deinen Motor. Das Beste steht dir noch bevor«, meinte der Rigger und deutete nach unten.

»Wie hoch sind die Appalachen an ihrer höchsten Stelle?«

»Zweitausend ganze Meter«, antwortete Ultra und fügte nach einer kurzen Pause hinzu, »nicht zu vergessen kleinere 37 Meter obendrauf.«

Das Publikum klatschte sich die Hände wund. Die Menschen erhoben sich von ihren Plätzen. Nur noch eine einzige Frage trennte den neuen Liebling der Massen von zwei Millionen Nuyen.

»Jetzt weiß ich es wieder«, entfuhr es Millionmaker freudig. Sein Gesicht wurde boshaft. »Du bist das Super-Hirn, das hier angerufen hat und allen Ernstes meinte, die Göttin der Liebe hieß bei den Griechen … Na, wie hast du sie damals genannt, Ultra?«

Der Troll wurde immer kleiner und schmollte. Der Schweiß brach ihm aus allen Poren. »Ich weiß es nicht mehr«, stammelte er peinlich berührt.

»Mathilda«, half Max voller Schadenfreude. »Unser Blitzmerker war der Meinung, dass die griechische Göttin der Liebe Mathilda heißt.«

Vereinzelte Zuschauer lachten, was den Metamenschen vollends aus seiner errungenen Sicherheit warf.

»Wir schnappen uns den Quatscher nach der Sendung«, sagte Hustle düster, und alle anderen nickten. »Wir schieben ihm sein Mikrofon in den Arsch. Und drei Scheinwerfer dazu.«

»Wie bist du eigentlich auf diese hirnverbrannte Idee gekommen?«, bohrte Max immer weiter in der Wunde.

»Das war die Alte vom Zaziki-Macher, von Aristoteles, der Typ, der den Griechengrill hat, 15., Ecke Main«, versuchte er das damalige Versagen zu erklären. »Und den hatte ich angerufen, um nachzufragen, und …« Hilfe suchend huschten seine Augen über das schweigende Publikum, das spürte, dass der Troll einen Panikanfall bekam. Niemand wagte, etwas zu sagen.

»Halte durch, Chummer!«, rief Hustle in die Totenstille. »Lass dich nicht fertig machen von dem Scheißer.«

»Na, der Scheißer stellt gleich die alles entscheidende Frage«, höhnte der Moderator. »Denken wir einfach nicht mehr an Mathilda, die Göttin der Liebe.«

»So ein Dreksack!«, ärgerte sich Keimag. »Hat einer eine Knarre dabei?«

»Die letzte Frage, die Hustle einen Gewinn von zwei Millionen Nuyen einbringt und die er dann mit Mathilda teilen kann«, prustete Max, »lautet: Sind Walhaie Säugetiere?«

»Oh, Scheiße.« Cauldron wurde blass. »Hattet ihr das damals irgendwie geklärt?«

Den Troll traf diese Frage wie eine Abrissbirne.

Dunkel erinnerte er sich an den Streit in der Seitengasse, als sie vergeblich auf den Doc und den Elf warteten. Er wusste sogar, dass sein Palmtop die Frage nach dem Walhai gestellt hatte.

Doch die Mathilda-Affäre, das überlegene Grinsen des fiesen Moderators und die vielen Scheinwerfer lähmten seine Gedanken.

Die zwei Millionen Nuyen waren zum Greifen nahe, aber der Countdown zählte ohne Gnade rückwärts, war inzwischen bei zehn Sekunden angelangt, die er durch die mentale Sperre bereits verloren hatte.

Er schüttelte das massige Haupt. Sein Kopf schien zu qualmen.

Delfine waren Fische. Nein, Säugetiere, und gehörten zur Familie der Wale. Also muss der Walhai ein Säugetier sein.

Er drückte den Antwortknopf, der Timer stand auf ›07‹.

Ultra öffnete den Mund. Das Wort ›Säugetier‹ lag ihm auf der Zunge, als ihm die richtige Lösung einfiel. *Drek, das war doch ein Hai.*

Geistesgegenwärtig hustete er, was nach ›Säugetier‹ klang, und verschluckte sich.

3 Sekunden.

»Bitte?«, hakte Max nach.

2 Sekunden.

Der Troll krächzte etwas und musste sich erst umständlich räuspern.

1 Sekunde.

»Knorpelfisch«, rettete er sich mit belegter Stimme hastig vor dem Zeitlimit über die virtuelle Siegerlinie.

Die grüne Lampe glühte auf und zersprang. Unter dem Klang der Gewinnerfanfare regneten Silberplättchen von der Decke. Ein kleines Feuerwerk zündete, Luftballons schwebten durch den Raum, die Scheinwerfer ruckten hin und her.

Im Studio brach die Hölle los. Die Zuschauer feierten den Troll mit stehenden Ovationen. Max Millionmaker verzog das Gesicht und wischte sich übellaunig das schimmernde Konfetti vom Anzug.

Währenddessen schoben und drückten sich die anderen zu ihrem Freund und fielen ihm um den Hals. Selbst Cauldron war aus dem Häuschen.

Ultra hob die Arme. »Wartet mal, muss noch was Wichtiges sagen«, brüllte er gegen das Klatschen an. Es wurde schlagartig still. »Hey, ihr macht ja tatsächlich, was ich sage. Cool.« Er deutete auf seine Freunde. »Eigentlich will ein Chummer von mir was sagen.«

Sparkplug trat mit einem geheimnisvollen Gesicht einen Schritt nach vorne und kniete sich vor Twing nieder. Behutsam nahm er ihre Hand.

»Ich wollte Mylady vor aller Augen und Ohren der Welt um ihre immerwährende Gunst bitten«, sagte er feierlich.

Die Mechanikerin schluckte, warf einen schnellen Blick zur Magierin und nahm die Kette vom Hals, an dem sie den Ring, Cauldrons Geschenk, aufbewahrte. *Jetzt ist er mir tatsächlich zuvorgekommen.* Aufgeregt streifte sie ihm den Ring über und drückte sanft ihre

Lippen auf seine Stirn. »Ich nehme Euer Angebot mit unendlicher Freude an, Sir.«

Wieder brandete tosender Applaus auf. Twing zog Sparkplug hoch. Das Paar küsste sich innig.

»Du verrückter Elf«, wisperte sie glücklich in sein Ohr und drückte ihn an sich. Sie schaute zur Magierin, deren Antlitz Freude und Bedrücktheit zugleich widerspiegelte, und schenkte ihr ein dankbares Lächeln.

Cauldron nickte und winkte ab. *Pass auf ihn auf,* formte sie mit den Lippen und verschwand in der jubelnden Menge, die die Arena stürmte, um dem Gewinner und dem Paar zu gratulieren.

»Los, zoome ran. Mach 'ne Makroaufnahme.« Der Aufnahmeleiter schlug dem Kameramann auf die Schulter. »Das wird die höchste Quote in der Geschichte des Senders.«

Seattle, Redmond-Barrens, 20. 01. 2058 AD, 22.00 Uhr

»So, Chef. Das ist ein Eins-A-Feature über die Ghuljäger, inklusive der Sache mit den verschwundenen Magiern.« Poolitzer reichte das Band, das er geschnitten hatte, dem Chef vom Dienst, Marsh Kallahan, über den Tisch. »Alles drin, außer Sex. Ich hab keinen gefunden, der mit Ghulen poppen wollte.« Er grinste dreckig. »Ich kann aber noch was reinschneiden, wenn es sein muss. Ich möchte, dass wir den Streifen mit dem Hinweis ›Im Gedenken an Jeff Piers‹ beginnen. Er ist bei dem Job draufgegangen. Das Mädel hat es überstanden und liegt im Krankenhaus. Toughes Lockenköpfchen.« Der junge Reporter fuhr sich durch die schwarzweiß gefärbten Haare und musterte das Gesicht seines Vorgesetzten. »Ist irgendetwas? Sie müssten mich eigentlich küssen vor Freude. Bei den steigenden Zuschauerzahlen, können Sie die Werbesekunden im Preis um 1000 Nuyen hochtakten.«

»Setzen Sie sich, Gospini.« Er betrachtete die Kassette und legte sie vor sich auf die Unterlage.

»Mach ich glatt. Es geht um eine Gehaltserhöhung?«, freute sich Poolitzer und langte nach der Tasse, die eigentlich seinem Chef gebracht worden war. »Ich meine, einen Story-Schnüffler wie mich bekommen Sie nicht alle Tage. Und wenn andere Sender eines Tages mehr bieten sollten als FNS, tja ...« Er betrachtete grinsend sein Fingernägel. »Nee, war nur ein Scherz.«

»Ich glaube nicht, dass Sie in Seattle einen Sender finden werden, der Ihnen Arbeit gibt, Gospini«, begann Kallahan.

»Einen Moment mal. Wenn es um den ungekürzten ADL-Bericht geht, das ist ...«

»... der Grund, weshalb ich Sie feuern muss«, vollendete der Chef vom Dienst etwas ungehalten. Man konnte sehen, dass es ihm nicht schmeckte, was er sagen musste.

Dem Reporter fiel das Kinn herunter. »Ich habe mich wohl eben verhört?«

»Nein.« Kallahan stützte die Ellbogen auf die Tischplatte. »Sie sind draußen, Gospini. Die Herren in den drei Etagen über mir haben einen Anruf erhalten.« Er breitete die Arme aus. »Fragen Sie mich nicht, wer es war. Ich habe es auch nur von der Sekretärin. Auf Ihren Bericht reagierte der Anrufer sehr ungehalten, mit dem für Sie unerfreulichen Ergebnis, dass Sie in ganz Seattle keine einzige Sendung mehr machen werden. Nicht einmal die Wetteransage.«

»Das nenne ich Pressefreiheit«, stieß Poolitzer hervor. *Drek, die Hellmann versteht keinen Spaß.* »Lassen Sie mich raten – Fuchi?«

»Keine Ahnung«, meinte Kallahan und spielte mit dem Tape. »Welche Gründe soll ich angeben, weshalb Sie bei uns aufgehört haben? Die Zuschauer werden nachfragen.«

»Sagen Sie, der Kapitalismus hat einen Journalisten mehr auf dem Gewissen«, schlug der Reporter entmutigt vor. »Machen Sie aus dem Feature meinen Abschiedsbericht.«

Nachdenklich betrachtete der Chef vom Dienst den Datenträger. »Eigentlich gilt der Rausschmiss bereits. Ich dürfte das hier nicht mehr ins Programm nehmen.«

»Tun Sie mir den Gefallen«, bat Poolitzer. »Ich will auch kein Geld. Es geht mir nur um die großartige Geschichte – und um das arme Schwein Piers.« Er stand auf und reichte Kallahan die Hand. »War nett mit Ihnen.«

»Scheiße, Gospini, Sie waren der beste Mann für die Barrens«, machte der Vorgesetzte seinem Ärger Luft. »Aber was will man gegen die Kon-Ärsche ausrichten?«

»Lassen Sie nur, ich organisiere den Widerstand. Ich mache einen Piratensender auf. Das Equipment habe ich bereits.« Er stapfte zum Ausgang. *Schöner Mist.*

»Ich wünsche Ihnen mächtig viele Schutzengel.« Kallahan winkte ihm nach.

Poolitzer schlenderte durch die Gänge des Senders, trat ein letztes Mal nach dem Wasserspender, wie er es so oft getan hatte, und fuhr mit dem Aufzug in die Garage.

Die Ankündigung, dass er einen Piratensender aufziehen würde, entstand aus einer Laune heraus. Aber der Gedanke gefiel ihm immer mehr. *Ich mache euch Fuchis fertig.* Vielleicht würde er die Bude des verrückten und glücklicherweise toten Sakagi Seg als neuen Standort benutzen, sobald er herausgefunden hatte, wo der Mann gelebt hatte. *Tapetenwechsel täte gut.*

Summend suchte er die Keykarte für seinen Americar und bog um die Ecke, als er die jugendliche Gestalt bemerkte, die sich an dem Wagen zu schaffen machte. *Endlich sehe ich meine Diebstahlsicherung mal in Aktion.*

Grinsend lehnte er sich an einen Stützpfeiler, um das

Schauspiel zu genießen. Mehrere tausend Volt müssten gleich durch den Körper des Autoknackers jagen, der wohl auf der Suche nach Musikanlagen war.

Die Gestalt bückte sich und zog eine Keykarte aus ihrer Tasche, an der ein Kabel befestigt war. Das Plastikstück wurde in den Schlitz eingeführt. Die Karosserie blitzte für einen Moment auf, als die ins Karbon eingeflochtenen Metalldrähte unter Strom gesetzt wurden.

Der Dieb zuckte krampfartig und stieß gurgelnde Laute aus.

Poolitzer lachte laut auf. »He, Junge, schon mal einen Zitteraal geknutscht? Wird das Breakdance?« Er löste sich von der Säule. »Warte, ich stelle ...«

Die Konturen des Autoknackers verschwanden in einem grellen Feuerball. Der Ford Americar wurde durch die Wucht der Explosion an die Decke der Tiefgarage befördert. Wrackteile flogen durch die Gegend, beschädigten weitere Fahrzeuge und lösten jaulende Alarmsirenen aus.

Fassungslos starrte der Reporter in das Inferno. *Was für eine Diebstahlsicherung hat mir das Arschloch da eingebaut? Die Pearl-Harbor-Version?*

Das Feuer breitete sich rasch aus. Dicke Qualmwolken wälzten sich durch die Tiefgarage. Endlich setzte sich die Sprinkleranlage in Gang.

Die Feuchtigkeit riss Poolitzer aus seiner Benommenheit, der fluchend im nächsten Treppenhaus vor dem Nass in Deckung ging.

Sein Comgerät klingelte. »Ja?«, bellte er unfreundlich ins Mikrofon. »Mir ist gerade mein Auto um die Ohren geflogen, also sagen Sie bitte was Nettes.«

»Schade, Sie haben die Explosion überlebt«, sagte eine unbekannte männliche Stimme etwas enttäuscht.

Poolitzer schloss die Augen. *Das kann alles nicht wahr sein.* »Das war aber nichts Nettes.«

»Ich rate Ihnen, verschwinden Sie aus Seattle, so lange Sie die Gelegenheit dazu haben. Einen Wagen und ein Haus samt Studio besitzen Sie jedenfalls nicht mehr.«

Die Verbindung wurde unterbrochen.

Fieberhaft wählte er die Nummer von Gonzales, der ihm bestätigte, dass sein Studio in Everett aus noch ungeklärten Gründen abgebrannt sei.

Tapetenwechsel, dachte er und lehnte sich an die Wand. *Genug Heldenmut bewiesen. Es wird Zeit für einen raschen Umzug.*

XVIII.

ADL, Ingolstadt, Cyberdynamix-Plex,
20. 01. 2058 AD, 20.02 Uhr

»Ein kleines Wunder«, murmelte Annegret Berger, Geschäftsführerin von Cyberdynamix, während sie durch die Glasscheibe sah. »Wer hätte das gedacht?«

Harthaus, ihr hochgradig verdrahteter Leibwächter mit der Statur eines Zehnkämpfers und dem Gesicht eines Modells, warf nur einen kurzen Blick auf die andere Seite und polierte seinen dicken Siegelring am Jackett.

»Ich, Frau Berger«, sagte der elfische Arzt an ihrer Seite selbstbewusst. »Die Schulmedizin ist heute in der Lage, die erstaunlichsten Dinge zu vollbringen. Wenn man das Klonen der Ersatzgliedmaßen mit einem kleinen Schuss Magie kombiniert, ist das Resultat weder ein kleines Wunder noch erstaunlich, wenn ich Ihre Worte wiederholen darf.«

Die Exec wandte sich zu dem Arzt um. »Ich mag es nicht, wenn man so mit mir spricht. Ihre Belehrungen sind irrelevant. Ich weiß selbst, was unsere Wissenschaftler zu leisten vermögen, Doktor Matras.« Der Elf schluckte und schaute vorsichtig zu Harthaus. »Was mussten Sie verändern?«

»Wir konnten von Glück sagen, dass wir in den Trümmern genug von ihm gefunden haben, um ihn einigermaßen zusammenzubauen. Abgesehen von einem großen Stück Rumpf und Kopf war so ziemlich alles abgerissen, was der menschliche Körper zu bieten hat. Die Verbrennungen dritten Grades fielen da nicht weiter ins Gewicht.« Er deutete den Gang hinunter. »Im Büro habe ich die Aufnahme, die ich Ihnen zur Verdeutlichung zeigen kann.«

Berger hob die Hand. »Nicht notwendig. Erklären Sie bitte weiter.«

»Der Patient verträgt die Cyberimplantate sehr gut. Die Haut, Gewebekulturen und Organe, die wir ersetzen mussten, haben wir aus den eigenen Zellen nachgezüchtet, um die Gefahr der Abstoßung zu umgehen. Die kritische Phase hat er inzwischen überstanden.« Matras schaute durch die Scheibe auf den Körper, aus dem mehr als ein Dutzend Schläuche ragten. »Wir beginnen demnächst mit der Entfernung der Drainagen und werden den Heilungsprozess mit Magie unterstützen, soweit es für uns möglich ist. Da die Essenz des Patienten durch die ganze Cyberware weit gesunken ist, wird es für den Magier nicht einfach sein, einen Erfolg zu erzielen.«

»Wie lange wird es dauern, bis er wieder einsatzbereit ist?« Berger blickte mit einer Mischung aus Faszination und Abscheu auf das Wesen in dem anderen Raum. »Ich brauche ihn bald.«

Der Arzt legte die Stirn in Falten. »Meiner Meinung nach knapp zwei Monate. Die Medikamente sind sehr effektiv.«

»Sie hören von mir, Doktor.« Die Exec und ihr Leibwächter gingen in Richtung Fahrstuhl und ließen Matras stehen, der nicht genau wusste, ob der letzte Satz eine Drohung gewesen war oder nicht.

Nach einer kurzen Fahrt betrat die mächtigste Frau von Cyberdynamix ihr Büro im obersten Stockwerk des Kon-Turms. Harthaus wartete draußen.

Still und dunkel lag der Raum vor ihr.

»Hector Berlioz, ›Symphonie fantastique‹. ›Dies irae‹ aus dem Hexensabbat, volle Lautstärke«, befahl sie und schritt vorbei an den schemenhaft erkennbaren Möbeln zum Fenster.

Die Musik brach wie eine Sturmwelle herein. Stifte,

Ablagen und kleinere Gegenstände begannen zu beben. Ein Glas fiel zu Boden und zerschellte.

Die Vorgänge um sie herum schienen die Frau nicht zu interessieren. *Dies irae. Tag des Zorns, genauso fühle ich mich.*

Ingolstadt breitete sich unter ihren Füßen aus, aber in den letzten Wochen genoss sie das Panorama nicht besonders. Zu tief saß die Wut über die Aktion der unbekannten Schattenläufer, die aus dem modernsten Cyberdynamix-Labor einen rauchenden Trümmerhaufen gemacht hatten.

Aber nicht nur das.

Alle Unterlagen und fast alle Forschungsergebnisse zum TA.K.C. 3000 waren vernichtet. Die Sicherheitskopien hatte Haake schlauerweise bei sich getragen, als die ganzen ›V1‹-Reste in die Luft gegangen waren. Alle anderen Datenträger waren dank der Explosion und des Feuers verbrannt oder unbrauchbar.

Die Geschäftsleitung bei DrakenSys tobte, und die meisten Aufsichtsratsmitglieder hatten ihren Kopf gefordert. Der Schuldige, der vor langer Zeit das Labor ohne genaue Untersuchung in die alte Nazibunkeranlage eingepasst hatte, war nicht mehr ausfindig zu machen, und so musste sie als Sündenbock herhalten.

Meine potentiellen Nachfolger stehen heimlich Schlange, um an meine Position zu gelangen.

Der Laptop auf ihrem Schreibtisch erwachte zum Leben. »Incoming Message from Turin. Mr. Norman F. Kauz!«, blinkte es auf dem Bildschirm.

Die Frau überlegte kurz, bevor sie zum tragbaren Computer ging und die Entertaste drückte.

»Reduzierung der Lautstärke auf Stufe 3.« Die klassische Musik wurde leiser.

Das Gesicht von Norman F. Kauz, Präsident von Eurotronics – Europäische Computer & Cybertechnologie – erschien.

»Annegret, schön, Sie zu sehen. Ich hoffe, ich störe Sie nicht?«

»Nein, Mr. Kauz.«

»Ich wollte mich nur schnell erkundigen, was die Nachforschungen in Bezug auf die dumme Geschichte machen, die vor kurzem in Ingolstadt passiert ist.« Ein lauernder Unterton lag in der scheinbar gleichgültig gestellten Frage. »Haben Sie und Ihr Team schon etwas in Erfahrung bringen können?«

Durchhalten. Berger setzte eine teilnahmslose Miene auf, für die sie in Pokerkreisen eine hohe Auszeichnung erhalten hätte. »Welcher Konzern für die Aktion in Frage kam, ist noch nicht ganz geklärt, auch wenn bisher alles auf Fuchi hindeutet. Renraku ist neuerdings ebenfalls im Gespräch. Entsprechende Nachforschungen sind im Gange. Die ersten Hinweise bestätigen den auf der Hand liegenden Verdacht gegen Fuchi. Es geistern derzeit vage Anhaltspunkte über eine Gruppe aus Mexiko durch die Matrix, die aber aus Seattle gestartet war. Und in der Stadt kommen vor allem die Läufer in Frage, die Gercke getötet haben.« Berger lächelte in die Kamera. »Wir bekommen sie, Mr. Kauz.«

»Ich erwarte auch nichts anderes von Ihnen, Annegret.« Die Augen des Mannes waren eiskalt. »Es gibt viele Leute, nicht nur bei DrakenSys, die Sie tot sehen möchten. Ich meine das nicht nur geschäftlich. Bisher habe ich Sie in Schutz genommen, weil ich Ihnen und Ihren Fähigkeiten vertraue. Sagen Sie mir, dass es so bleiben kann.«

»Seien Sie versichert, Mr. Kauz, es kann so bleiben. Die ersten Maßnahmen gegen Fuchi sind geplant und, mit Ihrer Erlaubnis, kurz vor der Ausführung. Wenn der japanische Konzern Krieg in Europa haben will, soll er ihn bekommen, mit allem, was dazugehört.« Die Frau schaute kühl und entschlossen. *Durchhalten.*

Kauz lachte amüsiert. »Sie sind einfach unbeschreiblich, Annegret. Eines noch. Wir sind zwar groß im Geschäft und ein nicht gerade kleiner Konzern, aber trotzdem schmerzt uns der Verlust des Labors sehr. Fast 200 Millionen sind zum Teufel, eine Schadenssumme, die ich Fuchi in der, wie sagt man so schön, ›Alten Welt‹ ebenfalls zuzufügen gedenke. In den ADL lasse ich Ihnen die Auswahl der Ziele.«

»Sehr freundlich, Mr. Kauz.«

»Bis dann, Annegret. Sie haben mich in meinem Vertrauen zu Ihnen wieder einmal voll bestärkt. Wenn ich das nächste Mal nach Ingolstadt komme, müssen wir unbedingt essen gehen.«

Die Verbindung brach ab, der Monitor erlosch automatisch.

»Vielen Dank, Sir«, sagte sie zu dem dunklen Bildschirm. »Es war mir eine Ehre.«

Sie ging zurück zum Fenster. »Paul Dukas ›Der Zauberlehrling‹, volle Lautstärke. Danach Modest Mussorgskí ›Eine Nacht auf dem kahlen Berge‹.«

Wieder brandete die Musik auf und brachte die Einrichtung zum Zittern.

Ihre Gedanken kehrten zurück zu den weiteren Plänen.

Was sie heute im Krankenhaus gesehen hatte, passte hervorragend in ihren persönlichen Feldzug. Sobald der Mann aus der Intensivstation kam und das Läuferteam lokalisiert worden war, würde ihr künstlicher Rachedämon aus Fleisch, Chrom und Cyberware, den sie mit ihrem Geld zusammenflicken ließ, nach Seattle reisen.

Auch wenn die Zerstörung des Labors vermutlich nur das Werk kleiner Läufer ist, eine solche Aktion kann und will ich niemandem durchgehen lassen.

Sie schloss die Augen und lauschte den Tönen, die die Boxen an den Rand des Möglichen brachten.

Genau in drei Stunden würde die Einrichtung von ›Neue Bavaria-Fuchi SimSinn-Studios‹, ein Ableger Fuchis in München, in den Himmel gepustet. Nur ein schwacher Anfang, aber der Beginn einer Vergeltungsreihe, die Fuchi am Ende 200 Millionen kosten sollte.

Die letzten Töne von Mussorgskís Stück verklangen im Raum. Die Stille kehrte in das Büro zurück.

Lächelnd öffnete Berger die Augen und atmete tief ein. Das Gespräch mit Kauz hatte ihr neuen Mut gemacht.

Und wenn in München die SimSinn-Studios in einem grellen Feuerball verschwinden würden, hatte sie vor, zur gleichen Zeit im Highsociety-Treffpunkt *Maison* einen White Russian zu trinken.

Sie aktivierte ihr Comgerät. »Harthaus, wir gehen heute Abend in den Club. Ich möchte ein bisschen feiern.«

Von **SHADOWRUN™** erschienen in der Reihe
HEYNE SCIENCE FICTION & FANTASY:

1. Jordan K. Weisman (Hrsg.): *Der Weg in die Schatten* · 06/4844

TRILOGIE GEHEIMNISSE DER MACHT

2. Robert N. Charrette: *Laß ab von Drachen* · 06/4845
3. Robert N. Charrette: *Wähl deine Feinde mit Bedacht* · 06/4846
4. Robert N. Charrette: *Such deine eigene Wahrheit* · 06/4847

5. Nigel Findley: *2 X S* · 06/4983
6. Chris Kubasik: *Der Wechselbalg* · 06/4984
7. Robert N. Charrette: *Trau keinem Elf* · 06/4985
8. Nigel Findley: *Schattenspiele* · 06/5068
9. Carl Sargent: *Blutige Straßen* · 06/5087

TRILOGIE DEUTSCHLAND IN DEN SCHATTEN

10. Hans Joachim Alpers: *Das zerrissene Land* · 06/5104
11. Hans Joachim Alpers: *Die Augen des Riggers* · 06/5105
12. Hans Joachim Alpers: *Die graue Eminenz* · 06/5106

13. Tom Dowd: *Spielball der Nacht* · 06/5186
14. Nyx Smith: *Die Attentäterin* · 06/5294
15. Nigel Findley: *Der Einzelgänger* · 06/5305
16. Nyx Smith: *In die Dunkelheit* · 06/5324
17. Carl Sargent/Marc Gascoigne: *Nosferatu 2055* · 06/5343
18. Tom Dowd: *Nuke City* · 06/5354

19. Nyx Smith: *Jäger und Gejagte* · 06/5384
20. Nigel Findley: *Haus der Sonne* · 06/5411
21. Caroline Spector: *Die endlosen Welten* · 06/5482
22. Robert N. Charrette: *Gerade noch ein Patt* · 06/5483
23. Carl Sargent/Marc Gascoigne: *Schwarze Madonna* · 06/5539
24. Mel Odom: *Auf Beutezug* · 06/5659
25. Jak Koke: *Funkstille* · 06/5667
26. Lisa Smedman: *Das Luzifer Deck* · 06/5889
27. Nyx Smith: *Stahlregen* · 06/6127
28. Nick Polotta: *Schattenboxer* · 06/6128
29. Jak Koke: *Fremde Seelen* · 06/6129
30. Mel Odom: *Kopfjäger* · 06/6130
31. Jak Koke: *Der Cyberzombie* · 06/6131
32. Lisa Smedman: *Blutige Jagd* · 06/6132
33. Jak Koke: *Bis zum bitteren Ende* · 06/6133
34. Stephen Kenson: *Technobabel* · 06/6134
35. Lisa Smedman: *Psychotrop* · 06/6135
36. Stephen Kenson: *Am Kreuzweg* · 06/6136
37. Michael Stackpole: *Wolf und Rabe* · 06/6137
38. Jonathan Bond/Jak Koke: *Das Terminus-Experiment* · 06/6138
39. Lisa Smedman: *Das neunte Leben* · 06/6139
40. Mel Odom: *Runner sterben schnell* · 06/6140
41. Leo Lukas: *Wiener Blei* · 06/6141
42. Stephen Kenson: *Ragnarock* · 06/6142
43. Lisa Smedman: *Kopf oder Zahl* · 06/6143
44. Stephen Kenson: *Zeit in Flammen* · 06/6144
45. Markus Heitz: *TAKC 3000* · 06/6145